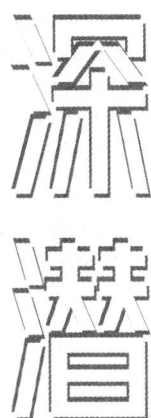
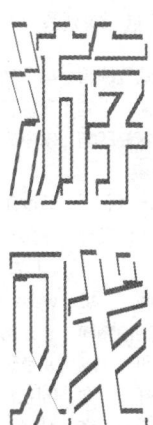

镜子

ФАЛЬШИВЫЕ ЗЕРКАЛА

[俄] 谢尔盖·卢基扬年科 著

肖楚舟 译

新星出版社　NEW STAR PRESS

ФАЛЬШИВЫЕ ЗЕРКАЛА

Copyright © 1999 by Sergey Lukianeko
This edition arranged with Andrew Nurnberg Associates International Limited.
Simplified Chinese edition copyright © 2023
by Chengdu Eight Light Minutes Culture Communication Co., Ltd.
All right reserved.
著作版权合同登记号：01-2022-1054

图书在版编目（CIP）数据

深潜游戏. Ⅱ, 镜子 /（俄罗斯）谢尔盖·卢基扬年科著；肖楚舟译. -- 北京：新星出版社, 2023.6
ISBN 978-7-5133-5130-0

Ⅰ. ①深… Ⅱ. ①谢… ②肖… Ⅲ. ①幻想小说-俄罗斯-现代 Ⅳ. ①I512.45

中国国家版本馆CIP数据核字(2023)第032966号

光分科幻文库

深潜游戏Ⅱ：镜子

［俄］谢尔盖·卢基扬年科 著；肖楚舟 译

责任编辑	杨　猛
监　制	黄　艳
责任印制	李珊珊

出版人	马汝军
出版发行	新星出版社
	（北京市西城区车公庄大街丙3号楼8001 100044）
网　址	www.newstarpress.com
法律顾问	北京市岳成律师事务所
印　刷	北京天恒嘉业印刷有限公司
开　本	910mm×1230mm　1/32
印　张	13.5
字　数	388千字
版　次	2023年6月第1版　2023年6月第1次印刷
书　号	ISBN 978-7-5133-5130-0
定　价	62.00元

版权专有，侵权必究。如有印装错误，请与出版社联系。
总机：010-88310888　传真：010-65270449　销售中心：010-88310811

北京俄罗斯文化中心致中国读者的一封信

尊敬的中国读者：

您翻开的这本小说，是俄罗斯最著名的科幻作家之一谢尔盖·卢基扬年科的作品。苏联和俄罗斯的幻想小说享誉世界，而卢基扬年科堪称一位优秀的继承者。他曾数次访问中国，与中国粉丝的交流活动就曾在北京俄罗斯文化中心举行。

很高兴看到卢基扬年科的作品在中国出版。幻想类小说在中国广受欢迎，中国读者对该类型小说的语言风格和故事情节总是有着细腻的体会和深刻的理解，这非常难能可贵，或许正是源自中国古代志怪小说的文学传统。

我想，这就是为什么卢基扬年科的作品在精神上非常接近中国读者——你们懂得欣赏那些真正有价值的作品。在无穷无尽的幻想世界里，你们秉承着自己独一无二的精神、哲学和道德体系。而卢基扬年科本人将自己的作品风格定义为"硬核幻想"及"道之幻想"，相信你们可以从中找到与中国哲学的契合点，毕竟，中国哲学所强调的，恰是生命之历程，而非生命之目的。

祝愿每位读者的阅读之旅充满惊喜，祝愿每个人都能在卢基扬年科的作品中找到自己内心的声音。读完此书，您可能会从全新角度审视自己，更加理解自己在世界中的位置，也拓宽自己生而为人的隐秘边界。这正是文学的宝贵使命。

好好享受这本书，为它腾出书架上的一席之地吧。

北京俄罗斯文化中心主任

塔玛拉·卡西亚诺娃

致中国读者

亲爱的中国读者:

非常高兴能在拙作中译版中说几句话。

我曾多次来到中国这个美丽的国家,也参观过中国的书店,亲身感受过读者对文学的热爱、对科幻文学的热情。

若干年前,我的作品曾经在中国出版,但此次的出版机会非同寻常。今年,在我的诸多类型作品中,唯独科幻小说受到中国出版方的青睐。

这对我来说意味着什么呢?

我看到,中国的读者正在仰望星空。他们对空间、知识和技术发展的兴趣与日俱增。我深信,人类的未来将不限于我们的地球。如今,中国当之无愧地在航天、电子等科研领域占据领先地位,科幻更有望成为点亮前路的灯塔。

如果拙作也能成为这座灯塔中的一簇亮光,我将不胜荣幸。

谢尔盖·卢基扬年科

ГИМН ХАКЕРОВ, РУССКИЙ ВАРИАНТ.
《黑客之歌》俄语版

影子装腔作势,
从镜中挣扎而出,
它在笑,但笑得冷血,
它在哭,但哭得冷漠……
镜子监视着我们,
甚至学会了偷听,
化为思绪与梦境,
扭曲我们的灵魂。
欲望在镜中沉没,
动作在镜中凝滞……
我们被影子捕获,
献上祭坛……
天降大雨。

ОГЛАВЛЕНИЕ
目　　录

| 𖡄 | 深渊城 · · · · · · · · · · 001 |

| 凵 | 潜者神庙 · · · · · · · · 107 |

| 𖡅 | 桥 · · · · · · · · · · · 221 |

| 𖡆 | 镜子 · · · · · · · · · · · 335 |

深渊城

永远不要循着自己的足迹回到过去，
那里只有旧日的阴影。

ФАЛЬШИВЫЕ ЗЕРКАЛА

00

我总是梦见相同的场景,而且越来越频繁。

起初,梦里的一切都稀松平常。四周是缭绕的灰色雾气。前方有一丝遥远的、几乎无法辨认的火焰,在雾中闪着白光。我朝光亮处走去,雾气却忽然开始消散。

最古怪的是,黑暗褪去的同时,那簇光亮也看不见了!

我呆立在原地,试图靠记忆辨明方向,但已经没有必要。一座桥出现在我面前,它细如琴弦,孤悬在深谷之上。这座桥我十分熟悉,不止走过一次了。但这次过桥要难得多。雾气中长出了两面高墙,左面是冰墙,右面是火墙,细线般的小桥夹在中间。

我小心翼翼地朝前走。

左边的冰墙上布满手印。有时能看见覆满白霜的碎皮烂肉;有时会遇到挂着碎布的骨头直挺挺地支出墙面;有时则能看见被冰壳覆盖的尸体,受难般地钉在冰墙上。

右侧墙面则干净得多。因为无论什么东西,碰到它的瞬间就会烧成灰烬。或许正因如此,才鲜少有人去触碰它。

我继续向前。

脚下的桥剧烈摇晃起来。可能是因为火焰的热浪,或者是冰墙的寒气在涌动,也可能是有人正和我一同走在桥上。

但我必须走到尽头。必须。

梦境每次都在同一处戛然而止。

细线般的桥在颤抖。说不定只是因为我自己两腿打战,谁知道呢……

就像即将从钢丝上坠落的杂技演员一样,我张开双臂,试图抓住点儿什么保持平衡,但左边是冰,右边是火……

01

我已经好一阵子没迟到了!

堵塞的车流排成一条长龙,蜿蜒了半个街区,我被死死堵在中间。身边停着一辆笨重的加长型轿车,应该是最新款的林肯礼宾车。车窗降了下来,一脸阴郁的司机乜斜着眼瞧我,好像堵车全怨我这辆小摩托。

"有火吗?"他终于开了腔。可能只是无聊吧。我才不信这辆樱桃粉的钢铁巨兽里连个车载点烟器都没有。只要他愿意,车里甚至能放下一台带烤架的燃气灶……

我默默把自己的打火机递过去。司机戴满戒指的手从车窗里伸出来,点燃了一根看起来价格不菲的细长香烟,烟的过滤嘴长得匪夷所思。弗洛伊德[1]他老人家会如何评论男人对大车和加长香烟的迷恋呢?啊……管他的呢。弗洛伊德要是也被堵在这儿,肯定早就疯了,而且比我们疯得都快。

"前面什么情况?"司机问我。

礼宾车的底盘太低,他看不见前方路况。

"排着队呢。路口被货车堵住了。"

换了别人,听到这话多少会有点儿反应。货车竟然会出现在市中心的马路上!而且还是在早高峰时段的莫斯科街区!

"嗐,经常这样,"司机若无其事,"不奇怪。"

看来这辆加长林肯不是用来摆阔的。车主也不急着去哪儿,几分钟的堵车不值得气急败坏。

可我着急啊!十万火急!

---

[1]. 西格蒙德·弗洛伊德(1856—1939),奥地利精神病医师、心理学家、精神分析学派创始人,代表著作有《性学三论》《梦的解析》等。

迟到五分钟，也许还能蒙混过关；迟到十分钟，可以用私事搪塞；要是迟到一刻钟，半天的工资就没了。

我现在已经迟到四分钟了！

整条车道被堵得严严实实。流水线生产的摩托车的确比不上定制轿车，我这铁灰色的外套、灰扑扑的牛仔裤和头盔面罩下疲惫的脸……看起来也不够光鲜亮丽，但……

穷酸也有穷酸的好处。

我一脚油门，引擎轰鸣起来。加长林肯的司机来了兴致，瞪大眼看着我，"怎么？你打算……"

他话音未落，我已经冲了出去。

本田摩托穿行于车辆的夹缝之间，在柏油马路上留下一条焦黑的轮胎印。

"冲啊！"身后传来司机的喝彩声。

谁不爱看别人瞎胡闹呢？毕竟是免费的娱乐节目。

货车队横卧路口，堵住了整个街区，此刻正缓慢笨拙地挪动着。全是最普通的卡玛斯[1]大卡车，车篷上统一印着"2T"字样。懂了，看来是某家大公司接了个紧急订单，怕赶不上交货期限要付违约金，就决定出个好价钱，让车队紧急上路。货车之间的距离只有一米半，它们一个跟着一个，小心翼翼地朝前行进……

说不定，我可以从它们之间横穿过去。

正午的阳光照在货车挡风玻璃上，我能看到司机的面容和柴油发动机浓重的废气。横穿货车队列的机会转瞬即逝。

深渊啊深渊，快滚蛋吧……

通常，从虚拟世界中抽离的瞬间很好玩。可现在，虚拟和现实的差别微乎其微。现实世界里的我也戴着头盔，屁股下面是与摩托车座质感相仿的扶手椅，只不过我此刻正双膝屈起蹲在椅子上。

浮出深渊的那一刻，眼前的城市失去了真实感，一切细节都变

---

1. 俄罗斯汽车品牌，创立于1969年8月。

得粗糙。天空变成了毫无层次的浅蓝色；云彩也没了厚度（每天固定时间，云朵会在天空中组成一句话：别忘了这片天空的创造者和赞助人）；车身上的划痕、污渍和五花八门的贴纸全都消失无踪——那些都是想象的产物。

印着"2T"标识的货车长龙停止了前进。

走你！

耳机里传来围观人群的欢呼声，还有人从车窗里探出身来朝我挥手，试图阻止我疯狂的行为。我碰碰鼠标，将摩托车塞进了两辆卡玛斯中间。车尾被轻轻剐蹭了一下，可能是卡车保险杠擦到了我的后轮。没事儿。

如果身处虚拟世界，我可能就要失去平衡，摔倒在地了。但现在，我只需要轻晃游戏手柄就能扶正自己的摩托车。

我穿过车流，停下摩托回头看，双手在键盘上盲打下几个字母——d-e-e-p+回车。

上一秒，我还能看见头盔的内衬和眼前的屏幕。紧接着，现实世界就被彩虹色的数据洪流冲刷掉了。

深渊程序的运行速度是惊人的。

我站在吉布森大道和A.切尔特科夫街的交叉路口。透过卡车间的缝隙，能看见不久前我那些同病相怜的"堵友"们，他们依然沿着切尔特科夫街往白熊论坛俱乐部[1]缓缓蠕动。不少人冲我吹起口哨，热烈鼓掌，用各种方式表达欣喜之情。

我的心情好极了。

用心爱的显微镜敲打钉子的人应该也是这么开心。

我又加了一脚油门，绝尘而去。加把劲，说不定还能准时到达公司。

不过我倒是想知道，"吉布森大道"究竟指的是哪个吉布森……

---

1. 20世纪90年代在莫斯科出现的一种新型论坛，其特点是一个帖子内部还可嵌套新的帖子。

冲向更衣室的时候，我已经迟到了整整七分钟。情况不容乐观，但还有回旋的余地。

"列昂尼德……"门口的保安叫住我，语气里满是责备。我耸耸肩，摊开手，试图透过头盔面罩传达出自己满心的内疚、后悔、羞愧和巴结……

"好了，赶紧进去吧。"他说。

我蹿进长长的走廊，磨砂吊灯在天花板上没精打采地晃悠，让人想起久违的学校教学楼。墙边是一排长长的置物柜。几乎所有柜门上都亮着红灯，只有两三个柜子空闲。果然，我是倒数的几人之一……

"你好呀。"伊利亚朝我打了个招呼。

他也迟到了，刚刚打开隔壁柜子，正整理东西呢。

"今天一大早就有活儿？"我嘴里说着话，手上也没停，飞快地摁下一串乱序密码"gfhjkm"，脑子不好使的人真记不住。

"有点小事儿，昨晚有个工作没收尾。"他闷闷不乐地冲着柜子里说，"不知道今天早上能不能送到……"伊利亚三十岁上下，剃着平头，肌肉结实得恰到好处，衣着也剪裁得体。他的脸塑造得别具一格，应该出自一位出色的形象设计师之手，不太像他自己做的。

他总算从柜子里翻出了自己想找的东西。那是一具软塌塌的义躯，看上去是个十二岁左右的小男孩儿。

"别这么缩手缩脚的，他又不会咬你！"我在旁边鼓舞伊利亚。

小男孩儿的身体像受到电击似的抽搐了一下，缓缓转向我。他单手拎着一个男人的义躯——那是刚刚把他从柜子里拽出来的伊利亚。男人的身体此刻像漏了气似的毫无重量，眼神空洞，大脑空空。

"去你的……"小男孩儿用稚嫩的声音咬牙切齿地说，"你可真会说话！"

"是吗？"我盯着自己的柜子随口应道。

"没错！"小男孩儿手脚并用，连塞带踹，把手中拎着的义躯弄进柜子里。男人的身体像蜡似的挤成一团。穿着漆皮鞋的腿以一种荒谬的角度对折，领带也从外套里滑了出来。

"我！真是！受够了！"

"那我们换换？"我提议，"你当搬运工，我去送信？"

我的义躯也轻如羽毛。它是个二十岁左右的年轻男性，穿着工作服，肌肉结实，一张脸上写满愚蠢的善良，活像从二十年前招贴画上扒下来的建筑工人。这副义躯竟然出自美国人之手，简直不敢相信。

反正我也不打算定做自己的义躯。这种流水线生产出来的工人形象已经够用了。我盯着那双空洞的眼睛，跟他额头贴额头，变身……

我开始把摩托车手的身体往柜子里塞，动作和刚才的伊利亚一样粗暴。

"喂，"小男孩儿粗暴地砸着柜子上的按钮，锁上柜门，"你的义躯怎么都长得一模一样？"

伊利亚的新身体跟上一副的精致程度不相上下，是个可爱的红发男孩儿，有一双漂亮的大眼睛，脸上时刻挂着微笑。

"私人定制太贵了。"我想赶紧中止这个话题。

"得了吧，"伊利亚摆摆手，"坐在家里自己慢慢画，一分钱也不要！"

"我一点儿艺术天赋都没有。"

我终于也把换下来的义躯压成一团，关上了柜门。为什么要定制自己的形象呢？这副躯壳没有任何实际意义。我这身体是从Windows管家的二十个"友善工人"模板里随手挑的。

模板的名称真是画蛇添足，难道深渊城需要不友善的人？

"要不我来给你画？"伊利亚的脸唰地一下红了，"虽然我的手艺也不怎么样，但肯定能让你比现在好看，我保证。"

"下次吧。"我说。他的提议也好，我的回答也好，全是装装样子，交换毫无意义的客气。

"好吧，回见。"伊利亚挥挥手就跑了。他这副义躯的运动机能模拟得也不错，一举一动都像个真正的小男孩……

我的身体就不那么好使了，只能像只训练有素的大猩猩一样，迈着笨重的步伐前进。

分发任务的窗口就在大门旁。伊利亚已经取走自己的信件包离开了。每个送信小童都有一辆自行车。

我的装备还不如自行车。搬运工的交通工具是踏板小摩托。

先去领今日的工作任务。

塔尼娅待在窗口里百无聊赖。这姑娘人不错,如果她真是个姑娘的话。

"你迟到了。"她只是陈述事实,没有恶意,我迟不迟到跟她没什么关系,"来了两个单子,更衣室里还有人吗?"

"好像没了。"

"那两个单子都给你?"

"搬什么东西?"

"立式钢琴和三角钢琴。"

她恐怕是在开玩笑……

"都给我吧,谁还嫌钱多呢?"

"嗯哼。"塔尼娅赞同地哼了一声。我接过订单,签了字,转身离开,同时瞥了一眼订货内容。第一张上面写着"立式钢琴",第二张上面写着"三角钢琴"。

我无力回头。塔尼娅这会儿肯定在我背后偷笑。

还有什么职业比虚拟世界里的搬运工更荒谬呢?你们想想,在没有距离也没有重力的电子世界里,还有什么工作比运货更没有存在的必要?

"列昂尼德!"塔尼娅从身后叫住我,"伊戈尔打电话来,说他在路上耽搁了一会儿。你们两个一起搬是不是轻松点儿?"

给画出来的房子里添置一架画出来的钢琴,还有什么比这更蠢的事儿吗?准确地说,是添置一个能模拟钢琴外形和声音的音乐程序。

所有的把戏都在于潜意识。如果你明知道自己在现实世界里根本抬不动钢琴,那么在虚拟世界里,你也没法把它往肩上一扛就走;如果你在虚拟世界里买了一台充气钢琴,打好气搁在房间里,那么你的潜意识也不会相信它发出的声音和真实的钢琴一样清澈。

只有亲眼看着我这样健壮的搬运工,穿着工作服,大汗淋漓、骂骂咧咧地顺着楼梯把钢琴抬上来,然后再冲个澡,你的潜意识才能相信房子里有台真钢琴……我这个"友善工人"的外壳尽管简陋,但仿真汗腺还是有的。

想着想着,我忽然有了个主意,时常光顾我的坏主意。

我没搭理塔尼娅,径直走向停车场,骑上自己的小摩托,回头看了看身后矮小的建筑物。墙上挂着豪敦速运[1]的标志和几块广告牌:"豪敦速运——搬运无忧!""豪敦速运——准时速达!""豪敦速运——保证到家!"

谨遵口号!

在摩托车欢快的轰鸣声中,我转向吉布森大道,然后沿着四车道,不急不缓地驶向第一个地址。

工作的时候,路程会一下子缩短。在我们这个小小的国度,神圣的深渊城,所有细节都是因人制宜的,连日出时间都不尽一致——员工午休的时候,他们的老板才刚刚迎来日出。我驶过深渊设计者三街,穿过离线一街,到达客户家门前。

好一栋豪宅。

屋前有一座漂亮的小花园。石墙上爬满了野葡萄藤。喷泉池中央伫立着一座雕像,是一个手攥毒蛇的裸体少年,水柱从毒蛇口中喷射而出。老天呀……这是什么象征性雕塑?我定睛一看,雕像基座上刻着一行字——"被驯服的深渊"。

一股愁绪涌上心头。

早知道就不接这一单了……干脆让主人自个儿把不存在的钢琴搬进不存在的别墅好了。但深渊城的无业游民太多了。专业的活儿还是该留给专业的人。

"先生!"

---

1. 此处作者恶搞了敦豪国际快递(DHL)的名字,将DHL改成了HLD。敦豪国际快递是一家全球性的国际快递公司。

一位姑娘顺着凉台的阶梯跑下来，大腿俏皮地晃动，满脸微笑。她几乎衣不蔽体，走的是日本漫画路线——大得夸张的眼睛，妙龄少女的身材。

"先生，您是搬运工吗？"

"是的，夫人。"我没精打采地说。

"您是来拿钢琴的吗？"

拿……说得真轻巧。

"是的。"

"可惜钢琴还没送来……"她的声音里没有丝毫遗憾，"他们说订单太多了。您可以明天再来吗？"

"那就提交申请吧，夫人。明天公司会另给您派人的。但我……"

"真抱歉，请您原谅！"这位姑娘就是诱惑本身，"真不好意思！都怪我老公，他永远在忙，都是他的错……不过他说了要付您一笔补偿金！"

我默默替她提交了申请。

姑娘看都没看一眼，就在全额支付装卸费用的单据上签了字。她皱着小眉头思考了一会儿，从口袋里掏出了钞票。

"谢谢。"我把纸钞揣进专门用来装小费的衣服口袋里。不到一分钟，钞票就消失了。一半进了公司账户，一半进入我的个人账户。这是劳务中介公司的规矩。

"要不，给您来杯咖啡？"她的眼神半是狡黠，半是胆怯。

我看看手表，叹了口气，"恐怕不行……今天订单太多了……"

"那个，我还有一面化妆镜要搬进卧室里，"姑娘又找出一个借口，"您能帮帮忙吗？我可以现在就下订单。"

我明白她的意思了。

这是位缺乏经验的冒险家。而她的丈夫，多半是个聪明人。

我也不蠢。

"您的需要，我的使命。"我玩了个小小的双关。

搬运化妆镜的时间不比填表的时间长。干完活儿，我们坐下来喝了杯加利口酒的咖啡。一丝微笑爬上我的嘴角。这故事该怎么收尾，我实在很感兴趣。洋娃娃般的女主人扑闪着大眼睛，悄悄贴近我，终于爬上了我的膝头，我们漫长而愉快地亲吻起来。但我没忘了提防她四处游走的淘气双手。

"啊……嗯？"她呻吟起来，声音已经微微发颤，但兴奋之中忽然掺入了一丝困惑。一双杏眼睁得越来越大，比日本漫画的女主角都要大。老天呀，我可不想演色情漫画……

"夫人，我是个正经公司的员工，"我解释道，"这身体是专门用来干体力活儿的，没有娱乐功能。难道您不知道吗？"

"混蛋！"

此时应该配上哈哈大笑，但我仍像尊石像一般面无表情地坐在原地。随后我站起身，顺手把膝盖上的女主人扶到地上，拉上工作服的拉链。

"夫人，如果我的行为冒犯了您，您可以正式向公司投诉。我也觉得，对我们的身体做些改进，无伤大雅……"

"滚，畜生！"

被人这样骂，我不但不觉得委屈，反而觉得好笑。我平静地离开了房间，走出大门，跨上摩托车。我本可以放声大笑一番。"友善工人"的身体具备大笑的功能。

但我没有笑。

深渊城已是黑夜。刚结束工作，夜晚就来临——我喜欢这一点。当然，那些提着公文包的人此时仍在清晨的街道上奔忙，而对另一些人来说，灯红酒绿的夜晚永驻。

各得其所也挺好。我不觉得遗憾。

豪敦速运的办公室里已经换了一班人马。隔壁柜子亮着红灯。伊利亚可能还没回来，或者又去工作了。不远处有几个员工在换衣服，但我跟他们不太熟悉，只是敷衍地打了招呼……

今天过得不算糟糕。我接了三个订单，有两个基本上没花什么力气，中间还夹杂了一场有趣的小误会……我惊讶极了，竟然还有人不知道Windows管家系统里的无产阶级劳动者模板都是无性人，就像骡子和工蜂一样。

我吹着小调儿，从柜子里拽出摩托车手的义躯。他是个完整的男人，可惜模样实在平平无奇，不可能撞上任何桃花运。话说回来，我也并不是因为他有"作案工具"而看重他，只是越简单朴素的身体，越容易在拥挤的服务器之间穿行。但有些人固执地拒绝接受这一点，他们就是要浑身挂满丁零当啷的小饰品，给自己雕刻精致的面部细节……怎么说呢？萝卜青菜各有所爱。

额头贴额头，变身……我盯着头盔的玻璃面罩，等待程序启动，然后把"友善工人"的义躯塞进柜子。睡个好觉，老兄！

我也要去歇会儿了……

塔尼娅还在窗口值班。看到我经过，她不好意思地笑了笑，我朝她走过去。

"廖尼亚，真对不起……"

"没什么，多亏了你，我还多挣了点儿小费。"

"真的吗？你一个人把钢琴搬上去了？"

"没错。"

她一脸惊讶地看着我。我叹了口气，"塔尼娅，你以为我是随随便便跑来当搬运工的？我可是在家具店干了足足七年！什么活儿没干过？一个人搬钢琴也不是头一遭了。拜拜[1]！"

这下……塔尼娅估计要开始猜测，现实中的我肩膀有多宽了……

我把踏板摩托换成普通摩托的时候，想起了"欲盖弥彰"四个字。我得离开豪敦速运。没什么好可惜的……我对这里的一切都厌恶透顶！荒唐的工作，疯狂的公司。不管是虚拟园丁、贴广告的小工、粉刷匠还是搬运工……

可离开了这里，我又能做些什么呢？

---

1. 原文此处廖尼亚是用意大利语说的再见。

对这个耀眼、欢快又慷慨的世界来说，我一无是处，毫无价值，我还能指望什么呢？

10

最近我爱上了在深渊里酗酒。这是深渊城居民的共同爱好。首先，在虚拟世界喝酒对健康的损害更小。尽管身体仍会臆造出宿醉后的头痛，但至少肝脏不会受损。其次，也是最重要的一点，在这里喝酒比真实世界里便宜得多。没有人会为了画出来的酒精饮料支付和现实世界里同样的金钱。一瓶百利酒[1]只要五十美分，上好的苏格兰威士忌八十美分，俄罗斯伏特加要将近一美元，但我在现实中也喝得起伏特加……

当然，那种地下室里的小酒馆价钱更便宜。你可以花几美元买到五十年陈酿的收藏级勃艮第葡萄酒。我不懂这是为什么。知道这酒味道的人是不会在社会底层摸爬滚打的。我喝不喝都一样，对我来说，它跟摩尔多瓦解百纳葡萄酒[2]的味道没有什么差别。

所以，我决定去一家干干净净的合法酒馆——"鱼王"。它有三大亮点：提供普通俄罗斯人都喝得起、喝得懂的酒水；鱼做得不错；有现场乐队伴奏。"鱼王"少有外国佬光顾，这一点格外合我的心意。偶尔会有些在俄罗斯生活过的外国人，那也都是些懂得欣赏烟熏味鱼汤、奥恰科夫精酿啤酒[3]和老式摇滚乐的内行。

我不知道别人怎么样，对我来说，无论在现实还是在深渊中，我都偏爱这样的地方。不是宽敞喧哗的餐厅，也不是挤满游客的昂贵场所，而是这种不起眼的昏暗小酒馆。这样的餐厅在世界上任何一个城

---

1. 爱尔兰甜酒品牌。
2. 摩尔多瓦产的葡萄酒在俄罗斯非常便宜。
3. 俄罗斯最畅销的啤酒之一。

市都能找到……可能莫斯科除外。布拉格有弗雷克酒吧和黑牛酒吧,柏林有城堡餐厅和最后审判餐厅,巴黎有马克西姆餐厅和小瓦德勒餐厅。任君选择。俄罗斯人不是有句老话嘛——"您是来看顶灯的,还是来打车的?[1]"

鱼王酒馆位于自由广场。这样的小广场在深渊城随处可见。只不过在美国或者法国街区,广场周边全是可疑的娱乐场所,而我们这儿全是办公室。毕竟文化不同。

酒馆招牌故意做成黑黢黢的复古风格。这样刻意低调的设计,比那些高档餐厅闪亮的霓虹灯牌更费功力。招牌上是一幅树皮版画,画着一位正从河里拖出巨大鲟鱼的船工,餐厅的名字就漫不经心地写在旁边……

我推开门走了进去。还有空座儿,值得庆幸。最近鱼王酒馆越来越出名,再过不久我恐怕就不会再光顾了。这里可能会扩建,变身一家知名餐厅,或者变成人声鼎沸的高档场所,得提前订座的那种。

不过目前为止,这家餐厅仍然深得我心。

我挑了一张厨房边的小桌。一位脸生的服务员立刻走了过来。我飞快地翻了翻菜单。

"今天的锡纸烤鳟鱼您一定要尝尝!"她说。

锡纸烤鳟鱼……我很久以前吃过,但不喜欢。所以,今天我也不想吃。

"我要酿狗鱼。"我选定了一道从没吃过的菜。

虽然没尝过,但卖相一定不错,这样幻想中的味道也会更好。

"再来份鱼汤……"我翻着菜单,接着点菜,"一小瓶伏特加,最普通的那种,小麦酿的。还要黑面包。"

"就这些吗?"

---

[1] 苏联笑话。一个男人拦下车,问多少钱可以送他到机场,司机说了价格,男人若有所思地问:"这真的是出租车吗?怎么没看见顶灯?"司机问:"您是来看顶灯的,还是来打车的?"该笑话意在讽刺过度关注外在标签的人。

"再来杯番茄汁……"

喝伏特加是有点儿粗俗,但今天我就想当个俗人。

接下来只用等着上菜了。这些菜一秒钟就可以上桌,但为什么要破坏美好的幻想呢?我仔细打量着大厅里的食客。有些面孔是老熟人,其他的从没见过。舞台上,一位吉他手孤零零地坐着,可能是乐队的同伴还没到,也可能是准备独奏。我侧耳去听那低沉的歌声……

方法很简单:
将整个街区都置于画布之下。
他不是艺术家,不,他是世纪的回音,
是我们……和这个时代的回音!

如同河面上汽油绘就的彩虹,
如同黑色柏油路上的鲜艳粉末,
这就是我们。
看见了吗?这就是你我。

他不求奖赏,
不慕功名,
他只做不可不为之事,
他是色彩的奴隶和上帝。

如同河面上汽油绘就的彩虹,
如同黑色柏油路上的鲜艳粉末,
这就是我们。
第一场雨来临前的肖像。

是的,这里也有风雨,
是的,时代并非永恒。

但别急于大笑着喊"追",
我们活在回音的时代。

如同河面上汽油绘就的彩虹,
如同黑色柏油路上的鲜艳粉末,
这就是我们。
如同火中的凤凰。

(歌名《柏油路上的画作》,作者:尤里·布尔津[1])

歌手放下吉他,环顾四周。食客们忙着大快朵颐,无人认真欣赏他的演唱。我们的眼神交会了一秒。那一瞬间,我产生了一种错觉,这首歌仿佛是专门唱给我听的。

好歌总会给人带来这样的错觉。

歌手抓着吉他的琴柄起身离开。一般乐手不会这样对待乐器,但他的动作相当自然。

该死,我该常来这家餐厅的。"我们生活在回音的时代……"

"我可以坐这儿吗?"

我回过头,啊哈……

深渊城里很少出现老人。人人都把自己打扮得年轻貌美,就算在生活中办不到,在甜美的梦境中实现也不错。选择以老人的外貌在虚拟世界里生活,着实很有态度。

"坐吧,刺猬。"我欣然应允。

'刺猬'是这位常客的外号。在此之前,我一直以为他是个电脑程序。虽然让人意外,但他的确是个真人,整天泡在深渊里的那种。刺猬约莫六十岁,头发花白,满脸皱纹,微微发胖。脸上的肌肉已经松

---

1. 尤里·布尔津(1961—),俄罗斯科幻作家、音乐家、诗人,曾与本书作者合著过科幻作品。

弛下垂，不过胡子刮得挺干净。他留着军人式的平头，所以大家才叫他"刺猬"[1]。这家伙看上去有点儿不修边幅，不过还算体面，打扮虽然过时，但很整洁。总的来说，刺猬不令人反感，反而让人好奇。

"你听说有家公司被黑客攻击了吗？"刺猬在我桌边坐下，看了一眼端着伏特加和果汁向我们走来的服务员。

"再拿只杯子来。"我对服务员说。话音刚落，我就发现托盘上原本就有两只高脚杯。看样子，刺猬并不是来这里闲坐的。和桃色场所里那些劝酒的小姐一样，他也是受雇的员工，负责放松来客的神经，劝他们喝酒。这就是他的工作。

"感谢。"老人家颇有风度地点点头，颤颤巍巍地给自己倒了一杯酒。我们碰了碰杯，一口喝干。刺猬被酒呛了一下，但没急着吃下酒菜，而是闻了闻自己的袖子[2]。这倒是新鲜。

"什么攻击？"出于礼貌，我表现得很好奇，顺便掏出烟盒递给他。

"有家公司……叫什么……新界线公司……"

"嗯，听说过。"我有印象，"搞软件的？"

刺猬嘿嘿一笑，"什么呀……他们专搞些不入流的小玩意儿。做什么新型人体工学键盘、定制头盔、防痔疮的特制转椅……所谓的实用产品。"

"嗯哼……"我不置可否地哼了一声。他应该用一个精彩的故事换一杯酒，可他连烟都抽了，故事还没讲完。

"我该走了，"刺猬叹了口气，"唉……兜里没钱呀，不然还能多坐一会儿……"

这人可真行！我盯着他的眼睛。怎么，还想让我替他支付在深渊里的时间费用？虽然这里的美元不是真钱，但毕竟也是一笔支出！

我们对视了大约十秒钟，刺猬开始磨磨蹭蹭地起身。我终于忍不住让步了，抓住了他的手。

---

1. "刺猬"一词在俄语中也有"平头"的意思。
2. 在旧俄国，只有买不起下酒菜的穷人才会在喝酒时闻一下袖子，以解辛辣的酒气。

"坐下吧。我今天手头宽裕。"

"多谢。"老头儿顺势坐下,也不知刚才他是要起身走人,还是只想调整一下坐姿,"咱们接着说。这家小公司……好像跟一家大公司签了合约……跟一个大巨头……"

鱼汤上来了。这香味让人垂涎三尺。我不打算分给刺猬,他也没坚持要。我大快朵颐起来,表明我还没有听到任何有趣的东西。

"就这么个公司,昨天被黑客攻击了。"刺猬说。

怪了……

"昨天?"

虚拟世界瞬息万变。昨天的新闻已成明日黄花。

"没错,"刺猬知道我被故事的一个小细节勾起了兴趣,"罪犯很快就被抓住了……"

我的心微微一沉。

"罪犯很快就被抓住了"……

两年前,听到这话,大家肯定都会问是潜者抓的,还是黑客抓的。

因为这两种情况之间有本质区别。不管是在保护措施上,还是在工作方式上。

过去是有区别的……但现在没人会问了。

因为潜者已经不复存在。

"他被打死了,亲爱的。"刺猬叹了口气,"'新界线'的防火墙厉害得很,不是他们自己做的,是下订单的金主给他们做的……"

"深渊里每分钟都有地方被黑客攻击。"我一口喝完碗底的汤,连肉渣都没剩。这鱼汤真不赖!和我在伏尔加河畔篝火旁喝的一模一样……"攻击啊,入侵啊,每分每秒都在发生。有时候犯事儿的小偷能跑掉,有时候跑不掉。这有什么新鲜的?"

"那个黑客在现实中也被抓到了。"刺猬说。

"也就是说,他接的这单活儿不简单。"

"没错。而且,他在现实中也丢了性命。"

闻言,我慢慢抬起头,放下汤勺,拿餐巾纸擦了擦嘴巴。老头儿趁此功夫再次给自己掛满了酒。

"愿他安息。上帝呀，愿你宽恕可怜的恶棍，他还算是个有点儿本事的黑客，虽说鲁莽，但心肠不坏……"刺猬快速嘟囔了几句。我们没有碰杯，各自一饮而尽。

"'恶棍'？"

"大家都是这么叫他的。至于他的真名，我没多问。"

"那警察怎么说？"我从没听过这个外号。但这件事的确非同小可。一个在深渊里被杀的人，在现实中竟然也切切实实地丧命了！

"听说是场意外。有人说他心脏不好，被吓得犯了病，没救过来。这种事儿多了。有什么奇怪的吗？"

我耸耸肩膀。

一切皆有可能。

一个正沉醉于深渊的人，现实中可能突然就心梗了；也有的人可能突然抑郁症发作，摘下头盔，把脖子套进绳索。

一切皆有可能。一切。

"人生真是够黑的，老头儿。"我点头同意。

"可不是吗……对了，听说警察到现在还没结案呢。"

这就有意思了。

我什么场面没见过？被追杀，被全网悬赏通缉……现在我金盆洗手，该年轻人出场了。

但如果一个黑客在深渊和现实中同时被抓，而警察依然没结案……

"有意思，"我说，"有意思。谢谢，刺猬。跟你聊天很开心！"

"那我的小故事是不是值得多给一块钱？"老头儿狡黠地问道。

刺猬的故事里并没有什么机密。只要留心搜索信息，我大可以从别处知道这些事儿……但你不可能同时了解所有新闻。这既是不幸，也是幸运。而刺猬就是靠仔细观察，给不同的人提供不同信息来挣钱的。这间屋子里百分之九十的人都不会对这个故事感兴趣，剩下的百分之九听一耳朵就忘。

可我觉得这条新闻有特别的价值……

"当然值,老头儿。"我拿出一张一美元钞票递给他。

刺猬熟练地把钞票攥在手里,朝别处走去。现在又有一个人要听他重复这个故事了……这又有什么关系呢?每个人对同一件事的关注点不尽相同。刺猬不是酒鬼,而是个专业人士。

从餐厅的食客到老板,他对我们每个人来说都不可或缺。

就在这时,服务员端来了我的狗鱼。

"这鱼是怎么做的?"我扫了一眼盘子里巨大的烤鱼,不禁好奇起来。

"我们主厨,"服务员露出微笑,"对这道有趣的菜肴颇感自豪。做法是先把狗鱼剁成肉泥,然后和牛奶泡过的白面包混在一起……"

没错。既然是我没吃过的菜,就该给我解释清楚是怎么做的……

忽然,整个餐厅抖动起来,像地震时一样分崩离析,顷刻间被黑暗笼罩。

我尝了一口盘子里的菜,它叫什么来着……

"廖尼亚!"

我甩甩脑袋,眨眨眼睛。身边的世界不情不愿地慢慢恢复了色彩。

"廖尼亚,你回到这边了吗?"

我对上维卡微微嗔怒的双眼,她手里拿着刚从我脑袋上摘下来的头盔。头盔甚至还没断开连接,屏幕上还闪烁着一些虚拟世界的画面。

我赶紧扑向监控仪。上面果然出现了警报:"非正常退出深渊"。现在的时间是……

下午五点。该死,这可是我的工作时间!

"维卡,你这是干什么?"

"廖尼亚……"她在我椅子旁蹲下,"你忘了?今天我们有客人要来。六点钟,就在我们家,在现实世界。"

"见鬼……"我咬了咬嘴唇。没错,我忘了,"电脑,退出!"

"确定结束工作吗?"电脑管家问道。

维卡叹了口气,起身走向厨房。我开始脱拟真服。电脑又运行了一会儿,显示屏才彻底熄灭。

对……结束工作。不久前,这台电脑还在用跟维卡一样的声音问我:"你认真的吗?"

非常认真。我变得如此认真,连我自己都觉得讨厌。

"要买点儿什么吗?"我冲厨房喊道。

"自己回想一下……"维卡的回答从厨房传来。

"土豆、葱、番茄……黄瓜……"

"猜对了。再想想,还有什么?"

"鸡肉?"我随口瞎猜。

"我已经把肉解冻了。今天做炸肉饼。买桶油回来,快不够用了。还有……你知道的。"

"你要喝伏特加?"

来了兴致的时候,维卡能灌下一整瓶伏特加。

"算了吧。"她思考片刻后答道,"给我带一瓶干红,或者啤酒。"

"哪种更好?"

"随便。动作快点儿,好吗?"

事态不妙。昨天我们商量好了,今天朋友们来的时候维卡可能还没下班,所以我应该先开始准备晚饭。结果我戴上头盔,潜入了虚拟世界。

我把昨天的对话忘得一干二净,一点儿也没想起来。

街道上寒气逼人。天气很糟糕,湿气重得让人难受。气温还没降到零下,树叶也还是绿的,但空气里已经充满了浓烈的秋意。只要一出门,那股寒意就朝你袭来,钻进你的毛衣里,让你蜷成一团。

维卡轻而易举地说服了我搬到莫斯科定居。理由就是,和圣彼得堡的阴冷潮湿相比,莫斯科简直地处热带。我对圣彼得堡这个北方之都[1]的天气评价也不高,只是有些想念普希金笔下的金秋。自从离开圣彼得堡,我已经两年没看到那样的美景了。

---

1. 圣彼得堡被俄罗斯人称作"北方之都"。自1712年彼得一世迁都到彼得堡,一直到1918年的两百多年的时间里,这里都是俄罗斯的文化、政治和经济中心。

老天爷大概是出了什么毛病。他让整个夏天大雨连绵，整个秋天阴郁寒冷，一眨眼冬天又要来了。

"你觉得俄罗斯的冬天怎么样？草还没黄的时候也就罢了，下起雪来简直……"

这种抱怨屡见不鲜。

我晃荡着手里的空袋子，绕过街角，钻进超市。开始吧……土豆、番茄……胡萝卜……要不要胡萝卜来着？算了，还是别买多了。

蔬菜柜台前排起了小队，正好赶上普通人下班。我排在队尾，跟在一个戴着眼镜的漂亮姑娘身后。她手里拿着一本Ada编程语言[1]自学教材，她可能也是个深渊常客，兼职搬运工或者邮递员……

在现实中和姑娘们搭讪不是什么好事，尤其是在有了深爱的妻子以后。但在虚拟世界里，偶尔的风流可以被原谅。

更何况我站在买土豆的队伍里，这时候搭讪就更尴尬了。

"两个柠檬。"姑娘说。

我忽然意识到，自己正饶有兴致地关注她的一举一动。这可太不妥当了。更过分的是，她的购物清单也正合我意。像她这样的姑娘就该买两个黄澄澄的柠檬，而不是两公斤糊着泥巴的土豆或者卷心菜！我眼前已经浮现出一幅画面：姑娘坐在圈椅里……旁边理所当然有盏落地灯。她喝着柠檬茶，读着……她读的肯定不是教科书，而是出色的长篇著作，经典的严肃作品，而不是胡编乱造的小说。

或者——她切开柠檬，往咖啡里撒好糖，再往小高脚杯里倒上白兰地，静静等待着某人。比如等我。

我想得出了神……

"您要什么？"

售货员盯着我问。这家超市蔬菜区的售货员很有意思，一看就是

---

1. 一种程序设计语言。Ada语言的使用可大大改善软件系统的清晰性、可靠性、有效性和可维护性。

苏联时期改行从商,而且在这份工作中找到真正自我的知识分子,非常典型。

"两个柠檬。"我没精打采地说。

那姑娘还没走远,正把柠檬塞进外套口袋里。

"还有呢?"两只柠檬在称台上轻快地跳动了一下,飞进了我的购物袋。

"三公斤马铃薯。一公斤西红柿。"

我这是怎么了?我怎么会管番茄叫西红柿?我长这么大从没出过这种状况!

"需要来点儿块茎类蔬菜吗?十字花科或者茄科蔬菜呢?"

售货员的表情依然礼貌又和善。

"专业知识满分……"我低声说,"再来一公斤黄瓜吧,没了。谢谢。"

结完账,离开蔬菜柜台,姑娘已经不见了。

这样也好。

过去,如果在街头看到一张有趣的面孔,或者碰到什么好玩儿的事情,我都会铭记在心,甚至一个买柠檬的姑娘站在卖土豆白菜的队伍里这样的小细节也不会放过。要知道,过去我有一栋大房子……好多层楼的那种。尽管不是现实中的房子,而是虚拟世界的房子,但我可以随心所欲地往里面安排各种各样的房客。

换了以前,我会回家对电脑说:"维卡,加载。"然后在脑中回忆刚才那个姑娘的面孔和一举一动,脑补一些未知信息,给她布置一个房间。

怀念过去是件愚蠢的事。我自己住的那间小屋子杂乱无章。厨房洗碗池里堆满放了几个星期的脏盘子;冰箱里只有速冻饺子、味同嚼蜡的香肠和啤酒;衣柜里的衬衫都是按"不易皱"的标准挑选的……

我压根不怀念那样的生活。

食用油和伏特加在超市的同一片区域。我在货架前满心怀疑地研究着那些酒瓶。"水晶级"的最好,"黄晶级"的便宜些……我懒得选择,干脆各拿了一瓶。客人们也会带酒来,但伏特加永远不嫌多。

现在可以回家了。算法检测完毕,程序运行结束。

返回。

完成。

有时候我发现,所有在真实的人类世界里该做的事,都会被我拆解成几个步骤去执行,就好像一行行代码。而在深渊里,我反而能按普通人的样子正常生活。单纯地生活。

或许我该跟维卡谈谈这件事。这是她的专业领域……她的战场。但我不想说。太丢人了。

我走出商店,抬头望着天空。乌云密布。大雪正在一天天逼近。很快了……很快。没有比坏天气更好的东西了,保加利亚作家说得对[1]。

这也是我的病症之一。显而易见,非常危险。我不想离开虚拟世界,不想出现在人类世界。现实太糟糕了,脏兮兮的,让我浑身不舒服,有时还会发生杀人案。

不过,现在人们不只会在现实世界中丧命。如果刺猬所言不虚……

安息吧,恶棍……上帝保佑你诚实的灵魂……

说不定我曾与他擦肩而过,还微笑着打过招呼。我俩曾经平起平坐……我的地位甚至略高一等。因为黑客很多,而潜者少见。我们能办到黑客办不到的事。

但潜者时代已经结束了。

这也没什么可怕的。我不是头一个被社会抛弃的专业技术人员。排字工人、马具匠、玻璃吹制工人……他们现在都在哪儿呢?他们都消失在了遥远的过去,化为儿童绘本、历史电影或百科全书上的几行字。

潜者则没有留下丝毫痕迹。

但也许,只有我一个潜者……前潜者,患上了如此严重的深渊心

---

[1] 这里指保加利亚作家鲍戈米尔·拉伊诺夫(1919—2007),代表作《没有比坏天气更好的东西了》。

理障碍。我病得太厉害，混淆了两个世界，连维卡都没察觉任何苗头。

11

"你就不能自己开门吗？"维卡穿着围裙倚在门框上，双手沾满肉馅。我赶紧从门铃上收回手，仿佛一个乱按别人家门铃的坏小孩被当场逮住。

"忘带钥匙了。"

"把东西拿去厨房吧……"

维卡又回去料理她的炸肉饼了，第一批肉饼已经出锅。我慌忙把蔬菜塞进冰箱冷藏层的抽屉里，把伏特加放进冷冻室，又把油拿出来搁在桌上，然后问维卡："需要帮忙吗？"

维卡乜斜了我一眼，然后看了看墙上的钟。

"算了。你想下潜就去吧。不过记得定时，别超过半小时，早点儿来帮我摆桌子。"

尴尬和羞愧刺痛了我，虽然只有一瞬。

"真的不需要帮忙？"我再次确认。

"如果你真想帮忙……"维卡犹豫了一下，话锋一转，"就下潜去吧。怎么，土豆我还不会削吗？"

"好吧。"我立马奔出厨房，脑子里默念：半小时。定时器。帮忙摆桌子。

我一动鼠标，电脑立刻启动了。还没等屏幕发热，我就已经穿好拟真服，插上腰间的电源，戴上了头盔。

我在键盘上快速敲打着。

d-e-e-p+回车。

因天才季马·季本科[1]而诞生的那道疯狂彩虹，很快出现在头盔屏

---

1. 《深潜游戏Ⅰ：迷宫》中出场的人物，深渊城的创造者。

幕上。

这一切都建立在深渊程序之上，建立在这些纷乱闪烁的色彩和忽明忽灭的星星之上。彩虹色水滴在屏幕上四散，如同星星点点的汽油溅在水面。没有这道程序，深渊城就是死物。只有深渊程序才能将抽象粗糙的虚拟草图变成有形有实、令人信服的现实图景。没有人能解释屏幕上五彩斑斓的光点如何与人的意识和潜意识互动；为何深渊程序可以在任何电脑、任何显卡上运行；为什么虚拟世界在不同年龄、性别和文化背景的人眼中会呈现出相同的细节。人们为此出版了数以千计的专著和通俗读物，在报纸和杂志上热火朝天地讨论，在学术实验室和秘密基地里反复实验……

都是徒劳。起作用的是深渊程序。虽然也有其他程序能在屏幕上展现出相同的画面，但终究无法实现仿真效果。起作用的只有深渊程序。而且谁也说不清，为什么极度依靠视觉的深渊程序同样适用于色盲患者，但对先天性失聪者却不管用。

深渊……

刚进入深渊时，一举一动都异常艰难。我从椅子上站起来，腰间碍事的电源线已经消失了。我左右环顾……

这是一间廉价旅馆的客房。说得不客气点儿，只是一间苏联式旅馆。单人床、床头柜和衣柜都是苏联风格。唯一破坏房间里禁欲氛围的家具是电脑桌和转椅。房门上挂着信箱，门边还贴心地准备了一只垃圾桶。窗外的街道空空荡荡，单调凄凉。

"你好。"我说。

深渊沉默不语。这不重要。我们不是非要别人搭理的自大狂。

我为什么来了这里？偏偏在这个时候？为什么？刚下班的维卡还在厨房里忙活着给客人（不只是她的客人，是我们共同邀请的客人）准备午饭。而且自由活动时间只有半小时……该死，我又忘了设置定时器……

维卡还等着我回去帮忙呢。尽管她拒绝了我虚情假意的援手，但还在等着我回去。意识到自己的行为连畜生都不如是很令人难受的。

但我已经对这种自责习以为常,还觉得这种可鄙的感觉有点儿甜蜜,我真是个受虐狂。

"半小时就走。"我对自己下令,"不,就一刻钟。"

我打开信箱,开始检查堆成小山的信件。十来张广告、一捆报纸、三封信。没什么重要文件。

那我为什么要潜入深渊?

我是来工作的吗?

太可笑了。就这么点儿时间。

我是来吃午饭的吗?

没必要,厨房里有真正的食物等着我。

我是来赴约的吗?

那又是和谁有约,为了什么见面呢?

我忽然回过神来,意识到自己正站在客房中央,咬着嘴唇,盯着被扔进垃圾桶的信件。

是什么力量把我拽进了深渊?

冷静,老天……

深渊里没有死亡。虽然一切都可能发生。比如,玩家脆弱的心脏完全有可能承受不住负担。如果有人不怀好意地切断了连接,玩家也可能因为虚拟伤口而休克。不过这些意外不太可能发生在一个"水平不赖的黑客"身上。

但有没有可能以某种方式发生在我身上呢?

没错,一个黑客潜入了深渊中某片戒备森严的禁地,不幸被发现,随即被杀死。但现实世界中的他也死了……可能是对方迅速追踪到他的信道,立刻派出一群马仔,当场逮住了电脑前戴着头盔、身穿拟真服的黑客本人。对,很可能是这样。因为在虚拟世界犯罪而得罪真实世界光头党的黑客——他不是第一个,也不是最后一个。

但我还是惴惴不安,心脏仍在紧张地跳动……

我推开门,来到旅馆走廊,低头打量自己灰头土脸模样。这种不起眼的摩托车手形象只适合在大街上飞速移动时使用。现在我得换一副义躯。

当然，如果真有必要的话。

我倚着斑驳的绿色墙壁。这样的漆皮只会出现在廉价多层公寓的厕所里。墙面泡了水，部分漆皮已经鼓起脱落。天花板上的吊灯落满了灰，发出黯淡的光。看来这旅馆的日子不好过。大多数人都选择自己家作为虚拟世界的入口，而不是这样的猪圈。

我在干什么……

我为什么要做这些事？

"您还好吗？"

我回过头，服务员悄无声息地出现在我身后。换作以前，我早就发现他了……

"没事，谢谢。"

服务员平平无奇，用的是"贴心雇员"模板。工作时可以使用自己定制的义躯，但大多数人还是喜欢用模板。尤其是当你的工作无聊又讨厌，比如搬运工、售货员、旅馆服务员……

"您是第一次来深渊吗？需要帮助吗？"

"谢谢。不用。"

他领会了我的意思，点点头离开了。纠缠不休会惹人厌烦，还好服务员至少有这点儿常识……

我在原地踌躇，迟迟无法下定决心，但最终还是迈开步子沿着走廊往前走，同时打量着房门上一个个歪斜的门牌。

我拧了拧2008号房间的门把手，房门没锁。我毫不意外。房间没人住，我可以搬进来……

我还想怎么样呢？难道指望旅馆为我保留一年前就不再续费的客房吗？

接着往前走……

2017号房间是锁着的。

这还是不能说明什么。我当时预付了五年的房费，不过用的是已经刷爆了的信用卡。旅馆随时都有可能发现房钱是从他们自己的账户里扣的。

他们可能把这间房租给虚拟世界的其他居民了,也可能直接报警了——只要打开房门,就能瓮中捉鳖。

我脑中猜想着这一切,双手同时忙活着,在门上四处摸索,尝试移动锁舌,戳一戳密码盘。

密码由十二位数字构成,我已经记不清了……真的记不清了……但我的手指记得,自发按下了一串数字。我犹豫片刻,按下回车键。

门锁咯噔一下打开了。

这间客房和我在真实世界的房间几乎一模一样。只是墙上的挂画破坏了单调又廉价的舒适氛围。跟深渊里其他房间不同,这面墙上挂的不是世界名画的仿品。不是艾瓦佐夫斯基[1],不是希什金[2],也不是达利[3]。

我站在门口,试图冷静下来。胸口某处像有个冰冷的节拍器。

会不会有埋伏?还是我多虑了?

警察局就在旅馆对面。出警最多只要两分钟。

走廊里还是静悄悄、空荡荡的,没有警卫的身影。旅馆大门两年前就塌了,到现在还是保持原样。呵……法师[4]可真勤快。

那么,只要走进房间就好。

但我突然发现自己做不到,我没有这个勇气。

进入这间房,就像打开一本旧相册,或是往影碟机里放进一卷尘封的录像带。这里属于过去。那过去已死,已被埋葬、哀悼并遗忘。

永远不要循着自己的足迹回到过去,那里只有旧日的阴影。

深渊能让人无比轻松地找回旧日时光。它保存的回忆比照片和录像更为可靠、鲜活。往昔就在那里。只要你想,它随时可以复活。

---

1. 伊凡·康斯坦丁诺维奇·艾瓦佐夫斯基(1817—1900),俄罗斯画家,以海景画著名。
2. 伊凡·伊凡诺维奇·希什金(1832—1898),俄罗斯著名风景画家,代表作《松林中的早晨》。
3. 萨尔瓦多·达利(1904—1989),西班牙超现实主义画家,代表作《记忆的永恒》。
4. 《深潜游戏I:迷宫》中出场的人物,列昂尼德的一位黑客朋友。

但只有上帝才有权从坟墓中扶起死者。

我轻轻掩上房门——小心翼翼，蹑手蹑脚，仿佛怕惊醒这空房间里沉睡的房客。门锁咯哒一声，失望地锁住了。沿走廊二十步就能到我的房间，但我一步也迈不出去了。

深渊啊深渊……快滚蛋吧……

墙上不知何时特地钉上了一只挂钩，我摘下头盔挂在上面，然后喃喃自语："电脑，退出。"

好了，得换身衣服。穿着拟真服去迎接客人太不得体，只会让人觉得你是刚从好莱坞电影里走出来的疯狂科学家。我脱得只剩内裤，然后仔细叠好拟真服，搁在电脑桌旁边的窗台上。我往外看了看，客厅里的餐桌已经摆好了，厨房里寂静无声。我试着喊了一声——

"维卡？"

"我在卧室……你已经好了？"

我忽略她声音里刻意的惊讶，走向卧室。维卡已经换好了衣服。

"帮我弄一下拉链……"

我帮她拉好连衣裙背后的拉链。维卡盛装打扮，连头发都收拾过了。

"我在那边待了很久吗？"我把脸埋在她头发里小声问。维卡的肩膀猛地抽动了一下。

"没有，还好。大概四十分钟吧。"

"对不起，我还以为顶多一刻钟。"

"没关系，比我预期得早。"

我站在原地，双手搭在她肩上。

我们之间的一切是何时开始崩坏的？为何一切都成了过去的幻影，只能回顾却不能再重现？

我不知道。我想不明白。置身于深渊的时候，我根本没有察觉这变化……

最令人恼火的是，我们表面上看起来一切如常。无论人前人后，我们从不吵架，不会摔盘子，也不会为了钱、家庭责任、酒、丈母娘或者朋友造访而互相指责。

一切看起来都很完美。百分之九十的家庭都会羡慕我们。

但我偏偏说不出,我们丢失的究竟是什么东西。

"你有话要说?"维卡问道,但并没转身。

我顿了顿,"我爱你。"

"我也很爱你。你觉得我需要戴耳环吗?"

"戴吧……"我甚至不知道自己说这句话是为了缓和刚才苍白多余的发言,还是单纯回答维卡?婚礼前,我送过她一对托帕石耳环。

"它们跟蓝色连衣裙配吗?"

"我觉得很配。"

"好吧……你就穿灰色牛仔裤,和我妈妈送你的那件格纹衬衫。你穿这一套很好看。"

维卡轻巧自然地从我怀中挣脱。我拥抱了一秒钟空气,然后打开衣橱。牛仔裤还是崭新的,我用牙咬断了标签上的塑料绳。

"人类还没发明剪刀吗?"维卡话中带刺。

"不是。对懒人来说,牙齿总是比剪刀离得近。"

客厅响起了门铃声。

"动作快点儿,我去开门。"维卡急匆匆离开卧室,还不忘提醒我,"别忘了换双袜子……"

"还要洗洗耳朵……"我一边嘀咕,一边把自己塞进窄小的牛仔裤里。那件该死的衬衫去哪儿了?我不喜欢那件衣服。可是不穿就会惹恼丈母娘,惹恼丈母娘就等于惹恼维卡……

无论动机如何,你的一举一动总会引发一系列后果。但其实后果如何与你的行为无关,只和他人对你的态度有关。

"安德烈,谢谢……"门厅传来维卡的声音。我赶紧系上衬衫扣子。领子很紧,但看起来还不错。

安德烈·涅多希洛夫的答话声几不可闻。他总是那么轻声细语。

"没迷路吧?"维卡问。安德烈是第一次来我们家。

"迷路的是我……"我小声嘟囔,"在自我里迷了路。"

"廖尼亚!"

"来了！"我把衬衫塞进裤腰，走出房间。

我曾经对安德烈·涅多希洛夫很有好感。他是维卡的同事，也是心理学家，研究与深渊相关的一切现象。可现在……现在就不好说了。

"列昂尼德，晚上好。"安德烈平静得好像我们两小时前刚道别。实际上，我俩一年前在圣彼得堡的莫斯科火车站[1]分别后就再没见过面。他一手提着束玻璃纸包装的玫瑰，另一只手拎着瓶甜酒。

"你没迷路吧？"我又重复了一遍维卡的问题。

"一切正常。你们这儿真好。"他赞叹地打量着门厅，"感受到了家的温暖。"

安德烈是个大块头，不过是那种古怪、笨重又温和的类型。你很容易就能想象出他站在讲台后面，或坐在硕大的圈椅中，对着安静的听众娓娓道来。但你绝对想不出他手握方向盘或电钻的样子。此外，他天生就能轻易获得别人的信任和尊重——只需要用他那低沉又坚定的嗓音开口说上一两句话。

"快进来，"我说，"你是一个人来的？"

"我的朋友们堵在路上了。"安德烈比了个奇怪的手势，就像在折叠一副不存在的眼镜。正是这些小细节构成了一个人的形象——调皮的列宁式眯缝眼、耀眼的加加林式微笑、内敛的列昂诺夫[2]式忧伤……每一位大人物都会有意无意给自己设计一些小特征——动作、表情或者口音，并将其作为自己独特的魅力标签。

"委员会怎么样？"维卡说着从他手里接过酒和花束，"廖尼亚，把花瓶拿过来，那个高的……"

"有意思极了。"涅多希洛夫开始更衣。"脱衣服"这个平庸的词怎么也不适合用在他身上，"维佳·阿尔洪托夫做的报告引人入胜……"

我转身去拿花瓶，有一搭没一搭地听着涅多希洛夫的委员会见闻。

"马克·彼得罗夫斯基还抓着他从前的理论不放……恐怕去年一整

---

1. 在俄罗斯，很多火车站都是以终点站命名，而不是始发站。
2. 阿列克谢·阿尔希波维奇·列昂诺夫（1934—2019），苏联宇航员，太空行走第一人。

年都没什么进展,虽然他搜集的数据不俗……"

花瓶落满了灰尘。我上次给维卡送花是什么时候来着?妇女节?不,夏天我还送过……那次从商店里出来,我看见门口一个老太太在卖乡下摘来的唐菖蒲,便宜得很……

"巴格里亚诺夫和博戈罗茨基干得棒极了,虽然现在还不太好评价,但大有希望……"

回过神来,我才发现自己正站在花瓶旁边,慢慢地擦着瓶颈上的灰。酒瓶落了灰还值得骄傲,花瓶可不行……

"普罗特尼科夫完全钻进牛角尖里了……好多人批评他,但我觉得他这个方向还是颇有前景的……"

"引人入胜""不俗""大有希望""颇有前景"。这就是专家说话的方式,克制庄重,风度翩翩。

"维多利亚[1],你为什么不愿意加入委员会?他们给你寄邀请函了吧?"

"我已经不干这行了,安德留沙[2]……你知道的。你的报告怎么样?"

"这不是我能评判的……"

他们去了客厅,我不打算说胡话,就拿着花瓶去了卫生间。

"什么题目?"

维卡提问的时候总能保持镇定自若,我却还是听出了她话音里强烈的兴趣,可能安德烈也能感觉到。

"《以虚拟空间亚文化中的潜者传说为例谈新神话学》,有人研究过这一课题,但批判性不够……"

我打了个趔趄,走出了房间。我猛地拉开浴室门,打开水龙头,把花瓶伸到下面。水晶花瓶撞上浴缸的金属边缘,叮当作响,但还是勉强在水流下立住了。

他在研究潜者传说?

---

1. 维卡的大名。
2. 安德烈的小名。

我把头一道浑浊的水倒出来，又重新灌满花瓶，然后一阵风似的冲进客厅。可能动作太快，安德烈和维卡都没注意到我。

"现在论点确定了吗？"

"目前来说——是的。"涅多希洛夫已经坐在了沙发上，不停调整着姿势，一副坐立不安的样子。他拥有快速和人打成一片的能力，但来到陌生空间，却要适应好一阵子。有些人第一次去别人家总能泰然自若，不管是富丽堂皇的豪宅，还是垃圾成堆的公共宿舍。安德烈不属于那类人，他大概只有待在自己家里才自在。

"我收集了所有关于所谓潜者的现存资料……"

我扯下包花束的玻璃纸，把玫瑰插进花瓶。维卡紧张地盯着我，接过花瓶，立马变了脸——

"廖尼亚，你干吗？这里面是开水！"

她立马奔向走廊，边跑边把可怜的花束抽出来。

我在安德烈身边坐下，默默打开伏特加酒瓶，带着询问的眼神看了看客人。

"如果您不介意……"涅多希洛夫打开了他自己带来的那瓶甜酒，好像是爱尔兰酒，奶味儿的。他把浑浊的奶白色液体倒进高脚杯，"维多利亚，你喝什么？"

"我们只有伏特加，"维卡说着走了进来，"和甜酒……"

该死。我忘了。她让我买红酒或者啤酒来着……

"维卡，店里没有合适的……"

"没事儿，"她把花瓶放到桌子中央，朝我摆摆手，"安德烈已经猜到了……"

"敬你们的新家！"涅多希洛夫盛了一勺沙拉，举杯说道，"终于抽出时间拜访你们了。"

我们碰了碰杯，吞下还没冰透的伏特加。酒不算难喝。我绞尽脑汁想着下一次碰杯的祝酒词。

为男主人干杯；为女主人干杯；敬客人和他成功的科研工作；敬祖国和人民……不，首先应该为在座各位的健康干杯，然后再为祖国和人民干杯。接着为下次重聚干杯。

不过我似乎高估了安德烈。就连度数不高的甜酒,他一晚上也只能喝上三四杯。祖国和人民可以松口气了,我们大概喝不到那一轮。

"工作还顺利吗?"涅多希洛夫吃着奥利维耶沙拉[1],就着甜酒问。

这个问题似乎没有指明对象,是同时抛给我们俩的。

我和维卡交换了眼神。

"还行。"维卡答道,"我在研究低年级小学生的空间和形象思维发展……我跟你提过。我们可以利用深渊来治疗认知受损……"

"马上要博士论文答辩了?"安德烈一本正经地问。

"嗯。"维卡轻描淡写。

"答辩的时候一定要叫我去啊!我给你写个好评语。"

"万一你不喜欢我的论文呢?"维卡问道。

"我怎么可能不喜欢你的论文?"涅多希洛夫大吃一惊,"我很清楚你的水平!列昂尼德,你最近怎么样?"

"我在为深渊城的一家大公司工作,"我说,"当运输业务专家。"

安德烈点点头。

"也就是搬运工。"我补充道。

涅多希洛夫露出微笑。他可能以为我说的是内行才懂的黑话。

"安德烈,说说看,潜者是怎么回事?"我问道,"他们到底存不存在?"

这位心理学家终于找到了舒服的坐姿,在沙发上安顿下来。他叹气道:"列昂尼德,你知道吗?从宏观角度看,如果将整个世界看作基本社会现象和伴生于各种社会微环境中的亚文化集合体,那么一切事物都绝对存在。在特定的历史背景和文化语境中,就连不死科谢伊[2]和

---

1. 俄罗斯传统沙拉,因发明这道菜的比利时主厨卢西安·奥利维耶而得名。
2. 斯拉夫神话中的凶恶魔法师。他把自己的"死"藏在极隐蔽之处:海上有个岛,岛上有棵橡树,橡树下埋着一个箱子,箱内有只兔子,兔子肚里有只野鸭,野鸭肚里有个蛋。科谢伊的"死"就藏在这个蛋里面。

雅加婆婆[1]的存在也不容置疑。说到底，什么是神话？就是把存在于人类意识中、但没有物理实体的事物带进现实世界。不是吗？"

"是的，大概吧。"

维卡看了看钟，起身走向厨房，提醒我们："热菜要上桌了……"

"因此，"安德烈仿佛在复述自己今天的报告，"要想创造一个完整的、具有生命力的神话——尤其是有生命力的那种——必须具备以下条件：第一，社会或社会当中某个稳定的组成部分需要这样的神话。在虚拟世界创始初期，这个条件是否具备？当然具备。因为电脑程序和设备都还不够完善，意外频发，所以人们迫切需要像潜者那样的救世主神话，他们能在深渊中找到你，帮助你，保护你……第二点！必须有人确实目睹过某些神话人物留下的踪迹。就好比古希腊人相信宙斯的存在，是因为他们都见过闪电。"

"也就是说，有人见过潜者？"

涅多希洛夫冲我摇摇手指。

"不是见过潜者！而是大家遇到了一些现象，然后把它们归于潜者所为。最典型的例子——普通人无法自主逃离虚拟世界，有些人却能自由出入。这怎么解释呢？只能解释为有一类特殊人群存在，他们能完全操控自己的意识，不会与现实世界断联！"

"那你怎么解释这些现象？"

安德烈轻声笑了起来。

"列昂尼德……这有什么难解释的！我明白，你经常出入虚拟世界，去那个深渊城……你已经习惯了那里的语言、文化和传说……但你得试着从里面抽离出来，作为一个正常的人、健康的人，好好想想这个问题！"

"这不容易，但我可以试试看……"我又给自己倒了一杯伏特加。厨房里传来一阵丁零当啷的声音，我赶紧喝完了杯子里的酒，把高脚杯放回原位。安德烈则非常礼貌地装作什么也没注意到。

---

1. 斯拉夫神话中的邪恶女巫，居住在深林中，坐在会飞的木桶里到处追捕迷路的小孩。

他或许真的没注意到……

"一开始我找错了方向。"涅多希洛夫颇有自我批判精神地说。

"我曾以为,不过是几个机灵的年轻人在自己的虚拟服装上画了几个特殊的退出按钮。他们在虚拟世界里一摁按钮,现实世界里的电脑就会自动退出程序。"

"那样行不通。"我说,"你可以给自己画一千个按钮,画满身体的角角落落。但在深渊程序的作用下,你的意识不会相信那些按钮真的管用。深渊是一种非常甜蜜的幻觉,比海洛因还诱人。你可以按下'退出'键,但实际上不会给电脑下达任何指令。知道为什么吗?因为一旦可以这样退出,就承认了深渊只是虚幻。给老鼠的愉快中枢[1]植入电极,老鼠并不会咬断通电电线,而会拼命按压通电开关,直到力竭而死。人并不比小白鼠高级多少。"

"赞成,赞成!"安德烈高举双手,"列昂尼德,我可是和最厉害的虚拟世界专家研究过这个问题。他们每天都要在深渊里待上好几个小时!"

我努力憋笑。如果有谁吹牛说自己认识能一口气喝下整杯伏特加的人,你会忍不住说:"这有什么了不起,我能喝下整整两瓶。"但……我觉得这么说有点儿羞耻。

别说每天在深渊待好几个小时,每天只有几个小时不在深渊的日子,我都过了不知多少年了。

"错误结论与正确结论同样具有价值。"涅多希洛夫还在对我阐述他的研究,"我开始深入挖掘这个问题。如果无法给出技术层面的解释,那么问题关键还是在人身上……"

"没错,"我一下来了精神,"很合理。潜者正是人类中的特殊存在。他们能感觉到幻想和现实的分界线……"

涅多希洛夫忧伤地摇摇头,"你又在讲故事了。你盲目地相信那些

---

1. 动物脑中与生产愉快情绪有关的部位。心理学家曾在动物实验中发现,对该部位施以弱电击能引起愉快情绪。在电流强度合适的情况下,老鼠可以几个小时不停地按压通电开关。

传说。知道为什么吗？因为你对独行侠的神话深信不疑！"

"我没听明白。"我老老实实地承认。

"潜者都是两人合作的团队。"安德烈藏不住得意的笑容。

"有时候是这样，没错。"我想到了罗姆卡，不禁皱起眉头，又伸手去拿酒瓶，"但总的来说，他们都是可怕的独行侠，而且……"

"都是传说！"涅多希洛夫郑重其事地断言，"这是传说！潜者，所谓的潜者，正是把所有赌注都下在了大众对个人主义的崇拜上。但他们自己总是两两成行。一个潜入虚拟空间，"他顿了顿，"另一个坐在他身边，通过屏幕监控同伴的行动，在必要的时候把他拽出去！"

"但……"我努力想象着他口中的场景，说到一半又停下了。

"懂了吗？"涅多希洛夫拍了拍我的肩膀，仿佛想要安慰我。他的社交舒适距离比日本人还远，就连握手都是匆匆一捏，"潜者的所有秘密，就在于二人合作！"

"安德烈，其实，潜者的工作不是这样……"我又停了下来，这不是我想说的。该死，怎么跟他解释呢？"安德烈，你去过深渊吗？"

"当然没有。"涅多希洛夫语气里带着讶异，"我只是研究它，列昂尼德。我是个研究学者，不是实验对象。"

我强忍着"实验对象"这个词带来的不适感，接着说——

"那么请你相信我，你所说的研究方法根本无法得出任何结论。电脑屏幕上的画面和你在深渊里的所见所感截然不同。无论同伴多么谨慎聪明，也不可能知道你什么时候必须退出深渊。"

"这只是你的个人感受，列昂尼德，"安德烈温和地微笑着，"我可是和专家们研究过的。他们认为，真相就是这样。更何况，实验证明我的假设是成立的！"

"在个别情况下也许是成立的，"我没打算用真相反驳他，我的真相和他的截然相反，但无法让他信服，"但我敢肯定，它不可能在一切场景下都奏效！深渊更是今非昔比！两年前，大多数人还在拨号上网，借助调制解调器进入深渊城。那时候数据传输速度慢得可怜，屏幕里的图像也很粗糙。你觉得虚拟世界为什么需要那些公司，比如深渊客运公司？"

"为了方便快捷地在虚拟世界里移动。"安德烈心平气和地答道。

"不对！当你在虚拟世界里乘坐出租车的时候，车辆就会立马加载与目的地相关的数据。现在依然如此，但传输速率快多了。过去人们在深渊城的移动速度是很慢的。你的电脑和网线越差，从一个点移动到另一个点的速度就越慢……"

"有意思，"涅多希洛夫点点头，"我会把你说的考虑进去，谢谢。但总的来说，你还是错了。"

"为什么？"

"因为你成了传说的俘虏，列昂尼德！你太浪漫主义了，希望我的话没冒犯到你。有浪漫主义精神是件好事！当然，潜者存在过，以传说的形式，像社会环境中的一个元素、一种象征。某种意义上说，他们也在物理层面存在过，类似高度协作的黑客团队。但也仅此而已。让我们来分析分析几个最著名的潜者神话——他们出现在虚拟世界初级阶段末期，也就是虚拟神话黄金时代。什么马鬃桥传说、阿尔-卡巴尔的金苹果传说、倒霉鬼传说、死亡迷宫传说……"

"传说？"我怔怔地问。

"男孩儿们！"

我们转头看向维卡。

"别吵了，好吗？"维卡在我们面前放下盘子，"把这道菜吃了再接着喝。你，廖尼亚，给我倒杯伏特加。"

"你不是想喝甜酒吗？"我嘀咕道。

"我改主意了。"

我们四目相对。

她全都听到了，或者是听了大部分对话。她明白我现在的感受。

在这种事情上，我们完全理解彼此。

无论我们之间发生了什么状况。

"谢谢，维卡。"我说，"这样我就不用孤零零一个人喝伏特加了。"

门铃再次响起时，我们杯子里的酒几乎喝光了。

十一点左右,我和涅多希洛夫带的两名学生,瓦西里和瓦洛佳,站在阳台上聊天。我手里拿着空酒杯,脑袋乱糟糟,心里空荡荡。

"那么,现在我们可以得出什么结论?"涅多希洛夫的声音从客厅传来,"我们确信,死亡迷宫游戏中心的程序员技术水平不合格,所以导致服务器故障。但是如果承认错误,他们就会被罚款。所以他们就把错误都推到潜者头上。如果逐一分析潜者传说,我们就会发现,实际上每个故事的源头都是些无能、不专业且自以为是的程序员。在中世纪,人们宁可把瘟疫横行的原因归罪于邪恶的女巫,也不愿意正视屎尿横流的街道。那些不存在的潜者,就是新时代的替罪羊……"

我深深吸了一口烟,这根烟是我向瓦洛佳要来的。我很少抽烟,但现在非常需要来一根。

身旁两位年轻人聚精会神地支起耳朵,听着导师高谈阔论。他们做得对,毕竟马上就要副博士毕业了。他们必须驳倒所有神话,纠正谬误,为摇摇欲坠的上层建筑打下坚实基础。

"那为什么是潜者,而不是黑客?"维卡端着酒杯坐在涅多希洛夫对面,已经听了他半小时热情洋溢的布道。

有意思,安德烈难道没意识到,现在他已经被维卡当作研究对象了?

"所有人都觉得自己是黑客,或者至少所有程序员都这么想,"涅多希洛夫反应很快,"要是承认那些事故都是黑客失误导致,不是又给自己的无能添加一个证明吗?但潜者就不一样了。他们是超自然力量,是拥有超能力的人类,输给他们并不丢人……维多利亚,你自己也做过潜者研究吧?"

"我早就厌倦了,安德烈。"

"可惜,可惜……这个课题多有趣啊。"

"但潜者根本不存在,安德烈。"

维卡言语间的讽刺藏得很深,我差点儿没听出来。

"研究对象是否存在并不重要,维卡!研究本身就是价值所在!"

我望向维卡若有所思的面庞,然后朝安德烈点点头,举起酒杯,

"为不存在之物的重要性干杯!"

我们碰了碰杯。

"我们该走了,"瓦洛佳看了看自己的同学,"快提醒安德烈·彼得洛维奇[1]……火车要开了。"

"你自己去说。"瓦西里毫不留情地拒绝了。

"安德烈!"我转身冲安德烈喊道,"你还要赶火车吧?孩子们担心要迟到了!"

客厅里出现了短暂而尴尬的沉默。

"的确……"透过纱窗,我看见安德烈依依不舍地从沙发上站起来,"维多利亚,来趟圣彼得堡吧,我们试试重启你的老课题。一言为定?"

"我尽量。"维卡也起身送客。

涅多希洛夫和两名学生很快就离开了。我很欣赏他们这种品质——毫不犹豫地道别。

"列昂尼德,期待下次再会!"安德烈使劲握了一下我的手,显然,他很喜欢今天的聚会。可不是吗?在委员会大出风头之后,他又重现了一次自己风光无限的发表会,而且是在曾经名声赫赫、如今已洗手做羹汤的前同事,以及她无知的丈夫面前。

"再会。"我说。

我在他们身后仔细地锁上大门。

我喝多了。

"廖尼亚……"

我看向维卡。她倚着墙,浑身瘫软,看起来甚至苍老了许多。

"我不存在,"我说道,"维卡,刚刚不是有人证明给我们看了吗?我不存在,从未存在过。我只是个传说,是个神话,是人家论文里的几个段落。"

她沉默了。

---

1. 彼得洛维奇是安德烈的父称。在俄罗斯,学生通常以名字加父称的形式称呼老师,以示尊敬。

"我没去过阿尔-卡巴尔;没有把倒霉鬼从'迷宫'里救出来;没在妓院里躲藏过;妓院老板娘也是个子虚乌有的人物。我只是个为了解释人的局限性而被杜撰出来的产物。一个从未去过深渊的人刚刚证明了这一切。"

"列昂尼德,请理解,他是个很有才华的学者……"

"看出来了。"

"他只是醉心于这个话题。如果一位学者将某个论点视作真理,那他永远也不会承认自己错了。他会驳斥所有不符合自己理论的现象,证实那些最不可思议的事实。"

"真是出色的学者……"

"但有一件事他没说错,"维卡注视着我的双眼,"潜者是不存在的。现在已经不存在了。这一点你必须承认。"

我本可以说,我早就接受这个事实了,但还是选择了沉默。

"明天再收拾吧?"维卡轻声说。

"好吧。"

"我们去睡觉?"

"我不想……真的不想。"

"夜猫子……"维卡带着一丝轻微的嘲笑小声说。有那么一瞬间,我真想朝刚才发生的一切啐一口唾沫。

去睡觉。明天一早起来给熟人打电话,找一份正常的工作。

"我不是夜猫子,"我说,"不是夜猫子,也不是百灵鸟。这些猛兽我在梦里也见不到。"

"晚安,列昂尼德。"维卡扭头走进了浴室。

"晚安。"我嘟囔道。两年前,光是想到自己能在维卡睡熟之后坐在电脑前,我就觉得生活无比美妙。

但现在一切都变了。

浴室的门关上了,里面传来哗啦啦的水声。我赶紧走进客厅。脚下轻飘飘的,的确喝多了。我半路脱下衬衫和牛仔裤,随手扔在沙发上,又从桌上抓了一块奶酪,喝了口橙汁。

拟真服还湿漉漉的，早就该好好晾干它了……我把拟真服连上电脑，盯着屏幕慢慢亮起来。

我不存在。我的所有同类都消失了。是这样吗？

一股冰冷而强烈的怒意从心底升腾。

脚下的茫茫黄沙、难捱的酷热、让人睁不开眼的阵阵狂风……眼前那道百米宽的深渊、深渊对面的那座东方城市、那些橙黄、橙绿色调的清真寺和穹顶……

这一切都从未存在过？真的吗？

陡峭的悬崖被顽强的低矮灌木覆盖；风很大，我只能眯起眼睛；天空阴沉，河流虽不是从山间泻下，却十分湍急；几只巨鸟在远处盘旋——我不知道是什么鸟，它们从不飞近。

就连这些也不存在！不存在！

蓝色火焰在草丛中闪烁，但根本无法烧毁阴影或驱散黑暗；星星坠落在山谷之间；散乱的巨石堆就在不远处，与环境格格不入，仿佛是从另一个世界冒出来的。

这一切都是假象。是菜鸟玩家和半吊子程序员制造出的假象，是新时代的神话。唯一真实的只有布满灰尘的监控仪、发烫的电脑以及呆滞无神的双眼，还有那些木然地把拟真服插上深渊接口的人……

十指触到键盘。我感觉到嘴唇被自己咬得生疼。现在维卡要从浴室出来了，她会发现我在老地方坐着——坐在电脑前敲打键盘，戴着头盔，双眼盯着网络中流动的虚无数据。她会在一旁看着我，可能还会时不时走上前来帮我调整掉落的接线，把厚重的阳台门开个小缝，让我透透气。然后她会悄然离开，独自入睡。她的笔记本电脑摆在床边，寂寞地等待着自己的主人醒来。

d-e-e-p

"这些野兽我在梦里也见不到……"我自言自语。此时此刻，涅多希洛夫大概正在出租车里如坐针毡，向司机和聚精会神的研究生们解释自己的理论，汽车穿过冷冷的寒夜……

回车。

疯狂旋转的彩虹形成圆环,头尾相接。

深渊。

100

我砰的一声关上房门,来到走廊。深渊总是能驱散醉意,只留下冒险的激情和对行动的渴望。

我不存在?

走着瞧吧。

我走向2017号房间,同时环顾四周。走廊里空无一人。好极了,没人看见我在各个房间来回穿梭的诡异行为。

输入密码,门应声而开。

几小时前没成功的事,现在水到渠成。我迈过门槛,关上身后的房门。

一阵寂静。

这不是普通旅馆房间里的静,而是在墓室、废弃机库和潮湿山谷里的那种静。或许这寂静也是我臆想出来的,但此刻它成了现实。

我尽量不去看挂在墙上的那幅画,径直走向衣柜。柜门没有锁,既然门锁都被撬开了,那衣柜也没有上锁的必要了。

希望维卡没在现实世界里看我的屏幕……

我轻轻一推,柜门缓缓打开,轻轻发出忧伤的吱呀声。

"你好……"

柜子里挂着一具具压皱了的义躯,仿佛泄气的橡胶娃娃,灰尘味和樟脑味扑面而来。

我伸出手,轻轻抚摸其中一具义躯。那是个瘦削高挑的男人,皮肤黝黑,眼睛是黯淡的蓝色,腰间挂着一对枪套。

"你好,枪侠……"

他沉默不语。没有我,他什么都不是。

没有我，他们什么都不是。

我又摸了摸那个穿着古怪的大胡子……

"你好，利眠宁[1]……"

还有这位一表人才的绅士……

"你好，多恩……"

红头发的胖姑娘……

"你好，路易莎……"

相貌平平的中年男人……

"你好，滑头鬼……"

老态龙钟的老头儿……

"你好，普罗透斯[2]……"

年轻可爱的小伙子……

"你好，罗密欧……"

他们是枪筒里的子弹、皱巴巴的狂欢节面具、军火库里的旧武器。

或者……

只是博物馆里的展品。

我从衣架上取下老头儿的义躯。我看着他空洞的眼睛——白茫茫的，像罩着一层白雾……我又托住差点掉下来的摩托车手，这具身体适合在深渊城四处移动。我甚至没把它挂回衣架上，直接扔到了床脚。

我走到镜子前，细细打量自己的新身体。我抚摸着这张脸，抚平皱纹，把嘴角往上提，掰直鼻梁，挺直后背，展开双肩……

这样我就不是个老头儿了，而是个眼睛里闪烁着智慧的普通中年人。

但这仍不是我想要的形象。

我感到自己的身体仿佛被蛀虫啃噬，被灰尘掩埋。整整两年过去了……时间并不是毫无痕迹的。

---

1. 一种镇静剂。
2. 希腊神话中的海神之一，为海神波塞冬放牧海豹群。

我也可以钻进性感的路易莎身体里,或者套上硬汉枪侠的外壳,也可以试试滑头鬼,虽然我无比讨厌那具身体。

但无论如何,都不是过去的感觉。

他们在这里等待我太久了,像默默无言的忠犬,随时准备为我服务。他们累了,潜者列昂尼德的老朋友们。

但我仍需要他们,需要他们最后一次短暂的服务……

我从破旧的夹克外套口袋里掏出寻呼机。竟然还能用。寻呼机收到了上百条信息,但最近的一条已经是今年春天的了。我一条也没读。

和现实世界不同,深渊里的寻呼机是一种双向通信工具。我打开通讯录,翻看这份长长的名单……

疯子[1]的名字旁闪烁着紫色的小火焰,说明他此时在线,但处于忙碌状态。

试试总无妨……

我打开对话框。

"舒尔卡[2],你好……"

无须自报家门,他自然会看到发信人的名字。

"今晚。'三只小猪'……八小时后我会在那儿等你。请务必赴约……"

我盯着屏幕等了几秒钟,仿佛期待他能马上回复。过了一会儿,我才把寻呼机揣进口袋。

或许这就是过去能给我的全部了。

"枪侠,对不起。"我从枪侠的枪套里拿出左轮手枪,"大家……对不起……"

开火前,我先后退了几步。

衣柜里有六具义躯,左轮手枪里有六发子弹。我看着调皮鬼路易莎的身体冒出火光,然后渐渐消失;浪漫主义者罗密欧化作灰烬;诡

---

1. 《深潜游戏 I:迷宫》中出场的人物,列昂尼德的密友。
2. 疯子本名亚历山大,舒尔卡和萨沙都是他的小名。

计多端的滑头鬼腐烂成泥；礼貌绅士多恩成了一片水蒸气；睿智的利眠宁炸裂成云雾般的火花。最后一次按下扳机前，我咬紧了嘴唇。

枪侠的身体像被电击似的抽搐了一下，但毫发无伤。

当然了……以子之矛攻子之盾，只能是徒劳。我应该用滑头鬼的匕首，或者从利眠宁那儿取一撮毒草来对付枪侠，但为时已晚。

至于我正在使用的老头儿普罗透斯，就算赤手空拳也能让他一命呜呼。但干掉枪侠却没这么简单。

就算是跟过去的自己搏斗，没有外力帮助也很难占上风。

我犹豫片刻，取下枪侠的身体，再一把抓起毫无用处的摩托车手，把两具轻飘飘的义躯沿着走廊拖向自己的新房间。我刚打开门锁，忽然发觉楼梯旁似乎有异动。我立刻屏气凝神，往昏暗的走廊里张望。

可能是错觉。

我把两具义躯往床上一扔，摩托车手和枪侠面对面躺下，嫉妒地瞪着对方。

这就完了？

不，应该还没完。

我锁好房门出来，走了几步又停下，迅速扫视四周。走廊空无一人。

的确是错觉。

我又回到2017号房间。从墙上取下挂画时，我盯着画里的风景出了神。

画面没有任何异常之处。几座山峰高得有些离谱，但并不让人觉得虚假；山上的悬崖边立着一座小木屋；几缕白云飘浮在高高的天空上，除此之外别无他物。

我手捧画框走出房间。

一枚子弹朝我直射过来。

枪声很沉闷，不像那种震耳欲聋的警用温彻斯特步枪。这一点值得庆幸。但强烈的爆闪还是让我眼前一黑。我仰面倒下，胸口一阵沉闷的痛楚弥漫开来。我眼冒金星，身体失去力气，动弹不得。

一个黑色身影走上前来,举着枪,俯身观察我。带消音器的枪管在我眼前暗暗地闪着光。

我已经很久没被射杀过了。大概从我作为潜者死去的那一刻起,就再也没有过了……

"这是警告,"他的声音沙哑,是人工合成的,"明白吗?"

普罗透斯没有说话,普罗透斯耳朵被震聋了,普罗透斯连动弹的力气都没有……

"你听见了吗?喂……"

神秘人的手碰到我肩膀的瞬间,我开始变身。

我用利爪撕裂对方,强壮的前掌一击打飞他的手枪。下一秒,我已经四脚着地,凶神恶煞地朝他龇出满口利齿。雪豹并非一种大型猛兽,但此刻体型并不重要。

可我还是和刚才一样什么也看不见!眼前满是显示屏五颜六色的条纹,简直像是在古董电脑的老旧显卡上运行深渊程序。人物动作全部扭曲变形,人像轮廓也难以分辨……

"我重申一遍,这只是警告。"

对方的声音里没有一丝恐惧。这说明情况不妙。

深渊啊深渊,我不属于你……

我甚至没摘下头盔。我心里明白刚才发生了什么。头盔上的屏幕挤满了模糊不清、画质粗糙的图像。屏幕支持的十六色显卡不足以完全反映出深渊城的面貌。我在深渊中所见的景象比现在清晰得多,潜意识会竭尽全力过滤掉一切杂质,补全图像的不足之处。

d-e-e-p+回车。

"你是谁?"我半是尖叫,半是怒吼。

那个古怪的身影摊开双手——

"你明白了吗?"

"我不明白!"

"好好想想……"

又是一枪。

无声的枪击。声音也死掉了，彻底消失了。现在我不仅失去了视觉，还失去了听觉……

一道火光闪过，普罗透斯的身体自燃了。雪豹也消失了，化作一股火焰旋风。此刻，我的触碰就意味着死亡。

但我不知道自己还能触摸什么。什么也看不见，什么也听不见……我只能两手摸索墙壁，在走廊里横冲直撞……

不论开枪的人是谁，他都已经离开了。

他已经完成了任务。

我呆呆站在走廊中央，如同一个火焰织就的影子，所向无敌又孤独无助。

深渊啊深渊，我不属于你……

屏幕上一片混乱，鲜红、深红与黄色交织在一块儿。耳机里寂静无声。

这次出色的伏击很有成效。一上来先摧毁我的视力，然后趁我没回过神，又夺走我的听力。

我打开界面点下"重启"键。电脑不满地发出嘀嘀声，开始重新运作。

我把头盔放在桌边，转身看了看墙上的时钟。

才十二点半。虚掩的卧室门后一片漆黑，维卡已经睡了。

屏幕上弹出BIOS[1]界面，接着出现的是飘着白云的深蓝色背景，然后是工作桌面。我略加思索，从DVD架子最底层抽出一张光盘，放进光驱，然后再一次重启电脑。

开始时一切正常。

只不过深蓝色背景上没了云朵。

桌面上的图标变成了难以察觉的半透明色，以防遮住屏幕上那张人脸。

"你好，维卡。"我说。

---

1. 计算机术语，指基本输入输出系统，是个人电脑启动时加载的第一个软件。

"日安，列昂尼德。"屏幕上的女人皱了皱眉头。虚拟维卡能够表达的情感有限：快乐、忧伤、好奇和怀疑。她的喜怒哀乐都非常简单纯粹，跟真实生活中的情感并不一样，"与上次相比，硬件基础有较大改动，是否开始重新适配？"

"是的。"我同意了她的操作。

老实说，我不太确定维卡——我的私人用户端口，能不能与新Windows管家系统适配。我在测试版上试着安装过，但那已经是一年前的事了。

屏幕上的维卡耐心等待着。

我起身拔掉拟真服插头，走向浴室，把脑袋伸到水龙头流出的冷水下面。醉意已消失殆尽，只剩下隐隐的胃痛和嘴里的干涩感。

到底是谁朝我放了冷枪？更重要的是，为了什么？为什么要打死我这个毫无威胁的深渊城居民、豪敦速运的搬运工？

谁会需要我呢？

不，他们需要的不是我……而是潜者列昂尼德……

这也说不通。

潜者已经不复存在了……这是板上钉钉的事实……

我忽然发现镜子里的自己露出了微笑。从谁那里得到自我价值认同并不重要，不论是朋友还是敌人。重要的是，我仍有价值。

我现在的笑容大概就像一个刚刚收到作战通知单的预备役士兵。明明没什么可高兴的……一张小纸片算不了什么好兆头……

但无论如何，我是被需要的！

"我不是行尸走肉，"我对着镜中的自己喃喃自语，"见鬼去吧……反正我不是行尸走肉……"

镜子里的影子也嚅动嘴唇，无声地重复我的话。

我像着了魔似的，用手掌摩挲冰冷的镜子。镜中的自己满脸洋溢着傻乎乎的微笑……随它去吧。我拿起旧剃须刀，往手心里挤了一团剃须泡沫，剃起胡子来，动作小心翼翼，然后往脸上拍须后水。我又站了一会儿，试图让表情恢复严肃。我有什么可美的？高兴自己像只小狗崽一样被打理得干干净净?

"我到底招惹谁了?"我问镜中的影子,"嗯?你怎么想的?"

我在冰箱里找到了一听可乐和一罐果汁。我选了果汁。机智的生产商在饮料里加入磷酸,吸走了我嘴唇上的水分,让人不适。嗯……现在是十二点四十五分。我要去查看电脑,看看维卡有没有把旧文件迁移到新系统,电脑可能已经死机了。

电脑还在工作。屏幕上的维卡正在微笑。

"情况如何?"我接上电源,问道。

"系统稳定。内存充足。"

"联网,普通模式。三号身份,普罗透斯。"

"已完成。"神速。光纤果然不是烂糟糟的电话线能比的……

我戴上头盔,靠在椅背上。

该死……一切都和从前一样……

几乎一样。

d-e-e-p+回车。

摩托车手和枪侠还难舍难分地躺在床上,和我离开前一样。我从椅子里起身,照了照镜子。啊哈,普罗透斯保留了我之前的修改痕迹,看起来是个眼神智慧的中年男人……

我蹑手蹑脚走向门边,好像这么做有用似的,接着又猛地拉开房门,蹿进走廊。

我的防御措施显得可笑又多余。走廊里一个人影都没有。地上只有被子弹射穿的挂画孤零零地躺着。

我仔细检查画布。子弹刚好打中了画上的小木屋。木屋不见了,取而代之的是一大片颜料斑点,由十几种色调混合而成。

我把挂画拿回房间,放在那两具死气沉沉的义躯上面,然后离开房间来到楼下。我可以去租辆摩托车或者小汽车,停车场就在旅馆隔壁。算了,还是把出行的事儿交给深渊客运公司吧。

我一抬起手,街角就冒出一辆黄色小轿车。驾驶座上的小伙子像个朋克青年,这也是虚拟司机里最常见的类型。

"三只小猪餐厅。"我说。

"行程预计三分钟。"司机的俄语带点儿波罗的海沿岸口音。

汽车轻轻一抖,启动了。与此同时,我的寻呼机也响了起来。我按下接收键,已经猜到了消息是谁发来的。

"嗨……"耳边传来疯子低沉的声音,"我会去,等我。"

言简意赅。

不知是不是我的错觉,他的口音似乎不比司机轻?也对,毕竟都过去一年了。

一年前,疯子突然移民去了美国。离开俄罗斯的朋友不止他一个……但大家一般会早早表露移民意图。疯子在移民这件事上是最沉得住气的,他曾说过,除非手里有一张直飞西雅图的机票,否则他不会去美国。苏联时期的犹太人大概也是这么跑去以色列的——直到临行前才透露去向。

最可笑的是,如果他不说,可能他走后一年我也发现不了。正好那时我和维卡搬到了莫斯科,我和疯子只能在深渊见面。

不过我迟早会发现的。我夜里在虚拟世界中闲逛的时候,疯子那儿正是白天,他还在上班。虚拟世界可以消除距离,但消除不了时差。

出租车沿着一条单调的小巷行驶,微软总部的塔楼在车窗外一闪而过。车子随后转入一条大道,几秒钟后,就在餐厅旁停了下来。

我付清费用下了车。餐厅周围的街区变化很大,一部分建筑拆掉了,还有些重建。只有餐厅没变,还是之前那座折中主义建筑[1]——三分之一是石头,三分之一是木材,还有三分之一是简陋的草垫。

我知道,三只小猪故事里最聪明的,是那只用石头盖房子的小猪。我愿意为他鼓掌。但最狡猾的反而是那只拿干草盖房子的小猪。冬天他可以搬去石头屋,夏天又可以在自己的房子享受清凉。

我挂着得意的微笑,走向草屋大门。

---

1. 19世纪上半叶至20世纪初的欧美建筑风格之一,特点是根据需要模仿并融合各个历史时期的建筑风格。

但我更想知道,聪明的三弟收留了两个马虎哥哥之后发生了什么?他的房子倒是挺结实……收留两个劳动力,保证温饱总是可以的……

正要伸手掀开竹子门帘,我意识到了些什么。

普罗透斯在笑。

我在笑。

带着这个略显阴险的笑容,我踏进了"三只小猪"的亚洲厅。

这里人声鼎沸。

我已经一年多没来"三只小猪"了。虽然外观没变,餐厅的内部面积却已大大扩张。亚洲厅里多了一个小水池,中间漂浮着一座座石头筑成的小岛,岛上种着樱花树,繁花朵朵的枝丫伸向天花板。旧桌子还摆在原地,但也添了些新桌子。服务员比从前多得多。我敢发誓,他们都是活生生的真人,不是服务程序。

要不我申请到这里工作?老板想必会看在旧交情的分儿上雇用我。这是份好差事,至少不用再抬钢琴了,只不过还得和人打交道……

一个身着白衣的小伙子满脸笑容地跑来。他的脸看起来更像韩国人,而不是日本人或者中国人,但雕琢得很细致。

"两位,还有一位稍晚点到。"我对他说。

"您这边请……"

服务生领着我来到角落里的一张小桌前,桌子上有个转盘。他手脚麻利地收走两把多余的椅子,等我落座,然后把菜单摆到我面前。

"米饭、天妇罗、清酒。"我根本没看菜单,直接报出菜名。今天不是周四,但可以把今天当作吃鱼日[1]……

服务生有点儿疑惑。

"如果您偏好日本料理,那我建议您坐那边……"

明白了,这张桌子是用来吃中餐的。

"没关系,"我挥挥手,"我朋友很可能会点中国菜。还有,清酒别热过头了,我喜欢微温的。"

---

1. 苏联政府曾规定每周四为"吃鱼日"。

他礼貌地微微鞠了一躬,一路小跑离开了。

在深渊,我们都成了讲究的食客!

尽管在现实世界里,我们整天吃些煮过头的意大利面和焦煳的速冻炸肉饼。可一到了这里,却开始抱怨清酒太烫了,牛排太老了……

就这情形,怎么可能不得深渊心理障碍……

我笃定疯子还没来。他一进门就能认出我,普罗透斯就是他设计的,所以一定带着些只有疯子能识别的标记。

趁这段空档,我可以坐着思考一会儿。

现在我手头有些什么?除了几具破旧的潜者义躯、一堆勉强称得上有用的战斗程序,和一些久未联系的电话号码?

不……打住。先不用去军火库里翻看库存,首先应该考虑清楚,我到底想不想拿起武器。

我手上握有什么信息?刺猬讲的那个意外触动我神经的故事……还有那个陌生人,在我刚取走潜者那些破烂货时就偷袭我……

思路还是不对。

问题的关键在于,我为什么需要考虑这些事情?

只要把在鱼王餐厅听说的故事当作耳边风,再接受那位陌生人的警告。这就行了。什么麻烦都不会有。

我早就该辞掉豪敦速运的无聊工作,然后找份有意义又有钱赚的差事了。我毕竟有一技之长,并非一无是处。深渊需要设计师和艺术家,尤其是现在。深渊城的发展速度过于迅猛,已经全然不顾现实世界里的危机和苦难。

只不过……

搬运虚拟重物——这是对命运的回击与嘲讽。以这种形式发挥无人问津的潜者能力……就像失业的音乐家在午休时弹起吉他,只是做做样子,仿佛还在期待什么……可能是成功,可能是认可,也可能是昏暗观众席上方的明亮舞台……那个吉他手怎么唱的来着?"他只做不可不为之事,他是色彩的奴隶和上帝……"

但如果这位音乐家忽然从柜子里拿出泛黄的厨师学校结业证,转身去隔壁食堂当起厨师,那他就输了,输得彻彻底底。从此以后,他将不再是那个草包乞丐,他会备受尊敬,过上衣食无忧的生活。

但他永远不会再拿起那把吉他,永远不会。即使夜晚有朋友造访,他也不会再碰一下。因为来者不再是穷音乐家,只是些平常客。

我不想要那样的生活。

我等待这一刻已经两年之久了。唔……准确地说是一年半。从人们不再需要潜者的那一刻开始,从我意识到自己成了无业游民开始,我一直在等待。我不知道自己回归的契机会是什么,但我清楚自己绝不会放过这个机会。

第一声微弱的呼唤,是刺猬讲的故事。

我差点儿错过它。要是在以前,我肯定是头一批知道这个消息的人……

但我听到了这声呼唤。我沿走廊迈出二十步,向着早已被自己尘封的地方走去。

然后得到了属于我的奖赏——当胸一枪。

深渊资深研究学者安德烈·涅多希洛夫尽可以固执己见,把潜者看作传说。

但有人不同意他的看法——就是这么回事!

如果还有人将你视为威胁,那就证明你还活着。人们会杀掉对手,把尸体蹅进山沟,留作野狼的美餐。但没人会朝已死之人开枪。

我望向端着托盘一路小跑的服务员,又露出了微笑。我是潜者。潜者并不是被遗忘的过去,而是活生生的人。

在距离我只有两米的地方,服务生朝厨房张望了一眼,脚下一绊,摔倒了。托盘飞向了空中。

深渊啊深渊……

可惜我不是第一次在日本厅就餐。我知道这个小小意外不会导致什么严重后果。只不过……只不过我现在想玩个小把戏。

……我不属于你……

画面失去了真实感。不知是谁发出一声惊叫。上一秒,服务生脸朝下摔倒在地,下一秒就立刻翻身,仰面朝天,举起双手。我知道,接下来他会两手接住菜碟,一脚颠起托盘,然后一跃而起,把菜碟放在下落的托盘上,随后稳稳接住,顺势将这整套动作化为一个难为情的鞠躬。最后他会左手端着托盘,右手按在胸前,向受惊的客人们从容行礼。

这是献给客人们的小节目。

但我成心要打断他的表演。

跳起来还不容易吗?这又不是那种需要在空中旋转躲避子弹和障碍墙的游戏。我轻松飞过服务生的头顶,在空中接住几道菜,手肘揽过托盘,接着一转身,代替服务生演完了他的节目,连鞠躬和致意都没落下。

服务生躺在地板上,目瞪口呆地举着双臂,脸上的表情看不出是喜是悲。

d-e-e-p+回车。

服务生从地上爬起来,窘迫地把手按在胸前,然后开始鼓掌。

好小伙儿!他还是把小意外变成了一场表演。

我微笑着,郑重其事地把托盘递给他,重新落座。

"先生,您练过功夫?"服务生一边放下托盘一边问。

"练过一点儿。"我含糊其词。周围的客人们交头接耳,纷纷议论着刚才的场面。他们大概以为我是个托儿,"不好意思,您不会生气吧?我知道,我抢了您该做的事儿。"

服务生咧嘴一笑,似乎一点儿都不生气。

"没什么,没什么。您的表演可比我精彩多了。清酒马上就来……"

普罗透斯的口袋里有一包烟,我掏出来点上,让烟雾替我遮挡周围人的目光。让他们冷静冷静吧。

"你最近在马戏团打工吧?"

我回过头,疯子向我走来。

他有无数义躯,但都很容易辨认。非要形容的话,那些形象都毫不起眼,总之全是日常生活中随处可见的人物,而且都是灰不溜秋的。

我从没见过疯子用金发或红发义躯,他一直是深色头发,皮肤黝黑。

"你好呀!"

我们握了握手。许久不见,气氛难免有些拘束。疯子在我身边坐下——

"你……又干起老本行了?"

疯子眼里充满了好奇。他知道我那些潜者往事……还曾试图帮我找工作,美国的也有,俄罗斯的也有。他甚至问过我想不想干程序员……太逗了。老马学不会新把戏。

"我需要帮助。"我开门见山。

服务生走上前来,我止住话头。疯子报出一连串菜名:"炒面、火腿炒蛋、龙眼糕和绿茶……"

服务生微笑着点头退下。我却来了兴趣。疯子爱吃炒面,这个我记得,但我从没见他吃过什么听起来像臭鸡蛋、蛇的内脏或者动物下水的食物……

"龙眼糕是什么?"

疯子朝我笑笑,"一种甜点……"

"哦……"

"说吧,出什么事了?"

我没作声。

舒尔卡揉了揉鼻梁。我猜他真的很忙,但我还是没有回答。

"那就说说,你需要什么?"

"武器。"我直截了当地答道。

"那你不该找我,"疯子忧郁地抬起双眼,"我早就不干这行了。"

"怎么可能?你不是在'虚拟枪'工作吗?"

"我是在公司的资产安全部工作。"疯子强调。

"舒尔卡……"

"我得找找,一时半会儿弄不来。"他妥协了,"你要知道,我们的系统是封闭的,从公司服务器偷文件等于自杀。"

"那你可以告诉我去哪儿找吗?"

"你那儿什么武器都不剩了吗?"

我耸耸肩,"都是老家伙了。枪侠的左轮手枪还在,这副普罗透斯的身体多少也管点儿用,但……"

疯子理解地点点头,"这些装备只能吓唬吓唬三脚猫……给我纸笔。"

我给他拿来笔记本,疯子飞快地写下了几个字。

"给。"

我读着读着,皱起眉头来。纸条上只有一个名字:成吉思。没有姓氏。他还写了个地址……奇怪的地址。我试图弄清楚那是个什么地方。

"你现在不是住在莫斯科吗?"舒尔卡对我认不出地址的反应感到吃惊。

"没错……疯子,这地方在哪儿?"

"就在红门地铁站[1]旁边,如果我没记错的话。"

"见鬼……"

我就像脸朝下摔进了泥坑,窘迫万分。

"要不是知道你是潜者,"疯子嘟囔着拿了我几根烟,如饥似渴地抽起来,"我还以为你得深渊狂热症了呢……该死,我太想抽烟了!我们公司不让抽……"

"为什么?"

"为了健康!"

"虚拟香烟对健康有什么影响?"

"你忘了我现在在哪儿生活?"舒尔卡闷闷不乐地反问,"这些愚蠢碍事的美国人……"

"你们公司就没人抽烟?"

"跟大烟囱似的。"疯子幸灾乐祸地说,"他们吭哧吭哧地狂塞胆固醇汉堡,手机上一聊就是几个小时,屁股一个比一个大,倒是天天喊

---

1. 莫斯科地铁一号线上的一站。

着为健康而战。祝他们活上千年万年！过去我们都是为和平而战，那时候俄罗斯的坦克世界第一多……现在的美国人，可能知道地球是圆的，但不一定知道地球上除了美国以外还有什么别的东西。我真是受够了……"

服务生端来了疯子点的菜，给我上了清酒。客人们都满怀期待地看着我们这桌，但服务生这次没有再整什么花里胡哨的表演……

"那就回来呗。"我忍不住暗暗嘲讽他。疯子冷哼一声，深吸一口烟又放下。

"说说，你怎么了？"

"我今天去看了看从前的那些义躯。就是随便看看……"

"然后呢？"

"我被偷袭了。"

我给疯子详细讲了挨枪子儿的事。

"那是深渊城的警察，"疯子断言，"专管示威者的警队。"

"你怎么知道？"

"他用的是休克弹，我们研发的，而且是最新成果……刚刚投入使用。"

"威力怎样？我挨了两发……"

"没什么不可逆的后果。只要重启电脑，重新进入深渊就行。这种子弹专门用于驱散一些未获批的集会或演讲，属于人道主义武器，但功能非常强大，几乎适用于目前所有视频和声卡，不过目前还没在重大事件中使用过。"

"有什么防御工具吗？"

疯子看着我给他写的纸条，示意着点点头。

"明白了。我能在深渊里找到这个成吉思吗？"

"找是可以找到，"舒尔卡笑笑，"但找到了也没多大用处。除非面对面见过，否则他是不会跟你好好谈的。"

"那他会帮我吗？"

疯子咬住嘴唇。

"提我的名字。你就说,是我拜托他务必帮忙的。但成功与否,还是取决于你给他留下的印象如何。"

"我该怎么跟他说?"

"少说点儿,别像在我面前似的什么都往外说,但多少透露点消息。万一……万一他不愿意跟你聊了……你就问问他,还记不记得瓦西里岛上的驳船。"

"驳船?"

"没错。就是一艘生锈的、没有引擎的小船。驳船,瓦西里岛上的。"

"谢谢。"

"小事一桩……"疯子若有所思地瞥了我一眼,"你……你是怎么忍受这一切的?"

"忍受什么?"

"就是……关于潜者的那些事。"

"这有什么?"我反问他,"我们曾经存在过,现在不存在了,就这么回事。"

"算了……没什么。"

"作为潜者,我们已经不复存在。"

"你肯定能找到自己的用武之地。"

我表示同意:"我在找。最近刚好在给一个老熟人打零工,他是个专家,专门制作石斧和硅晶箭头之类的东西。"

疯子点点头,话锋一转,"你有没有听说什么有关老同行的消息?"

我不由得警觉起来。过去我对他知无不言言无不尽,即使在各大公司追杀潜者的时候也不例外。这是我的立场,但也只是我的。

"知道的不多。你也明白,我在现实生活里几乎一个潜者都不认识。"

"那他们现在都在做什么?"

"各显神通吧。有的搞编程,有的当设计师,还有的从事服务业。有些人已经彻底脱离了虚拟世界。你也知道……虚拟世界对我们的诱感力没有对普通人那么强。"

"那你听没听说过黑暗潜者？"

"没有……没听说过。那是谁？"

"唉，"疯子叹了口气，"告诉你吧……有这么个传闻……听说有个聪明的潜者还在暗地里干着老本行……"

"怎么做到的？"

他耸耸肩。

"我要是知道就好了。都是传闻，别多想。说不定根本没这回事。基本上，他就是接了点儿入侵系统的活儿，没什么特别的。"

"潜者——入侵？"我不敢相信自己的耳朵，"现在？怎么办到的？等等……不可能，那样的话我肯定会听到风声。"

"去打听打听呗，"疯子撺掇道，"说不定是真的？那样的话……你懂的。你就不用给那位石斧专家当帮手了。"

"你现在可是搞信息安全的，"我提醒他，"潜者现身对你有什么好处？"

"我又不是整天只给公司干活儿……"疯子明显犹豫了一下，"至于信息安全……你想想，如果潜者又出现了，我们的生意该多好？况且……到时候，像我这样对潜者手段略通一二的专家该多么抢手……"

我们交换了一个心领神会的眼神。我渐渐开始觉得，过去两年造成的距离感也消失了。

"来点儿清酒？"我重新倒满酒杯。

"不了，别开玩笑，我还要上半天班呢。"舒尔卡颇为遗憾。

"那你可以说说黑暗潜者的事儿吗？"

一看他这副表情，我就知道他要言简意赅地搪塞我了……

"去问成吉思。我也是从他那儿听说的。"

呵。成吉思真是个神人。

"舒尔卡，你听说过新界线公司吗？"

"几天前被黑客黑了的那个？"

"好像是有人尝试入侵。"

"已经黑进去了。"

"黑暗潜者干的?"我好奇地问。

"不是,是恶棍干的,他是成吉思的朋友。一个很不错的黑客。"

我下巴险些掉下来,张大了嘴看着那张静静躺在桌上的纸条。疯子一边心满意足地喝着茶,一边品尝他的甜点——一颗颗半透明的黄绿色果冻。

我折好纸条,小心翼翼地藏进夹克内袋里。

明天……不,今天我就去拜访成吉思。而且不是在深渊里,是去现实世界。

"舒尔卡,那家公司有什么可偷的?是很重要的文件吗?"

疯子耸耸肩膀,"谁知道呢……可能是人体工学鼠标之类的吧,内置小型引擎,可以自主移动的那种。要么就是涡轮增压头盔,或者屁股后面带仿注射器针头的拟真服……那可是家疯子公司,专门给半吊子黑客打造各种垃圾装备,正常人在生活中根本用不上那些。"

"为什么一个老道的黑客要去那儿偷东西?"

"廖尼亚,只要有需求,不管多荒唐的东西都能卖出去。别的不说,他们的防火墙可是一流的……"疯子冷笑一声。

"是你做的?"我半信半疑。

"嗯哼。但是别跟成吉思说,他会生气的。"

"恶棍在现实中死了,"我小心翼翼地说,"真的死了。"

舒尔卡抬起头,定定地看着我。

"列昂尼德,你怎么了?你真的信了?"

"我是听人说的……"

"那是恶棍自己散布的谣言!这样就能落个清净。类似的谣言都出现好几次了!你只要去一趟米津斯基市场[1],上E-35号摊位,说你找恶棍就行。他有时候在那儿卖卖设备,挣几个零花钱……别听人瞎说……"

---

[1] 莫斯科西北方向的一个大型电子产品市场。

"过去人们还觉得能损坏硬件的病毒是胡说八道呢。"

疯子摇摇头,"听着……廖尼亚……你怎么像个第一天进入深渊的菜鸟!我现在有个女性朋友,是情报部门的。任何消息我都能第一时间知道。相信我,如果有什么武器能通过虚拟空间直接在现实里杀人,我会比'虚拟枪'的总裁知道得更早!"

我无法不相信疯子。而且他的话让我如释重负,我摆脱了整晚都压在心头的块垒。

"什么女性朋友?"

疯子皱起眉头,"没什么……一个可爱的小妞儿,可惜蠢得跟木头似的。你敢信吗?跟她干那事儿,能把我自己累哭……"

今晚头一次,我笑出了声。舒尔卡闷闷不乐地看着我,皱着眉头,仿佛在回味自己刚才说的话,然后也跟着笑了。

"相信我,那样的武器根本不存在。你可以用病毒杀死电脑,这没问题。但杀人是不可能的!真要出现了那样的东西,我肯定头一个从深渊溜走。"

"为什么?现实中同样存在危险,上街还可能被车撞呢……"

"廖尼亚,你想象一下,如果在深渊里就可以杀人,接下来会发生什么?如果每个能摸到电脑的小鬼都能随便打死人,那得出多大的乱子!"

"可以想见。"我又想笑了。

"直到现在,虚拟世界都没有正常的法律秩序,"疯子陷入了沉思,"就连指控谋杀都办不到。"

"问题不在这里,"我说,"你想想,在一个不见真血的游戏世界里,到处都是醉汉、老烟枪、冲动的毛头小子、精神病人和抑郁症患者,这简直是噩梦!"

"正是如此。如果真出现那样的武器,深渊就完蛋了……"

疯子皱起眉头,仿佛听到了什么响动。

"我该走了,廖尼亚。午休结束了!"

我还没来得及和他握手告别,疯子就把钱扔在桌上,一溜烟跑出了餐厅。好事儿，美国教会了他上班的规矩。那里不是圣彼得堡，不会允许他时不时翘班找我吃饭喝啤酒。

我也差不多该走了。

哪怕多睡一会儿也是好的。

跟服务生结账的时候，我做了个双手交叠、十指交叉的手势……这是潜者最无害、最明显的"外部标志"，就连新入行的都能认出来。这小伙子盘子玩得那么溜……会不会也是潜者？

可服务生根本没注意到我的手势。

算了，我真是个傻子，居然期待出现什么奇迹。

101

醒来时已近十点。

窗外下着雨，静静的、单调的小雨。这样的天气适合乘火车出门。应该站在车厢连接处，望着湿淋淋的窗户玻璃抽烟……或者跟几个朋友一起坐在车厢里……不，最好别是朋友，熟人就行。和熟人只用喝酒，不用掏心窝子。第一瓶酒已经打开，某个家伙吃腻了三明治，开始往桌上摆几样简单的零食。

在这样的雨天，要尽量远离自己所爱之人。不……应当远离所有心爱之物。远离自己心爱的城市，远离热爱的工作。

但远离所爱之人是首选。

最好在这个雨天一去不回。

"我有深渊狂热症，"我说，"你们听见了吗？"

无人回应。维卡可没有深渊狂热症。她上班去了，去一家普通公司上班。而我留在家里打发时间，做做家务……然后戴上灰色塑料头盔。

不。今天我有别的安排。

我得找到这个成吉思，从他那儿拿到我在深渊里需要的东西。

带着这个念头,我从床上一跃而起。

我昨晚六点就躺下睡觉了,现在脑袋还晕乎乎的。我走进浴室,脱下汗衫和短裤,站到花洒下,打开热水阀。

冰凉的水柱倾泻而下。全是冷水。我一边骂娘,一边关上水龙头。一定是昨天楼前的挖掘机挖断了热水管。

生活中最大的享受之一,就是半梦半醒间冲个热水澡。从头到脚温暖全身,然后用蓬松的毛巾擦干身体。

现在就连这点儿愉悦都被剥夺了。

如果是夏天,我还可以冒险冲个冷水澡,但在这寒冬腊月里可不行。

见鬼去吧。这不是卫生不卫生的问题,我可以忍到晚上再洗,但不洗澡的话,我就没法完全清醒过来,得迷迷糊糊一整天!

真要说起来……

我那个深渊城的旅馆房间里也有浴室。

在深渊里冲个澡……真是个好主意……

这样一来,等晚上维卡下班回家,我就能神志清醒地迎接她了。

"去你妈的。"我骂了自己一句,然后重整旗鼓,哀号着冲进了冰冷的水流中。

刚才我好像还想睡觉来着?用毛巾疯狂擦拭身体之后,我的睡意已经荡然无存。

疯子给我的那张便条已经打印出来,静静躺在打印机的出纸口。好样的,维卡,你还记得应该如何处理重要信息。我扯出那张纸,细细看起来。

没有电话号码,只有地址。成吉思住在市中心,红门地铁站。很好,不用换乘,距离也不算远……

我把纸条藏进口袋,去穿外套。

疯子怎么没提前告诉我成吉思住在这样的地方……

我站在富丽堂皇的金属栅栏门前,看见门后的警卫亭和两个面无表情、身着保安服的丑八怪警卫。警卫亭后面是个精心打理过的小花园，主楼在花园深处。楼并不高，大约有十五层，但风格奇异，和莫斯科格格不入，倒像是深渊城的建筑。

"可惜，该穿晚礼服来的。"我暗自嘀咕。

成吉思原来是个暴发户。

我还以为他是个黑客。

我伸手轻轻一推，大门就平滑无声地打开了。警卫们石像般的脸上露出了笑容。

不管怎么样，还是得硬着头皮进去！

我走向警卫亭。警卫并没急着和我打招呼，而是饶有兴味地盯着我看。我怎么看都不像是楼里的住户或者客人，不值得他们尊重。

"我要去三十一号房。"我偷偷瞟了一眼手中的纸条说。

至少他们对我还维持着表面的礼貌。

"房主请您来的？"

"不……应该不算。"

"那是怎么回事？"

估计这些壮小伙儿站在这儿实在无聊，所以想跟我聊两句。他们整天对着暴发户们傻笑，腮帮都快笑出褶子了。今天终于来了个小老百姓，穿着破旧的牛仔裤和夹克衫，阴雨天连把伞都不打……

"三十一号……"另一个警卫突然若有所思地说。

"啊……"

两人的表情像吃了个苍蝇。大概是这间公寓常有不速之客拜访……

"我该怎么向房东介绍您？"警卫拿起对讲机的话筒。

"就说，有个从……"我迟疑了一下。不行，不能这么说！我因为说错话而陷入麻烦太多次了，何况现在这两个警卫还能把我揍个狗啃泥，"……是亚历山大·列托夫介绍我来的。"

"您的名字？"

"无可奉告。"

大概保安们都有自己的一套通报程序，所以非得问个清楚。就在这时，对讲机那一头有了回应。

"早上好，"警卫一字一顿地说，"这里是门岗。有位访客想找成吉思·谢尔盖耶维奇。对，麻烦帮我转接一下。"

他手握话筒等着，同时斜眼看门岗里的小电视，电视上正无声地播着足球赛。他的同事正瘫在沙发里，盯着监视器，屏幕上应该是整栋楼所有监控画面。

我也静静等待着，在雨中瑟瑟发抖。

"是成吉思·谢尔盖耶维奇吗？这里是门岗，不好意思打扰您……对。一个中年男人，看上去普普通通，没说他叫什么。只说是亚历山大·列托夫推荐他来的。"

随后门卫抬起头，眼里满是幸灾乐祸的嘲讽。

"什么亚历山大·列托夫？啊？"

"就是疯子！"我脱口而出。

"就是疯子。"门卫眯起眼睛，冲着话筒转述我的话。他的搭档稍稍坐直身子，手放在大腿上。我看见他腰间的枪套是敞开的……

"什么疯子？"

"就跟他说，还记得圣彼得堡瓦西里岛上的驳船吗？"一想到接下来等着我的恐怕是看守所，而不是成吉思的公寓，我绝望地大喊。

"他提到了什么瓦西里岛上的驳船……"门卫只说了一半就停下了。

"好的。明白了。谢谢，祝您愉快。"

门卫啪的一声扣下话筒，艰难地挤出一丝客气，"直走，左转。三单元。门卫会放您进去的。祝好。"

背负着刺刀般的目光，我朝主楼走去，仿佛一个在临刑前最后一秒才得到大赦、从电椅上走下来的囚犯。

真没想到，在平淡乏味的真实莫斯科生活中，也会有这样惊心动魄的遭遇。

或许……

不，不。想都不要想！

如果这次又是深渊心理障碍发作……

不。

这里不是深渊。不是任由我白日做梦、建城掠地、为所欲为的虚拟世界。眼前只是普普通通的莫斯科、一栋再平常不过的富豪公寓，以及平平无奇的门卫。

一切都很正常，没有丝毫异样。

不知道这里究竟有多少个单元。应该只有三个。每个单元十二间公寓。

单元门口还有一道岗哨，同样由两个门卫把守。他们跟大门口的俩人长得一模一样。恍惚间，我还以为模板式长相在现实世界里古已有之。比如"暴发户""老式知识分子""警惕的门卫"……他俩就像从门卫模板里挑出来的。

"请出示证件。"门卫的语气中透出按捺不住的反感。

我不得不拿出护照，默默等着门卫笨拙地在键盘上输入我的个人信息。我怀疑他可能连表格上的"性别"和"国籍"都没漏掉。

有意思，这里的警卫对所有访客都这么提防吗？我不信。他们肯定是根据访客的打扮区别对待。

"请按十二号键，"门卫总算把护照还给了我，然后对我说，"电梯能上到十四楼。"

楼里有两台电梯。体面的公寓楼都是这个配置。只不过这里只有十二户人家，却奢侈地共用两台电梯。

他为什么提到十四楼？真奇怪。为什么又叫我按十二号键？

难道有一部分公寓是复式楼？

还有，他说的"能上到"又是什么意思？难道大多数情况下，电梯都是坏的？

电梯轿厢大得出奇，简直能放下一台极可意牌[1]按摩浴缸。电梯墙面是玻璃材质，地面是黑色亚光的，还铺着干净的地毯，这让电梯看起来愈发像浴室了。

---

1. 意大利顶级按摩浴缸品牌。

楼层按键只有十二个。每个按钮下面各有一道小小的细缝，大概是用来插卡的。难道这电梯需要门卡才能运行？

我轻轻按下十二楼的按键，电梯缓缓上升。嵌入式音箱开始自动播放轻柔的音乐。

该死，我见了成吉思以后该做些什么？畏畏缩缩地站在房间角落里，恳求他赏给我几样限制级病毒武器？还是跟他一起怀念一条我压根没见过的驳船？

还没想出个名堂，电梯门就开了。

竟然是直通房间的入户电梯！

当然，电梯和大厅之间还隔着小小的玄关和一扇沉重的大门，这绝对是外包木板的实心铜门，这会儿正大敞着。

我小心翼翼地迈步进入大厅。大厅是正方形的，七米见方。挑高的天花板像座玻璃金字塔，雨点正敲打着玻璃屋顶。这是一套复式公寓，我能看见通往二楼的旋转楼梯。

但是整个屋里空无一人。

"喂……"我试着叫了一声。

我怯懦的招呼声和身上破旧的牛仔裤一样，与这里的环境格格不入，但至少还是起了些效果——一条大狗从一扇双开式房门里走出来，正缓缓向我靠近。

我喜欢金毛犬！

"你好呀，小家伙。"我蹲下来，"你的主人在哪儿呢？"

金毛犬闻了闻我的手掌。

"难道，你就是成吉思？疯子托我向你问好。"

"问候还是转达给我吧。它叫比特。"

一个男人出现在金毛犬身后，同样悄无声息。他伸出手来——

"我是成吉思。"

真想不通，他父母是从哪儿挖出这么个名字的。可能他有东方血统的远亲，比如鞑靼人。但整体看来，他更像个瑞典人，典型的瑞典人——又高又壮，一头金色的披肩长发，面孔也像北欧民族；他皮肤晒得黝黑，但仍看得出是白种人；一身运动服是阿迪达斯正品，不是假货；脚上蹬着双运动鞋。我从没见过穿着锐步[1]住在豪宅里的人。话说回来，我也从没见过这样的豪宅。

"列昂尼德……"

"为什么不跟门卫报名字？"

"说了您也不认识。"

"有道理，"成吉思点点头，"你不赶时间吧？"

他如此自然地将称谓转换成了"你"，但没有引起我丝毫反感。

"不怎么急……"

"那就好……比特，别黏着客人！"

金毛犬把鼻子从我手里抽出来，不情不愿地走开了。

"喝点儿什么？"成吉思问道，"先把外套放下吧，可以挂在这儿。"

大厅里的衣橱跟我家的门厅一样大。我脱下外套，试图理清思绪。眼前的一切不只是酷，简直酷得上天。舒尔卡哪来这么阔绰的朋友？有个这么骁勇的名字，一身黑老大的习气，他怎么会是黑客？

"喝点儿什么，列昂尼德？"

"随便。"我决定矜持到底。

"好吧。走，我们去厨房。"

通往厨房的走廊又长又宽，一侧是挂满装饰画的墙壁，另一侧是面朝地铁站广场的窗子。成吉思走在前面，我能看见他汗湿的运动服下，强壮的背部肌肉微微起伏。他如此强壮，但和楼下那些偏执狂门卫比起来又如此无忧无虑。如果手里有把刀，我真想扎进他的肩胛骨中间。

话说回来，如果我真是个杀手，肯定不会这么干。杀了主人，我就会在这座豪宅里迷路，足足晃荡一个星期都出不去。只能时不时在浴盆或者小便池里获取水源，或者啃一啃玻璃金字塔下方的巧克力雕像充饥……

---

1. 美国健身品牌。

厨房里的那座巧克力雕像几乎有一米高。这还没算上尖顶帽。这个可可色的小男孩儿手里拿着一根可可树枝。他少了一只耳朵,看来是被某个饿死鬼吃了。

不过整间厨房的氛围相当安逸……有不少我熟悉的元素。就好像有人把普通厨房直接放大两倍安在了这里,然后用漆木家具、小家电和一包包食物堆满了整个空间。

典型的单身汉厨房。他大概率是独居。

"初次见面,喝白兰地不太合适吧……"成吉思若有所思地说。

"那就来伏特加吧……喝个痛快。"

他认真地看了看我,点点头,不知是对什么感到满意。

"必须喝个痛快……我不想喝啤酒,不过……你想喝吗?"

我打量了一下厨房,想看看角落的吧台上有没有安装啤酒龙头,但只发现健力士、基尔肯尼[1]和几个其他牌子的啤酒瓶……

"如果在啤酒和威士忌里面选一个,那还是啤酒吧。"我的声音相当不自然,连自己都觉得陌生。

此情此景让我想起一部多年前的喜剧电影:一个小男孩儿一夜之间长大成人,于是立马买了台可口可乐自动贩卖机放在客厅中央,踹踹贩卖机就能得到一罐可乐……

"那就这么定了。"成吉思走向冰箱。和屋子里其他家具一样,冰箱大得吓人。他在一堆光鲜亮丽的包装袋里翻找了一阵,端出几个托盘,上面盛着各色奶酪,"想吃点儿什么吗?"

"暂时不用。"

"也对。别站着,动起来。喏,桌上的餐刀随便用。"

趁我吃奶酪的时候,成吉思拿来两只精美的水晶啤酒杯,接着瞥了我一眼——

"你喝什么啤酒?"

"有捷克啤酒吗?"我暗暗期待这个要求能难住他。

---

1. 健力士和基尔肯尼都是爱尔兰啤酒品牌。

"只有皮尔森[1]。"

"也行。"我努力装出一副满不在乎的样子点了点头,好像天天拿世上最高级的黄啤酒洗脚似的。

端着啤酒杯,我们在吧台前的皮椅上坐了下来。

"干杯!"我说。

"干杯!"成吉思也举起酒杯。

高级啤酒的味道妙不可言。

"你还真不赖,"主人忽然伸出手拍拍我的肩膀,"你不觉得这房子太有压迫感吗?"

我再一次环顾厨房,发现了个小细节——角落里有一道通往二楼的楼梯,我问他:"二楼是什么地方?"

"餐厅。屋顶是玻璃的。"

想在莫斯科砌个玻璃屋顶,首先得弄得到钢筋混凝土。我摇摇头,"你这间小房子的花费,我连想都不敢想。大概只有百万富翁才住得起这样的房子。"

"是呀,真遗憾,"成吉思毫不扭捏地赞同道,"也就是说,你觉得这儿不错?"

"很震撼……但可以忍受。"

"那就好。每次客人目瞪口呆时我都特尴尬。我非常、极其讨厌尴尬,列昂尼德……疯子最近怎么样?"

"活着,挺健康的。反正还在深渊里活动。"

"那他现在的真实居住地是哪儿?"

"旧金山。"

成吉思点点头。他对我的这番盘问毫无掩饰、简单直接。

"你觉得他会喜欢哪种啤酒?"

"健力士。"

"驳船上的第一次聚会有多少人?"

---

1. 捷克啤酒品牌。

"我不知道。"

成吉思惊讶地抬了抬眉毛。

"我没去过那儿,也完全不知道你们说的驳船是什么。疯子只是告诉我,如果你不记得他的名字了,就提醒你驳船的事。"

"他原来叫'暗黑',"成吉思嘟囔道,"好了。你需要我帮你什么忙?"

盘问大会这就结束了?

"我需要虚拟枪公司的战斗程序和防御程序。最新的。"

成吉思吧嗒着嘴,喝了一大口啤酒。看样子,比起一张装满程序的光盘,他更愿意送我一辆奔驰轿车。

"你是干什么的?"

"在深渊里打点儿零工。"

"你不只是在那儿打工……你是在那儿生活。为什么你要虚拟枪公司的东西?"

"必须回答吗?"

"是的。"成吉思放下空啤酒杯,"只要你回答我,你想要的那些小玩意儿我都能给你……"

"那我就直说吧。其实我现在也不知道。"

"你还真是滑头,"成吉思看起来挺满意,"还有一个问题……你要转卖这些东西吗?"

"不。仅供我个人使用。"

成吉思默默把手伸进外套口袋。就算他直接掏出一张光盘,我也不会觉得奇怪。但成吉思掏出来的是一个打火机大小的手机。

"别以为我把脑子吃坏了,"成吉思乜斜了我一眼,"这个真的很方便……"

好吧……有钱人有自己的习惯……在自己家里打电话叫人,够怪的……

"巴特?"成吉思对着"话筒"嘟囔道,"别玩电脑了。把我给你的礼物拿来,做个备份……对,就是它。拿到厨房来。"

从一个房间往另一个房间打电话，着实奇怪……

"我感觉自己像在深渊里……"我说。

"这是深渊心理障碍的症状。"成吉思简短地答道，随后放好手机。

"你拿了程序就走？"

"如果没人拦着我的话。"我提起嘴角。

"没人拦你。但我还想跟你多聊一会儿。我对你很感兴趣。"

"彼此彼此，"我起身又倒了一杯啤酒，"正好我也还有几个问题要请教你。"

成吉思把自己的杯子递给我——

"那就问吧。不过，先给我倒点儿酒。"

"你认识恶棍吗？"

"以前认识。"成吉思言简意赅。

看来刺猬说得没错。错的是疯子……

"他黑进了'新界线'？"

"没错。"成吉思显然天不怕地不怕。不过能过上这种日子的人，通常不会被深渊城的警察找麻烦。

"成吉思，我想知道更多内情……"

"你打算当黑客吗，列昂尼德？"成吉思冷笑一声，"还是想写一篇伟大黑客的传记？"

"恶棍算得上伟大的黑客吗？"

"如果他不那么懒的话，肯定能成为最伟大的黑客。"

"可我从没听说过他。"我忘了自己此刻正伪装成一个没用的深渊城居民。

"列昂尼德，那些妇孺皆知的家伙算不上黑客。真正的黑客在黑暗和孤独中工作。他们从不留下痕迹。"

"那你是黑客吗？"

成吉思微微一笑，"以前是。我倒想知道你又是什么人？现在该轮到我提问了吧？"

我点点头。但成吉思还没来得及开口，门口就传来了脚步声。

"成吉思……"

我们齐刷刷看向门口。

"你要的光盘……"

这男孩儿的气质跟成吉思大相径庭——一个粗粗笨笨的小伙子,皮肤黝黑,头发也是黑色的,脸上颧骨凸出,穿着磨破了的牛仔裤和白球鞋,面色阴沉,愁眉紧锁。

"把光盘给列昂尼德,"成吉思说,"这光盘是干净的吧?"

"里面有软件……"小男孩儿满脸不情愿地走过来,把光盘递给我。

"巴特,我是说那些标记。我不打算跟踪列昂尼德。而且要保证光盘上的东西都能正常运作。明白了吗?"

小男孩儿脸色阴沉地盯着成吉思。后者脸上浮现出得意的微笑,这应该是他俩早就玩过千百遍的游戏。

"那我现在……去检查一下……"巴特拿着光盘的手缩回了背后。

"这才是好孩子,"成吉思平静地说,"说到做到?"

"你答应过把这软件给我的!"男孩儿脱口而出,"你答应了只给我的!"

"情况有变,"成吉思看起来丝毫不觉得尴尬,"我很久以前答应过一个人,会完成他任何请求。那时候你还穿着开裆裤写代码呢。"

从少年的表情上可以看出,他把这讨厌的家伙当成了我。

"明白了……"小男孩儿依然把光盘揣在身后,走到桌旁,随手拿了只高脚杯,倒了一杯健力士,离开了厨房。

"抓紧点儿!"成吉思冲着他的背影喊道。

"他这年纪太小了吧?"我有些惊讶。这孩子顶多十三岁。

"你是说喝啤酒?我还能管得着他吗?"成吉思对我的反应有点儿吃惊,睁大了眼睛。

"可是……"

"我又不是他爸爸,也不是他亲戚……好了,我们接着聊聊你,怎么样?"

"好的。"我打住话头，决定再也不追问成吉思、巴特以及任何发生在这间神奇公寓里的事情，也不再试图弄清他们之间的关系。自保为上。

"你是谁？"

"列昂尼德……"

"不用给我背诵你的护照信息。弄到这些信息对我来说易如反掌。我再问一遍，你是谁？"

我做了个深呼吸，然后答道——

"潜者。"

成吉思若有所思地凝视着杯底的泡沫，但什么名堂也没看出来。他又问道——

"过去的潜者？货真价实的潜者？我不信。"

真没想到！他也有我意料之中的一面。

"潜者就是潜者，不存在过去的潜者。"

他沉默了。

"你以前和疯子一起工作？"

"偶尔。他常帮我解决一些技术问题。提供武器……还有防御程序……"

"现在你又重操旧业了？"

这回轮到我沉默了。我不想告诉他自己已经失业很久了……将来也不太可能再找到工作。

但即使我不说，他也应该猜到了……

"不完全是。"

"好吧，我就不审问你了……现在有人雇你吗？"

"没有。"

成吉思站起来，顺手拿走了我面前的空酒杯，给我倒了一杯皮尔森，给自己倒了杯健力士。

"那你现在想干什么？"

"有个问题让我很感兴趣，我想把它弄清楚。"

"你所有的回答都棒极了……就像厕纸使用指南一样信息量满满。退一步说,这不关我的事……但我既然答应了疯子,就会说到做到。巴特稍后就会把光盘拿来……"成吉思重重地把杯子搁在桌面上,然后俯身盯着我的眼睛,"但你想从我这儿得到的不止这个吧?嗯?我说得对吗,潜者?"

"没错。"

他的目光像刀子一样剐着我。这眼神中没有威胁,没有压迫,只有刺骨的寒意。

"那就得考虑好你想要什么,以及你愿意为此付出什么代价。"

我沉吟片刻。

"成吉思,离这儿最近的厕所在哪儿?"

豪宅主人猝不及防地笑出了声。

"就在旁边。沿着走廊走三米。去好好想想吧。"

他猜得不完全对。我并不打算拖延时间,反正迟早都得告诉他。成吉思的确掌握着我需要的信息,最重要的是,不是深渊的信息,而是有关真实世界的信息。

我真的来对了地方!

厕所门是折叠式的,橡木门框嵌着磨砂玻璃,就像一面屏风。不出所料,里面的装修也十分富丽堂皇。

瓷砖是玫瑰粉色的,宛若少女的梦境。天花板由黑色镜子拼接而成,亦真亦假地倒映出这间梦幻般的屋子。

这可不能叫厕所,而是功能齐备的盥洗室……厕所这个苏联时代的说法用在此处太过粗俗!眼前的马桶硕大无比……难道这儿常有篮球运动员做客?此外还有坐浴盆、小便池……老天爷啊,这完全称得上是个专用小便室!稍远的角落里,斜开的天窗下摆着一只三角按摩浴缸。清水在里面咕嘟嘟地冒泡。

我做好了在浴缸里看见活鳄鱼或者人类尸体的心理准备,然后俯下身去。

现实世界比深渊真实,同时也比深渊更离谱。

浴缸里泡满了半公升容量的绿色啤酒瓶。商标早就被撕掉了，瓶子在翻滚的水流中打转。我伸手从冰凉的水中捞出一瓶。

是日古廖夫[1]。

不过这瓶啤酒已经不太新鲜了……明天就要过期……

我应该是疯了，绝对是疯了。这已经不是深渊狂热症，这是精神分裂症。这样的房子在深渊里不足为奇，但它不应该出现在莫斯科市中心！

难道我一直身处虚拟世界？其实我一直没从深渊里出来，一切都是我的臆想。现在正是早晨，维卡早就去上班了，而我正坐在电脑前，呆滞的双手在昂贵的感应键盘上滑动……键盘是维卡送给我的新年礼物……

从深渊上浮只是我的错觉。只是错觉。这样的事情已经发生过一次了……

"深渊啊深渊，我不属于你……"我喃喃自语，"放我离开，深渊……"

没什么变化。但这并不能说明什么。过去两年发生的事都没有参考价值。

冷静下来。首先得冷静。

罪魁祸首并不是深渊。虚拟世界是无辜的，它只是我们内心的倒影。压根不会有什么可怕的事发生……

对了，我还有办法检验自己到底身处何方。

我从口袋里掏出折叠小刀，打开它，小而锋利的刀刃闪着冷光。我卷起衬衫袖子。

就这样……用刀尖……虽然我真不想这么干……

我比画了一下，小心地避开血管，然后一咬牙在手臂上划了一道口子。我叫出了声。

怎么这么疼！自己划破自己的痛感尤其剧烈。

---

1. 俄罗斯平价啤酒品牌。

我用舌头舔舐着伤口,伤口不算深,但流了很多血。我从牛仔裤屁股口袋里掏出创可贴,一边骂娘,一边给自己包扎伤口。

这里不是深渊,否则如此剧烈的疼痛早该把我弹出虚拟世界了。这里是现实世界的一间真实公寓,只不过住客都不正常。

我走向小便池,完成了来洗手间的初衷,随后用冷水拍了拍脸,闷闷不乐地看着镜子里的自己——布满血丝的双眼、胡子拉碴的下巴……现在我知道为什么门卫不愿意放我进来了,也明白了为什么成吉思一眼就看出我是虚拟世界的常客……

男主人仍保持着刚才的姿势,坐在桌旁喝啤酒。我的出现应该给他带来了不少乐趣。

"我准备好了。"我说着坐了下来。

"我洗耳恭听。"

"昨天我听说,一个叫恶棍的黑客入侵了新界线公司,那家公司是做电脑外围设备的……"

成吉思点点头。不错的开端。

"他被逮到了,"我接着说,"公司警卫出乎意料地能干,黑客没能脱身。"

"是有这么回事,"成吉思语气轻松,"我猜是疯子在那儿设了个陷阱。像他的手笔。"

我赶紧把谈话拉回正题,接着说——

"警卫追踪了恶棍,在追捕过程中击毙了他。但问题在于,这位黑客在现实世界里也死了。这可能意味着……如果我们排除巧合,而且也理应排除巧合……那么,一定是有人研制出了第三代虚拟武器,并投入使用。"

"第三代武器是什么意思?"成吉思那位古怪的小朋友悄然出现在门口,手里攥着光盘,现在里面应该没有不干净的文件了。

"我给你讲过,"成吉思懒洋洋地说,"第一代虚拟武器能摧毁程序;第二代武器能直接让电脑崩溃——烧坏处理器、擦去或者改写BIOS、烧穿显示器……但只有警察才有权使用。"

"我知道,我又不是傻子。"小男孩儿气鼓鼓地说。他们的相处模式真可爱。"可你没说过第三代武器是什么啊!"

"第三代武器根本不存在,"成吉思答道,"只是个设想——在虚拟空间里直接杀死现实世界的人。都是胡说八道,跟《小鸟叽叽喳》这种八卦杂志上的花边新闻差不多。"

"但那个黑客的确死了,"我反驳道,"尸体都有。这就是现实。"

"巴特,把光盘给他,"成吉思命令道,"然后去餐厅看一眼。死尸就在地板上躺着呢。去看看他有没有发臭,踹他两下。"

"直接踹?"男孩儿瞪大了双眼。

"对,我说的,我负全责。"

小男孩儿立马眉开眼笑,把刚才还不情愿让出的光盘往我手里一塞,兴冲冲地跑上了楼。

我呆呆地看向成吉思。

这位暴发户得意地笑了。他懒洋洋地站起来,从吧台上拿了只满是烟头的水晶烟灰缸、一盒香烟和硕大的朗森牌[1]打火机。他点燃香烟,然后懒洋洋地把烟盒递给我。

我下意识接过烟,咔嗒咔嗒地点火……差点儿没把打火机掉到地上。

头顶上,玻璃屋顶的餐厅里传来嘶吼声。

"看来那具死尸还有反应……"成吉思闷闷不乐地说,"好事儿。值得高兴。"

烟怎么也点不着,我只得放下。

楼上好像有什么东西重重砸到了地板上。随后传来孩童刺耳的尖叫。那声音尖得好像连接了115200波特率[2]的电缆调制解调器[3]。接着又是重物落地的声音。随后又是一阵撕心裂肺的吼叫。

"上面……没事吧?"我问道。我倒不是同情起了巴特,对那个发

---

1. 美国高端打火机品牌。
2. 调制速率,即单位时间内载波调制状态变化的次数。
3. 电缆调制解调器是在有线电视网络上用来上网的设备,串接在有线电视电缆插座和上网设备之间。

出号叫的人我也没兴趣,不过毕竟事关一个孩子……

"能砸的都砸碎了,"成吉思忧郁地摇摇头,"除了天花板,好在玻璃是防爆的。"

楼梯上传来沉重的脚步声,纤细的木扶手随之颤抖起来。两双腿出现在视线里。一双腿是巴特的,但这双腿只是时不时轻点地面,并没踩实。另一双腿什么也没穿,覆盖着浓密的红褐色腿毛。

下一秒,那具"死尸"完全展现在我眼前。

这是个矮壮的中年男人,四十岁上下,身形用平方米来计算应该更合适。他短短的脖子被硬挺的长胡须盖了一半,脸上的络腮胡简直能把理发师吓晕过去。可他的头顶却寸草不生。

终于,这位闹剧的始作俑者露出了庐山真面目,原来他浑身上下只穿了一条齐膝长的黑色缎纹短裤。在他茂盛的胸毛里,一只小小的十字架依稀可见,微凸的双眼藏在镶着细金框的眼镜后面。

"成吉思!!!"壮汉一声怒吼,杯子里的啤酒都晃荡了好几下,"是你叫巴特来踹我的?"

"没错,"成吉思毫无惧色,"我叫他踹两下。他照办了吗?"

"他?"男人看了看挂在自己右肩的巴特,"他倒是很听话。真是个较真的孩子。一般没人能踹中我第二脚。我给你什么,你才能把他交给我?"

"你的笔记本电脑。"

我没有丝毫惊讶。在成吉思说出"尸体"的时候,我立马就猜到是这么回事儿了。只是没想到这么快就成功找到了恶棍。

但这恐怕称不上是一次成功的会面。

恶棍若有所思地看了看一声不吭的巴特。我还没来得及赞叹这孩子的忍耐力,他就一口咬住了黑客毛茸茸的胳膊。

"不……他不值这个价。"恶棍一把将男孩儿扔到地上。巴特脚刚一沾地,就一个箭步躲到旁边,拼命往外吐嘴里的毛发。

"你还是先跟客人打个招呼吧。"成吉思说。

恶棍慢悠悠地将目光转向我,干巴巴地笑了两声。

"不好意思，我受了点儿伤，他们叫醒我的方式有些特殊，导致我的情绪过于激动。"

他说话的样子基本正常，只是声音大了点儿。

我放弃理清局面，站起来向他伸出一只手——

"我是列昂尼德……"

恶棍明显权衡了一下力道，然后才小心翼翼地握了一下我的手。

"我可以叫您恶棍吗？"

"什么？当然可以……"

这位黑客抢过我的杯子，喝了一大口，歪着身子靠在吧台上。

"你们又喝这猫尿了……成吉思，你这畜生，怎么能叫那小子踹我呢？而且还踹了两次！"

"你本来就醉得跟死尸一样，感觉不到疼的。而且……"成吉思向后瘫倒在皮椅里，用下巴指了指愁眉苦脸的巴特，"巴特早就想知道，你会不会被踹醒……"

小男孩儿机灵得出奇，立马躲到了成吉思的椅背后面。但恶棍似乎并不打算追上去。

"为什么说我是死尸？"他挠着胸口问。

"你被杀死了。在虚拟世界被第三代武器杀死了。而且现实世界里的你也死了。"

成吉思说罢哈哈大笑，但恶棍并不觉得好笑——

"确实有人被攻击了，"他重复道，"也死了。只不过死的不是我。"

恶棍放下我那空空如也的酒杯，走向走廊。不一会儿，厕所里就传来啤酒瓶碰撞的声音。

我看了看成吉思和巴特。小男孩儿一脸兴奋，成吉思则面无表情。

"也就是说，传言都是假的？"我问道。

110

恶棍从浴室里走出来时，已经换上了一身轻薄衣物。他披着一件并不合身的华丽浴袍，袍子长到拖地，肩膀又太窄，显然是偷穿了成吉思的衣服。恶棍脚上蹬了一双小了好几个码的拖鞋，脚后跟都踩到了地板上。

他两手还各拎了一瓶日古廖夫。

"你又在浴缸里冰啤酒了？"成吉思故意问道。

"切……"恶棍嘟囔着，"冰箱很难冰出这么理想的温度。只有活水能让啤酒更好喝。"

"还穿了我的浴袍……"

"心疼了？你什么时候变得这么自私？"恶棍又拖过来一把椅子，在我们身边坐下，跷起二郎腿。他徒手打开酒瓶，贪婪地灌起啤酒。

"他还穿了我的拖鞋！"巴特尖叫起来。

"呀，呀，呀！"恶棍故意模仿起巴特大喊大叫的样子，"有人吃了我的东西，有人坐了我的椅子，有人把我的硬盘格式化了……呀，他没穿衣服！呀，他穿了衣服！去你妈的多事鬼！"

"恶棍，别耍嘴皮子了，"成吉思非常冷静地说，"别当着孩子的面说脏话，拜托。"

"如果你听到……"恶棍向后一仰，喝光了瓶里的啤酒，把酒瓶放到桌上，"昨天晚上这小兔崽子跟我说了什么……"

"昨天晚上，哈！"巴特气得暴跳如雷，"凌晨两点半！你这个狗东西喝得烂醉跑回家来！"

"听到没？"恶棍说着打开第二瓶啤酒。

"听见了，"成吉思点点头，"巴特，你那张嘴也该拿肥皂洗洗了。"

"他喝醉了，还想……"小男孩儿突然顿了一下，仿佛在斟酌用词，"还想偷偷带妓女进来！把她藏在包里！"

"什么?"成吉思钦佩地感叹,"藏包里?"

"对!"

"告密的小人,"恶棍放下酒瓶说,"叛徒!去死吧。那好,小兔崽子,既然这样,我也没什么可顾忌的了。说说看,你上周在深渊城去了什么地方?做了什么事儿?"

巴特呼吸急促起来,底气不足地辩驳道——

"你才不知道呢……你不可能知道。"

"我就是知道。怎么样,要我说出来吗?"

"我已经把你的脚本全删了!"

"哟,删我脚本?你要有这个本事,我就把我的笔记本送给你。"

小男孩儿和壮汉就这么怒气冲冲地瞪着对方,仿佛马上就要操刀子干架了。老天爷呀,这俩人都是疯子!而且是只有三岁的疯子!

"你骗人。"巴特的犟脾气上来了。

"走。"恶棍站起来,走向巴特,把他拦腰横抱起来,"我给你个木马病毒,就当试验了。其他的你自己找。"

"恶棍,你跑题了……"成吉思在一旁提醒他。

"三分钟。"黑客手里攥着鼠标和酒瓶,夹着男孩儿,头也不回地走远了,"我得挫挫他的锐气,让他学会尊重长辈。"

"只能等等了,"成吉思叹了口气,"我可不想冒险阻拦他。对了,还要啤酒吗?"

"为什么恶棍只喝日古廖夫?"

"他喜欢。答案很简单,不是吗?"

我默默端起酒来。这已经是第四杯了。如果我喝的是四杯日古廖夫,胃里早就该翻江倒海了。

"恶棍说,的确有人被杀了,"成吉思开口道,"所以……请原谅我之前不相信你。还好巴特不在这儿。不然他又要发脾气说什么你对了,我错了。"

"没什么。我听到的时候也觉得难以置信。"

"你觉得这件事会引起什么后果,潜者?"

"来自深渊的死亡,就意味着深渊的死亡。"

"不敢苟同。"

"你自己想想。深渊城始终是一片自由的领土,是一个有着特殊法则、道德和文化的世界。这里对犯罪行为的态度很不一样。我们已经习惯了一言不合就用战斗程序堵住对方的嘴;黑进别人的电脑不是犯罪,而是行为艺术;也习惯了把造假钞的手艺当作自吹自擂的资本。但谋杀不同。如果你知道枪里的子弹不只会让对方电脑死机,还能穿过屏幕直接让他心跳骤停……成吉思,说说看,你会把第三代武器交给巴特吗?"

"我还没疯。"

"那深渊城又有多少像他这样的小孩儿四处游荡呢?"

"不是每个小孩儿都能拿到这么高级的武器……"

"那恶棍就能信任吗?"我问道。

"人不可貌相,"他摇摇头,"就算把核按钮交到恶棍手里我都放心。话说回来,他曾经弄到过核按钮权限,根本不需要经过总统。"

"成吉思,你有保镖吗?"

男主人微微一笑。

"就算有吧。"

"明白了,那就是有。某种程度上,你肯定也有敌人。"

"每个人都有敌人。不然生活该多无聊。而且……有些敌人是可以当作骄傲的资本的,就和某些朋友一样。"

"你应该也常去深渊吧?如果有人想干掉你怎么办?在现实里攻击你绝非上策,会被狠狠报复。但在深渊里谁能为你挡子弹呢?那里人人都来去无踪,现实世界的法则也完全失效。"

"你说的我都明白,"成吉思挥挥手,"好了,你说服我了。我只是不想接受现实。"

"我也不想,所以才这么着急。"

"我想,已经晚了。任何一款现行程序都能被深渊城所有居民获取。只是时间问题。"

这时，恶棍和巴特回到了厨房。小男孩儿跟跟跄跄地跟在恶棍身后，看起来好像刚挨了一顿皮带。

"谁赢了？"成吉思问。

"太卑鄙了！"巴特又跳了起来，"他把终端设置在杀毒程序里面！那个程序还是恶棍自己给我的！是用来防御其他黑客的！"

"我给的东西你都应该检查检查。"恶棍把空瓶子藏到桌子下面，打开最后一瓶啤酒，"再给我拿几瓶来。"

"不公平！这不公平！"巴特仍气得团团转，"你这个大骗子！"

"我骗你什么了？程序没保护你吗？还想怎么样？你还有什么不满意的？朋友给的东西就应该第一时间检查！给我拿啤酒来！"

"快把刚才的话说完吧，托哈[1]。闹剧该停止了，"成吉思的语气微微有了些变化，"你，萨沙[2]，给他拿瓶啤酒来。"

男主人对他们的称呼从绰号变成真名，两个疯疯闹闹的家伙立刻安静下来。巴特闭上嘴取啤酒去了。恶棍叹了口气，挠了挠锃光瓦亮的脑壳。

"我想吃东西了，成吉思……"

"只要你老实交代，我就给你煮香肠。"

"煮他娘的煮，直接放在微波炉里解冻！"

"就按你说的办。快交代吧。"成吉思起身从冰箱里面拽出一串长长的香肠。

"我接到个订单，叫我去黑一家公司，"恶棍耸了耸肩膀，"委托内容没什么特别的……但是委托人很特别。"

巴特怀抱一堆湿漉漉的酒瓶走了过来。恶棍一边说，一边把酒瓶一个个摆到桌上。

"简而言之……我不知道他是怎么找到我的。不过你也知道，我这个人很简单，只要价钱合适我就干，不需要中间人。"

---

1. 恶棍的真名。
2. 巴特的真名。

"别废话，"成吉思一边把香肠往微波炉里塞一边说，"那人在哪儿找到你的？在现实里还是在深渊里？"

"当然是在可爱的……深渊里。当时我坐在深渊城的一家小酒馆里。那个人走过来，把事情原原本本给我讲了一遍。搞了半天，他是个潜者……"

我的心脏狂跳起来。

"哦，这就是列昂尼德说的那个委托人吧？"成吉思站在嗡嗡作响的微波炉旁边说，"我刚才还没把你俩的故事拼到一起……来，接着说。"

"萨沙，快把汗衫换下来，你浑身都湿透了。"恶棍催促小男孩儿，接着又打开一瓶啤酒，叹了口气说，"一开始吧……本来是件不值一提的小事。入侵、拷贝、走人……干干净净地走人，连追踪标签都不会留下。事后我拿分成，怎么也有几百美元。"

"你确信那个人是潜者？"我问道。

"没错，我很确信。他给我展示了潜者所有的把戏……一声指令就能进出深渊，对疼痛无感，还有些别的什么……"

"恶棍，他可能根本没启动深渊程序，只是坐在电脑前……"

"不可能。你以为我没见过潜者？还是没见过那些试图不靠深渊程序就进入深渊的人？那人确实是潜者。他需要潜入'新界线'，但这活儿潜者干不了，必须得靠黑客。"

"现在潜者已经接不到活儿了，"我说，"没有人需要他们。"

"那个潜者不知道怎么还在干老本行，"恶棍耸耸肩，"他不是来找我忏悔的，所以细节我就不多讲了……我们聊了聊，谈好了价钱和条件。我先去勘查了一下，那儿的安全措施普普通通，没什么特别，完全看不出有什么搞头。但这个潜者有些古怪……他很想得到'甜蜜沉浸'这个项目。这个项目由两部分构成：'深渊之盒'和'人造自然'。他说最好两个都弄到手，但如果事情进行得不顺利，只能弄到'人造自然'，委托人也可以接受。他特别强调'人造自然'更重要。我就这么去了，带上了我的一个小伙伴。"

"哪个小伙伴？"成吉思好奇地追问。微波炉终于停止了转动。

"你不认识他。是个不懂事又没眼力见儿的小伙子，但是很固执，整天求我收他当徒弟。他以为我能给徒弟传授什么好东西……"

巴特哧哧窃笑起来。恶棍看了他一眼，小男孩立刻收起了笑容。

"他已经死了，"恶棍语调一转，"他缠得我没办法……我只好带他一起去了。早知道有危险，我至少会在旁边盯着。"

"到底出什么事儿了？"成吉思咬了咬嘴唇，"你能不能别像挤牙膏似的，老天爷！"

"别叫我老天爷，我也不打算挤牙膏，"恶棍爆着粗口撬开一连串酒瓶——

"我们干净利落地穿过了公司的防火墙。那小子自己破解了好几处，我也帮忙搞定了几处……他有点儿天分，虽说不算出众。我们提前准备了公司员工的义躯，破解了他们的密码，总的来说，一切正常。我们顺风顺水地来到'甜蜜沉浸'项目部办公室门前，连门禁权限都拿到了，根本没想到他妈的会出问题！我留在走廊里，他进了房间，花了三分钟提取文件。明明文件已经到手了，操作权限也几乎搞定了，结果不知哪儿来的一个脚本突然开始运行。"

"当时周围是什么情况？"我问。

"天花板上放下来一道铁门，窗子也被堵住了。然后就是警笛声……警卫全来了。那里有双重防护，有防黑客的，也有防潜者的。要是潜者在，肯定当场就挂了。"

"黑客也死了。"我提醒他。

"没那么快，列昂尼德。我把那小子拽出来了。"

"怎么办到的？"

"我把铁门给撬了，"恶棍得意一笑，"那小子虽然吓坏了，但还是坚持把文件偷了出来。但我没时间接收。我在墙上砸了个洞，直通大街，然后掩护他逃走。他立马冲了出去……眼睛瞪得老大，没命似的跑……肯定是吓坏了。"

"你当时在哪儿动的手？"巴特好奇地问。

"一家深渊咖啡馆[1]。"恶棍瞟了他一眼,"快去,给我拿烟来……"

"我不在的时候你可别讲,等着我!"

巴特刚消失在楼梯尽头,恶棍就飞快地讲了起来——

"我当时犯蠢了,就不该和他们纠缠。第一道防护是他们公司自己的——三个真人、二十来个程序人。这些都好打发,可我被他们分散了注意力。应该跟紧那小子,边收集数据边逃跑的。结果我杀红了眼,打靶儿似的朝他们开枪,太可笑了……"

巴特回到了厨房。恶棍从他手里接过一包白海运河牌[2]香烟,抽出一根,若无其事地接着说——

"除了死撑到最后,我别无选择。我挡住了第一波进攻,放倒了三十来个人……干吗盯着我看,巴特?"

男孩满眼的热切,使劲儿摇了摇头。

"后来情况就急转直下。"恶棍叹了口气,"突然又出现了一批警卫,人数是之前的两倍。一拨守住公司大楼,另一拨把我团团围住……巴特,火柴呢?"

"那儿不是有打火机吗!"男孩儿嘀咕道。

"我才不用汽油点烟呢!这是对圣火的亵渎!点烟得用火柴,白痴!"

巴特又像子弹一样冲向楼上。恶棍压低声音对我们说——

"其实第二批警卫一共只有七个人。都是真人。我的武器对他们毫无效果。"

"完全没效果?"成吉思吃了一惊。

"一点儿用都没有。连被震晕的都没有。不知道他们的防御能力怎么会这么强,我当时觉得自己就像手无寸铁站在坦克面前一样。"

巴特回来了,半路上就擦着了火柴,递到恶棍面前。黑客抽了一口烟,满意地点点头,又把啤酒喝干,接着说——

---

1. 这里指的是现实世界中名为"深渊"的连锁咖啡馆。
2. 俄罗斯香烟品牌。

"我就陪这帮三脚猫玩了会儿……然后不声不响地走了……"

巴特开心地大笑起来。他坐在恶棍身侧，看不见恶棍正在对我们使眼色。

"但五分半钟以后，那个小伙子被他们追上了，被击毙在深渊城的比尔·盖茨广场上。人群看了会儿热闹就散了，他的尸体很快就被拉去鉴定了。"

恶棍忽然攥紧拳头，捶了一下桌子，酒杯应声而倒。

"我怎么知道……狗娘养的！我怎么知道第三代武器已经出现了！"

成吉思扶起翻倒的啤酒杯。还好他及时把杯里的酒喝完了。

"你确定他在现实里真的死了吗？"

"我确定……我认识他，我们见过几次。他还是个年轻小伙子，才十七岁！好不容易逃出来后，我马上给他打了电话，结果电话占线。你能相信吗？都这年代了，他还是通过拨号上网进入深渊的！"

"你确定？"成吉思忽然抬高了声音。

"千真万确！我立马就去找他了。路由器虽然不可靠，可万一他真的被追踪到该怎么办？他们的安保系统那么强，后面出什么事儿都不奇怪，说不定连警察都会上门……"

"你明知道他是个孩子，还把他卷进了这么大的麻烦？"成吉思抽了口烟，我也拿起一根。

"他有攻击系统的经验啊！"恶棍气呼呼地说，"怎么，是接着听我说，还是后面的事儿你们都知道了？"

"接着讲，"我说，"洗耳恭听。"

据恶棍所说，他十分钟后就赶到了男孩儿家里。男孩儿住得离深渊咖啡馆不远，那里是黑客的老巢。孩子的父母认识恶棍，尽管并不高兴，但还是让他进了门。

小伙子戴着头盔，穿着拟真服坐在自己的电脑旁。失去生气的双手还紧紧抓着键盘……

"他们没有追踪到他的地址，"恶棍沮丧地把熄灭的烟揉作一团，"已经开始追踪了，但没赶上。我帮他按了紧急退出……但已经来不及了。我们叫了急救车,可为时已晚。"

"他怎么死的?"我心情苦涩。这个陌生的少年仿佛就在我眼前。或许他也曾和巴特一样,激动万分地盯着恶棍……不过,巴特此时正盯着自己的脚尖,拿脚趾头刨着地板,可能是想把瓷砖地钻个洞,要么就是想把袜子上的洞磨大点儿,好让大脚趾钻出来。

"他死得很惨,"恶棍低落地答道,"痉挛发作。"

"痉挛?"巴特惊讶地问,"那是什么?"

"痉挛。全身肌肉都抽搐成一团。他好像是窒息而亡的,活活憋死了。"

"可能他本来就有病?"成吉思问道,"比如癫痫?你们在深渊里那么紧张兴奋,又是追杀又是枪战……他一下没撑住。只是个巧合罢了。"

"他父母说孩子很健康。两口子话不多……但他妈妈一直颠来倒去地重复这句话。"

"那他的电脑日志呢?"成吉思显然不是多愁善感的人。

"没时间看日志,成吉思。完全顾不上。我当时看了一眼电脑,我们偷的文件不在电脑里,也就是说他还没来得及传送文件。不过我在他电脑上找到了一个古老但很好用的程序,叫'纯粹意志'。我启动了那个程序,然后就走了。我告诉他的父母,我们当时只是在深渊里聊天,他就突然不出声儿也不动弹了。"

"恶棍,不管怎么说,你都不能肯定那孩子是在深渊里被杀的。这样的例子数不胜数——心肌梗死的、中风的……"

"就是他们杀了他。直觉告诉我一定是这样。"恶棍又拿起一瓶酒,"新时代来了,成吉思。糟糕的新时代。现在人们可以在深渊里进行真正的杀戮了。"

"听见了,巴特?"成吉思看向小男孩儿,"不许再去深渊闲逛了。"

"不!"

"听我的。"成吉思的声音又变得冰冷坚硬,"别跟我顶嘴。明天我们就把光纤拆了,拆个干干净净。电脑的调制解调器我也拆掉。这样就没得吵了。"

"我又不是黑客!"

"但你做梦都想当黑客。而且你也体验过了。搞点儿骗钱的小把戏是不会被杀,但迟早有一天你会想干票大的,名留青史……那时候你就等着挨一发来自深渊的子弹吧。"

"你会给我报仇的……"巴特嘟囔。

"我希望没那个必要,"成吉思的语气突然温柔起来,"而且我也不喜欢去墓地献花。"

他看向恶棍,"而你,老东西,好好赎罪吧!忏悔吧!居然带一个半大孩子入侵系统!而且根本没做好风险预判!你以为小公司就没有厉害的安保系统了?"

"是!"恶棍吼道,"我有责任!但难道我每次都得考虑到所有情况吗?那孩子也不是第一天去深渊啊!他两年前就入侵过阿尔-卡尔!"

所谓的痉挛,大概就是我现在这种状态吧?双手颤抖,膝盖发僵,下巴抽搐,一个字也说不出来?

"那不过是小孩过家家,"成吉思皱起眉头,"你难道没听过巴特是怎么忽悠他那些朋友的吗?"

不,不是这样。我还能呼吸,我的肺还在努力吸入充满烟味的呛鼻空气。我还能看见酒杯差点儿从手中飞出去,啤酒在杯里剧烈摇晃。尽管处于崩溃边缘,我的心脏还是照常跳动,将血液泵往身体各处。它无视疼痛,还在坚持履行自己的工作……

"他叫什么名字?"我问道。我强作镇定,尽量让语气平静,但不知为何,另外三人都哆嗦了一下。

"我不会透露别人的名字……"恶棍开口了。

"告诉他!"成吉思突然声色俱厉地命令道。

"他叫罗姆卡。"

"两年前,"我说,"他入侵过阿尔-卡巴尔。他才十五岁,我当时还不知道他这么小。"

"你到底是谁,列昂尼德?"恶棍瞪大了眼睛。

"我……我是潜者,"我忽然开始结巴,"罗姆卡也是个潜者。后来我们都成了无名小卒。我向现实妥协了。而他,看来是决定去当黑客……"

"操,活的潜者!"恶棍脱口而出,"现实中的潜者!真正的潜者!活的!"

多么可笑。比起罗姆卡已经失去的未来,他对我的过去更感兴趣!

装满啤酒的杯子翻倒在地,滚过桌面,撞翻了酒瓶。我一拳揍向恶棍的脸。

下一秒,我的身体就腾空了。

作用力等于反作用力——这条定律只适用于物质。在生物体上,情况则复杂得多。

尤其是当那只跟我脑袋差不多大的拳头迅速靠近我的时候。

"别在这儿打,蠢货!这是厕所!"

是成吉思在说话……

"那又怎么样?不是正好方便收拾吗!"

这是恶棍在说……

"要不要给你闻点儿醋?"

这是巴特……

冰凉的水漫过头顶。眼前全是浴缸底部的日古廖夫酒瓶。

这就是潜者过于放肆的下场。他们会被摁进装满啤酒的浴缸淹死,再也无法呼吸……

我用尽最后一点儿力气,但也只能无力地抽搐几下。好在,有人把我从水里拉了出来。

"还活着吧?"成吉思的语气里满是惊慌,"眼睛还能看清吧?"

他又把我塞回了浴缸。

恶棍站在一边揉着腮帮子,我开心地看到他脸上出现了淤青,眼镜也碎了一片,而且一脸窘迫。

"能说话吗?"成吉思更慌了。

"能，能说……"我好不容易挤出两个字，下巴生疼，鼻子下挂着道血痕。浴缸里的水都被染成了粉红色。

但说话还是没问题的。

"是他先动手的！"恶棍像个在教导主任面前犯了错的孩子，"我只是条件反射，该死！挨打就要还手嘛！"

"是你杀了罗姆卡……"我说，"你……这个混蛋黑客……"

"我没有杀他！"

"你还活着，罗姆卡却死了……"

成吉思飞快地把我脑袋摁进浴缸里，我的后半截话生生吞了回去。接着他又把我拎了起来。

"喂，廖尼亚，别这样。虽然恶棍看起来没多伤心，但也不意味着他就高兴看到那孩子去死。他只是见过太多死亡了，明白吗？你的罗姆卡对他来说只是几百个微不足道的黑客中的一个。别闹了！"

"我真的很遗憾，"恶棍说着摘下眼镜，现在他的眼睛失去了眼镜的保护，"潜者……如果你想，现在可以狠狠揍我。我绝不还手！"

"出事后，他马上就往那孩子家里赶，"成吉思轻声说，"半路上就给我打了电话，说要帮一个孩子躲避调查，需要钱和假证件……"

"我真不知道那该死的武器已经出现了，"恶棍还像刚才一样站着，随时准备挨我一拳，"第三代武器……你打吧，打我吧。这样你能好受些。我懂的。"

"他真的死了？"我问道。我想哭，但在满脸是水的情况下很难哭出来。

"真的。"

"他走得轻松吗？"

"恐怕不是，"恶棍踌躇了一下，"他死得很痛苦。对不起……但这是实话。"

我挣脱成吉思的手，走向这位黑客。

恶棍像个孩子一样捂住了眼睛。

我在奢华的坐浴盆旁边蹲下来，忍不住哭了。

感觉糟透了。真的,糟透了。

我听见他们离开了浴室,剩下我一人久久地坐着。我低着头擦眼泪,揉着自己酸痛的下巴。终于,一只手搭上了我的肩头,原来我并非孤身一人。

"他是你最好的朋友吗?"

"不……我不知道……"我喃喃道,"可能不算。"

巴特在我身边坐下。

"别哭了,"他认真地说,"罗姆卡是在深渊的战斗中牺牲的,像个真正的黑客一样。他最终成了他想成为的黑客。"

"一个孩子的牺牲,不能叫英勇……"

"我知道。恶棍也常这么说,成吉思也是。不过罗姆卡知道这种事很危险吗?"

"他知道……一定知道……他以前根本不是黑客,没考虑过这些。"

"但他还是去了。对我来说这是光荣,也就是说他甘愿冒险,而且还赢了。"

"他输了,孩子。输了。"

"真的输了吗?"

我满脸泪水地看向巴特。在我撕心裂肺哭泣的时候,他站在旁边静静陪了我好久,就那么站着,只因为不好意思打扰我。

"你什么意思?"

"谁也不知道第三代武器出现了。现在我们都知道了。是罗姆卡给了我们预警。"

巴特看起来只是个再普通不过的男孩儿。你绝不会想到他对陌生人有这样强的共情能力,而且这么会宽慰人。

"你这么聪明是遗传的谁,孩子?"

"不知道,"巴特耸了耸肩膀,"我爸爸是个钳工,妈妈是粉刷匠,爷爷生前是教师,只能是从他那儿遗传的了。"

"走吧。"我说完就站了起来,用浴缸里的水拍了拍脸,又拿了几瓶酒,和巴特一起走进厨房。

原来我没把桌上所有的日古廖夫啤酒瓶都打碎,还有几瓶幸存。但我还是把手里的啤酒全递给了恶棍。盘子里已经整整齐齐盛满了加热过的香肠,大部分都堆在恶棍面前,剩下的是我和成吉思的。

"谢谢,老兄。"恶棍直到刚才还把眼镜捏在手里,这会儿才把眼镜戴上,应该是觉得我不会再打他了,"别记恨我。我也不希望你的朋友遭此厄运。"

"我也有错,"我在刚才的椅子上坐下,望着窗外,天已经开始黑了,"成吉思……"

"没问题,"成吉思摊开双手,"尽管留下。换了我,也不会顶着这么一张脸回家。"

"这不是条件反射嘛……"恶棍一边撬开啤酒瓶盖子一边嘟囔,"我都去看过心理医生了……我还说一定能戒掉,绝对不会再想揍人的事儿……"

"结果没戒掉?"我揉着下巴问。

"医生说我绝对戒不掉……我就没刻意控制。"恶棍嘟囔道。

"你错在哪儿了?"成吉思问我。

"我只在虚拟世界里认识罗姆卡,"我一头扎进冰水般的过往,"在潜者这个职业消失以后……我们就失去了联系。那段时间他大概过得很艰难,毕竟已经习惯了靠深渊挣钱养家。当然了,他赚的钱也供自己消遣……他也会带小妞儿去泡吧,穿得光鲜亮丽,买些漂亮的装扮……普通中学已经教不了他什么了。"

"他向你求助过吗?"恶棍皱了皱眉头。

"是。当然不是找我借钱。他只是想在深渊里找份工作,他离开深渊就活不了。那孩子没有数学天分。虽然他天生就是个一流的潜者,但黑客……他干不了。他想过做设计,这方面我倒可以帮他。"

"然后呢?"成吉思问。

"我已经完全告别了过去,没什么能力帮他。我以为他能熬过去,以为离开深渊他能过得更好,但他已经办不到了。哪怕他是个潜者。"

"我们谁也离不开深渊……"成吉思起身打开吧台下的小冰箱,拿了一瓶伏特加回来。巴特没等吩咐就拿来了两袋果汁。

"没错。"恶棍说着放下啤酒。

我没有说话,静静看着成吉思把昂贵的丹麦伏特加倒进两只一百来毫升容量的大高脚杯里。巴特则默默给每个人都倒了一杯果汁。

"你也喝点儿吗?"成吉思问男孩。

"好呀。我可以喝吗?"

他没有表现出普通少年对合法饮酒的兴奋之情,也可能只是伪装得太好。

我们一齐举杯。巴特蹲在桌边,眼里满是按捺不住的兴奋。他本想伸手和我们碰杯,但及时反应过来,"噢"了一声缩回了手。

"敬黑客罗姆卡,为他像真正的黑客一样牺牲干杯。"恶棍看向我。

"敬潜者罗姆卡,为他永远的潜者身份干杯。"我说。

"敬逝去之人。"成吉思简短地说。

"希望深渊善待他,"巴特不太确定地看着恶棍的脸色,接着说,"也善待我。"

我点点头。

我们一饮而尽。

"我们不能为他人而活,"成吉思说,"列昂尼德,别悲伤过度。"

"人怎么都能活下去,毋庸置疑。"恶棍嘟囔道。他拿浴袍的袖子扇了扇杯口,"只不过代价是粉饰现实,自欺欺人。但真的有意义吗?"

我无话可说。他们俩说得都对。只不过还有一层真相——每一位死去的朋友——无论是在深渊,还是在现实中死去——他们的死都要归罪于活着的人。

"他的葬礼在明天,"恶棍忽然说,"列昂尼德,你会去吗?"

我摇摇头。

"不会。"

"为什么?"恶棍问。

"我和他只是虚拟世界里的朋友。深渊把他杀了,但对我来说他会永远活在那儿。"

成吉思定定地看着我。

"是吗？但并不是虚拟世界按下了他的死亡按钮。深渊什么也做不了。列昂尼德……想想看……你的朋友是被一种从前不可能存在的武器杀死的。"

"是的。巴特已经说过了。"

"巴特是个聪明孩子。那第二步你想通了吗？"

我有些不解地望着他。

"列昂尼德，如果你只是光顾了莫斯科郊区的某间小办公室……打算偷几个回形针或者厕所里的肥皂，结果却挨了门卫的激光枪。你会怎么想？"

他神色严肃。

我忽然打了个哆嗦。一片鸡皮疙瘩爬上我的皮肤，这感觉就像打开衣柜之后，发现自己唯一体面的一套衣服底下藏着一具骷髅。

"他偷的是机密文件……"我说，"重要到他们不仅启用了虚拟枪公司最高级别的防卫手段，还用上了绝密武器。军事级别……政府级别的武器……"

"或者是大集团级别的，"成吉思温和地纠正我，"总之，他们的防御手段远远超出那些唯利是图的普通大公司。这背后肯定有中央情报局和情报总局插手。"

"还有什么手段能比这种武器更残酷，成吉思？它本身就是一种前所未有的力量。它将改变全社会对电脑和深渊的态度！还有什么比这些更重要？"

成吉思和恶棍交换了一个眼神。

"我该对你解释清楚的，潜者。"恶棍沉着脸说。

"你突然又解释什么？"

"因为我也是侥幸逃生的！"恶棍已经不打算为了脸面支开巴特，直接大喊起来，"我能逃命，只是因为我在愚蠢的破计时器上定了时，入侵开始五分钟后自动退出！不然我也会咬破舌头，满嘴鲜血……"

他突然收住了话头，但已经晚了。我已经知道他在摘下罗姆卡头盔的那一刻看见了什么。

"我什么都做不了。"我缓缓打量着屋里的每个人——一个暴发户黑客、一个朋克黑客和一个梦想成为黑客的小男孩儿。

"伙计们……我们潜者有什么能力你们都心知肚明,也知道这力量现在变成了什么样子!伙计们,我现在连最简单的防火墙都破解不了!"

"我不知道你的真实能力,"成吉思说,"但在嗅到火药味儿时退出深渊——这点儿本事你应该有。这个托哈办不到。我也办不到。"

"你们现在最好别去深渊冒险。成吉思,我知道你很厉害,不过……"

"巴特再也不会去深渊了,"成吉思心平气和地说,"我会关闭所有入口,除了我自己的电脑。巴特不会去碰我的电脑……对吧?"

"反正我宁愿泡酒吧或者找姑娘,也不会去深渊,"恶棍得意地笑笑,"没人会在自己床上拉屎!我也不会让巴特碰我的笔记本……"

"你说话不算话!"巴特的声音已经带上了哭腔。

"你看看列昂尼德,问问他怎么说。"

成吉思又拿了一瓶酒。我带着征询的目光,拿起了他放在桌上的电话。

"你去深渊只是为了找点儿事做,挣几个小钱罢了!"恶棍循循善诱,"你知道在深渊里干活报酬都高得离谱,钱像天上掉下来的一样……那儿的女人也……"

"维卡?"我拨通了家里的电话。

"廖尼亚?"她的声音里满是惊讶,"你在哪儿?"

"没事儿,只是看望一个朋友。我们喝了点儿啤酒和伏特加……我要晚些回家,你不会生气吧?说不定我得在这儿过夜。"

我本来想告诉她罗姆卡的事情。我现在很需要宣泄,找个人一吐为快,而维卡也认识罗姆卡。

但我没有说出口。现在我并非孤身一人。身边有人可以听我骂娘,陪我放声大哭,一醉方休。

我有人陪。他们可以让我放松下来,迅速释放情绪。

但在维卡面前，我办不到。

在电话里告诉她这个不幸的消息不是个好主意。

"要不你把她也叫来……"成吉思建议道。

"没问题，你多待会儿吧。如果需要，过夜也行……"维卡有些犹豫，还有点茫然，"听起来你还没醉……如果回来得晚，你就自己开门，别太大声就行……"

"我可能会快天亮的时候回去，"我说，"所以你可别叫情人来过夜，撞个正着就尴尬了。要不然……你也过来吧？这间公寓很棒……人也有趣。"

维卡的犹豫透过电话线传了过来。我们已经不知多久没有一起外出了。维卡彻底不去深渊了，而在现实中……我们的爱好实在大相径庭。

"我……还是不去了吧，太晚了。别喝太多好吗？"

"当然。"

"早点休息。我真的很高兴你愿意出去走走。"

放下话筒，我发现恶棍朝我投来惊叹的目光。

"等等，说说看，你上哪儿找到这么好的老婆，竟然可以跟她说你要在外面和朋友喝酒？"

"在深渊里找到的。"

恶棍闷闷不乐地点了点头。

"也是……常有的事。我也在深渊里碰到过这样的姑娘……但后来发现她都四十岁了，而且是个男人，还是受虐狂俱乐部的部长……"

"恶棍，你能查查那位雇主的信息吗？就是那位……潜者。"

黑客耸了耸肩膀。

"恐怕不行。他当时很快就把钱打来了，非常专业。而且约定事成以后才见面。"

"不管怎么说，你还是要去一趟。"

"我会去，肯定去。不过，最好别指望我能成功。有多大能耐办多大事。新界线公司的防御措施太狡猾了。"

"那位神秘潜者知道,"我说,"他绝对知道这事儿不简单……"

"此话怎讲?"

"这不合我们潜者的规矩……在过去是不合规矩的。我们不会让帮手替自己冒险。他长什么样?"

"我们一共见过三次。第一次见面时,他是个瘦弱的小伙子,戴了副眼镜,一副惊慌失措的样子……看着像欧洲人。不是标准模板脸,但也没过分雕琢。第二次是个珠光宝气的金发美女,一看就是高级定制款。第三次是个忧心忡忡的疲惫老人……"

"明白了。这些形象有什么共同点吗?"

"都是欧洲人。三个都是。"恶棍想了想,"除此之外没什么其他特点了。"

"你没追踪到他的信道?"

"他用了一种老式反追踪工具,列昂尼德。大概是一年半以前的旧程序,但很好用。我没敢认真追踪他。谁知道他口袋里会藏什么备用道具。"

"你要留下来过夜吗?"成吉思问我,"别担心,我们肯定能给你找到被子。"

"我们的被子就是鼠标垫!"恶棍哈哈大笑起来,"留下来吧,潜者。跟我们住一宿。"

我看了看桌上的DVD光盘。

"算了,我还是回家吧。趁现在还有地铁。"

"醒醒酒吧,地铁还有三小时才停运呢,"成吉思看了看手表,"我也可以开车送你回家。"

"你都喝醉了!"巴特大叫起来。

"好吧,那我就再待一会儿,然后搭地铁回家……"我又坐了下来。

成吉思默默把高脚杯推到我面前。

111

雾。

灰色的迷雾。

没有方向,没有距离,我踽踽穿过一层层牛奶似的雾幕。我闻到一种气味……像是刚从严寒的室外收进屋子的干净床单,又像是雷雨过后的空气……

我环顾四周,既没有火星,也没有亮光。

但我记得曾有过亮光……

在细如一线的长桥尽头,在冰与火之墙交汇的地方……

我没有选择方向。不知为何,我很确信,无论往哪里走,往哪里逃,前方总会出现光芒,随后会有闪烁的高墙从迷雾中升起:一面是红色的火,一面是蓝色的冰。

果然,光芒出现了。若隐若现,虚幻缥缈,魔法般的火焰浑浊黯淡。

如果身陷沼泽,不要跟着游离的火焰狂奔!

我开始奔跑。

有人在我身边!这感觉越来越强烈。他可能是在跟踪我,押送我,也可能是在保护我……他的脚步轻快,不慌不忙,但紧随我左右。

随他去吧。

左手边是蓝色的冰墙,右手边是红色的火墙。它们上指浩瀚苍穹,下至无边深谷,两端则消失在无穷无尽的灰色迷雾中。

我一脚踩上紧绷成琴弦的桥梁。左面寒意逼人,右边热浪灼人。这是场游戏,就算掉下去也可以从头再来。只是游戏,只是游戏……

只不过痛苦无比真切。

而且每一次都得从头再来。

"你过不去的,廖尼亚。"

竟然有了新剧情！

在这个充满死亡迷雾和火柱的王国，我第一次听见了声音。

熟悉的声音。

我试着回头，但背后的身影闪向了一边。动作飞快，我甚至没看见他的脸。

"但我必须过去？"我问道。

"是的。但这并不意味着你一定能成功……"

那个声音就此离开了，消失在迷雾中……

徒留脚下细线般的桥和身侧的高墙。

还有前方那团微弱的、颤动的、奄奄一息的火焰……

我往前走去。

不知为何，今天这段路走得很轻松。或许是因为身后的那个人没跟上我的脚步，或者他根本没上桥。

也可能是我终于掌握了节奏……

左手边的蓝色冰刺上，隐约可见一具呈十字型的尸体。看来他选择了坠向冰墙，他害怕右边那燃尽一切的火海。

这大概就是我自己的尸体……

我来不及细想，也没法躲远，继续向前走。经过那具尸体时，它突然战栗了一下。不知是死寂的空气忽然被搅动，还是我的体温融化了墙面——某种力量把尸体从墙面扯下，扔向了细线般的桥。那一刻，我以为尸体会被桥切成两段，可实际情况无趣得多，覆满冰霜的尸体只是从墙面脱落，坠入深不见底的山谷。脚下的细线开始微微颤动，随后摆动的幅度越来越大，仿佛尸体的坠落触发了什么机关。

左边是蓝色的冰墙，右边是火红的火墙。左手是冰，右手是火。左，右……

我双脚一蹬，从桥上一跃而起，扑向右侧的火海……

"你叫什么？"

我睁开双眼。

"做噩梦了？"

车里很暖和。温度刚刚好……一点儿也不热。大概正是因为这暖气，我才在梦里跳向了右边？

司机没有回头。我只能看见他剃着寸头的方形后脑勺和仪表盘上闪烁的灯光。耳边只有空调的嗡嗡声，没有引擎声。

对，成吉思没有亲自送我回家，而是叫了个司机……或者保安……

为了确保我性命无忧……

"我们到了？"我环顾四周。

"我按地址开的，"司机闷闷不乐地答道，"你看看对不对吧。我也是头一次送你回家。"

"怎么，难道还有下次？"我看了看表。我是凌晨两点从成吉思家离开的。现在已经四点了。我们居然开了两个小时的车！

"当然会有下次，"司机漫不经心地说，"他好像很喜欢你，也就是说，你还会来做客的……"

"如果我不想来呢？"

司机冷笑了一声。

"我倒是想看看，谁会不想去成吉思那儿做客。"

从某种意义上说，他是对的。对于其他受男主人青睐的客人来说，一定有另一套款待方式。他们会在盛大的晚宴上享用藏品级的香槟、鱼子酱和鲟鱼，而不是在厨房里就着香肠喝啤酒和伏特加。

"我们在门口停了很久吗？"

"一个半小时。成吉思吩咐说，如果你睡熟了，就让你在车里多睡会儿。最晚等到五点。"

"那我好像得走了。"我嘀咕道。

"好的。"我从低调的福特后座下来时，保安已经离开驾驶座，站在了门边。

"这就是我家的单元门，"我试图拒绝他的服务，"呃……我又不是小姑娘，不用送我……"

"成吉思吩咐的。"司机简短地答道。我只能妥协了。

这是他的工作。

我像个经验丰富的老贼、酒鬼或网瘾少年，蹑手蹑脚打开了家门。我静悄悄地进屋，转身锁上两道门锁，没有发出一丁点儿声音，也不打算开灯。

屋里寂静无声。这个时间家里不该这么安静。通常，夜里家中总是充斥着电脑风扇的轰鸣声、磁盘运转的沙沙声和敲打键盘的声音……大概这就是维卡送我感应键盘的原因？

我走进浴室，急匆匆用冷水拍了拍脸，踮着脚走进客厅。我脱下衣服，尽可能叠整齐摞在沙发上，然后往卧室里瞅了一眼。

眼前的场景出乎我的意料……

维卡坐在床沿上，头盔反射着笔记本电脑微弱的光亮。她的头盔小巧精致，虽然不是最新款，但行家都很认可这款深蓝色的"创世戴安娜"，两年来，它一直是女式头盔的标杆之作……当年我花了五百美元才买下它……维卡的身体微微颤抖，说明她正在深渊里行动。一只手时不时触碰键盘，又抬起来捂住胸口。

维卡进入了深渊。

这件事既美妙又可怕。她仿佛在跳一支迷人的舞，但那动作不属于我们这个世界。这会儿她迅速抬起头，多半是在看向天空或者天花板……我无从知晓。头盔的弹力带固定在下巴上，隐约可见她白得发光的皮肤。

"不，"我听见她在说话，"我对这个不感兴趣。"

她已经很久不去深渊了，彻底与深渊决裂了，就连博士论文的主题也改了，与虚拟世界完全无关。

为什么她还要回到那个虚幻的世界？

我现在就可以走上前去，在她肩上弯下腰来看看屏幕，或者干脆在她身边坐下，调高笔记本电脑的音量。

这样我就可以观赏一部动画片。虽然对维卡来说，那就是她眼前活生生的可怕现实。我可以偷窥她的梦境，而她什么也不会发觉。她退出深渊的动作很慢，平均需要十秒钟，我完全来得及逃跑。

唉，涅多希洛夫……满脑子小聪明的涅多希洛夫。有一件事你没弄明白，你以为潜者都是合作行事——一个戴着头盔，一个坐在屏幕旁……

但没人会允许他人进入自己的梦境。

就连最亲近的人也不行。

"深潜愉快，维卡……"我自言自语着关上了房门。

我可以在沙发上躺一会儿。

或者干脆不睡了。

我悄悄走到自己的电脑前，弯腰贴近麦克风，轻声说——

"维卡，醒醒……"

磁盘开始运作了。主机里的风扇也转动起来——我安了太多内存条，每加两块就得添上一堆风扇，否则不到一刻钟电脑就得歇菜。

"维卡，静音，报告状况。"

"状况正常。内存充足。"

我朝电脑上浮现的字符点点头，开始穿拟真服。

"联网。正常模式。三号身份，普罗透斯。"

"已完成。"

当然了，还是得设个定时器。

但我不知道自己会在深渊里待多久。

我不是去工作，也不是为了消遣。

而是去复仇。

戴上头盔，柔软的衬里包裹住头部。头盔里的小屏幕就在眼前。风扇发出轻微的嗡嗡声，把不冷不热的新鲜空气输送进来。耳机里寂静无声。

d-e-e-p+回车。

疯狂旋转的彩虹、旋涡和瀑布……

深渊的裂缝就在眼前。

潜者神庙

"意识在虚拟世界里尝遍珍馐，
真正的肉身却死于饥饿。"

ФАЛЬШИВЫЕ ЗЕРКАЛА

00

我扮成普罗透斯的模样走出宾馆。外形稍稍调整过,现在这副义躯看上去四十岁左右。我的口袋里揣着枪侠的手枪。装备还是旧的,新装备需要调试,太费时间。

能去哪儿呢,该去哪儿呢?

我心里有了主意。

我拦下一辆深渊客运公司的出租车,给司机报了地址。望着窗外向后飞掠的建筑物,像念咒一样不断对自己说"必须去,必须去,必须去"。

做这件事着实需要勇气。

就像来到一片火灾遗址;就像看到心爱的姑娘被别人搂在怀里;就像碰到受委屈的老友却爱莫能助;就像踏上曾经被流放的屈辱之地。

不要迟到,永远不要迟到。打完了架就别再挥拳头[1]。破碎的信任无法用涕泪修补。给淹死的人扔救生圈也无济于事。

但我已经迟到了。

"已到达指定地点。"年轻的黑人女司机说。她戴着巨大的耳环,脖子上有个别致的文身。我第一次看到白色文身,可能是专为黑人设计,不过非常美丽。

"新界线公司。"她再度确认。

我付钱下车。出租车去寻找下一位乘客了。我打量起周边的环境。

街道普普通通,是常见的深渊城办公大街,建筑设计得别出心裁。恶棍和罗姆卡入侵的公司入口就在我旁边。

但我不是要去那儿。

我掏出一只雪茄抽起来,接着看了眼表,不紧不慢地走向比尔·盖

---

1. 俄罗斯谚语,意为"事情已成定局,无须再费心思"。

茨广场。这座方形广场铺着白蓝相间的地砖,远远就能瞧见。中间伫立着比尔·盖茨的雕像。这里是Windows管家反对者最中意的集会地点。那尊雕像经常被炸毁,还有人涂鸦、泼油漆,每年还会被扔一次奶油蛋糕。

每次收到虚拟恐怖袭击的宝贵预警,微软都会逆来顺受地默默修复雕像。盖茨曾坦陈,这尊可怜的雕像带来的收益远超他最大胆的想象。

真是个聪明人……

但年轻的黑客们还是前赴后继……

我走到雕像脚下。周围坐着一群嬉皮士,一边喝啤酒,一边抽着印度大麻。我停下脚步,又看了眼表。

四分钟。准确地说,是四分钟又十秒。

罗姆卡却花了五分半才逃到广场。

为什么?

即使他的电脑老旧不堪,即使他是拨号上网,即使他忙于掩盖自己的行踪,还与追踪者缠斗了一会儿……

但他当时明明在拼死逃命!不管怎么说,潜者最擅长的就是逃跑……

无论情况多么复杂,他只需要一分钟就可以逃出来。即使迷路,也不应该超过两分钟。

我不知道罗姆卡具体是在哪里被杀死的。我也不想知道,不想去问。只要知道在这座广场就行。我在附近的小铺买了瓶伏特加,但只喝了一口,剩下的都倒给了颜色鲜艳的地砖。

罗姆卡总是大口大口地喝酒,而且千杯不倒。因为他在现实生活中只是个十五岁的孩子,没有醉酒的体验,甚至一滴酒都不能沾。

"祝你深潜愉快,伙计。"我轻声说,"对不起。我没能陪在你身边。"

但即使我在,又能帮上什么忙呢?

他自己就是潜者……曾经的潜者……

他随时都可以从深渊退出。

这又是一个疑点：罗姆卡为何没有退出？

我想起两年前，他在毫无胜算的情况下掩护了盗走文件的我，独自和阿尔-卡巴尔的巨龙守卫决一死战。

罗姆卡在拖延时间。他并不知道那颗虚拟子弹会真的要了他的命，他甚至做好了牺牲自己电脑的准备。那他……在等待什么？

等着文件传输完成？

他是在往哪儿传输呢？

恶棍没在罗姆卡的电脑上发现任何异样。恶棍在这方面的本事我毫不怀疑。

我站在原地，看着盖茨那双藏在眼镜后面、略带狡黠的眯缝眼。罗姆卡会不会还有个帮手？

不太可能。他不喜欢团队作业。如果有，他肯定会告诉恶棍。

或者，在逃跑的路上，罗姆卡碰到了熟人……把文件给了那个人……

也不太可能。

他会不会是在半路上把到手的文件藏了起来？

但怎么藏呢？

这里毕竟不是现实世界，可以随时停下脚步把光盘塞进乱石堆或者扔进臭水沟，然后拔腿就跑。在虚拟世界要完成这样的把戏，需要事先准备一个秘密储藏室……或者需要非常强大的程序，才能在一分钟之内打破其他服务器的防火墙，并把文件藏在里面……

这太难了。理论上可以操作，但成功率太低。

可事实无法改变。我当时不在这里。罗姆卡的所有行为都指向一个最明显的可能性：他想方设法把偷来的东西藏了起来，然后和敌人周旋，不断拖延时间，等待着某个结果。或许他预料中最坏的结果不过是被第二代武器攻击，电脑报废。

等等。这样也很奇怪。

对我们潜者来说，电脑不仅是微电路和程序的组合体。就算是用老古董486[1]做年度决算的会计,也不会不在意自己使用的电脑。他们只是习惯了各种糟心的设备,比如按键凹陷的键盘、擦了又脏的、早该退役的鼠标、嗡嗡作响的散热器、运行缓慢的破损磁盘……

是的,我们总是热衷于改进自己的机器,给它换上新主板,装上最新的程序……

在面对警卫如此狂暴的阻拦时,罗姆卡应该意识到他们使用的可能是第二代武器……为了一笔寒酸的酬金和未来不确定的分红,值得牺牲自己的电脑吗?

在这样的情况下,我肯定会选择上浮。罗姆卡更是如此,他非常珍惜自己的电脑……

他有没有看完那份文件?或者至少弄明白里面是什么内容?

如果不需要破解文本的附加密码,那他一定会看。

只要他飞速看一眼,哪怕是被锁在办公室、等待恶棍支援的时候看一眼都行。他已经获取了文件读取路径,传输整个文件是多此一举,太费时间。他当时就站在敞开门的保险柜旁边,手握可以打开文件的快捷方式。我不知道这个快捷方式长什么样,可能跟阿尔-卡巴尔的魔法苹果一样,也可能是一张磁盘,或者只是个平平无奇的纸质文件夹。如果是后者,罗姆卡绝对会打开看一看。

一定有什么东西令他大为震惊,以至于他忘了自我保护,忘了电脑,忘了正掩护他撤退的恶棍。罗姆卡只能没命地逃跑……像恶棍描述的那样,睁大惊恐的双眼,一路狂奔。

"你到底看到了什么,罗姆卡?"我自言自语,"到底是什么让你如此恐惧?"

是什么夺走了你的生命……

我舔舔嘴唇,一脚踹倒了无辜的酒瓶。

深渊城不需要清洁工,酒瓶开启两个小时后就会自动消失……

如果我能找到这份文件,就能解开一切谜团。我会知道是谁雇用

---

1. 指英特尔486处理器,发布于1989年。

了恶棍和罗姆卡入侵公司；谁朝罗姆卡开了枪；又是谁下达了开枪的命令；还能知道是谁制造了第三代武器，并把武器交给了警卫。

"新界线"已经进不去了。被小偷光顾以后，公司里一定草木皆兵。何况这次小偷真的偷走了东西。恶棍可以拍着胸脯说自己能把公司文件翻个底朝天，从员工人事档案到灰色账目，再到可疑的商业企划书。但他突破不了公司的防火墙。即使再叫几个帮手来也办不到。完美的防盗系统是存在的，公司当然可以有效使用这套系统。他们有能力把"甜蜜沉浸"的研究部门完全与深渊隔离开来。

继续分析……直至找到谜底……

他们可真会起名字……"甜蜜沉浸"。我不喜欢太甜腻的东西。

我一定要找到这位甜点师，他的蛋糕散发着苦杏仁的气味。

从"新界线"到盖茨广场的路我来回走了三遍。第一遍只是简单地勘察地形。第二遍，我退出深渊，通过显示器屏幕研究了一下这块区域的实际绘图。第三遍，我又带着程序扫描仪回到虚拟世界，寻找那场行动的痕迹。

通通一无所获。

至少在这几次匆忙的检查中，我什么线索也没找到。

我拦下一辆出租车，前往三只小猪餐厅。我的生物钟和我的肠胃都在提醒我，该吃早饭了。

"前面堵车了，"司机说，"您赶时间吗？"

"不赶……"

没必要付钱使用深渊运输公司的储备通道，毫无意义。反正我要在路上仔细想想。

如果是我带着一份极其珍贵的文件逃命，我会怎么做？转存到自己的电脑上——时间不够；藏起来——没什么用。要是把快捷方式藏起来呢？

也毫无意义。公司的程序员会立马采取行动，让快捷方式的路径失效。如果我没把阿尔-卡巴尔的金苹果存进自己的电脑，它也会在我手中渐渐腐烂……

这样说来，罗姆卡把文件交给了别人，并拜托那个人替他把文件转存下来。所以，他在半路上去见了一个人……

如果真是这样，那我就陷入死胡同了。我不认识他近期的朋友，一个也不认识，除了恶棍。而恶棍在现实中跟他几乎也是陌生人。

难道我要举着"寻找罗姆卡熟人"的牌子，在深渊城的大街小巷游走？

什么"罗姆卡"……我在想什么呢？

他可能还有一堆其他化名。

这是一条堵得死死的死胡同。

那份文件应该还存在于某处。它保存着罗姆卡死亡的秘密，也能说明那些人为何会冒险杀了现实中的罗姆卡。

但到底是谁掌握着这份文件，我可能永远也无法知晓了。

这样吧。

我们先把死路放在一边。既然没人找得到文件，它也就不会再次被偷走。那么，我们还有什么其他线索吗？

潜者。

黑暗潜者，那个雇恶棍去偷文件的人。在其他潜者纷纷失业的时代，他依然靠着老手艺谋生。

他至少了解"新界线"背后的部分真相，必须为罗姆卡的遭遇承担一部分责任。

黑暗潜者主动去找恶棍的可能性很小，但不是没有。

但如果他不去找恶棍呢？

如果他跟恶棍正面对峙了，但聒噪的黑客根本不像他自己吹嘘得那么厉害，根本斗不过这位"传说中的人物"呢？

我从口袋里掏出寻呼机，翻了翻加密的通讯录……列表很短，一共六位。潜者不喜欢散布自己的联系方式，即使是对同行。

我给未接来电里的每个人都发了条短信。

"Cito.[1]"

---

1. 拉丁文，意为"紧急"。

我不知道这些人还用不用寻呼机。我也有整整两年没碰过寻呼机……而且,"Cito"这个词我似乎听到过许多次……

就算寻呼机还管用,也不一定会有人回复我的呼叫,回应这几个偶尔出现在处方上的拉丁字母:

"Cito"

这次的事十万火急,我很确定。尽管没有丝毫依据,但我的确有种深渊城大厦将倾的预感,只是预感。

"去三只小猪餐厅。"

付车费的时候,我才发现手头有点儿紧张。我在豪敦速运肆无忌惮地迟到,肯定已经被开除了。深渊里,开除员工的速度总是很快。

我可以再给疯子打个电话,也可以去找祖可——我认识的电脑安全专家里最不拘小节的一个。

但这些都是后话了。我得先靠自己找到有关黑暗潜者的线索。

走进餐厅前,我放慢了脚步。木屋,石屋,稻草屋……

就这么定了。去石屋。

今天尝尝欧洲菜……

入口旁的墙上贴着一张招贴画。上面故意用潦草粗野的笔迹写着"捷克美食日"。

棒极了。

我将目光投向吧台。餐厅的老板安德烈偶尔会在"欧洲区"亲手调鸡尾酒。当然了,大多数时候是安德烈的程序替身帮他调的……

不过万一今天是他本人呢?

我走向吧台。

"你好。是我,列昂尼德。"

安德烈抬起头,皱起眉头打量了我一会儿,脸上忽然绽放出微笑。

我的心情瞬间好了起来。

我最近很少来"三只小猪"。我不想提起过去两年的经历,不想听到没完没了的问题,也不想听别人的唏嘘或安慰。

"好啊……廖尼亚,你可来了,今天我请客!你最近怎么样?"

"挺好的。今天我喝不了多少,还有活儿。"

安德烈心领神会地点点头——

"听说有潜者还在偷偷摸摸干活儿……我当时就觉得是你。你怎么不来我这儿了?"

好吧!

我把自己藏进暗无天日的角落里,将自己悄悄埋葬,整天搬运钢琴,给现在的自己和未来的自己背上沉重的十字架。

与此同时,所有人都知道死胡同也有出口。还有潜者在暗地里工作。

"是干了些活儿……"我闪烁其词。

安德烈抓住一个路过的服务员,用眼神朝我这边示意了一下。

"这是我们的贵宾。账记在餐厅名下。动作快点儿!"

服务员愣愣地站在一边,等着我点菜。他没等太久,因为我根本不用看菜单。

"一份炭烤猪肘,一杯百威淡啤。请快点儿上。"

服务员赶紧奔向厨房。

"好了,我就不打搅你了。"吧台前的客人一位接一位。安德烈摊摊手,"我过会儿再来,好吗?"

"那个,关于重操旧业的潜者,大家是怎么传的?"

安德烈皱皱眉头,"也没什么具体的传闻。只是听说有个潜者还在深渊城干老本行……好像有一年左右了。"

胡说八道!

我一整年都在深渊潜伏着,根本没听说过有哪位同行找到了出路!

这是个糟糕的信号,非常令人难过。如果所有潜者都重操旧业,我理应听到风声才对。这意味着,黑暗潜者喜欢独来独往。

这真是个非常、非常令人难过的消息……

到底对谁来说更糟糕,现在下定论还为时尚早。

我环顾大厅,准备找个空位,忽然看到一张熟悉的脸。

红发男孩儿正蜷着腿坐在桌旁,闷闷不乐地盯着盘子。

我走到他对面坐下，问道："你怎么不去上班？"

伊利亚皱着眉头，抛给我一个阴郁的眼神，反问道："你是谁？"

他没认出来，也对……

"我是列昂尼德。左边柜子的那个。"

"啊……"他的脸色缓和起来，"你好，廖尼亚……你怎么扮成这副样子？"

"戴着摩托车头盔不好闲逛呀。"

伊利亚瘪瘪嘴，看了看我说："这张脸太丑了。你完全不会画画。不过比摩托车手好看点儿。"

"谢谢，你太会安慰人了。"我答道。我的炭烤猪肘已经上来了，美味得令人惊叹。摆盘也很地道——粗糙的原木餐盘上，摆着切好的猪肘肉，配之以辣根、芥末、葱和小黄瓜……

早餐吃这道菜确实有些不合适。但我一夜没睡，这顿也可以算作迟到的晚餐？

"看起来真恶心。"伊利亚一脸嫌恶地盯着我的餐盘说。

"你的才恶心。"我毫不留情地回击。根据桌上的空包装袋判断，伊利亚应该是在"三只小猪"吃了麦当劳的汉堡。萝卜青菜，各有所爱……

我切下一小块入口即化、肥美多汁的猪肉送进嘴里，又咂了一口啤酒。

"好吧，用餐愉快。"伊利亚嘟囔着起身准备离开。

"你怎么没去上班？"我切着猪肘肉，还是决定问他一句。

"对了！"伊利亚停下了脚步，"我还没问你呢！你听说过深渊潜者神庙吗？"

我被猪肉噎了一下，咳了几声才说出话来："听……听说过。"

"真的？"伊利亚又在我对面坐下来，"说来听听！那地方在哪儿？给我也来点儿啤酒，可以吗？"

我喝了一大口啤酒，一边示意服务生过来，一边整理思绪。

怎么今天所有人都在讨论潜者？涅多希洛夫，你要是在这儿就好了……毕竟你是理论历史学家……和诡辩大师。

"怎么,你从没听过那个甜蜜的谎言吗?"我反问他。我不由自主换上了一副邪恶又下流的嘴脸。机体防御机制启动了……

"只听说过一点儿。"

"两年前,整个深渊城都谣言四起。"

"那时候我还没玩深渊呢。快,说给我听听!"

"那时,所有潜者都相继消失。"我开始讲故事。

"真的死了?"他瞪大了眼睛。

"不是……"我把虚拟厨师用虚拟猪肉做出来的精美菜肴推到一边,"要是真死了还好。反正……他们不再被任何人需要了。"

"快说说!从头开始!"

我疑惑地看着伊利亚。什么情况?潜者曾经的荣耀这么快就被世人遗忘了?

"进入深渊的人,是无法靠自己的力量退出深渊的。"我说。

"这个大家都知道……"

"你不是叫我从头说起吗?"我说,"那就从头听着。"

01

讲故事的过程就像挤脓包一样,痛苦、恶心却又愉悦。

"德米特里·季本科发明的深渊程序,能让人进入一种特殊的催眠状态,"我说,"无论是在电脑屏幕还是头盔屏幕上,只要是看见深渊程序的人,都会陷入深渊。这是一种受控的精神状态,人们会把画出来的世界当作真实。如果加入音效、头盔带来的三维视效和拟真服提供的触感,那么幻象就完整了。潜意识会自动把嗅觉、味觉等程序无法提供的感觉补足。就拿现在的我们打个比方,这间小餐厅是画出来的,桌上的食物根本不存在,我坐在自己家里,你……也坐在自己家里……"

我尽量把三岁小孩儿都知道的细节再描述得具体些。从伊利亚脸上的表情可以看出他有多厌烦这种高谈阔论。

"深渊程序和虚拟城市深渊城出现之时,人们发现一旦进入虚拟世界,就只能从特定的地点离开。也就是说,出口会有一台和他在现实世界相同的电脑。输入退出指令,看到倒放的深渊程序动画,才能退出程序……"

"关于神庙你到底知道些什么?"伊利亚尖声抱怨。

"听着……"我像被虐待狂附身一般,"谁想找神庙?你吗?那就忍着!"

我暗自期待他的反应。伊利亚孩童的外表像是一种挑衅,我确信他会拍屁股走人。但伊利亚朝后一仰,靠在椅背上,摆出一副洗耳恭听、奉陪到底的姿态。

"只有一小部分人,很小很小的一群人,才有能力随时随地退出深渊。"我用小男孩儿普洛希什[1]的语气说(就是那位为了一包饼干和一勺果酱把重要军事机密出卖给资产阶级的小叛徒),"人们管他们叫'潜者'。他们人数很少,但技术高超,深得认可……"

那时候,谁能不求着我们呢?规矩正派的居家男人为深渊预付了一个月的住宿费,在"巴比伦空中花园"流连忘返;半大孩子偷走父亲的"通行证",一连两个星期都泡在死亡迷宫里;在虚拟世界初露锋芒的暴发户给虚拟生意伙伴安排了一间私人审讯室(此案例的结局十分惨烈)。如果有人能强行帮他们把头盔摘下来该多好,虽然会造成一点轻微的精神问题,但至少能把他们从深渊里拽出来。

但如果没人能帮他们脱离深渊呢?

我们就是驻守在虚拟和现实边界上的守卫者,是能始终与现实保持紧密联系的人。我们可以说服、安抚并宽慰那些迷失在深渊的玩家,让他们说出自己的真实地址。而现实世界中就会有人踹开房门,把口干舌燥、屎尿横流、沉浸在美梦中的玩家从电脑旁拖开……

---

1. 苏联作家阿尔卡季·盖达尔(1904—1941)所著《关于军事秘密的童话》中的反派角色。

这是潜者美好的一面、善良的一面。人们为此深爱我们。

还有些公司发现,在虚拟世界极其适合开展脑力劳动,于是就给自己的员工建起豪华办公室,虽然只值几戈比……他们还会雇用一大帮经验丰富的黑客保护自己的办公楼……

深渊自有一套法则。有时候,程序上出现了微不可见的小错误,或者防火墙上出现了小漏洞,最厉害的程序员都得花上几个月才能把它们找出来。但对潜者来说,这些漏洞简直一目了然——不过是墙上的一扇门、围栏上的一个洞、一扇没关好的窗子或者一道间距过大的栅栏。

天知道为了这种能力我们付出了多少代价。折磨人的头痛,一阵阵发作的偏头痛——从没得过偏头痛的人会以为这是那些吃饱了没事干、歇斯底里的贵妇人才得的富贵病……有时候我们还会中风。更常见的是精神病、抑郁症,甚至是自杀。我们大脑的运转效率达到了百分之百,就像在火中燃烧,简直前无古人。

我们根本不用弄明白安全程序的原理就可以彻底摧毁它。或许正因如此,大多数潜者都来自俄罗斯?毕竟我们习惯了……唔……天上掉馅饼的好事儿。没本事也敢接活儿,不干活儿也敢拿报酬……

这就是潜者的另一面,也是我们隐姓埋名的原因……

"真走运……"伊利亚敷衍地说,"但这些我都知道。那神庙呢?"

我感到愈发不安。不太对劲。不对劲的根源就在这位与我共事了半年的同事身上——深渊里的半年可比现实世界里长得多……

"两年前,我们的幸运终结了,"我语气生硬,"干脆利落地结束了。首先……人们不会再沉迷深渊了。深渊程序过去是嵌入深渊城的,现在程序被限制了。就好比你绑着蹦极绳跳入水中,一昼夜之后(误差不超过十分钟),你就会自动弹回现实世界。"

"我还从没在深渊里连续待过二十四小时呢。"伊利亚闷闷不乐地说道。他皱着眉头,一口喝光杯子里的啤酒,"那潜者还能破坏别人的服务器吗?"

"潜者们再也看不见程序漏洞了。"我说着,嘴角浮起一抹微笑,像是在细细品味这件事带来的深深愉悦,"尽管他们依然不必设定时器,可以随时进出深渊,二十四小时的时间限制也对他们不起作用,但……这些都毫无意义。他们不再被需要了,工作没了。于是,潜者就死亡了,我们只能改行去打零工。"

"该死……太遗憾了。"看来伊利亚之前的确不太了解潜者短暂又辉煌的历史,"为什么事情会变成这样?"

"不知道。"

我尽量答得简短,免得他东问西问。

"那神庙呢?"

我叹了口气。他太直率了。这也是他令我不安的原因之一。

"当……嗯……当潜者们明白自己即将消失在历史舞台的时候,有人提出修建一座纪念性建筑……同时也可以当作同行俱乐部……大家给它取名为深渊潜者神庙。所有潜者都应该参与神庙的修建。毕竟大家除了当潜者,也各有专长。此外,这必须是一座只有潜者才能进入的建筑。无论发生了什么,都只有潜者才能进入……"

"神庙最后建成了吗?"

"这我就不知道了……很多人都拒绝了,想都没想就拒绝了。当时大家都担心以后要怎么填饱肚子。整个世界天翻地覆。潜者失去了挣钱的本事,失去了特权地位。谁还会有心情为了这种瞎胡闹的事情费时费力又费钱呢……"

"所以它真的存在吗?深渊潜者神庙?"

伊利亚眼中依然满是疑惑。我不由自主地被他那张表情丰富的面庞吸引住了。这张脸如此有活力,又如此真实。

我会勾勒脸庞,什么脸都能画。但我是潜者,伊利亚不是。普通的绘图板画不出如此以假乱真的脸。

"伊利亚,你的形象……跟现实世界的一样吗?"

"怎么了吗?"伊利亚立刻紧张起来。

"你不会真的是……小男孩儿吧?"

"我是!所以神庙存在吗?"

我多么想摇头拒绝这个事实。半年了,我一直拿他当成年人交往,尽管只是点头之交。但忽然知道他只是个十二岁的孩子,我还是无法冷静!

"我不知道,"我回答,"真的不知道。可能存在吧。"

不,伊利亚肯定在说谎。他不可能是个孩子。我又不是没在深渊里见过小孩。要么是老气横秋且无趣的神童,要么就真的只是……孩子。罗姆卡倒是没怎么表露过孩子气,但他毕竟比伊利亚年长一点儿……

"明白了……"伊利亚站起来。真庆幸他看不见我的真面目。现在我真正的脸上肯定五味杂陈,"该死,我再去找找吧……"

"为什么要找神庙?"

今天的意外事件份额应该已经用完了。

但我们总是习惯在见底后再深挖一点儿。

我眼前似乎又浮现起从"新界线"到比尔·盖茨广场沿路的街景。一面面墙壁,一扇扇窗户,一根根排水管……尽管没人想过让深渊城下雨。

太离谱了!

"我这儿有封信是寄到这座倒霉的神庙的!"伊利亚脱口而出,声音变得又尖又细,"就是这个!"

我伸手接过信。信封又大又厚实,上面用花体字印着公司名称,还贴着几张邮票。这是个空信封,在送达收件地址之后,里面才会出现内容。

地址是手写的。字迹歪歪扭扭。

我想起罗姆卡向我吹嘘他新买的绘图板。他说用这个就可以在深渊里亲手写字,用自己的字迹……

深渊潜者神庙
罗姆

我一头雾水，试图撕开信封……差点儿忘了豪敦速运那些浮夸的服务口号，其实它们并非虚言。

"你干什么？"伊利亚大吃一惊。

"坐下，"我手里拿着信封对他说，"坐下。简而言之……事情是这样……"

他不明所以地坐下了。我已经准备好迎接他的愤怒和不耐烦。

我们公司确实可靠。在送达目的地之前，这封信是不可能被打开的。任何侵犯隐私的行为都可能导致信中的内容全部销毁，且完全无法恢复。这就是我们的核心技术……另外，一旦信件距离邮递员太远，就会变成一把碎纸屑。

深渊潜者神庙……

难道，它真的存在？

你们把它建起来了，伙计们？

神庙有高墙，有窗户，有排水管。

还有信箱。

你一定看到了什么，罗姆卡，而且认为有必要让所有人都知道这个消息，一定要把消息散布出去。你在邮筒旁停下了脚步，从邮筒取之不尽的信封里抽出一只，写下地址，寄给那个必定有人会相信你、必定有人可以帮助你的地方。

你把文件的快捷方式装进信封，投入邮筒，继续逃命。你东躲西藏，用过时的低劣武器回击那些混蛋。与此同时，豪敦速运正在提取你那份珍贵的文件……通过你那摇摇欲坠、通往深渊的入口。

这时候，你的时间已经不够用了，你决定干脆好好嘲笑一番愚蠢的追兵。

还没等你弄明白发生了什么，剧烈的抽搐就攫住了你的身体……肺部无法呼吸，嘴唇咬出的一道道鲜血缓缓流进头盔……

"事情是这样的，伊利亚……"

我艰难地开口，仿佛已经失去了语言机能。

"你是找不到这座神庙的。即使找到,也无法进入。只有潜者可以把这封信送到。"

我很想告诉他,我恰好就是一名潜者,然后欣赏一番他目瞪口呆的表情。

但我及时扼制了这股冲动。

潜者这个身份,就像麻风病。

这是无法治愈的恶疾,也不值得自吹自擂。

豪敦速运已经在深渊城经营了三年,专门提供运输服务。它的服务无懈可击,几乎垄断了整个市场。

首先,豪敦速运可以运送大型货物。很蠢,但是很有必要。人们需要这些东西来给虚拟世界增添足够的真实感。

其次,豪敦速运可以送达有问题的信件。这项服务有时恰恰是极其必要的。

深渊城是个瞬息万变的地方。一家公司可能一夕之间破产,也可能一夜暴富,迁往更好的街区。一个人可以在深渊里消失,也可能改头换面重新出现。当你根本不知道对方的确切姓名和地址的时候,该如何找到他呢?

没错。你可以通过我们公司给他寄信。

我宁愿去搬三角钢琴,也不想送地址不明的信。但许多人以此为乐。举个例子,来了一封信,要寄给三年前在莫什科夫图书馆工作的奥莉加·N,邮递员便自此开始寻人游戏。

图书馆早就搬迁了,工作人员也早已换了一批。找起人来无从下手,毫无头绪。即使能调出图书馆工作人员的人事档案,也都是真假参半,提供不了什么线索。于是邮递员就会顺着这些早已中断的线索,在整个深渊城四处搜寻。他的工作热情完全取决于信封上贴了多少邮票。毕竟,邮票面值的半数是归邮递员所有的……

终于,在一系列难以置信的努力、错综复杂的推理以及运气的加持下,我们的邮递员找到了收信人。只不过现在他名叫"奥列格·M"。收信人一脸惊诧地拆开信封,发现这是一张来自奥莉加曾经的追求者的纸条……他向奥莉加倾吐衷肠，请求原谅，并乞求重修旧好……奥列格哈哈大笑，回忆起当年图书馆里有三个心理学系的穷学生，他们顶着同一个化名，轮流到深渊里打工。

但真相与我们无关。重要的是，这封信总算送到了。

当然，这样的情况并不常见。失心疯的情人和过于恋旧的朋友并没有那么多……

而急于找到自己生意伙伴的人，给的报酬往往异常丰厚。

我们有义务在深渊里找到客户指定的地址。无论花上多长时间，即便那地址在深渊中根本不存在。

罗姆卡做出了一项壮举，寄出了一封给深渊潜者神庙的信。

如果这座神庙真的建成了，那么收到信的一定会是自己人。潜者里多的是出色的电脑安全专家。

如果神庙不存在，或者伊利亚找不到，这封信就会被永久保管在我们的办公室，并且会受到非常精心的保护。我多少了解一些公司政策。罗姆卡可以随时来豪敦速运拿回自己的信件。

这里是完美的保密场所。

他的计划堪称绝妙。

不过，伊利亚找不到神庙，即使找到了也进不去。因为他不是潜者。

而罗姆卡永远也无法取回信件了。我不知道他设定的密码，更无从猜测。

真不走运……

"把信给我，"伊利亚把信件从我手里拽回去，"我会找到神庙，想办法进去……又不是第一次干这种活儿了……"

在他把信拿走之前，我最后瞥了一眼，看见了信封上的邮票。

两张二百美元的，一张五十美元的。

原来如此！

难怪伊利亚要揣着这封信在深渊里四处寻找一个不存在的地点……

这就说得通了……

罗姆卡为这封信支付的邮费，比他干一趟黑活儿挣的钱还多。他必定押上了自己的全部身家。

"伊利亚，我是认真的……"我刚开口，伊利亚的面孔就模糊了。转眼之间，他已经成了磨砂玻璃打造的娃娃，伴随着轻微的声响开始碎裂。

是深渊退出程序。看来他的定时器启动了。

太糟糕了。太可惜了。

我知晓了罗姆卡是为何而死，这完全是无心插柳。

但我却拿这件事毫无办法。

我已经没了胃口，坐在空荡荡的餐桌旁望着残羹冷炙，啤酒上残存的泡沫怎么也消不下去。

"我能坐在这儿吗？"

我抬起头，一位打扮亮眼的黑发美人站在我桌旁。她身材高挑匀称，一双长腿笔直纤细，着实漂亮，和深渊城里大部分女人一样光鲜亮丽。她的心思昭然若揭……

这里的人永远都在寻找刺激……

"请坐。"我说。

深渊啊深渊，我不属于你……

我摘下头盔，看向屏幕——姑娘仍站在桌旁，仿佛还在等着我有别的回应。

真是一副不赖的义躯，设计师画得不错，不失个性，不像深渊里模式化的造型。

"维卡，退出。"我说。

"确定？"

"闭嘴。"

屏幕上的画面消失了。

"结束工作。"我给出指令，起身望向墙上的时钟——七点差五分。真正的维卡大概还没起床。我脱下拟真服，扔到扶手椅上。我在小沙发上半躺下来,盖上毛毯……看来维卡昨晚就帮我放好了毯子,万一我深夜回来,还能在这儿小憩一会儿……

我脑子里一团乱麻。

罗姆卡死了。

而深渊城里还有一帮人,带着能真正让人毙命的武器四处游荡。

那份关键信息就捏在一个小男孩手里,我还和他共事过半年。那封信唾手可得,就像伸手拿一张躺在月球表面的软盘一样容易。

一天之内发生了太多变故。这不是好兆头,这是命运的玩笑。

我就像被人一股脑塞了一大把锁,还被要求把它们全都打开。但那人却忘了关键的细节——给我钥匙。

当然,不管什么样的钥匙我都能弄到手,只是需要时间。

可惜时间总是不够用……

我闭上眼睛,陷入那个沉重又破碎的梦境,它总在无眠长夜后的清晨造访我。

10

……

左边是蓝色的冰墙。

右边是红色的火墙。

但这次我没有在迷雾中失去方向。我已然站在深谷面前,准备出发。

"接下来怎么办?顺着走还是横跨过去?[1]"寓言故事里的角色总是这么问。

细线般的桥横跨深谷。这正是最令人头疼之处。两旁的冰墙和火

---

1. 出自俄罗斯著名寓言故事《大象、兔子和驴子》。大象、兔子和驴子要造桥过河,驴子问,是顺着河道走,还是横跨河道。

墙不仅帮不上忙，还增加了难度。

我已经尝试过许多次了。

我环顾四周，万一从天而降一个旅伴呢？

没有。空无一人。身后只有茫茫迷雾。

这些关于深谷和旧桥的梦非常奇怪……我总是能意识到自己身处梦境，还能记起曾经做过这种梦。

和其他梦境不同，这些梦中没有丝毫超自然力量的踪影。我无法飞天遁地，也无法朝着远处黯淡的亮光瞬移。

但……有一件事我还没尝试过……

"深渊啊深渊，我不属于你。"我自言自语。

一开始，我以为这句话不会起作用。毕竟梦境不是虚拟世界。

但周围的空间发生了微妙的变化。

某些细节失去了真实感。颤动的火舌不再那么灵动，冰墙里封冻的尸体也变成了粗糙的图像，只能看见蒙着白霜的模糊轮廓。

现在我站在狭长的峡谷前，它仿佛大自然用神奇巨斧劈出的一道裂痕。这把利斧挥向左边，就筑起一道冰墙；挥向右边，就变出一片火海……

我在深谷上悬空迈出一步，甚至在梦中露出了微笑。现在应该没有任何问题了。当现实变成了卡通片，为什么还要死板地沿着马路上的白线走呢？我们能创造奇迹。

只是深谷上的桥消失了，随着真实感的褪去而消失了。桥不见了，可深谷还在。

我飞速朝下坠落，尖叫着攀住左边的冰墙。

刺骨的寒意穿透手掌，迅速向全身蔓延。我感到血液瞬间凝固，很快撑破了血管，耳畔传来骨骼折断的咔嚓声，皮肤瞬息之间爬满冰晶……

随后，我的双臂生生折断。

我紧贴着冰墙向下滑坠。

坠落的轨迹在蓝色墙面上留下一道模糊的血迹……

"列昂尼德!"

我睁开眼。贪婪地大口吸入空气。梦中的我无法呼吸,由于剧痛,由于恐惧,由于止不住的尖叫。

这么想来,还是火墙更人道。

"廖尼亚,你怎么了?"维卡在我身旁坐下。她已经换上套装,涂好口红,大概正准备上班,甚至连高跟鞋都穿好了……

"我叫得很大声吗?"我茫然地坐在沙发上问。

"太惨了。简直像被刀劈开了一样。"

维卡的眼神告诉我,她着实被吓坏了。

我知道自己的尖叫有多瘆人。梦境中撕心裂肺的叫声现在还回荡在我耳边。

"我做梦了,"我说,"做了个很可怕的梦。"

"梦到深谷上的一座桥?"

"没错。"

第二次梦到冰墙和火墙之后,我就跟维卡说了这个梦,并不是因为梦本身有多特别——任何一个深渊城常客都会做这样鲜明清晰的梦——只是它们如此规律地反复出现,让人很在意。

但当维卡指出,重复的梦境是深渊心理障碍的征兆之一时,我就不打算再和她分享梦境了。

"已经第三次了。"维卡有些紧张地笑了笑。

如果只有三次就好了……

"你会不会是在深渊里待得太久了?"

"跟别人差不多。"我基本上说了实话。

"廖尼亚,'跟别人差不多'——酒鬼在回答'你喝得会不会太多?'时也是这么说的。昨天你和朋友们聊得怎么样?"

"还可以……聊了不少。"

"你一回来就去深渊了?"

"是的……没待太久。我答应别人要去办件事。"

维卡点点头,站了起来。

"我不是很喜欢你这样,廖尼亚。如果你不是潜者,我就要怀疑你真的得了深渊心理障碍了……"

"说不定我就是第一个对深渊失去抵抗力的潜者……"

"噢……"维卡扑哧一声笑了出来,"那我的学术前景就不可限量了!如此独一无二的案例就在我眼皮底下,还这么新鲜热乎……我该走了,廖尼亚,我已经迟到了。"

"维卡……"

我忽然止住了话头。角落里的电脑静静地启动了。不知为何,我不愿意承认自己又在新电脑上安装了老式的外壳程序。

"你还记得深渊潜者神庙吗?"

"当然记得……"维卡没发现我的电脑自动开机了,"怎么突然说起这个?"

"好几个人找我问起这事儿……"我小心翼翼编造着半真半假的谎话。一般维卡很难被糊弄过去,但现在她急着出门,没心思分辨,"它到底建成没有?你知道吗?"

"我们不是商量过,决定不参与这件事的吗?"维卡在玄关匆匆忙忙地披上外套,"我不知道。你有一帮潜者朋友,我可没有。问他们吧。"

"现在那些朋友一个都找不到了……"

"那就去深渊地址管理局查一下。"

"说得好像神庙有地址一样。"

"地址是不会有,但神庙存不存在是可以查到的……回头见,廖尼亚。我差不多六点回来,给我弄点儿吃的,好吗?"

维卡砰的一声摔上了门。

我好不容易才忍住抽自己脑门的冲动。

我怎么就没想到深渊地址管理局呢?真是糊涂了。任何秘密机构都不会留下自己的地址。但可以耍个花招……

"维卡,联网。"我大叫着冲向电脑。

"已连接。"

"工作状态，非下潜。连接深渊地址管理局。"

"已连接。"

我深吸一口气，看向打开的终端窗口。

"打开宗教和文化机构目录。进入子目录'寺庙'。"

目录很长。千奇百怪，无所不包……既有现实中存在的古老宗教寺庙，也有些杜撰的庙宇，比如日出庙、失落之庙、美梦庙，甚至还有健康美食之庙。

人人都爱幻想，况且一年五十美元的管理费也不算大钱。

目录中没有深渊潜者神庙。但这并不能说明什么。

我坐下来，左手放在键盘上，右手放在鼠标上……

"开始注册建筑物"

完成。

"填写申请表"

屏幕上出现了一张设计精良的表格，但我现在只关心第一行……

"深渊潜者神庙"——我打下这个名称。

表格消失了。

取而代之的是一行通知：

"很遗憾，该名称已被注册。请修改建筑名称，稍后重试。"

果然如此。

关于神庙的信息都被隐藏了。他们多半是造了一套假文件。

只要你拥有足够多的服务器资源，就可以在深渊里悄悄造一栋房子。当然，它会是一栋违法建筑，很可能被拆除，不过这吓不倒执着的建筑师。

注册的目的只有一个——避免出现跟深渊潜者神庙同名的冒牌货。

"存在……"我喃喃自语,"它真的存在……"

接下来的事就好办了。只要找到这座神庙,把伊利亚带过去……让他拿着送信的报酬高高兴兴回家,我就可以拿到那份文件了。在神庙里,罗姆卡信上的防护会自动消除,信的内容会被我一览无余……因为我是潜者。神庙的创建者未必会把所有潜者划分成黑白分明的"追随者"和"背叛者"两派。有人参与了神庙建设,有人没参与——只是这样而已。不管怎样,能够进入神庙的只有潜者。

"维卡,"我向电脑请求,"检查一下普罗透斯的寻呼机。"

我根本没指望会有回信,但寻呼机真的收到了新消息。对方的昵称是"疯狂投手"。

"在死亡迷宫管理大楼等你。就说你找理查德。"

居然是他。

他是我最没料到……也是最不想看到的回信人。

我曾经把他的脑袋拧下来过。虽然是在虚拟世界,但潜者实在不该对自己人实施这样的暴行……这种行为不可原谅。

如果不是第二天发生的那些事……如果不是因为潜者不再被需要了……我会死得很惨。

疯狂投手是最德高望重的潜者之一。我在这样的老前辈面前应该夹起尾巴做人,而不是和他争执……

话说回来,他理应知道,也必然知道神庙的所在!舍他其谁!

我只想扣上头盔,穿上拟真服,立刻进入深渊。但肚子饿得咕咕叫。虚拟食物可以管饱几个小时,但我在三只小猪餐厅根本没吃几口。

我在厨房找到了维卡留下的早餐。两只煎鸡蛋,两个奶酪三明治……她显然没料到我会醒得这么早。茶壶里的水还没凉,我冲了杯速溶咖啡,匆忙吃了几口早餐。

深渊还在等我。

而深渊里的某处,有一只看不见的时钟在滴答作响,计算着分分秒秒,直到恐慌爆发的那天。

我已经没有别的筹码了。我一无所有。

除了久未联系的老友。

除了强烈的好胜心。

外加一点儿深渊心理障碍……

我把水杯放进水池，走到电脑前，慢慢穿上拟真服，动作迟缓得像在拖延时间。我把拟真服连上电脑，启动测试程序，试着走走跳跳。

数值都在正常范围内。可以将就。

我要去和两年前结下的仇家会面了……还得求他帮忙。

戴上头盔，我盯着屏幕呆坐了一会儿。耳机有点儿刺耳。头盔里风扇的嗡嗡声也比平时要吵闹。

超敏反应——深渊心理障碍的病症之一。

不过，也早该换新头盔了……

"维卡，进入深渊。身份……七号。枪侠。"

d-e-e-p+回车。

我躺在地上，望着摩托车手的脸。他的双眼如此空洞，皮肤光滑如新，粉红色的嘴唇半张着，像个洋娃娃。他只是流水线上的模具，即使就这么扔出去也不心疼……

我站起身，看向镜中的自己。

哎，枪侠，枪侠……

崇山险关，英雄迟暮……

枪侠的形象已经有些过时了。两年前，这款义躯不仅时髦，简直算是模板标杆之一。现在时代变了，干瘦的身体上套着皮夹克和牛仔裤的形象不再风靡，转而开始流行起穿着昂贵西服的肌肉男和披着半透明浴袍的美少女。会说话的大眼睛和特立独行的饰品大行其道，中性风和奢华风也广受欢迎。

我抬起手触摸镜子里的自己，触摸镜中那只同样伸向我的健壮有力的手。

"你将是这个世界上最后的枪侠，"我对自己的影子说，"我就喜欢你这一点。"

我不打算把枪侠的头发染成浅色，也不想把牛仔裤换成天鹅绒长裤，或者把鞣制皮衣换成油亮的皮草。

我就是枪侠。

现在该检查弹夹了。子弹还是两年前的。没关系，我不是去找投手决斗的，我是去讲和的。

我一把推开房门，走出去，锁上门，用余光关注走廊里的动静。没有异常。看来惊喜时刻还没到。

我走出宾馆，拦下一辆车。

奇怪，昨日仿佛重现，我又换上了这副义躯，报出了那个地址！

"去死亡迷宫，"我对司机说，又补充道，"管理大楼……"

路途不远。'迷宫'那边的电脑配置都不错，管理大楼的访客也不算多。

我付清车费，信用卡上亮起黄色的警示灯。这意味着卡里的余额只剩下不到五十美元了。

巧妇难为无米之炊……

管理处还和从前一样。两层小楼，贝壳灰岩铺就的外墙朴实无华。比起光鲜亮丽的外表，大公司有时候更看重办公楼的安全性。只有门口的保安是例外，他们身上的新型武器很是招摇，像是某种巨型鱼叉混合了未来主义风格的拖把头……

不过，这不关我的事。

接待室里有三张桌子。一张桌前坐着个年轻姑娘，正在向管理处的小伙子轻声解释着什么。另外两个姑娘空闲。一个金发美人，一个棕发美人。不用说，这两个笑盈盈的姑娘可能会接待我。

其实谁接待我都没有区别……

"你好，"我说，"我找理查德。"

"理查德？"由于我刚好站在三张桌子中间，几位员工只能互相交换眼神，自行决定由谁来接待我。金发美人先接下了话茬。

"您要找名叫理查德的员工……"

姑娘轻轻皱了皱眉头。

"理查德……您说的是理查德·帕克?"

"可能吧。"

管他是帕克、芝宝还是朗森[1]……

"怎么称呼您?"

"列昂尼德。"

"麻烦您写下来。"

姑娘在总机上拨号,开始呼叫分机,我则在旁边的一张专用表格上写下自己的名字。

"有人尝试从外部控制系统,"看不见的维卡对我悄声说,"收到身份认证请求。是否允许查看系统信息?"

"允许。"我说。

我的Windows管家账号的用户名是"用户",工作地点是"公司"。

这可是高级机密,但我已经做好牺牲它的准备了……

"请跟随指示往前走。"金发美人朝我露出微笑。看来有人命令她放我进去了。

半空中忽然冒出一团玫瑰色火焰。它跳动着,飞到一扇门前停了下来。我向秘书点点头,朝着火焰走去。

走廊很短,房门上的铭牌都很有意思。尤其是我正要进去的那扇门。

理查德·帕克
外部安全顾问

我推门进去。

该死,原来不止我一个人使用两年前的老义躯!

疯狂投手的打扮也和潜者集会那次一模一样。

他体形微胖,脸上有岁月的痕迹,稀疏的头发整齐地梳向脑后。

---

[1] "帕克""芝宝"和"朗森"都是美国打火机品牌。

着西装系领带……一副很正经的样子。

我站在一旁,等着他先开口。要开始回忆往日旧仇了吗?

"廖尼亚,你这个老混蛋!"投手热情地和我打招呼。他从桌子后面猛地跳起来,那速度只有在深渊里才办得到,"还是老样子,一点儿没变!"

我和他握了握手,等着看他接下来要使什么花招。

直到在扶手椅里坐下,接过主人端来的威士忌,我才相信他是真心诚意地欢迎我来。

"你到底去哪儿了?"他摊开双手发问。投手是个加拿大人,俄语怎么会这么好?他可能正在用完美无缺的翻译程序跟我说话,要么就是狠狠练过俄语。过去他俄语说得也不赖,但口音总是难免,现在居然一丝口音都听不出来了,"我看看……我足足给你发了二十四条留言!"

"我把寻呼机扔了。"

"为什么?"投手惊讶道。

"留着它意义何在?"我举着酒杯反问,"来,为了我们的重聚,干杯!"

"敬重聚!"这位前潜者也举起了酒杯,"你过得怎么样?"

"还行。"

"生意怎么样?"

"不怎么样。"我觉得投手并不是想显摆什么。

"你看!"相比以前,疯狂投手身上似乎有些微妙的变化。不是外貌,而是举手投足和语调……毕竟他现在是理查德·帕克,死亡迷宫的高级职员,"我给你发过工作邀约。"

"什么岗位?"

"内部安全管理部主管。"迪克[1]朝我露出微笑,"你懂我的意思吧?"

"老实说,我不懂……"我总是有话直说。

---

[1] 疯狂投手的化名。

"好吧，那我给你解释解释。"迪克叹了口气，"两年前……你在'迷宫'里玩得如鱼得水。当然了，现在我们已经不需要潜者救生员了，你也清楚。但我们有了个新岗位……"

投手顿了顿，但我依然没能领会他的意思。

"任何一个大型游戏要想持续发展，都必须塑造一位英雄人物，一个偶像，一个神坛上的传说。他不一定要整天泡在游戏里——那样会让其他玩家都自惭形秽，但他必须时不时在游戏里一展身手……"

"所以你打算让枪侠充当这个角色？"我问。

"没错。他已经是'迷宫'的传说之一了！你不喜欢这份工作？"

我耸耸肩。工作就是工作。这差事听起来不无聊也不费劲，而且绝对比当搬运工挣得多。我同意了——

"好吧，要我做也行。"

"现在还不晚！"迪克兴奋地提高了音调，"当然……我们已经浪费了很多时间，但只要你在'迷宫'里来回跑个两三趟……"

"你们的地图肯定已经变得面目全非了。"

"那当然！但你毕竟是专业的……"

"投手，我不是为了这个来的。"

迪克靠在自己的扶手椅里，点点头——

"好吧。你说吧。这个提议我们稍后讨论。"

"你完全不记恨我吗？"以防万一，我还是想确认一下，"因为……当时那场事故。"

"什么事故？啊……'术士'……"投手笑了笑，"那会儿当然怨你了……但哪能到现在还计较呢？"

"好吧，"我点点头，"有这么件事儿……"

疯狂投手全神贯注地听着我说话。

"你还记得深渊潜者神庙吗？"

"当然记得。"听到神庙，理查德脸色突然一沉，瞬间没了生气，"我记得，你当时坚决拒绝参与神庙建设？"

"没错。"我躲开他的视线。

"做得好，"迪克点点头，"你是对的。我犹豫了很久……几乎坚持到了最后。"

"为什么？"

"人不能总留恋过去，抓着逝去的影子不放。"迪克竖起食指，像在教育我，"给自己造一座纪念碑……这种行为既愚蠢又可笑！"

也就是说……

当然了。他是对的。我做得更明智，当时我彻底离开了深渊。只不过多少有些惭愧……因为自己不曾为神庙贡献哪怕一砖一瓦。

"神庙真的建起来了？"我问道。

"对，一年前就建好了。你去过吗？"

得来全不费工夫！

"没有，迪克。但我需要去一趟。你能帮我安排吗？"

投手不知为何犹豫了片刻。

"你可能不知道……列昂尼德……刚开始有一百多人参与了神庙的建设……但半年后只剩下七个人了。完工的时候只剩下我们三个。我们只完成了神庙的外观……"

"你们都是好样的，"我说，"能把神庙盖起来，太不容易了。你们把它建在哪里了？"

"在混沌空间。"

"什么？"

"你什么都不知道？"迪克又叹了口气，掏出烟盒，堂而皇之地抽起烟来。他敢这么做，可能是因为职级比疯子高，也可能是"迷宫"的老板不像"虚拟枪"的老板那么白痴。

"神庙是个非常特殊的项目，列昂尼德……"

"特殊在哪儿？"

"神庙必须是一栋永久建筑，就像深渊本身一样。也就是说，它不能只依靠一台服务器运转。支持神庙的程序在整个网络空间任意游走，不断进行复制重组，各个复制体独立运转。除非把网络里的所有计算机都摧毁，否则神庙不会消失。准确地说，到目前为止，必须摧毁网络中93%以上的计算机，才能让神庙消失。"

"老天啊，"我一时语塞，"你们是把神庙当作病毒来造的？"

"当然。这部分工作不是我亲自做的，大部分潜者都把力气花在了神庙本身的搭建上。它的程序基础是几位专家合作完成的。"

"也就是说，神庙确实存在……而且它在深渊城中没有准确的地址……"我咬住嘴唇，"那，怎么才能找到它？"

"当最后只剩下我们三个时，"迪克说，"我们都明白，项目该收尾了，哪怕并非所有设想都落了地。于是我们设立了三个入口，每人想了一个密码，然后把它藏在了深渊中……神庙就算建成了。此时此刻，你可以说神庙并不存在。但只要前往其中一个入口，它就会自动出现在深渊城任何一个未经使用的角落。这不是很美妙吗？"

"是很美妙，"我表示同意，"那你的那扇门在什么地方？可以告诉我吗？"

"当然可以。毕竟你也是潜者。但……你知道的……"

"知道什么？别拖拖拉拉的，投手！"

"我当时已经对造神庙这件事非常厌倦了，"迪克如实道来，"所以我一生气，就故意把自己的入口藏到了一个非常特别的地方……在死亡迷宫的最后一关。"

"你有毛病吗？"我气得说不出话来，脑子里想象着这款深渊城最大规模的游戏最近已经演化成了什么样子，"我怎么才能快速通关？"

"它现在是个多人游戏，"迪克喃喃道，"至少要一到……两个月。列昂尼德，如果你只是想看看我们的神庙是什么样子，也可以用另一个人的入口！"

"谁的？"

"最后三人中的另一个家伙，保罗。你记得他吗？"

我努力回忆……尽管记忆非常模糊，但脑海中还是浮现出一个瘦长的人影，两条竹竿般的腿总穿着短裤，永远裸着上身，胸口有彩色文身……

"我记得。"

"嗯，就是他。保罗花了很长时间隐藏自己的入口……特别认真……最后藏到了微软公司一栋办公楼的地下室里。"

"很稳妥。"

"对，但那栋楼今年春天被恐怖分子炸掉了。"

我不由得轻轻吹了一声口哨。

大家都听说过这件事。当时整个深渊城都陷入了恐慌。恐怖分子在那栋楼底下埋了一枚第二代逻辑炸弹[1]，把整栋楼的服务器都炸瘫痪了。

"那入口也毁了？"

"对。没法恢复。但你可以去找罗姆卡，你们不是老熟人吗？"

"曾经是。"我下意识纠正道。不过迪克没有注意到我这句话。

"罗姆卡那儿有个很简便的入口，就在他家里。罗姆卡不信任别人的服务器，把所有东西都存在自己电脑上。"

我沉默了，努力思考自己能否在恶棍启动那个程序后恢复罗姆卡的硬盘。我左思右想，还是觉得不大可能。

"如果要通过我的入口进入神庙，那就得经历一连串折磨，"迪克颇具自我批评精神地承认，"我要是真记恨你，就会……让你从我的通道走了。"

"那样也好，我们就两不相欠了，"我说，"罗姆卡死了，投手。而且他电脑上的所有东西都被抹掉了。所以我才想去深渊潜者神庙，为罗姆卡复仇。"

我抬起头，发现迪克的脸色慢慢发生了变化。

"他已经死了，"我重复道，"是谋杀。凶手在深渊里杀了罗姆卡，但现实中的罗姆卡也死了。你知道这意味着什么吗？"

这间办公室里平静又善良的主人已经快要昏过去了，但我还是大声说出了他此刻的所思所想。

---

1. 逻辑炸弹是在特定逻辑条件满足时实施破坏的计算机程序。与病毒相比，逻辑炸弹强调破坏作用本身，不具有传染性。

"想象一下，现在'迷宫'里所有玩家手中的武器都发生了变化。神不知，鬼不觉。他们已经开始真正地互相残杀了。"

我真的希望疯狂投手的心脏经受得住这样的冲击，毕竟现实中的他已经不年轻了。

11

一如既往，这里没有地图。

更不用说什么员工入口。人们已经不会在深渊里溺死了，员工入口也就没有任何存在的必要了。

"试试看，"投手说，"四处看看……有没有什么不同。"

"要不你还和以前一样，跟我一块儿走？"我问他。

死亡迷宫的入口处，那座黑色大理石拱门没有丝毫改变。深红色的浓雾依然翻滚不息，中间偶尔划过懒洋洋的、仿佛没睡醒的闪电，看不到尽头的人流缓缓向门内涌去。

其中一部分是真人玩家，一部分是类人模拟器。撑场面嘛。

"我这样的老人已经不适合玩这款游戏了。"投手说。

我们站在人流之外，默默看着玩家们鱼贯而入。我和从前一样使用枪侠的身体，投手则换了一具更为年轻健壮的义躯。

"地形变化大吗？"我问他。

"不只是地形。这已经是游戏的第二版了，第一版有点儿过时，就当附加训练场用了。那儿还跟以前一样，设定是玩家反抗外星侵略者。"

"那这儿呢？"

"这儿的设定是反击战。地球的宇宙战舰载着特种部队，空降到敌人的星球上。"

嘿哟哟……

我真是落伍了。

"但基础操作没变？"我有点儿好奇。

"基础操作，见鬼，从《德军总部》[1]开始就没变过。把所有会动的活物都打死，手边能捡到的东西都捡走就行。"

"那还有什么问题？"

投手耸耸肩膀，望向那没有尽头的人流。

"列昂尼德，你知道……算了，还是你自己去体会吧……我在办公室等你。一路顺利！"

他做得对，没必要提前吓唬我。

"别咒我！"我拍掉他的手，朝那条缓慢移动的队伍走去。

周围的面孔形形色色。有胡子都没长齐的毛头小子，也有健壮的男人，还有上了年纪、头发花白的民兵。此情此景完全可以让人相信，整个地球即将和外星人决一死战。海因莱因[2]要是看到这幅画面一定会激动得跳起来。

队伍中当然也有女人，但数量少得多。

偶尔还能看见残疾人，有的拄着拐杖，有的甚至坐着轮椅。

无所不包的政治正确……如今无处不在。

"你好……"

我有一种轻微的幻觉，仿佛昨日重现了……

但这次和我打招呼的不是那个爱记仇、追杀我整整三十六关的亚里克斯……

眼前是一个十七岁上下的少女。一头黑发剃得短短的。小脸稚嫩得有些过分，但身形饱满匀称，穿着牛仔裤和男士方格衬衫……

我好像在哪儿见过她……

"你也没接到活儿？"姑娘一开口，我就想起来她是谁了。就是她在管理大楼的前台给别人解释什么来着，当时我正要去找理查德。

"我自己不想接。"

"条件没谈拢？"

---

1. 一款第一人称射击游戏，发行于1981年。
2. 罗伯特·安森·海因莱因（1907—1988），20世纪美国著名科幻作家。

我朝前望，离拱门还有好一段路。人群发出的嘈杂声越来越大，令人压抑。

跟人聊聊天也不错……

"算是吧。"

"你不爱说话。"

我点点头。

"我叫妮可。"

"我叫枪侠。"

"你玩很久了吗？"

"我很久没玩了。"

"那开头几关我们就一起走吧？这几关不算太难。"

我差点儿没忍住笑出声。

"算了，不好意思。我天生喜欢独来独往。"

等到她在我背后举起手枪时，我该多不忍心杀死她呀。还是及时抽身，别结仇为好。

"好吧。"姑娘轻声妥协了。

"去找别人结伴吧。"我说。

"等我再找到一个真人再说。"她立刻对我丧失了兴趣，开始专注地观察过往的路人。

周围路过的多半是假人。平均每秒钟都至少有一个玩家进入"迷宫"，但每秒二三十个是不可能的……

"枪侠，你有时候会不会觉得，生活就像游戏一样？"妮可突然问我，"身边全是假人。他们顶着不一样的脸，有不一样的性格。有的自由意志强烈，有的弱一些。但总之百分之九十左右都是牵线木偶。他们好像是被某种力量制造出来的，只是为了让我们生活得快乐些。"

"你怎么会这么想？"她的假想让我有些震惊。

"如果你相信轮回的话……你看，世界上的人越来越多，大家都是从哪里得到灵魂的呢？所以有些人只是没有灵魂的行尸走肉。看上去与常人无异，其实没有心。"

我当然可以告诉她，我不相信轮回。

但这算不上有力的反驳。

拱门就在眼前。人群的嘈杂声压迫着神经，空气里弥漫着臭氧的气味，旁边不知谁走错了路，不知所措地四处张望。"迷宫"入口的设计别具一格，总是能给人留下深刻印象。

"拜拜，枪侠！"姑娘跟我道了别，很快小跑起来，一头扎进翻滚的雾海。

做得对。没什么好磨蹭的。

我也跟在她身后跑起来，头顶的拱门遮蔽了天空。周围全是迷雾。一片寂静。

我以为会直接进入外星世界——旧版"迷宫"里情节推进得很快——然而眼前的景象出乎我的意料。

我们来到一间无比宽敞的大厅，四壁都由金属制成，低低的天花板上挂着冷色日光灯。一边是开放式淋浴间，另一边是一溜低低的"浴缸"，半盖着玻璃罩子。

人群鱼贯而入，有的还穿着衣服，有的已经脱光了钻进浴室，还有些人在大厅茫然徘徊。

几个身材壮硕的男女穿着制服，手里拎着短棍来回踱步。

"发什么呆呢！"一个年轻的黑人女子摇晃着手里的棍子朝我走来。她嘴里嚼着口香糖，脸上有一道刀疤，胸前挂着一排我认不出的勋章，"臭新兵蛋子……马上去洗澡，快！"

我不想和她争辩，也不想惹麻烦，尤其是在枪套里空空如也的时候。

我脱下外套扔在地上，和小山似的破烂衣服堆在一块儿，然后走进淋浴间。

热水有些发绿，还有股消毒水味。他们是怎么把医院里的气味模拟得如此逼真的？

我花了好长时间仔细冲洗身体。后面的流程变得有趣起来。中士们开始追着"新兵蛋子"们满屋子跑，把他们赶进淋浴间，淋浴之后又赶进"浴缸"。"浴缸"的玻璃罩内很快充满了白气。

"冲干净,蠢货!别把灰带进浴缸!"

棍子抽打在身上并不疼,但很有侮辱性。尤其是当你赤身裸体地站着,被一个女人抽打。

"没必要这么对我,中士。"

黑人姑娘眯起眼睛——

"敢顶嘴……滚去休眠舱,快点儿!"

我赶紧跟在她身后,像她的护卫一样,走向最近的"浴缸"。我总有种愚蠢的错觉,仿佛随时会有人朝我的膝盖弯踹一脚。

隔壁淋浴间也有了新的澡客,是妮可。她同样赤身裸体。我们四目交汇。

就算这里是虚拟世界,身体也都是画出来的,但羞耻感在所难免。只有那个女中士除外,她只是公事公办……

话说回来,我们也是公事公办。

"快点儿!"

我朝妮可挤了挤眼睛,朝"浴缸"走去。"浴缸"底部有一汪浅浅的冰凉液体,几根喷嘴和电极凸出来。这简直是按摩浴缸和电椅的混合体……准确地说,应该叫它"电刑浴缸"……

黑人女军官又给了我一棍子——这一下来得猝不及防,实属卑劣。我还没反应过来,就跌进了休眠舱,玻璃罩子降了下来,喷头里吐出浓浓的白气。

"我会找你算账的!"我痛得浑身抽搐,只能用膝盖顶着玻璃,绝望地哀号。

那些锥形电极开始放出蓝色电流,随后,我的眼前一片漆黑……

时间消失了。只剩下黑暗,以及远处凄凉哀鸣的警笛……

我睁开眼,冷漠地看着破碎的玻璃罩。白气缓缓从破洞里飘散出去。

已经到达目的地了?

为什么周围这么暗?天花板上只有两三盏日光灯黯淡地发着光。

还有休眠舱上的玻璃罩……为什么要破坏公共财物？

我敲了敲玻璃罩——一动不动，我只能试着把玻璃上的破洞弄大。手划破了，但总算又掰下一大块玻璃。现在可以钻出去了……

周围的景象触目惊心。

半个大厅都面目全非。休眠舱全被砸了，其中几个舱里露出残缺的人体，地上血流成河。

看来我们的宇宙飞船遭遇了不幸……

我看向身旁的几个休眠舱，玻璃罩是敞开的，里面半个人影也没有。

难道大家都以为我死了？就这么扔下我离开了？

我迅速搜查了整个大厅，哪怕能找到一两件武器也好，但一无所获。不过我发现了一个中士的尸体，体型跟我差不多。那家伙的脑袋被一根硕大的横梁砸到了……砸得刚刚好，头部没有变形，甚至没漏出什么脏东西。我毫不犹豫地把他的衣服剥了下来，内心没有丝毫波动。可怜的家伙，你就是为了给我送装备而倒下的。

但见鬼的是，武器呢？

这游戏从一开局就不太对。

我一路小跑离开大厅，进入一条走廊。灯光暗暗的，显得不太真实。我闯进几个隔间搜寻一番，还是没找到任何武器，只在报废的操控台上找到一只手电筒。

这里的情形愈发引起我强烈的好奇心。我真不该小看'迷宫'，万万不该！

一刻钟后，我终于找到了飞船的出口。不是出舱口，而是船身被打穿的一个大洞，边缘被高温烧熔了。我小心翼翼地触碰了一下金属边缘，还在微微发烫。我俯下身子向外望去。

舱外的景象令人叹为观止。

淡紫色的天空一眼望不到尽头，高处飘浮着一朵白云。一群小鸟围着白云上下翻飞，偶尔发出哀婉的啾唧。

跳出飞船时，我的脚稍稍崴了一下。我后退几步，看清了飞船的全貌。它陷在一片泥地里,砸到山岩上时裂成了两半。看来是硬着陆。这庞然大物至少有三百米长……

周围空无一人。

我那些死里逃生的倒霉同志们呢?

我沿着蜿蜒的山石向前走去,五分钟后,终于遇到了第一个同类。

准确地说,是第一个女同类。是妮可,可惜只剩了一半。她的半截身体上覆盖着血污和泥土,还被硬生生按进了土里,那副凄惨的模样,连想象力超群的中世纪画家耶罗尼米斯·博斯[1]也要自愧弗如。

但她了无生气的手中却紧握着枪……

"世事就是如此讽刺,姑娘,"我开口,"你还说别人是人偶……是提线木偶……"

现在她倒真成了我的提线木偶。她的出现和死亡,都只是为了给我提供武器。

或者这一切只是巧合?

我开始仔细检查武器。这把枪能射出蓝色火焰,持续按住发射键几秒钟,还能产生更强劲的火力。根据枪身上的指示器判断,这把枪的能量储备用之不竭。

事情变得有意思了。有了这样的武器,只有宇宙第一蠢货才会玩砸。

我带着无比轻快的心情走向山岩。

鸟儿们仍在头顶忧伤地歌唱。我费了好大力气,才按捺住朝它们射击的冲动。

"我是枪侠!"我给自己打气,努力进入曾经那个斗志昂扬的战士角色,这招总能让我在需要动真格的时候鼓起气势,"我是枪侠!"

山岩里的洞穴危机四伏。我做好准备随时开枪,同时打开手电筒,小心翼翼朝前走。进去没多远,洞穴就变成了隧道,虽然崎岖不平,但看得出是人工开凿的。是时候开战了。

---

1. 耶罗尼米斯·博斯(1450—1516),荷兰画家,其画作多描绘罪恶与人类道德的沉沦。

对手的确没让我久等。

一开始，只听见沉重的呼吸声和带回音的脚步声。我在拐角处找了个方便进攻的位置，紧贴墙壁，严阵以待。

出现在我面前的生物就像一只膘肥体壮、微微剃了头的狗熊。它用两条后腿直立行走，足足比我高两个头。我按下扳机，一串蓝色的火舌立刻从枪口喷出，直冲怪兽的胸膛。

但火焰直接撞上了对方密不透风的护甲，如同泥牛入海。

怪兽一声没吭。它压根不屑于理会我的攻击。然而一枚短短的、浑圆的小火箭弹忽地从它肩头朝我射出。

哎呀……

真疼……

我的死亡大约持续了五秒钟。根据我一贯的经验，对于一个被炸得肝脑涂地的人来说，这濒死的过程有些漫长。我甚至来得及目睹那怪兽弯下腰凑近看我，然后伸出爪子拿走了我的手枪。我甚至清清楚楚地看见了它的护甲，我徒劳的攻击只在上面留下了一点焦黑和凹痕……

接着，死亡降临了。

"快去洗澡，狗娘养的！看什么看?!"

这次负责教训我的是个年轻小伙儿，同样穿着中士制服。不过这回他没拿短木棍打我，已经很让人很欣慰了。

看来每次复活都得从登上飞船开始？而且每次都得这么赤身裸体、满身血污？

我又看见了妮可。

她一副张皇失措的样子。啊哈……

那么，谁是货真价实的人？谁又是提线木偶？难道我们不都是一根绳上的蚂蚱吗？

"吓得尿裤子啦？"中士这回不是冲着我一个人说话。看来，刚才进入游戏的玩家都没能撑太久，很快都回到了复活入口。周围还是之前那批人。我开始分辨哪些是真人玩家。除了妮可之外，还有一位上了年纪、文质彬彬的绅士；一对双胞胎男孩（说不定他们在现实中真是双胞胎，一切皆有可能）；一位被打得很惨的女士，长得有点儿像路易莎；一个满脸青春痘的少年（画这张脸的家伙一定非常痛恨这世界上的所有年轻人）。

"这游戏不公平！"双胞胎中的一个说出了所有人的心声。他的兄弟只是点了点头。

"我们不会用武力逼你们留下，"中士朝地板上啐了一口，"谁要是孬种，现在就可以滚蛋。"

我默默走进淋浴房。

其他人也和我一样。

"谢谢你的枪。"我对妮可说。

"什么枪？"她在隔壁淋浴间冲洗着身上的污泥和血迹。现在没人顾得上害臊。

"我刚才看到了你的尸体，捡走了你的武器。"

她背过脸去，然后说："只要按住扳机三秒钟，火力就会更强。"

"谢谢，我发现了。不过在那个世界里，这样的火力只能用来打苍蝇。"

我们再一次被军官们赶着冲进休眠舱。

白气嘶嘶作响，身下传来一阵阵电击的刺痛。黑暗降临了。

这次我是和其他人一同醒来的。大厅的损坏程度没有上次那么厉害，但大多数休眠舱都出了问题，里面全是烤熟的尸体。

"这就是那些没有灵魂的人。"妮可得意扬扬地说。

我不得不同意。死去的都是最难看的玩家，显然都是程序制造的假人。

而那些刚才被我认定是真人的玩家都活得好好的。

三名中士也活了下来，这会儿正给我们分发手枪和灰扑扑的制服。等出了飞船，进入那个明亮的世界里，现在这身作战装束只会让我们变成活靶子。

一小队人向飞船外走去。可我走了几步就停了下来。

"快走!"中士冲我咆哮道。

"要走你自己走……你知道该往哪儿去。"我把手放在枪柄上说。

"什么?"

"我是枪侠。我一个人走。"

听到这话,一脸青春痘的少年顿时兴奋了起来,知识分子和双胞胎很不以为然地看着我,妮可则陷入了沉思。

中士犹豫片刻,然后点了点头。

"那就随你去吧……蠢货。一个人爱去哪儿去哪儿吧。"

小纵队走了。只有妮可仍若有所思地盯着我看,没有离开。她问我:"为什么你要和大家分开?"

"这支小队就像个绝妙的靶子,"我说,"对于火箭筒来说,简直找不出更好的目标了。"

"那你一个人准备做什么?"

"我想想再说。"

妮可看向逐渐远去的队伍,耸耸肩膀,跑着跟了上去。

我真的坐在石头上思考了起来。等了足够久之后,我才朝着队伍离开的方向走去。

一方面,我的做法很卑鄙——让前面的人去扫清障碍。另一方面,我又不是为体验游戏才来的。

最重要的是,我不相信他们能成功。

事实证明,我做得没错……

隧道就像巨型屠宰场。遍地都是横飞的尸块,武器不见踪影。唉,可怜啊……

我又听见了沉重的脚步声。

"我可是枪侠。"我咬住嘴唇,这句咒语已经不管用了吗?

脚步声越来越近。

怪兽马上就要出现在拐弯处了,我赶紧按下扳机。枪身微微振动,开始酝酿强劲的火力。随后我瞅准时机松手,狂暴的深蓝色火焰正中怪兽的胸膛。

它岿然不动！

我朝前一跳，在怪兽眼皮子底下跑来跑去。奇怪，难道它不打算抡起自己脚边的火箭筒，把我烤成焦炭？

它好像真不打算这么做！

但它那厚实的手掌迎面拍来，尽管稍稍打偏，但我还是被甩到了隧道墙壁上……

从头到尾，我都没有停止射击。手枪在两次射击间需要的准备时间越来越长，每次来不及积蓄能量就得开火了。但我还是艰难地打败了自己的对手。

怪兽胸前的护甲砰然炸裂，它终于应声倒下。

我勉强站起来。脑袋嗡嗡作响，肋骨生疼，双手直打哆嗦。

这一局玩儿得不错！

太阳穴突突地跳着……

我的太阳穴跳得忽然得更猛烈了！迎面跳出了第二只怪兽，跟刚才那只一模一样。只不过这只精神抖擞，浑身像有使不完的力气，饥渴地想要将我撕碎。而我已经半死不活，手里的弹药也几乎耗尽了……

深渊啊深渊，我不属于你……

不管那些狗屁规则了！

奇怪的是，这次两个世界之间的切换非常顺滑。环境调试做得天衣无缝，棒极了！不知不觉间，我已经离开了死亡迷宫，站在自己房间里，戴着头盔，穿着拟真服，伸直双臂，手握一支不存在的手枪。

发射——我向右一扑。屏幕上，怪兽转身躲闪，尽管身体笨重，但速度极快。

翻滚……

跃起……

跳开……

怪兽不断朝我开火。火箭弹一枚枚撞在墙壁上，我被冲击波打得东倒西歪。

简直像在火花间起舞。

我仿佛一只被拍个半死的蜜蜂，在会喷火的狗熊面前上蹿下跳。

蜇中狗熊的机会微乎其微……

但并非完全不可能。

最后一次扣动扳机。我心里清楚，接下来难以继续维持这样疯狂的进攻节奏了。靠近敌人，近距离进攻——这战略当然没错，但谁能料到会有第二只怪兽……

所幸，对方终于发出一声低沉的嘶吼，倒地而亡。

d-e-e-p+回车。

我坐在支离破碎的尸体旁，将手枪搁在膝盖上，擦去脸上的汗珠。

这居然是游戏开头？

第一关就如此艰难？

但不管怎么说，我还是通关了……

我将整个建筑都细细搜索了一遍。由于受伤，我放慢了动作，最后终于在几个空箱子下面找到了药箱。这大概是游戏设计者永远无法避免的妥协——无论是人类还是怪兽，都可以被同一种药物疗愈。

我把小小的医疗箱贴近身体，疼痛消失了。体力很快恢复起来，眼前的粉红雾气也消失了。

好了，前进吧！我还是枪侠！

我走出隧道，来到一片丘陵平原。远处依稀可见几座小小的农舍。

天空中，几只鸟儿在忧伤地尖鸣。叫声越来越大……

我一抬头，脸刚好被鸟喙啄了个正着。

这种鸟看起来近似体型精巧的翼龙，大张的鸟喙中，尖细的牙齿清晰可见……

这又是怎么回事！

我苦苦坚持了六十秒，费尽心思不断躲避鸟群四面八方的袭击。

我甚至打下了其中一只怪鸟，但还是无力回天。

接下来的五秒，我眼睁睁看着这群飞翔的野兽在自己尸体上大快朵颐。

它们连制服的碎片都不嫌弃，一个劲儿地狼吞虎咽，大概是把制服当作了下酒菜。

"啊哈，这就是单独行动的结果！"刚才被我用枪威胁的中士来到我的尸体旁，得意地宣布，"唉……枪侠啊枪侠……"

他忽然略带好奇地打量我。

"看来他是故事听够了，想亲自扮演枪侠玩玩，"那位知识分子的语气里倒没有丝毫谴责我的意思，"先生们，我们得认真对待这个游戏！必须团结起来！这是团队作战！"

中士们没有反对他的提议，也没有用大木棍管教众人。看来，将我们打造成一支团结友爱的军事小分队就是他们的目的？

其他人仍好奇地看着我鲜血淋漓的尸体。

"他是被鸟啄死的吗？"黑人小姐咂舌道。

难道光从我的死状，她就能分辨出我走了多远？

"还是苍蝇叮的？"

难道这儿还有苍蝇？

我默默走进淋浴间，洗去血污，捡起自己的衣物。

大家看向我的眼神透着体谅，又带着些鄙夷。

"别心急，"年轻的中士搭着我肩头说，"你能力不错。但单独行动可不行，况且你又没什么经验……"

我没有丝毫加入队伍的意愿。和别人组成一支齐心协力的队伍，与其他队伍对抗——我不是来体验这些的！

看来要通关这个新版死亡迷宫，的确需要一个多月的努力。

我可没这么多时间轻易挥霍。

100

我和理查德一起喝着咖啡。

"你相信第三代武器的存在吗？"

他早该提出这个问题了,看来是之前受到的惊吓实在太大。

"相信。"

"我们得去查查罗姆卡的医保记录。"理查德说,"另外……你们那儿有义务兵役制,他肯定在军医那里接受过全面体检……"

"迪克,"我摇摇头,"俄罗斯不是加拿大,也不是以色列。军医的检查就是大概数数你有没有缺胳膊少腿。"

"如果第三代武器真的被造出来了,深渊城就会变成集中营的毒气车,"投手说,"只攻击特定个体的本地程序和炸毁整个虚拟街区的炸弹——二者之间没有什么本质区别。一个精神病就能闯下弥天大祸,列昂尼德。"

我点点头。他的类比我听得懂,如果原子弹可以用旧手枪零件轻易组装起来的话,那世界早就变成一片放射性沙漠了。

"那份被偷走的文件里可能有什么东西?"

"我不知道,投手。那家公司是做实用小物件的,就是各种各样的外置设备。但……"

"难道这武器就是他们研究出来的?"

当然,这是最合乎情理的猜测。一个和季马·季本科一样的疯子天才,绞尽脑汁写出了能从虚拟空间杀人的程序。傻乎乎的公司高层第一时间给自家公司保安配备了这种新武器,并试图拖延时间。他们可能在坐地起价,敲诈勒索那些世界级的电子行业巨头;也可能正在酝酿一个庞大计划,打算用新型武器占领整个虚拟世界。鬼知道呢?

"我不知道,投手。"

"我们公司会迎来末日。"投手断言,"很可惜,但这还不是最可怕的。整个深渊都会面临末日。"

"成千上万人会瞬间死在自己的电脑前,这才是你该担心的!"我忍不住冲他喊道,"这才是重点!"

"只要把第三代武器的消息散播出去,就没人会在虚拟世界里乱逛了。"迪克摊摊手,"但前提是得让他们完全相信……"

"没人会相信谣言,迪克。你自己想想,你还记得在深渊里听说过多少离谱的传闻吗?"

投手拿出一瓶威士忌,大方地给我们俩各倒了一大杯。

"我们换个思路,列昂尼德。这个雇他俩去偷文件的黑暗潜者到底是谁?"

"我没有确切消息。"

迪克点点头,伸出食指——

"但我们已经注意到他了,不是吗?他显然猜到了会出这种事!"

"如果他猜到了,那他就是罪犯,投手。他找了两个没法及时逃离深渊的替死鬼替他偷文件。"

"先别急着对他做什么道德审判。最好先想想,我们怎么才能找到他?"

"已经有人去找了。如果连他都找不到黑暗潜者,那恐怕没人能找得到了。"

投手没再追问。我们决定信任彼此,在必要的时候。

"那份文件在哪儿呢?"

"在豪敦速运,我打工的公司……准确地说,是前公司。"

"列昂尼德,直接闯进你公司把信偷出来不是更简单吗?"

我叹了口气。

"那个,情况是这样的……"我大致解释了一下来龙去脉。

"你是说,那封信在一个小男孩儿手里?"

"本来也可以在我手里,迪克。但就算信在我手里也没用!公司邮递系统的逻辑非常简单,信封里有一个快捷方式,可以链接到文件。文件却在公司办公室里锁着。密钥足足有四千九百零六字节……"

投手也皱起了眉头。

"信件被送至目的地以后,信封就能打开了。顺便说一句,信件本身的保护程序也不是好对付的。信封打开之后,程序会确认信件已经正确送达,文件才会被传送到指定地址。"

"指定地址?"投手发出疑问,"不是发送给收信人,而是发到收信地址?"

"对，没错。"

"但是深渊潜者神庙没有准确地址！在没有人进入神庙的时候，那座建筑根本就不存在！"

"我说的就是这个问题。信件保护是绕不开的。即使你能把加密文件偷出来，也根本打不开。哪怕解决了邮递员，把信封抢过来打开，里面的信息也只会被传送到神庙。"

"只会被送到空无一人的神庙……为什么你们要设计那么长的密钥？你们运送的都是五角大楼机密吗？还是各国总统的私密小视频？"

"我们只是保证客户安全……"我忍不住微微一笑，"什么'我们'……我在那儿什么也算不上，只是个无足轻重的小人物，打零工混口饭吃的临时工。"

"那就去找公司高层，"投手提议，"把实话全都告诉他们。他们肯定有什么应急方案。"

"这份冠冕堂皇的工作确实让你变了不少啊，"我甚至懒得和他争论了，"你想想看，我们跑去找公司高层，说自己是那个偷了大公司重要文件又不幸丧命的黑客的朋友，瞪大眼睛跟他们讲些什么黑暗潜者、第三代武器之类的天方夜谭，接下来迎接我们的就该是警察了……"

"那你说该怎么办？"投手疲惫地问我，"怎么办才好？"

"你为什么要把神庙的入口藏在'迷宫'里？本来是很简单的事！"

"还不是怪你自己！你证明了潜者在'迷宫'里通关就跟逛公园一样简单！把潜者神庙的入口藏在只有潜者能到达的地方，也就是世界上最复杂的游戏最深处，在我看来当然合理！"

"不管怎么样，我们都必须进入神庙，"我说，"至少要把它在深渊城里的位置固定下来……这办得到吧？哪怕只是暂时固定一会儿？"

"这个可以。"

"接着我们就告诉那邮递员小子去哪儿可以找到神庙，也就能拿到那封信……弄明白事情的来龙去脉了。弄清楚原委之后就能展开行动了。"

"但现在谁也无法独自通关'迷宫'，列昂尼德。一支有经验的队伍也至少需要一个月。最快纪录是……呃……二十七天，而且他们平均每天连打十个小时。三十人的队伍最后只有四个人走到终点，剩下的都没跟上。我们有这个时间吗？"

"没有。我觉得没有。我们得在三四天内解决这个麻烦。"

"我一直相信你的预感。接下来你想怎么做？继续独闯'迷宫'？"

"我先去找朋友们商量商量。对，没错，的确得组建一支队伍。投手……你不是想休假吗？"

他惊讶地抬头看着我。

"你怎么知道？"

"迪克，谢谢。"

"谢我什么？"

"如果你能陪我一起进去，就简单多了，毕竟这是你的老本行……"

我忽然住了嘴。我反应过来，他说的休假不是我理解的那个意思。

"列昂尼德，我不想在深渊里度过我的假期。"

我默不作声。

他的回答出乎我意料。我完全没想到他会这么说。

"你觉得我做得不对？"理查德问。

"你做得很对，"我站起来，"你百分百正确，投手。我觉得很欣慰，你本人和绰号完全相反，一点儿也不疯狂。"

"列昂尼德，你最好也别出现在深渊了……"

"我知道。但对这件事，我无法保持理智。"

"那就想想别的办法吧。"迪克疲惫地说，"我承认，把入口藏在'迷宫'尽头是我的不对。但我已经厌倦了那些把戏……那些阴魂不散的往事……我完全没想过，有朝一日还要急匆匆地回去。"

"还有什么别的办法？"

"列昂尼德，去找找经验丰富的黑客吧。让他们帮你想想怎么破解你们公司的防护措施，把文件偷出来解密。那样简单得多。"

我脸色铁青，点点头离开了办公室。

必须承认，他的建议不无道理。的确，我一个人是绝对无法穿越

"迷宫"的。

深渊啊深渊，我不属于你……

我摘下头盔。

太可笑了……

我怎么也没料到，疯狂投手会铁了心远离危险！

老实说，我们都不是英雄。我总觉得真正的英雄只有傻子才能当。但面对困难，我们总有两个选择——落荒而逃，或者迎难而上。

我从没想过对深渊举手投降。

尽管……

"维卡，退出深渊。"

我拔下拟真服的插头，走到窗边，拉开窗帘，望向窗外。

外面下着雨。叫人厌烦的雨幕连绵不绝，几乎分不清是雨还是雪。穿着风衣和外套的行人蹒跚前行，无数雨伞在人行道上游走。我很喜欢这样俯瞰大街，透过玻璃看窗外的雨景。

当个冷淡的见证者，总是件乐事。

投手的做法无可厚非。即使按照我们那早被淡忘、现在已经一文不值的潜者守则，他也没什么过错。对他来说，远离危险没什么不对。他在深渊城里有什么必须守护的东西吗？或许有一些……比如工作，还有娱乐场所……但没什么东西值得他冒生命危险。

那我想要守护的又是什么呢？

我无法挽回罗姆卡的生命。那我是要为他复仇吗？向谁复仇呢？追捕他的警卫未必知道自己手里拿着的是什么武器，自己的行为又会带来何种后果。而第三代武器的发明者则根本没听说过罗姆卡这号人。不能因为匪徒们用AK-47射杀人质，就起诉卡拉什尼科夫[1]……

离开吧。

就这样离开，永不回头。这样一切都会变得简单。给自己找份与

---

1. 米哈伊尔·季莫费耶维奇·卡拉什尼科夫（1919—2013），苏联著名枪械设计师，以设计"AK-47突击步枪"而闻名。

深渊无关的工作。我要开始买真正的啤酒，再也不去虚拟餐厅——哪怕只是廉价的日古廖夫啤酒也好。恶棍都喝得那么起劲，我怎么就丢不起这个人了？我还可以和维卡去趟海边，或者去真正的山林里徒步旅行，多结交朋友。只在报纸上偶尔了解深渊城的新动态。

或者……

我甚至不必完全摒弃深渊程序带来的奇迹世界！我们可以开一间只属于我们两人的小餐厅，小巧又舒适……我们可以用程序制作一个女仆，再给自己画栋房子，画个跟成吉思那间一样的就不错。

维卡可以重建她那片山脉。源代码她还存着。

不必彻底告别虚拟世界。只要稍加敲打，把它关进水槽下方；切断电话线，专门线路也停掉。

我们可以创造一个简单、舒适又安全的小世界，只属于我们两个人。白天工作，晚上沉浸在自己的小天堂里。

"深渊啊深渊……我不属于你……"我自言自语。

雨下得越来越大。一个举着折叠伞的姑娘徒劳地飞奔而过，试图赶上电车。一个小男孩儿勇敢地踩着满地水洼，一步步往前走。

人可以完全不依赖深渊生活！

何必要依赖它呢？

深渊城有将近三千万的人口。这些人几乎都是精英知识分子、科学界和艺术界的顶尖人物。这是一个非常脆弱的阶层。如果他们全部在一个小时内死去，整个世界会陷入悲恸……但依旧可以照常运转。

因为维持世界正常运行的并不是他们，而是那些在流水线上组装电脑的、文化水平不高的人；是那些从没见过电脑的牧羊人；是那些结束一日操劳后，疲惫地回到妻儿身边的建筑工人；还有那些仅仅将深渊城视为时髦玩物的政客和商人……他们可以在夏威夷海滩上晒日光浴的同时，安排一场百人规模的招待会。

而我们只是一个深深扎根在自己幻想出的空间里、几乎忘了现实世界的特殊群体。

我们会守护深渊到底。

因为我们就是深渊的一部分。

这些并不全是我的想法,而是深渊心理障碍在作祟。我的脑内有一块红肿发炎的病变区域,离开深渊就无法生存的是它,不是我。是它需要广阔无垠的森林、湛蓝无瑕的天空和豪华餐厅,最重要的是——它需要信息。

它需要新的相遇、新的面孔;它想要听到流言蜚语,渴望经历阴谋诡计和腥风血雨,渴望节奏疯狂的生活。

所以我才要战斗到底。在虚拟世界面临新的灾难时,为其寻求庇护。深渊已经获得了自我意识。当然,真正的电子智能并不存在,深渊获得的不是直接意义上的自我意识。是我们构成了它的神经元,成了它机体的细胞。每个细胞都有自己的功能——有人建设深渊;有人构思深渊;有人负责将更多人诱进深渊;有人负责保卫深渊。

艺术家和设计师们为了建设深渊,长年累月地构思……

程序员和工程师把计算机的功能榨取殆尽,不断优化深渊城……

作家们著书立说,美化深渊,歌颂深渊……

而我是这个电子世界的一颗巨噬细胞[1]……

唯一能威胁到深渊的就是人性。一旦人类对虚拟世界产生真正的恐惧,我们这些小小的细胞就会渐次消亡。

从前人们畏惧深渊,是因为担心自己会永远留在虚拟世界里无法挣脱。意识在虚拟世界里遍尝珍馐,真正的肉身却死于饥饿。

因此才有了我们,潜者,可以自由出入虚拟世界的人。

后来发生的事……谁也说不清来龙去脉。人们不再会溺死,我们成了不被需要的人。深渊并没有杀死我们,而是拒绝了我们。

然而现在出现了更严峻的危机。跟失足落水相比,被人按进水里生生溺死要可怕得多。

真正的恐惧,总是来自不受控制的外在力量。

---

1. 巨噬细胞的主要功能是对细胞残片及病原体进行噬菌作用(即吞噬以及消化),并激活淋巴球或其他免疫细胞,令其对病原体作出反应。

这些并不存在的大脑让整个深渊陷入了恐慌。

不管黑暗潜者姓甚名谁，他一定已经知道了第三代武器的存在。还有因为盗窃深渊城最可怕的秘密而死于非命的罗姆卡，以及特地告诉我有个黑客被人谋杀了的刺猬……他们都影响着深渊。

在深渊那些看不见的血管里，血液流动得越来越快。电子荷尔蒙开始起作用，袭击了一切我们曾珍视的东西。

我这个垂垂老矣、半死不活的巨噬细胞被扔进残酷的战场，被迫面对新的敌人。

深渊不会思考，只是活着而已。它出于本能，挣扎求生。

被免职的士兵再一次有了用武之地。深渊需要善战的老兵，尤其是我们这样真正懂得战斗、用灵魂去作战的士兵。

比如理查德·帕克这个货真价实的潜者！

深渊对他来说永远只是工作场所。或许他的现实生活足够刺激有趣，所以他成功退出了游戏，摆脱了深渊。

维卡也做到了。她轻而易举地抽身离开深渊，至少表面上云淡风轻。她丢下了自己"极具前景的课题"，对自己蒸蒸日上的事业和出色的空间设计能力嗤之以鼻……

可我已经出不去了。就算是行尸走肉，就算是朽木死心，也要待在深渊……走投无路的时候，我宁可搬运画出来的钢琴，也不愿意离开深渊城。

罗姆卡和我一样，已经无法自拔。他曾是一位伟大的狼人潜者，最后却沦落为一个蹩脚的黑客。

我们都跌入了陷阱。我们以为，只要有能力随时摘下虚拟头盔，就意味着拥有离开深渊的自由。然而，事情没有那么简单。真正的自由是另一种东西。我们就像被锁链拴住的狗，即使锁链偶尔会解开，却也只能在结实的藩篱之内奔跑。

所以谁的自由更多呢？是被主人牵着溜达的哈巴狗，还是整夜在院子里狂奔、享受着自由、在栅栏上做记号的大狼狗？

假如能够做到无视周围的藩篱，当大狼狗也挺愉快的……

"你禁锢了我,畜生。"我对眼前的电脑说。屏幕上的维卡皱起了眉头,试图提取关键的命令,"你时刻存在于我周围,深渊……"

"我不明白,列昂尼德……"

"闭嘴!"我朝无辜的程序咆哮起来,"你就在这里,我知道!你在观察……伺机而动……你不会思考也不会说话,但你知道怎么生存!"

屏幕上的维卡沉默了。

虚构的爱人比真实的好。她总是耐心倾听,从不表示反对,只说你想听的话。

"我被你握在手心了,对吗?我得了深渊心理障碍?我离了你没法活?"

我到底在期待什么?是深渊的回答吗?难道我想听见电脑用震耳的声音回答我:"没错,我是电子智能,你是我的奴仆!"?

那我恐怕是真的疯了。毫无疑义。

我弯着腰,双手撑着桌子,把脸贴向冰冷的显示屏,低声说——

"对,你说得没错。离开你我活不下去。我需要深渊城,需要这个角色……特殊的角色……即使只是扮演巨噬细胞……"

同一堆冰冷的钢铁争论,是精神病患者才干的事情。

但还有什么比死于一颗虚拟子弹更疯狂的呢?

"我同意,"我说,"深渊……我属于你。"

我会保护你的。我会对抗出现在你身边的任何威胁。

但如果我们的目标不一致,而最后的结局并不如你所愿——请不要怪罪我……

但这句话我不会说出来。

我永远不会对着没关机的电脑发誓。

我还没完全疯。

d-e-e-p+回车。

每天只睡三四个小时,中途还总是醒来——这样的状态我已经持续多久了?好像真的很久了。

一号身份。

我换上了摩托车手的身体,标准形象,没有鲜明特征,不会引起注意。

但这次,我的短外套口袋里多了一把笨重的手枪,弹夹里装满了第二代武器。

用这样的装备未必能对付那个看不见的敌人,不过毕竟比之前好得多,甚至比"术士"还要厉害一点儿。

我以前从未毁掉过别人的电脑。

或许,十九世纪骁勇的轻骑兵能理解我。俘虏敌人和砍杀敌人完全是两码事……但如果杀死的是敌人胯下的马呢?换个漂亮点的说法,不是马,而是坐骑!它不仅是交通工具,还是一次次救搭档于危难之际的忠诚挚友……

没关系。必要的时候,我会动手的。

巨噬细胞可不懂得怜悯。

我从口袋里掏出普罗透斯的寻呼机。疯子压根儿不在线……好吧,只能留言了。

"舒尔卡,这件事很重要。那个不可能存在的东西,真的存在。我必须和你谈谈。十万火急。你定时间地点。"

好了。信息已经发出去了。现在只能等待回信……同时再找找别的出路。

想想看,我认识的黑客里还有谁?还是得找黑客破解信件,没别的办法。

我在寻呼机里翻找恶棍的号码。没找到。早知道该问他要一个……不过,我记得成吉思的电话号!

"打给莫斯科。"我对寻呼机说。寻呼机闪起了绿灯——看来话费还够用。从虚拟空间给现实世界打电话并不贵,但还是要付费的……

我不太信任寻呼机的语音输入系统,所以用键盘拨下号码,耐心等待着。一分钟,两分钟,我静静听着话筒里从容不迫的嘟嘟声……

见鬼了,成吉思,你整个公寓都连着网呢!接电话呀!

"喂?"

成吉思语气生硬，听起来有些紧张，仿佛在等待一个令人不快又无法避免的来电。算了，那是他自己的问题，我现在也有自己的麻烦要解决。

"是我，列昂尼德。"

"你好。你醒了？"

至少他的语气缓和了下来，看来并不拒绝和我通话……

"可以说是根本没睡。"

"怎么了？"

"还是那些事……成吉思，我又有新麻烦了，跟老麻烦一样棘手。"

"知道了。过来找我吧。"

"好的，但我还要处理点事情。"

"那你来深渊城吧。地址很简单——黑客庄园。"

"恶棍也在？"

"大家都在。你能打电话真是太好了。来吧……"

大家？他的意思可能是巴特也在。

成吉思先挂断了电话。

不管怎么说，他的提议不错……我和之前一样，警惕地四处张望着走出旅馆，没发现任何可疑的迹象。深渊城活力满满地迎接着我，一切平和如常……城市上方笼罩着深沉的夜空，点缀着几颗早升的星星。这片天空的颜色也是通过问卷调查决定的。在休憩时段，超过七成的人喜欢初夏的夜空……

我拦下一辆出租车，说出地址。

三分钟后，出租车停在一幢跟成吉思的莫斯科豪宅一模一样的建筑前。我一点儿也没觉得意外。

就连门卫的长相都毫无二致……

说实话，成吉思现实中的房子跟深渊城居民梦想中的豪宅一模一样，这也没什么好惊讶的。只要把那边的宅子直接搬进虚拟世界就行了。他完全抹除了两个世界之间的界线。我曾经也做过这样的实验……只不过没这么奢侈。

"我找成吉思。"这次没人拦我。

目前为止,这里的安全措施还很简单。一旦深渊城里出现了第三代武器,安检程序会比真实世界里严格得多。

我进了电梯。这次公寓内门是锁着的,我打了个电话,又等了一会儿。

"注意!外部程序试图控制系统!"维卡发出警报。

随它去吧。

开门的是巴特。

跟现实世界里比起来,虚拟空间的巴特更加邋遢。他仍然穿着拟真服,屁股后面拖着电源线。真是服了,为什么在虚拟世界也要穿得跟现实中一样?

"你好呀……"巴特嘀咕着让到一旁,"你来得倒挺快……"

我走进屋子,好奇地四处打量,试图对比两个世界的宅邸有何区别。内部装潢似乎是一模一样的……话说回来,你还能指望成吉思住烂房子吗?他完全有财力雇佣全莫斯科最好的空间设计师……

"你好,巴特。主人在家吗?"

"这儿没有主人,"巴特稳重地握了握我的手,"每个房间都有自己的主人。"

我忍不住想吐槽这些公社游戏和黑客团体的台词,但话到嘴边还是忍住了。毕竟是在别人的地盘……

"好吧。那成吉思在哪儿?"

"跟我来……"

我跟着小男孩儿走进厨房,一路上不住往窗外张望。窗外是莫斯科的街景,而且是鲜活的实时景象。街道上车水马龙,行人走走停停,天空阴云密布,正下着蒙蒙细雨……

我敢保证,这绝对不是在窗口循环播放的风景片。成吉思真实世界的那栋屋子里,每扇窗户外面都装着摄像头,将图像实时传输到深渊中。

这不仅酷炫,简直高雅!

金毛犬懒洋洋地迎面走来,把鼻子伸进我手掌里嗅嗅。

"比特,一边儿去!"巴特呵斥道。金毛犬乖乖地走开了。它的表现过于温顺,看来是程序模拟的,不然我会揣测他们给狗也穿上了拟真服……

我以为成吉思正在厨房里醉生梦死。但巴特指了指螺旋楼梯,示意我上楼。他似乎更喜欢殿后。

我来到二楼的餐厅,我在现实世界还没来过这儿。餐厅是圆形的,部分墙面用玻璃代替。天花板也是玻璃穹顶。地板全铺上了厚厚的地毯。装修风格称得上禁欲。这里一件家具也没有。连一张桌子、一把椅子都没有!

取而代之的是地板上几只小啤酒桶,盘坐在一旁的是成吉思、恶棍和……疯子!

"啊哈!"恶棍咋咋呼呼地说,同时挠了挠光秃秃的脑袋,"我们的潜者来了!"

我同恶棍和成吉思打了招呼,和疯子拥抱了一下,然后问道:"舒尔卡,你没收到我的留言?"

疯子疑惑地皱了皱眉,掏出寻呼机,看看屏幕,揉揉鼻梁——

"收到了……刚刚。"

好吧。无论如何,人到齐了就好。

"快坐吧,就像在自己家一样。"成吉思热情地招呼我,"巴特,快去拿点儿薯片来!"

"要什么薯片啊……"巴特开口抱怨,但在成吉思的凝视下又闭上了嘴,乖乖往楼下走去。

我在地板上坐下。他们给我倒了一大杯波罗的海7号[1]……这大概是恶棍向大家的口味妥协后的选择。

"我们刚才在研究第三代武器的真相。"成吉思说,"挖出了一点儿

---

[1] 俄罗斯啤酒品牌,以数字区分度数。0号无酒精,7号是5.4度,也是海外知名度最高的一款。

线索……萨沙,你能给他复述一下吗?"

疯子点点头。他看起来很困惑,甚至有些不知所措。

"我在我们公司……试了一下。不过,廖尼亚,我得提醒你,我现在是在休假。"

难道疯狂投手的故事又要重演了?

"我不想使用自己公司的工作线路,"疯子解释道,"那些都被监控了。我现在是通过非法信道进入深渊的。总之……我四处打听了一下。第三代武器的研究工作已经持续快两年了。而牵头者是……"

他停顿了一下。我想我猜到了他接下来要说的话……

"德米特里·季本科本人。"

"该死,"我只能一个劲地说,"该死,该死,该死……"

"你尽管骂娘吧,"恶棍嘟囔着又给自己倒上一杯啤酒,"有什么好惊讶的?你想想,还有谁能办到这事儿?"

一切都说得通了。要制造出能在深渊里杀人的武器,只有一种办法:绘制一幅能催眠的图像,其原理和深渊程序相仿。从杀人的品位上看,也是他的手笔:心跳骤停,呼吸停止,身体僵直,全身痉挛,无法呼吸。

杀人方法本就不多。

或许也有不那么血腥的设计。比如制造一种能使括约肌松弛的虚拟子弹。在电脑前拉屎可不是一件愉快的事。也可以发明一种深渊专用的催泪弹,或者催吐剂……戴着头盔的时候,呕吐也可能致命……

巴特抱着一堆薯片回到了餐厅里。他显然气鼓鼓的,但谁也没理睬他故意噘起的嘴。

"季本科成功了?"我直截了当地问。

"显然成功了……"疯子说,"最近半年,这个项目的保密等级忽然提高了,再也弄不出什么像样的情报了。我也没深挖,还是小命要紧。一般只有在程序调试阶段,研究者才会启动高级防御措施,比如切断实验室和深渊的联系。"

"这些工作是你们公司负责的吗?"

"不是。所有工作都是由季本科和他的小团队完成的。那是个名叫'盾与剑'的小公司。但他们从我们这儿挖走了两个员工,都是心理学家。所以我才能弄到点儿小道消息。也是转手几次才打听到的……现在已经没法联系上他们了。"

"你没试着在现实世界里找他们聊聊?"我好奇道。

"我找死吗?"疯子诧异地看着我,"廖尼亚,醒醒吧!决心制造第三代武器的人,绝对会不择手段、不惜代价扫清一切障碍的!"

"也就是说,第三代武器已经出现了?没人再怀疑它是否存在了?"我总结了一下。

所有人都安静了下来。只有恶棍嘁嘁一声,垂下了眼。他又没什么好羞愧的……毕竟他是头一个相信这武器存在的人。

"你也打听到了些内情吧?"成吉思插了句嘴,"不是吗?"

"对……舒尔卡,这个盾与剑公司和新界线公司有什么关系吗?"

"基本没有。除了一点,"舒尔卡忧愁地笑了笑,"盾与剑公司完全属于季本科个人所有,而'新界线'是他参股的公司。他甚至都不是大股东。"

"这就是直接联系。"

"没错。季本科完全可以拿做实验当借口,给新界线公司的保安配备上他发明的武器。"

我摇摇头。这实在太……我不敢相信。

"还有一种情况可能性更大,那就是新界线公司正在进行的某项研究,对季本科来说意义重大。"

没人反对,也没人赞成。说到底,这些都只是猜测……

"这么说吧,伙计们……"我一一扫视在座的黑客,"在这一系列事件中,最令人惊奇的是,罗姆卡,一个半吊子黑客,竟然成功把偷来的文件藏起来了!"

"怎么藏的?"成吉思惊奇地抬了抬眉毛,"他当时根本没有时间……"

"有的。他把文件装在信封里,通过豪敦速运,也就是我工作的公司寄了出去。"

"好家伙!"恶棍脱口惊呼,"啊!我怎么就没想到呢!"

不怪他。哪个黑客会想到使用官方途径来传输数据呢?

"寄去哪儿了?"疯子的问题很务实。

"深渊潜者神庙。"

"难道神庙真的存在?"

"可以存在。"

我给自己倒了杯啤酒,然后把从投手那儿听来的消息原原本本告诉了他们。

听着我的故事,每个黑客的反应都不尽相同。疯子的脸色越来越阴沉;恶棍则乐不可支,尤其是得知我在'迷宫'里的英勇表现,启发了迪克把神庙入口藏在游戏最后一关时;巴特陷入了狂热的兴奋状态。他脑子里在想什么,不用问都知道……成吉思完全沉浸在自己的思绪之中,可能是在琢磨我讲的故事,或者是在想自己的事情……

"列昂尼德,穿越'迷宫'简直是以卵击石,"最后,疯子下了结论,"是,没错,可能石头迟早会被击碎。但在那之前,鸡蛋早就撞得粉身碎骨了。"

"我同意,"我点点头,"那你还有别的办法吗?"

"把文件偷出来?"

"然后呢?用病毒程序弄晕送信的那小子并不难,但把信封抢过来也没用………它会自动销毁的。"

"可以绕过这一关,"疯子不以为然地一笑,"我知道怎么破解那种身份识别程序。"

"那你能打开文件吗?"

"你们的密钥有多长?"

"4906字节……"

"好,明白了。问题解决了。"

"你确定?"成吉思突然发问,"你的专长好像不是破译密码吧?"

疯子脸上浮现出意味深长的微笑。

"怎么，破解方法不就是那几种？亲爱的成吉思，你彻底变懒了……"

"好吧。"成吉思妥协了，"不过，要不要找别人商量一下？"

"那就把祖可叫来，"舒尔卡提议，"他最喜欢破解密码了。但别说我没警告你，他肯定会说'把全部网络资源给我，再给我几年时间'。"

"也就是说，我们还是得穿过'迷宫'才行！"巴特惊叫道。

"还有一个办法。"一听我这么说，大家意外又期待的眼神都集中到了我身上，"我们可以修建一座假的神庙，怎么样？让邮递员把信送到我们这儿，然后……"

"然后呢？"疯子嘲弄地说，"那把可以解开密码的钥匙，是嵌在程序里的。说得明白点儿，就藏在那座建筑里面……没错，你计划的第一步是可行的，信件能够送到你虚构的地址，我们可以接收文件，但依然无法打开它。"

"那么，只能走'迷宫'了。"我说。

"不，"成吉思耸耸肩，"还有一个选择——摇摇头把这一切都忘掉。各回各家。"

这句话我已经等了很久。

我只是不想当第一个退缩的人。

101

"到头来，"疯子站在窗边说，"我们到底想从深渊里得到什么？对我们来说，深渊城里到底什么才是最重要的？"

我们已经在啤酒桶旁边坐烦了，于是拿着杯垫起身，透过深渊，透过虚拟空间，看向窗外真正的城市。我们喝着啤酒聊着天——趁现在危险还没逼近，趁我们还性命无虞，还有时间从容不迫地闲聊。

巴特躺在地板上晃着腿。不知是装傻，还是两杯啤酒让他有些吃不消。后者可能性更大。恶棍唉声叹气，不时挠挠自己的秃头。有意思……谁会在凛冬将至的时节剪这样的发型?

成吉思和疯子是我们这伙人里最克制的。无论是行为举止,还是说话方式。

"对我们来说,最重要的是与人交往。"成吉思说,"与人交往,展开冒险。这是主要的。剩下的需求电子邮箱就能满足。"

"我们可以打造一个封闭空间。"疯子说。

对……这方案呼之欲出,也是我心中所想。

"可以,"成吉思同意道,"确实……不是问题。"

"把我们各自的虚拟空间合成一体,"疯子接着说,"你们三个的,再加上我、列昂尼德和祖可的……再找二十来号值得信赖的人。要找那些永远不会携带真正武器进入深渊的人。所有东西都由我们自己建造。房屋、餐厅、沙滩……妓院。需要什么就造什么。还要建一个可控出口,通向深渊城其他区域。以防万一……"

"这是条死路,"成吉思说。我也赞同地点了点头。

"从各种层面来说,都是死路。首先,我们手上必须有点儿真刀真枪,这样才能在危机来临时保全自己。"

"但那样不会导致自相残杀吗?"疯子语气十分严肃。

"你、我、恶棍……我们之间是不会的。不过……"

"那我呢?"巴特躺在地板上大喊,"我怎么啦?我动过你一根手指吗?"

"你?你还好意思说?你趁我睡觉的时候踹我!"恶棍提醒他。

"那是用脚!"

"你不会朝廖尼亚开枪,对吧?"成吉思问。

小男孩儿看了看我,不情愿地说:"不会……他是个好人。"

"那我就说说第二个反对理由,"成吉思说,"我们都想把自己的朋友带进这个安全的'小深渊城',对吧?每个人都要为自己的朋友做担保……而其他人则必须百分百信任这些被带来的朋友。但你朋友的朋友,不一定能成为你的朋友。唉,人性如此。"

"我们会仔细筛选。"疯子并非在和成吉思争论,只是想把这个方案的每种可能性都考虑到。

"不好办。如果人太少，我们就会互相厌烦，开始没完没了地吵架，各种各样的矛盾层出不穷。迟早有一天，我们之中会有人把真正的武器带进这个安全的小空间。可能只是为了自保。但最后我们肯定会开枪的，朝朋友的朋友开枪，后果会一发不可收拾。萨沙，你的提议太乌托邦了。"

"就算是乌托邦，"疯子拿出一根烟抽起来，"也不失为一个缓兵之计。否则就只能彻底放弃深渊了。"

我站在他们中间，看着街景。

外面的世界一片雪白。

"雪都积起来了，伙计们……"

大家都默默地望着窗外，足足看了一分多钟。巴特也从地板上爬起来，往窗前一靠。

"我们那儿天气还热着呢……"疯子说，"我多想现在就……站在真正的雪地里。"

"那就飞回来。"成吉思冷不丁地说。

"我没你那么有钱，"疯子温和地打断了他，"明年再说吧。"

"夏天也不错。"巴特小声嘀咕。

"夏天结束了。"我答道。

"夏天早就结束了，老人家，"恶棍忽然开口说，"你只是不愿意承认这一点。现在冬天已经来了。"

我们这帮黑客和潜者，就这么站在一栋画出来的房子里，站在画出来的窗玻璃前……久久凝视着窗外。

"这不会是深渊的末日。"我说。一个念头突然闪现——真相可能比我一开始想象的可怕得多，"伙计们，你们想想看……一旦所有人都知道了第三代武器的存在……"

"会发生大逃亡。"成吉思嗓音发干。

"不一定，"恶棍摇摇头，"这取决于一开始有多少人被干掉。廖尼亚，你是对的！"

"有些人会离开，"我说，"但大多数人还是会做好防御措施，然后留在深渊。就像你们刚才说的，深渊城将分裂成很多个小区域。每个区域都会有自己的警察，最后会发展出自己的军队。人们会分为不同的阵营——按照国籍、专业、兴趣或性取向……"

"这将是虐待狂和受虐狂之间的千年之战！"恶棍笑呵呵地附和，他似乎能从任何一件事中找到乐子，"法兰西'深渊[1]'公国向系统管理员自由联盟发出最后通牒！"

"战略游戏迷对阵……对阵……"巴特编不出跟战略游戏迷旗鼓相当的对手，急得上蹿下跳。

"对阵俄罗斯方块迷！"说完这句话，恶棍忽然沉默了，转而忧郁地看着我说，"没错。深渊会变得和现实生活一模一样，对吗？"

我点点头，"对这个世界来说，深渊已经成了自由的象征。它是一种全新的、平等的、前所未有的自由。人们曾试图扼杀它、毒死它、圈禁它，但无济于事。即使他们恐惧深渊，诽谤深渊，忽视深渊，也无法做出任何改变。深渊城在不断生长，越来越多的人进入虚拟世界，开始在这里工作和娱乐。对死亡的恐惧也不会改变什么，大概率不会改变什么，只会把现实生活中的污秽带进深渊。比如真正的政府、真正的警察、真正的军队，以及真正的葬礼。"

"我们还有多少时间？"疯子问道。

"这一切都取决于敌人是否会去找那份被偷走的文件。"

我完全没发觉，说出"敌人"这个词会如此轻而易举。

过去，几乎没人会在深渊里使用这个词。

"通关死亡迷宫需要多久？"时间问题似乎也是舒尔卡最大的担忧。

"按照疯狂投手的说法，得要几个月。最快也得一个月。但我觉得……"

所有人的眼睛又集中到了我身上。巴特甚至好奇地张开了嘴。

"我觉得，我们只有两三天的时间。"

---

1. 此处原文为法语。

我等着被群嘲，但没人笑我。

"我很久没玩了，"成吉思叹了口气，"那时候……还记得吗，萨沙？"

疯子咬咬嘴唇，假装没听见成吉思说话，"那个……我得去吃点儿东西，补个觉，然后调试一下电脑……我们八到十个小时后开始，好吗？"

"真操蛋！"恶棍大声嚷嚷起来，"怎么？为了拯救世界，我们还得变成游戏高手？"

"你们敢扔下我试试！"巴特抢先跳上前来，抓住我的外套，"试试看！你们会后悔的！我比你们谁都懂游戏！成吉思，告诉他们我玩儿得多好！成吉思！"

忽然，远处不知从哪儿传来了关门声。

成吉思上一秒还在望着巴特微笑，下一秒就收敛笑容，警觉起来——

"列昂尼德，萨沙！你们听见什么了吗？"

"我听见砰的一声。好像是大门……"疯子慢慢离开窗前，走向旋转楼梯。

"也就是说，声音是从这边发出来的，在虚拟世界里。"成吉思稍稍松了口气。

"成吉思，还有谁能进入这幢房子？"

"除了我、巴特和恶棍，谁也不知道密码。"这位暴发户黑客轻轻摆摆手，从背后不知什么地方抽出一支长管手枪，"他们也从来不离开这栋房子。"

"我没把密码给过别人！"巴特激动地申辩。

"我要给了我就不是人！我也没给过！"恶棍也跟着大吼起来。

喂喂喂……

事情真有这么糟糕吗？

疯子眯起眼睛，悄悄走向旋转楼梯，同时从口袋里掏出一把折叠小刀。

我可不敢把自己的性命托付给他手中的维氏军刀[1]。厂商为了打广告，在深渊四处免费派发军刀。

我看看恶棍，他手里居然握着一只啤酒瓶。这瓶子从哪儿来的？我们刚才不是就着啤酒桶喝的吗？

巴特拿出一支短小的温彻斯特步枪，匆忙给枪上子弹，固定枪管，推上弹夹。他刚才把这枪藏哪儿了？

一时间，我觉得自己仿佛赤身裸体。直到把枪侠的手枪握在手中，才稍稍自在了些。不，亚当和夏娃在上帝面前并不是拿无花果叶遮挡私处的[2]。他们是捡起了木棍，羞耻感才烟消云散。

"我建议你退出深渊，"成吉思低声说，"你是我们中唯一一个可以自由进出的人。"

"然后呢？"我目不转睛地盯着旋转楼梯，舒尔卡隐蔽在楼梯扶手后面。

"说不定你就是这场战斗的唯一见证者。"成吉思非常严肃地答道。他上前一步，把巴特护在身后。

他没有开玩笑。

但我已经被疯狂的怒涛淹没了。

"我可是枪侠……"我对自己说。

即使在摩托车手的身体里，我也仍是枪侠，以前是，以后也是。

我们就这样静静伫立了将近一分钟，等待着敌人出现。随后疯子站直身子，透过栏杆间隙往下看，耸耸肩膀，看向成吉思，等着他的回应。

"走。"房子的主人决定主动出击。

他向前走了一步，我也跟着他移动。恶棍留在原地，紧紧按住小声抗议的巴特。

电光火石之间，袭击开始。

---

1. 维氏是生产瑞士军刀的著名厂商，创立于1884年。
2. 《圣经》故事里，亚当和夏娃偷食禁果后产生了羞耻感，用无花果叶遮挡私处。

移动——猛冲——一个灰色的身影飞扑到旋转楼梯上方。

疯子轻轻挥动小刀,那把毫无威胁的武器变成了一支蓝色光束长矛。来人试图闪避,但光束已经刺穿了他的身体,把他抛到了远处的墙壁上。他被死死钉在墙上,如同一只被大头针钉住的甲虫。

"他娘的。"恶棍说。他嘴里嘟嘟囔囔的是在骂谁?我闹不明白。

难道他是在骂这位不速之客跟成吉思长得一模一样?

就连衣着打扮都跟成吉思一模一样——运动服和运动鞋。

"你是谁?"面对自己的翻版,成吉思表现得非常冷静克制。他瞄准了对方,但没急着开枪。

假成吉思皱着眉头,双手摸索着扎进自己身体的长矛,猛地一拔,将它从肩头抽了出来,伤口顿时血流如注。他若无其事,简短地答道:"我是客人。"

"你是不请自来的客人,还擅自使用别人的脸……"

"你怎么知道这张脸是谁的,成吉思?"陌生人露出一个扭曲的笑容,"话说回来……"

他伸手在脸上一挥,立马变了样子。个子变矮了,肩膀变宽了,头发没了,但更多的毛发从胸口冒了出来。浑身上下只剩下一条皱巴巴的短裤掩体。

"你胡扯,我才没这么丑呢!"恶棍激动地叫道。成吉思朝他摆了摆手,恶棍只好闭嘴。

"你是谁?你想干什么?你是怎么进到我家的?有什么目的?"

"要我挨个儿回答你的问题吗?"客人神态自若,尽管以一当五,却毫不在意。

想想他刚才那么轻松就解决了疯子的武器,这份自信也不无道理。

"回答吧。"

"我就是被你们称为黑暗潜者的人。"

"哇哦!"恶棍说,"你又换脸了?"

假恶棍压根没搭理本尊,接着说:"我只是想警告你们。"

"你是怎么进来的?"成吉思锲而不舍地问。

"很简单。我变成了你的样子，"他报以一个嘲讽的微笑，"黑客先生们……哦对，你好，舒尔卡。瞧这一顿忙活，我都忘了跟你打招呼……"

疯子眯起眼睛，但没有说话。

"黑客先生们，还有尊敬的潜者……"他朝我微微颔首，"我觉得你们犯了个大错。"

"什么大错？"成吉思不动声色。

"我们那份小合同，"黑暗潜者盯着恶棍说，"显然应该解除。你们没能偷出新界线公司的文件。罗姆卡的死也很让我忧心。但从此以后，我们之间就不会有任何联系了……也不该有联系。"

"你错了，老弟，"恶棍放开看起来已经没那么咄咄逼人的巴特，一步步朝黑暗潜者走去，"我们拿到文件了……"

"文件在你们这儿？"假恶棍张嘴大笑，似乎在暗示我们跟他耍花招没用。

"不在。但很快就会到我们手上了。"

"不会的。你们是拿不到它的。不可能拿得到。"

"我们肯定能拿到！"恶棍忽然踌躇满志地挥了挥手里的空酒瓶，"然后按照合同，交到你手里。"

"你们还是不明白，"黑暗潜者非常自然地叹了口气，"深渊潜者神庙不是谁都能进去的，除了潜者……"

他怎么什么都知道！

我瞬间认清了局势——眼前发生的一切都绝非玩笑。刚见到闯入者时的震惊已经渐渐消退。

我面前站着一位货真价实的潜者，他仍保有潜者的能力，并继续按照自己的规则与深渊周旋！

而其他潜者全都丧失了理智，借酒消愁。我们去学编程，打零工。我们认定属于我们的时代终结了。

而他却继续轻松愉快地在深渊城徘徊，延续着那个古老的游戏，将现实和虚幻玩弄于指掌之间……

"即使你们通关了'迷宫',"黑暗潜者说,"叫上几个颤颤巍巍的老头儿,召集一帮整天泡在游戏里的半大小子,带上自己的病毒武器通关了游戏,找到神庙入口,接下来就万事大吉了?"

没人开口。

"只有潜者能进入神庙。"黑暗潜者说。

"我们的团队里有一位潜者,"疯子说话了,"醒醒吧。我们一定可以通关,进入神庙。准确地说,他能进入神庙。"

假恶棍看向我。气氛突然变得微妙。我浑身不自在。他好像能一眼看穿我。

"列昂尼德……前潜者,"他双手自下而上一挥,仿佛在掀开眼前的窗帘。

我盯着另一个自己的双眼。

"他早就不是潜者了,"我的分身说,"他已经被除名了。他的健康状况不符合潜者的要求。一个得了深渊心理障碍的潜者,可笑……"

"我肯定能通关。"尽管自己都不相信,我还是嘴硬地说了出来。

"不……不,你过不去。省省吧,列昂尼德。醒醒,你不是枪侠,也不是潜者。你的时代两年前就终结了。你有过机会,可你放弃了。现在你什么都不是,什么也称不上。"

"你不该这么说话。"疯子说,"别这样。"

"我给在座的各位一个建议。"黑暗潜者挨个儿打量我们,露出得意的笑容。

该死,他的笑容比我有魅力多了!

"说吧。"成吉思颔首同意。

"别再追查那份文件。它对你们毫无用处。你们就算拿到那些信息也没用。一切只与我有关。"

"罗姆卡的死,也是你的责任?"我说,"深渊城会变得和现实世界一样乌七八糟,你也能负起全责?"

黑暗潜者再次转向我,"你怎么知道我和罗姆卡是什么关系?你怎么知道深渊城和真实世界对我来说意味着什么?你们是孩子,是在深渊中迷失的孩子。是你们把虚拟世界变成了自己生活的丑陋倒影,从很久很久以前就开始了……"

也许谈话还能持续一会儿。我甚至觉得,说不定能从黑暗潜者那里听到什么重要的消息……但此时巴特大叫着举起了步枪。

"你才迷失了呢!这儿没人欢迎你!"

他说的倒也没错……

巴特把手中的步枪使得像冲锋枪一样,雨点般的子弹把墙壁打得满目疮痍。但黑暗潜者利落地跳开,子弹擦身而过。黑暗潜者用手中那把和我一样的手枪回射,击中了目标。

巴特痛苦地蜷缩起来,摔倒在地。

局面失去了控制。

成吉思也开了枪,子弹一颗颗打进黑暗潜者的身体里,但对方似乎毫发无伤。恶棍大叫着扑向敌人,疯狂地拿酒瓶砸他脑袋。

对方依然毫无反应。

我一边小心避开恶棍,一边瞄准。我忽然察觉,在现场所有人中,黑暗潜者偏偏盯着我不放。

他似乎知道我的左轮手枪里装了什么子弹。

我们同时开枪。或许,我抢先了一秒?

因为我看见了黑暗潜者的脑袋四分五裂的画面,沾满血污的肉块四处横飞,他的身体在抽搐中蜷成一团。

紧接着他的子弹就击中了我。

一片黑暗。

头顶像是扣着一只锅,这可算不上享受。

头盔里的屏幕一片漆黑,死气沉沉。

我解开搭扣,摘下自己破烂不堪的索尼头盔,赶紧查看显示器上的画面——也是一片漆黑。

该死。

"维卡,启动!开机。运行。"

我抱着微弱的希望,祈祷黑暗潜者只是切断了我的电脑电源,虽然这种可能性微乎其微。无论如何，我还是按下了电源键，稍等了一会儿。

电脑没有起死回生，甚至压根没有尝试开机。

我扯下所有连接线，把整个主机搬了出来，卸下那个从没拧紧过的机箱外壳，往里看了看，好像能用这双肉眼看出什么端倪似的。

外表看起来一切正常。主机没有冒烟。磁盘没有支离破碎，主板上也未见弹孔。

我拿起话筒，拨通成吉思的电话。他立刻接通了——

"列昂尼德？"

"是我。巴特还好吗？"

"正在电脑旁边哭呢。那个混蛋好像用了第二代武器……你呢？"

"跟他差不多。"

成吉思沉默片刻，然后问道："你自己能搞定电脑吗？"

"不能。"

"明白了。这样吧……我让恶棍上你那儿一趟。"

"黑暗潜者呢？"

"你把他杀了。你拿什么射的他？"

"第二代子弹。从你们那儿拿的。"

成吉思愤愤地笑了一声，"这倒是个好消息。我们用的武器都比第三代更人道。列昂尼德，别担心，恶棍马上就来。等着他就行。"

"好。"我同意了。反正我已经一无所有。

直到维卡下班回家，我仍这样默默坐在已成废铁的电脑旁。

"我的电脑被干掉了，"我对走进门来的维卡简单解释道，"维卡……我的电脑被干掉了。"

"怎么……干掉的？"她一边扯下围巾一边问。

"从深渊里，被人用第二代武器干掉的。那东西能损毁机器。"

维卡在我身边坐下，盯着我的眼睛看了一会儿，然后又看了看电脑的残骸，露出微笑，"廖尼亚……你确定吗？谁会用这样的武器对付普通人？"

她甚至没意识到这句话伤害了我。

"维卡……我得告诉你一件事。"

"说吧。"她叹了口气。

"罗姆卡被杀了。"

"那个狼人?"她的微笑还挂在脸上,"出什么事了?"

"罗姆卡,被杀了。在现实世界里被杀了。"

我看着笑容从维卡的脸上逐渐消失。

"天啊……怎么回事?"

"有人用第三代武器在深渊里击中了他。"

"列昂尼德……"

"听我说完,维卡。求求你了。相信我,听我说。"

原来只要屏蔽一切情绪波动,过去两个昼夜发生的事情居然可以如此迅速地说完。又轻松又简洁——入侵、逃亡、死亡、搜寻、疯子、成吉思、信件、黑暗潜者。

听到最后,她站起身来,坐到了沙发上,嘴唇抿成了一条线,眼神变得非常冷酷……那是夫人的眼神,不是维卡的……

我不喜欢她这种眼神,甚至可以说厌恶。

但我无法用别人的眼睛看这个世界,更不能替别人决定该如何看待这个世界。

"廖尼亚……这些都是真的吗?"

"都是真的,在我看来是这样。维卡,深渊完了。马上就完了。它会变成现实世界的复刻版,会充斥着死亡、危险、怀疑、不信任……如果我们无法解决问题……"

"你们打算怎么办?廖尼亚?第三代武器已经出现了,不是吗?而且已经投入使用了。任何在深渊里出现的东西,都不可能成为秘密。"

我继续沉默。她是对的,一如既往。

"列昂尼德……稍等。"

我默默看着维卡从自己包里掏出一包香烟,点上一根。她很少抽烟,只在感觉非常好……或者糟透了的时候抽。

"覆水难收，"维卡深深吸了一口烟，"你说得对，我们过去了如指掌的那个虚拟世界已经结束了。"

"给我来一根。"我找维卡要了一根柔和七星[1]点燃，问她："如果能设法阻止灾难发生，就应该尽力尝试。"

"列昂尼德，你想错了。灾难已经不可避免。末日的进程已经启动。你们已经来迟了——你、舒尔卡，还有你们那帮黑客……承认这个无法逃避的事实吧。"

"什么事实？"

"深渊城遵循着自己的规则而存在。但实际上，这些都是人性的规则，我们无法回避。几年前，虚拟世界还处于童年时期，带着孩子般的兴奋和残忍。大家在沙坑里打来打去。你用小水桶打我脑袋，我就拿小铲子打你屁股……玩医生游戏；整天吵架怄气；散播幕后黑手、血腥屠杀之类的谣言……全是这些小把戏。但童年总会过去。深渊城已经进入了成熟期，这意味着另一套运行规则。列昂尼德，正常的人类世界正在向深渊走去。"

"杀人也算是正常？"

"廖尼亚，我们不是在讨论什么是善，什么是恶。我们只是讨论常规情况。人类生活的日常就是战争和杀戮。我们不可能永远在死亡迷宫或者'超级格斗'[2]的舞台上过家家。小孩子可以满足于玩具枪带来的乐趣，但总有一天他会年满十八，得到一把真正的武器。死亡不可能永远待在深渊城之外，现在它已经来了。"

维卡不说话了，只是默默把烟灰抖落在沙发摊开的报纸上。

报纸被结结实实烧出了一个洞。

"喏……翻开报纸……看看头版上都是什么新闻？酩酊大醉的男人回到家里，一杯酒下肚，捅了老婆一刀……把孩子扔出窗外，干完这些又喝了二两酒，追着丈母娘满屋跑……没追上，整瓶酒下肚，去

---

1. 日本大众香烟品牌。
2. 1995年上映的美国动作电影。

厕所上吊了；美国空军在欧洲上空搞维和飞行，摧毁了二十个军事目标，包括一家糖果厂、一座医院和一个居民区；为了抗议另一次维和行动，阿拉伯恐怖分子在客机上安了枚炸弹……"

"我不看报。"

"廖尼亚……"维卡重重叹了口气，"廖尼亚，亲爱的，你还是读读吧。听听新闻。关心关心外面的世界。你不可能永远躲在深渊里。我知道你很想那样，但那是不可能的。迟早有人会把真正的武器带进深渊。既然它已经出现了，你就必须想明白：对你来说到底什么才是真实，什么才是虚幻？如果二者没有区别，那你尽管活在深渊中好了。但那样跟死了又有什么区别呢？"

客厅里响起了门铃声。

"是恶棍。"我立马说。

"谁？"

"恶棍……就是刚才我说的那个黑客。"

"他来干吗？"维卡飞快地站起来，扫视了一下屋子，仿佛指望二十秒内把客厅收拾得井井有条，"你就不能提前说一声？"

"对不起……"我从地板上爬起来，"我忘了。"

"开门去吧，"维卡迅速整理了一下头发，"快点儿快点儿……你的朋友来了。还能怎么办呢？"

是呀……

来的要是成吉思就好了。

我想象着恶棍大呼小叫走进来，声音回荡在整个玄关，从千疮百孔的皮包里倒出二十瓶日古廖夫啤酒。我顿时不想开门了。

但就算我不开门，或者假装没听到门铃声，恶棍也会用肩膀把门撞开。

我深深吸了一口气，走到门边，打开门锁。

"晚上好，列昂尼德，"恶棍压低声音，"我来得不算太晚吧？"

原本准备好的台词——"我老婆在家，别大声使用不文明词汇"——硬生生被我吞了回去。我侧身让他进门。

恶棍在地垫上蹭了蹭鞋底，进了屋。

他单手捧着一把开得轰轰烈烈的玫瑰，另一只手拎着只巨大的皮包。他就是用这只皮包往成吉思家里偷运女人来着？

"尊夫人在家？"恶棍悄声问。

见我点头，他又问道："怎么称呼？"

"维卡……"

"啊哈……"

黑客低下头，四处找拖鞋，我默默把自己的踢给了他。

"晚上好。"维卡也来到了玄关。

"晚上好！"恶棍笨手笨脚地鞠了个躬，把花束递给维卡，"很高兴见到您，列昂尼德总是说起您。叫我安东就好。"

我咽了口唾沫。

"谢谢，花真可爱……"维卡接过花束，"列昂尼德，你不给我们介绍一下？"

"这是维卡，我夫人，"我嘟囔道，"这是恶……安东。一位出色的电脑专家。"

"怎么称呼您合适？安东还是恶棍？"维卡认真地问。从眼神可以看出，此时此刻她非常享受。

"老实说，维多利亚，我更习惯被称作恶棍。但有些人听到这名字会大惊失色……"

"不要紧，恶棍。快把外套脱了吧，进来坐。不好意思，我们没怎么收拾屋子。我一整天都在上班，列昂尼德在深渊里忙活……"

"你们这儿真惬意！"恶棍一边热情地称赞，一边从光秃秃的脑袋上摘掉那只麝鼠皮帽子。如果他现在站到地铁口，帽子里肯定能接到不少好心人的硬币。他叹了口气，"我这造型是有点儿特殊……请别介意……我总是在冬天剃光头。"

"真有意思……可以告诉我为什么吗？您可以把外套挂在这儿……别客气，就跟在自己家一样。"

恶棍抽了抽鼻子，放下皮箱——

"您确定,我可以像在自己家一样?"

"当然。"

"好吧,靠……我可问过你们了啊……"恶棍脱下外套,扔到衣架上,然后小心翼翼地把皮帽挂好,"喏……都是因为它我才剃光头。我这老伙计……"

"哪个老伙计?"

"就是这帽子。虽然又老又旧,但尺寸刚好。如果不剃光头,我就戴不上了。"

我绞尽脑汁,想象着怎么才能在最短时间内把恶棍推到门口。结论是不可能,根本不是时间长短的问题。

"不能买顶新的吗?我知道现在物价飞涨,但……"

"是这样的,维多利亚,八年前我加入了动物保护协会。从那时起我就认为,用动物毛皮做衣服是残暴的法西斯主义行为。所以我不会再购买新的皮毛制品了。但是莫斯科的冬天实在太冷,光着脑袋走在大街上对健康不无危害……"

"很有道理,"维卡说,"我的毛皮大衣挂在那儿,没有冒犯到您吧?"

"并不会,"恶棍颇为严肃地说,"只是有点儿不舒服。如果您不介意,我很乐意和您聊聊环境保护,谈谈该怎么对待我们的动物朋友。"

我斜着眼睛看了看维卡。

她笑了。那笑容我已经很久没有见过了。

"快进来吧,恶棍。别客气,就当这儿是您自己家,只是稍微当心点儿……啤酒您是现在喝,还是修好电脑再喝?"

"我可以同时……呃……进行,"恶棍小心翼翼地建议道,"维多利亚,您喝啤酒吗?"

"我也喝。您还是叫我维卡吧,好吗?"

"明白了!就这么叫!"恶棍的脸色舒展开来,露出了笑容,"这样,廖尼亚,把杯子拿来,给我看看你那块烧焦的废铁。"

"我带您去看,"维卡说,"廖尼亚,切几片面包和奶酪,再看看冰箱里有什么吃的。"

我走向厨房,感觉自己是个多余的人。

110

"一看就知道怎么回事,"恶棍说,"跟我预料的一样……"

他蹲在电脑旁,身边散落着从电脑主机里抽出来的电路板,手里拿着从槽口取出来的处理器,翻来覆去地查看。

"怎么样?"我其实不抱希望。那感觉就像坐在医生面前,等着他查看你的X光片和化验结果,敲敲你的膝盖,听听你的肺部回音,然后神色莫测地在病历上写下潦草如天书般的诊断。

"二十四伏的电流通过处理器,然后砰的一下!"恶棍一副欢欣鼓舞的样子,"维卡,再来一瓶吗?"

"谢谢,我还没喝完。"

维卡是我们中最舒服的。她坐在沙发上,蜷着腿,一口口啜着啤酒,偶尔从罐子里掏一只橄榄塞进嘴里,远远看着我们。

"听着,你的处理器烧了!"恶棍叹了口气,打开一瓶雅罗斯拉夫琥珀[1]。这是他在"日古廖夫"和"客人的礼节"之间做出的妥协。他喝了一口啤酒,接着问,"还有备用处理器吗?"

"你开玩笑吗?我上哪儿弄……"

"唉……本来是给自己备着的……"黑客从口袋里掏出一张皱巴巴的手帕,手帕边缘还有一块新鲜的鼻涕渍。他打开手帕,我还以为他会像魔术师一样从里面变出一个处理器。

但他只是擤了擤鼻子。

"我可以给你一两个处理器。你的主板不错,还能坚持……真是好样的,你这装备……"

---

1. 俄罗斯雅罗斯拉夫啤酒厂生产的一款啤酒,酒体呈琥珀色,略带甘甜。

"我有什么用什么……压根不考虑以后。恶棍,处理器怎么会被这么高的电压击中?电是从哪来的?"

"BIOS太智能了……"他没打算给我详细解释。

"我们再检查检查。说不定还有别的损坏……"

"恶棍,我这个电源的输出电压是十二伏!"

"你知道什么叫正负十二伏吗?"

我不知道。但无论如何,还是点点头吧。

恶棍又从包里拿出一只小匣子。里面装着一块处理器。恶棍把它安装在原来的处理器位置上,看都没看就重新调整了跳线。他把扯下来的连接线一根根接回去,嘴里嘟囔道——

"把显示器打开……"

我打开显示器,恶棍志得意满地按下了主机电源键。

"没动静。"维卡在一旁发表评论。

"莫慌。"恶棍竖起一根手指,"列昂尼德,插头没插。"

我插上插头,他重新按下电源键,硬盘发出轻微的响声。

"这就好了。"看见屏幕上出现Windows管家的图标,恶棍得意地宣布,"你们还怕我修不好?"

"恶棍,我现在没有买处理器的钱。"

"没事,我去敲成吉思一笔,"恶棍轻松地说,"他的钱多到用不完。说到底,你的电脑也是在他的房子里被弄坏的。"

"恶棍,这样不好吧……"

"好不好的不重要……关键是你现在需要一匹能跑的马……而且得是匹快马。来吧,我们可以把这电脑扩容到千兆字节……"

我无力抗拒。我想象了一下用1200针脚的处理器[1]工作是什么感觉,再加上千兆字节的主存,我那疯狂咆哮的良心顿时噤声了……

"你们还是打算去找那座神庙吗?"维卡问道。

"当然了!"恶棍专心捣鼓电脑,头也不抬地说,"不然呢,啊?小

---

1. 指有1200个针脚的处理器。1200个针脚在1998年属于效率很高的处理器。

姑娘？"

"别犯浑，小子。"

恶棍缩了缩脖子，但他脖子太短，这个动作几乎很难察觉。他小心翼翼地瞅了我一眼，"对不起，维卡……我就是这样，嘴上没把门的……"

"别拐弯抹角了，恶棍。最好解释一下，你们最后到底想达到什么目的？"

"找到那份文件。把那些发明新武器的家伙干翻。"

"能办到吗？"

"唔……试试呗……"恶棍把主板固定好，接着把剩余的零件一个个装回去，"试试又无妨？对吧？"

"可能吧。但时间不能倒流。武器已经出现了。"

"那就销毁它，然后禁止生产！"恶棍咔嚓一声把显卡插进卡槽，回头说，"最要紧的是投入战斗，剩下的事情就听天由命！"

"伙计们，我不是你们的顾问。我已经很久不去深渊了……"

我想起不久前她戴着头盔坐在笔记本前的样子，但没有说话。

"反正我们要试试！"恶棍说。

"有一个很简单的安全法则，"维卡说，"君子不立危墙之下。现在整个深渊都危机四伏。最简单的办法就是在这段时间内远离它。明白吗？"

"我们知道，"恶棍没有反驳，"但我们不听。明天我们就去'迷宫'。"

"我建议你们别去。"维卡再次警告，"你们所有人都别去。尤其是廖尼亚。"

"这建议已经有人提了……"恶棍固执地说，"现在那人恐怕也正抱着自己的电脑哭呢……"

我看了一眼维卡，忽然觉得浑身不自在，赶紧移开了目光。

"这就像温水煮青蛙，"维卡说，"恶棍，一年前你可能还会因为哪个混蛋弄坏了别人的电脑而愤慨。现在呢？你在幸灾乐祸。"

"哈！"恶棍大叫一声，"你也看到廖尼亚的电脑被毁了。又是谁先挑事儿的你知道吗？"

"你说说看，是谁？"维卡来了兴致。

我和恶棍看了对方一眼。

"唔，反正疯子和这事儿没关系……"恶棍断言道，"一，他的武器干干净净；二，他那些武器当时没派上用场。至于巴特……"

也许我不该把细节全告诉维卡的……

"他还是个孩子，"恶棍不好意思地说，"我骂也骂过……揍也揍过了……但黑暗潜者也太过分了，至于要弄死人家的电脑吗？"

"恶棍，你们接受第二代武器的时候，良心可是一点儿都不受谴责。"维卡说，"同理，过渡到第三代武器的时候，你们也会顺理成章地接受。只要它落到你们手里，你们就会找到使用它的理由。"

"绝对不会。"恶棍阴沉着脸说。

"那别人就会杀死你们。是你们自投罗网，让事件一步步升级。而这个黑暗潜者是来警告你们的！他掌握的信息可能比你们多得多。"

"那他倒是给我们分享一点儿啊……"

"或许他本来有此打算？"

恶棍叫了一声。

"维卡，你干吗要替黑暗潜者说话？一，他拿罗姆卡当挡箭牌！二，他偷偷潜入成吉思的房子！三，他废掉了列昂尼德的电脑！"

"我不是在替他说话。我只是想保持客观。越是深入其中，你们变成新武器牺牲品的风险就越大。或者说……你们主动使用新武器的风险就越大。"

"不可能！"恶棍重申道。

"不用对我发誓。"维卡耸耸肩膀，"说来说去，决定权还是在你们手里。"

"你会阻止列昂尼德进入深渊吗？"恶棍天真地问。

"你对我们的关系恐怕有些不了解。"维卡笑了。

这也怪不了恶棍……我自己也早就弄不懂我们的关系了。

"我当然不了解。"恶棍说着朝我点点头,"开电脑……"

我没有理会他。

"非常简单。"维卡平静地说着,看向我的眼睛。片刻的四目交汇之后,我移开了目光。

"我们深爱彼此。但我们最爱的或许还是曾经深渊中的那个对方。两年前我们相遇,一起经历了很多事情……但在一个屋檐下,在现实中共同生活就另当别论了。如你所见,我们如常过日子,我们依然爱着彼此。但……"

维卡轻轻放下空酒杯。

"第一次和廖尼亚相见,我为了赴约飞到彼得堡。在机场里傻等了一个小时以后,我明白了,列昂尼德没来接我。于是我们制定了一条规矩,很简单的规矩。我们在深渊城的生活是一回事,在现实世界的生活是另一回事。虽然住在一起,但我们没有权力干涉彼此在深渊里的行动。因此,虽然我很不愿意列昂尼德卷进这场麻烦。但我无权干涉他。"

恶棍笨手笨脚地爬起来,清了清嗓子,拿起自己的包——

"我该走了……谢谢你,维卡。认识你我深受触动。"

"常来坐坐。"维卡彬彬有礼地说,"随时欢迎你来。"

我把他送到玄关,恶棍一把揽住我的脖子,在我耳边悄声说:"你个怪胎怎么回事?怎么连新娘都不接?啊?"

我花了吃奶的力气才从他臂弯里挣脱出来,压低声音说:"你得相信我,恶棍。我当时很肯定自己真的去接她了。"

他被我弄得一头雾水。我打开身后的门,对他使了个眼色,示意他去黑漆漆的楼梯间说话。

"唉。"恶棍叹了口气,"怎么样……你去吗?"

"什么时候?"

"明天十点整,在成吉思那儿集合。"

"深渊见?"

"就在那儿吧。"

"我会去的。"

恶棍又叹了口气,离开了。

回到客厅里,维卡已经不见踪影。喝剩的酒瓶和杯子就那么留在茶几上。我把东西拿到厨房,把酒瓶放进废旧塑料袋,把酒杯放进水槽……

维卡没有等我,已经躺下睡了。

我站了一会儿,努力抵抗着走向电脑的冲动。新处理器!升级过的内存!真想去电脑上跑几个程序,看看运行速度提高了多少……

我脱下衣服,关了灯,在维卡身旁躺下。她总是能迅速入睡。这会儿可能已经睡熟了。

"晚安。"我说。

维卡没有作声。

就当她真的睡着了吧。

"那天我没有睡过头,维卡。我真的以为自己在机场接到了你。我去了机场,还在问讯处旁边等了好一会儿。你朝我走来,还是熟悉的模样,跟我在深渊里看到的你一模一样。我还对你说,我永远不会送你画出来的假花。"

她依然沉默。我只能听见她平静的呼吸声。

"其实是我的深渊心理障碍发作了,维卡。那是我第一次发病,可能也是最严重的一次。现在症状已经没那么厉害了。"

她真的睡着了。

我又在寂静中躺了半小时,既期待她回应我,又害怕她回应我。我只能静静躺着,盯着天花板上贴着的夜光星星发呆。星光越来越黯淡。

不止有假的鲜花,也有假的星星。

不久,我也熟睡过去。

先冲个冷水澡,再洗个热水澡。

这是俄罗斯人的优良传统——上战场前要沐浴更衣。

这可能就是我们好战的原因？爱干净？

维卡已经不在家了，她早上出门很早。我听见她起床梳妆洗漱，但仍躺着不想动，直到听到她关上大门的声音……

现在该起床找点吃的了。稍微吃点儿。

我给自己做了个热三明治，味同嚼蜡地吞了下去。又喝了一杯浓浓的咖啡，虽然是速溶的，但味道不坏。

吃完喝完，才刚过九点。

我还可以试试电脑，多测试几种运行模式……

"维卡，启动。"

我从衣柜里拿出一件干净的拟真服内衬穿上，接着把那件穿了三天的脏内衬从拟真服里拽出来，扔进洗衣篮。

屏幕上的维卡等待着我的指令。

我在窗边站了一会儿。下雪了。寒冬已至。窗外甚至刮起了狂风。看天色，这场雪还要下很久……

"联网。"我说，"普通模式。七号身份……枪侠。"

戴上头盔，系紧搭扣，稍稍调亮屏幕……

d-e-e-p+回车。

彩虹色的火焰……

第三代武器大概就是这样运行的，流光溢彩，无数星光在远处闪烁……随后失控的潜意识便开始绞杀肉体。仅凭意志的力量，是否可以让心跳停止，让肌肉紧张至木僵状态？有可能。瑜伽师能做到，接受过严苛训练的人可以办到……任何一个被程序催眠的深渊玩家也可以……

彩色的风暴停息了。

我站了起来。

我身处深渊之中。

深渊就在我体内。

一切如常。

我站在旅馆房间里，向前迈出一步，看了看墙上的钟。时间充足。

不过，我还有一件事要做……

我来到走廊，习惯性地小心张望，把手放在左轮手枪枪柄上。

楼道里空无一人。

我走下楼梯，在入口处的停车场取了辆摩托车。密码很简单，通用模板的摩托车几乎一文不值。

街上车水马龙。今天我可能没办法移动得那么快，毕竟枪侠的身体是独一无二的定制产品，很耗内存。

我骑着摩托车驶向豪敦速运。

没过多久，我就来到了公司门前。今天服务器不太拥挤。说不定是他们拉了根新的光纤。也可能恰恰相反，某家大型运营商倒闭了，所有客户都进不了深渊城……

今天值班的是加洛奇卡。真可惜……她是个善良的姑娘，待会儿在通知我被解雇的时候肯定会觉得难为情。

"你好……我是列昂尼德，"我对着窗口说，"还是老样子，一个没意思的老男人。"

她果然一脸窘迫。除此之外，枪侠这副样子可能也让她吃了一惊。不奇怪。潜者总是把用过的旧义躯收进仓库，坚信这皱巴巴的老脸、邪恶的蓝眼睛和青筋暴起的双手不会再有用武之地……

"列昂尼德……事情是这样……"

"我猜到了。"我说。

"你之前没来上班……"

"加洛奇卡，不用说什么了。我都懂。我是来正式辞职的。辞职需要签字吧？"

加利娅[1]愧疚得好像是她亲自炒了我。她点了点头，拿出表格，放在我面前。我迅速浏览了一遍。

根据合同第2.1条和第2.4条……在不提前告知负责人的情况下无

---

1. 加洛奇卡的大名。

故缺勤……一旦发现对公司利益造成损失……根据合同第3.7条，离职赔偿金只在满足以下条件时赔付……

我大笔一挥，签上了自己的名字，然后弹弹手指，把表格推回了加利娅面前，微笑着说："没事的，相信我。我只是厌倦上班了。"

"那你有新的去处吗？"她关切地问。

"噢……我不担心工作的事情。"一丝微笑爬上我的嘴角。我的头盔不是最新款的智能头盔，不能记录或显示面部表情。我只能手动敲键盘，选一个微笑的表情。或许这样也好。即使现实中的我泪流满面，虚拟中的我也可以满脸堆笑。

"一切顺利，列昂尼德……"

"你也是，加利娅……"

我俯下身，吻她的脸颊。

现在基本上已经走完所有过场了。可以干正事儿了。

"如果你还有东西在更衣室里，可以去拿……"加利娅笑了笑。她似乎很高兴事情以这样平和的方式解决。我心平气和，像朋友般和她告别，字也签过了……

"我去看看。"

我走向更衣室。实际上我并没有东西落在那里。

这个时间，我隔壁柜子的同事通常在跑外勤。伊利亚总是大清早或者大晚上工作。

和我预想的一样。

我刚好赶上伊利亚熟练地一脚把邮差小男孩儿踹进柜子。看他脸上的表情，又白跑了一天，还是没找着那个深渊城里根本不存在的地址。

"你好呀，伊利亚。"

他的眼神充满不解。对，当然了……他还没见过我这个形象。

"我是列昂尼德。"

"噢……"

伊利亚一脸好奇地打量着枪侠的身体,随后点点头,"你看起来不错……就是有点儿过时了……看着像克林特·伊斯特伍德[1]。"

"我本来就很老派。你的信送得还顺利吗?"

伊利亚闷闷不乐地摊摊手。

"你就没想过放弃这封信吗?"我漫不经心地问。

他肯定会上钩的……

"为什么?我才不呢。怎么,你也想找到这个神庙?"

我只回答了他的第二个问题。

"我想帮帮你。"

这样我的目的就达到了。百分之百达到了。伊利亚眼中既有怀疑,又有走到天涯海角也要找到深渊潜者神庙的决心。

他怎么会想到,神启就近在眼前呢……

"我自己能解决。"

"伊利亚,事情是这样的……"我故意吞吞吐吐起来,"我跟一个潜者有点儿交情……他或许能告诉我,神庙在哪里……"

"你动动脑子吧。我也有认识的黑客!他们只用两三个小时就能找到神庙!"

真有意思……

"那你为什么花了两天两夜还没送到?"

"他们现在正忙着呢。忙得要命。"伊利亚一脸郁闷地看着我,"我不能告诉你他们在干什么……他们做的事情实在太酷了。"

到底还是个孩子。

疯子做过的所有事,我都是事后才得知的。尽管疯子是个黑客,而我是他的朋友。那些总把"很酷的事"挂在嘴边的黑客会是什么货色呢?有趣……

"但你想呀……"我耸耸肩膀,"如果信件送迟了,顾客拒收,你的奖金也没了。"

---

[1]. 克林特·伊斯特伍德(1930—),美国演员、制片人,出演过《黄金大镖客》三部曲。

"等等……"伊利亚飞快地锁上储物柜,想了想,"你想分多少钱?"

"一半。"

"哟呵!"他拿手指在自己太阳穴上绕了几圈,"你是不是觉得碰到了个冤大头?!"

"你送这封信能拿到一百二十五美元,"我没有放弃,继续劝说他,"嗯……我只要五十。"

"免谈!"

听起来,伊利亚的态度非常坚决。

"好吧,那你开个价。"

他仔细考虑了一分钟左右。这似乎是个原则性问题。

"二十……五……"伊利亚仿佛一个英勇的斯巴达男孩儿,咬下自己的手指来恐吓敌人,一副斩钉截铁的样子,"再多一分都不行。"

现在轮到我沉思了。

"我也不贪。"伊利亚忽然说,"只是我的声卡实在太烂了。只要一百美元我就能买到一张很好的……"

老天爷……我根本不想要那一百美元,更不需要他从自己可怜的邮资里分给我二十五美元,十美元都不要。

我只是想让他相信,我跟他是公平交易,让他相信我能找到神庙,帮他把信送到,绝对不能把信拿去档案室里落灰。

而人与人之间的信任只能存在于两种关系之中:一是朋友,二是生意伙伴。

我没时间和他建立友谊了。

也就是说,我们只能变成生意伙伴。

"一言为定。"我说,"我这就把那位潜者找来,问他神庙的地址,然后马上告诉你。咱们诚信交易。好吗?"

伊利亚点点头,我们默默击掌成交。

"如果我的朋友先弄到了地址,你一分钱也别想拿!"伊利亚又匆忙补充了一句。

"当然。"我同意了,"咱们交换个寻呼机号吧……万一有什么情况,方便联系,免得我白费力气。"

"嗯哼……"

我们记下了对方的号码。

"我什么时候能在深渊里找到你?"我追问道。

"早上或者晚上。夜里也行。"

"白天你会在吗?"

伊利亚一脸阴郁地摇摇头,"白天我不能占着电话线……"

小可怜。他是通过调制解调器上网的……

"我没工作的时候,常去一家叫'黑客凭吊所'的酒吧。"伊利亚说,"如果有事,可以去那里找我。不过那里只有黑客能进。"

"酷。"我点点头,"可惜……我不是黑客。"

"只要说出暗号就能进去。"伊利亚犹豫片刻,似乎下定了什么决心,"但暗号非常机密,你嘴巴得紧一点儿。"

"真的吗?我绝不会说出去。"

"真心与挚爱!"伊利亚庄重地说出了暗号。

我努力忍住笑意。暗号只要有了具体含义,哪怕只有一点点,就不算暗号了。如果有一天,军用密码生成器随机生成了一个有意义的句子,证实了猴子也可以写出《战争与和平》这个古老论点[1],那整个苏联就会在一天之内陷入恐慌……

"一言为定!"

好了,现在万事大吉,只欠一缕微微的东风——找到神庙。我看向墙上的挂钟,已经九点五十了……

"我该走了。"伊利亚说。

"我也该走了,"我说,"去玩玩游戏。"

"什么游戏?"

---

1. 法国科学家埃米尔·波雷尔曾经提出,无限多只猴子在打字机前工作无限时间,有可能产出特定的文章甚至书籍。

"我正在打死亡迷宫。"

"那不是小孩子玩的吗?"伊利亚略带鄙夷地说,"我只在小时候玩过。我现在都已经开始工作了。"

"我现在的工作就是在死亡迷宫里晃荡。"

挑起别人的嫉妒心当然不好。但我又没撒谎……

这次为我打开成吉思家门的是恶棍。他手里端着一把威力巨大的莫斯伯格水手型警用霰弹枪[1]。尽管这是虚拟世界里的替代品,但威力肯定不逊于真品。

"是你吗?"恶棍说。

"你看不出来吗?"

"我见过的怪事还少吗?"黑客叹了口气,"那你告诉我,昨天我给你换了个什么样的处理器?"

"1200针脚……"

"体会到极速运行的快感了吗?"

"暂时还没感觉到区别。"我老实承认。

恶棍还没放下警惕,金黄色的枪管依然盯着我的肚子。

"我去你家的时候带了什么?"

"啤酒……和给维卡的花。"

"什么花?什么啤酒?"

"一束香槟色的玫瑰,啤酒是雅罗斯拉夫牌……"

"进来吧,廖尼亚……"

从今往后我们的交流大概全要在深渊里进行了。黑暗潜者着实把我们吓得够呛。

今天大家没在餐厅里集合,而是在藏书室。屋子很舒服……藏书室里有这么多书不禁让我感到奇怪。在深渊里打造这么一间书房并不困难,通常,只要新书问世,立刻就会有公开的电子版。但如果成吉

---

[1] 美国莫斯伯格父子公司生产的枪支,颇受军方和民间枪械爱好者青睐。

思现实中的家里真有这么一间藏书室……有这样直通天花板的书架，上面堆满了经典文学、幻想文学、侦探小说、画册、工具书、百科全书、袖珍本和重印本……

那我就理解他为何不再干黑客这行了。要读完这么多书，同时保持相当的职业水准，几乎是不可能的。可要说这些书全是摆设，据我了解，也不像他的做法……

狭长的房间尽头，在两扇拉着窗帘的落地窗之间，是熊熊燃烧的壁炉。所有人围坐在壁炉前。巴特双手抱膝坐在地板上，脸色阴沉得像一团乌云。他对我点了点头，动作幅度几乎难以察觉。昨天的事情之后，成吉思似乎与他进行了一场严肃的谈话。

成吉思摊在扶手椅里，穿着一身华丽的长袍，松弛又威严。指间一根微闪火星的雪茄更凸显了他的这种气质。该死的资本家……

"你真是俄罗斯黑客的耻辱，"恶棍嘟囔道，"资本家，骄奢淫逸之徒。一个人占那么大地方……"

话虽这么说，却毫不妨碍恶棍自己坐在仅剩的第二把扶手椅上，还立刻伸手拿自己的雪茄。

"你好，列昂尼德，"成吉思说，"随便坐吧……"

疯子站在壁炉旁，双手交叠在胸前。他朝我点点头，露出不明显的微笑，就算是打过招呼了。他一身黑衣，头上戴着顶深色贝雷帽。

"这样人就齐了。"成吉思宣布。我坐在壁炉前，挨着巴特，伸出手烤火，"我们讨论讨论战术？"

"首先得谈谈昨天的事，"疯子轻声提醒，"我觉得这样更好……"

在最后关头，我发现疯子紧盯着我背后。我赶紧弯腰闪避，还算及时。

"你好，廖尼亚！"来人大叫着从我背后扑来。他瞄准的是我肩膀，结果我一闪开，他在我腿上一绊，脑袋冲壁炉飞了过去。

"老天爷呀……"恶棍小声惊叹道。

这个高高瘦瘦、笨手笨脚的小伙子已经把自己的脑袋从壁炉里拔了出来，还好没有受伤。头骨够结实的。

他刚才到底藏哪儿了?

这位就是电脑法师,简称法师,又称"祖可"——因为他爱喝富含化学添加剂的祖可牌[1]速溶饮料。他过去是维卡那间虚拟妓院的程序员,是我所知的程序员里最有天赋、最没条理的一个,也是最吵的。

"你好,祖可……嗯……法师。"我心里生出一股绝望。

"啊哈!你认出我了!"电脑法师坐下来,挠挠一头乱发,"他认出我了!看到了?你们都看到了?啊哈!我们都好几年没见面了吧,啊?"

"一个月而已。"我站起身来。

祖可粘在我身上,试图把我托起来。哎,枪侠的虚拟身体实在太沉重。他虽然瘦,但骨架很大……

"你怎么胖了!"祖可惊呼不止,"你他妈比以前更壮实了!难道你和成吉思以前不认识?我怎么没想着介绍你俩认识呢,啊?成吉思是我最好的朋友!对吗,成吉思?你虽然是个低调得不食人间烟火的家伙,但每次我来,桌上总会有好吃的,烦心事立马就见鬼去了,万事都能解决!"

我看看其他人——成吉思和恶棍眼里写满后悔和沮丧。巴特慢慢爬到一边。

疯子似乎察觉到了大家的不耐烦。

"谢尔盖[2],我们时间不多,"他压低声音,抓住祖可的肩膀,"过会儿再叙旧吧。"

法师甩掉他的手,气冲冲地点点头,"你?和你叙旧?你连招呼都不跟我打一个!就这样吧,我生气了……"

"法师,我们先干正事吧?"我帮着疯子劝他,"你也知道发生了什么吧?有个人……我也不知道他是谁……"

我求助殷地看向舒尔卡,他摊开双手耸了耸肩。

"我早就猜到事情会变成这样!"电脑法师在我身边坐下,神秘兮

---

1. 俄罗斯20世纪90年代流行的速溶果汁饮料品牌。
2. 祖可的本名。

兮地低声说道。他低声耳语时比正常说话要阴森许多，像戏剧里才能听到的呢喃，专业演员经过长期艰苦训练才能做到的那种，"对了……妓院，妓院……廖尼亚，夫人怎么样了？"

"她一切都好，"我也悄声说，"法师，我们听听舒尔卡要说什么吧？"

法师啪的一下用双手捂住了嘴巴。他显然很喜欢这个手势。好事儿，这意味着接下来我们能有至少三分钟的清净。

疯子也明白这一点，赶紧开始长话短说——

"昨天我们表现得很不专业。甚至很可笑。"

恶棍自责地叹了口气。成吉思点了点头。巴特在远处昏暗的角落里，假装认真看着书架上整齐排列的书脊。

"首先，成吉思，你的安全系统太简单粗糙。"

"这系统挺好的……"男主人有些不服气，"只是……"

"只是不管用。"舒尔卡说，"第二，黑暗潜者刚露面，我们就如临大敌。这是我的问题。我用上了我们公司的一个高级武器，对手本应该完全失去行动能力，但没想到……总之，是我的错。我的行为决定了后续行动的基本方向。"

我倒是觉得疯子的做法完全正确，但我没说什么。如果他是想把失败的责任平摊到每个人头上，那就别妨碍他了。

"恶棍完全是瞎胡闹，"舒尔卡严厉地说，"在敌人还没表现出攻击意图的时候，他应该好好管住巴特——这是第三点。第四点……巴特不该开枪。不管访客怎么挑衅，你都不该开枪！很多错误可以归罪于你年纪小、性格冲动，但在深渊里人人平等。既然进了深渊城就成熟点儿！"

我开始好奇他会怎么批判我了……

"第五……列昂尼德的表现，我完全不明白！"疯子说，"太离谱了！老天爷呀，你是个潜者！你应该立刻退出深渊，从屏幕上控制局面！那样我们就能在战斗中占据先机！你可以立马开枪打死他，不让事情有反转的机会……"

好了。这下人人有份了……

我垂下眼睛。

没错。疯子是对的,他当然是对的。

但我没法跟他解释,黑暗潜者没有说谎,我真的得了深渊心理障碍。

技术层面上,我和以前一样,可以随时退出深渊。但事实是……我从心理上抗拒退出。

我身边的祖可上蹿下跳地举起手。

"你想出去?"疯子问话的语气像学校里的老师。

角落里的巴特偷笑了一声。

"不,我只是想知道,我错在哪儿了?"

"你?"疯子想了想,"你早在一年前就答应要完成自己研究的身份识别系统和门禁软件,并分发给大家测试,包括成吉思。如果你说到做到,就不会发生这事儿了。"

祖可听呆了,不再吭声。

"好吧,萨沙。"成吉思抖了抖烟灰,"昨天那场灾难的所有失误都归因了。现在可以梳理一下结论了吧?"

"老天爷呀,结论不都在这儿了嘛!"恶棍一拳砸在杂志架上。可怜的小桌板发出难以支撑的吱呀声。

"他有第二代武器!"巴特吸了吸鼻子,小声说。

"还对大多数病毒都免疫。"疯子补充道。

"他有自己的目的,并不打算跟我们合作。"成吉思说。

可不是吗……现在他更不打算跟我们合作了。如果我那枚子弹带来的后果跟他对我造成的伤害一样严重的话……

这时所有人都看向了我,我只好说出自己的想法——

"他认识舒尔卡。"

"是的,我记得他说的那句话。"疯子点点头,"他说了一句'你好,舒尔卡……'"

"那你认识他吗?"我追问道。

"他可能认识我。我或许在什么地方见过他别的样子,但我自己也不知道。唉。"

"能让我说句话吗?让我说说吧?"祖可看了看我们的脸色,"伙计们,事情一目了然——这个黑暗潜者认识我们所有人!至少是熟知!而我们对他一无所知!所以没必要挣扎了,只能从目前掌握的信息出发,采取行动。你们觉得他接下来会做什么?"

"去潜者神庙。"疯子耸了耸肩膀。

"这还用你说,连醉鬼刺猬都猜得到……"恶棍嘟囔着。

"那神庙唯一的入口在哪儿?在死亡迷宫里!"祖可郑重其事地竖起了食指。

"而这个潜者已经在那儿等着我们了。"恶棍点点头,"百分百确定!我敢打赌,他昨天就去过那地方了!"

"那我们还坐在这儿干吗?"法师问道,"你们怕是不知道,我特地请了三天假!把自己的公司扔给那个只会耍嘴皮子、讲荤段子的白痴合伙人!所以赶紧去'迷宫'吧,帮列昂尼德进入神庙!"

"现在只剩下最后一个问题,"成吉思说,"所有人都去……还是?反正我肯定是要去的。"

有那么几秒钟,房间里只剩下木柴噼啪燃烧的声音。

"我是专门休假来的……"祖可小声嘟囔。

恶棍大声叹了口气,盯着成吉思说:"你也看到了,我从早上开始一滴啤酒都没沾吧?唔……几乎没沾。"

疯子只是笑了笑。

"我这儿似乎也没什么问题,"我说,"毕竟这里没有其他潜者了……"

巴特仍站在房间角落里,一脸坚定,似乎已经决心面对一场长久而无望的攻坚战——

"成吉思……如果你们不带我去……我就不认你这个朋友了……我要跟你绝交!"

我们全都望着这孩子。巴特欲盖弥彰地揉了揉鼻子,接着说:"虽然我昨天犯傻了，但那什么也说明不了！而且大家都有错！如果永远不给人机会改正错误，那错误就一直是错误，犯错的人就会带着这些错误活下去，这……这些错误……"

他被自己的长篇大论给绕晕了，只得停下来，最后干脆绝望地咆哮道："成吉思，你们到底带不带我？"

成吉思把雪茄当成普通烟头往烟灰缸里捻。

我知道他在想什么。

"如果我到时候总被干掉，那没办法，我肯定退出，绝对不妨碍你们！"巴特说，"那样的话我就回家！我说到做到！"

他直到现在都没明白，虚拟世界里的一切都变了。不是每次死在深渊都能安然无恙地回家。我们昨天险些要给巴特举行葬礼。

"成吉思……"巴特几乎不抱希望地哀求道。

"你叫什么叫？跟见了鬼似的……"成吉思站起身来，"当然要带上你。你是我们中最懂游戏的。没有你我们寸步难行……"

我真想给成吉思鼓掌。但不可以。

当一个人为他人扛起责任时，是不需要掌声的。

在一片寂静中突然鼓掌也让人尴尬。

111

我们整齐划一地走向那扇黑石拱门，路人大概会把我们当成训练有素的专业团队。

果然，其他玩家开始加入我们的队伍——两个假装高谈阔论的小伙子、一个紧张兮兮的难看小姑娘，和一个平平无奇的可疑男人……

老实说，我不太喜欢这种局面……

我们几个交换了眼神。

成吉思点点头。

毫无异议。我们可不想牺牲自己为他人作嫁衣。

"喂，兄弟姐妹们！"恶棍吆喝起来，"我们走我们的，你们走你们的。"

"'迷宫'是个团队游戏。"那个难看的姑娘说。

"当然了，"舒尔卡出来打圆场，"这谁不知道？但我们的队伍已经组好了啊。"

这回没人再争论了。有人加快了脚步，有的人落在后头，有人让到了一边。

无穷无尽的新鲜血肉涌进"迷宫"贪婪的血盆大口……

"喂，枪侠！"

这回可有意思了。

我回过头。

啊哈……

是昨天那个姑娘。她的外表稍有变化，头发变成了金色，眼睛似乎变大了。但这张脸还是很有辨识度。

"你也决定从头再来？"她凑到眼前，好奇地看着我的同伴。

"我们决定从头开始。"我着重强调了"我们"二字。

"你们是一起的？全是枪侠？"妮可笑着，朝巴特挤挤眼睛。这小鬼立刻不自然地挺直了胸膛，步伐也僵硬起来。

"当然了，我们是一队的。你的队友呢？"我问。

妮可皱了皱眉头。

"我掉队了。你记得上次有个看起来挺有学问的玩家吗？我们叫他教授来着……"

"那个提议团队合作的人？"我想起来了。

"对。是他提议的……我们后来又和另外三个队合并到了一起。但教授的节奏太快，一半玩家都退出了他的队伍。留下的人估计都已经通过第十关了。"妮可不太自信地笑了笑。

"那你呢？"

"我在第四关掉了队。那里出现了几个……几个滑头……中士只负责带队到第四关，教我们学会初始技能。剩下的就只能靠自己了。"

大门发出的嗡嗡声已经压过了我们的说话声。近在咫尺的闪电不断在头顶炸裂。

我看看成吉思，又看看疯子。成吉思耸耸肩膀，疯子咬了咬嘴唇。一切皆有可能。

说不定妮可的面具下其实是黑暗潜者，他已经组建了一支兵强马壮的队伍，走向自己的终点。

不过，妮可的出现可能只是个单纯的意外。

走在最前面的恶棍已经消失在拱门中。祖可哈哈大笑一声，也兴高采烈地跳进拱门。

接下来就轮到我了。

深红色的雾气。

熟悉的大厅。

看来我们之中只有疯子玩过新版"迷宫"。他一边脱衣服，一边自信地走向淋浴间。

"噢，小姐！"祖可忖度了一下屋里的气氛，冲向那个黑人女中士，"您能帮我搓搓背吗？"

女中士的反应完全在我意料之中。法师的脊背上狠狠挨了一记木棍。他应声飞了出去，摔倒在地板上，又气呼呼地爬起来。

"就不能好好说吗？没有搓澡巾也不用这样吧……一点儿服务精神都没有……"

妮可径直走过他身边，开始脱衣服。法师迅速溜到相邻的隔间偷偷打量她，自己也同时开始脱衣服。中士们讥笑着看着他俩古怪的脱衣舞表演。妮可一点儿也没不好意思。她大概已经重玩了太多次，什么怪事都见过了。

一旁的巴特局促起来。我不知道他去过深渊哪些地方，但姑娘光着身子在眼前晃悠，自己还必须脱个精光，这情况显然让他手足无措。我还以为他肯定玩过"迷宫"呢！

"对不起，必须这样吗？"他低声问身边的一位男中士。但大厅的扩音效果好得出奇，他的话一字不漏传到了每个人耳朵里，"我两小时前刚洗过澡!"

这个小傻瓜。他这个样子,只会让旁人看出他是个真正的小孩儿,而不是成年人为了提高灵活度、缩小射击范围特意选择小孩儿的身体。由于游戏过于暴力血腥,官方只允许十六岁以上的玩家参与。其实没人检查玩家的年龄,但事情总有万一……

还好,中士只是把巴特的傻话当作法师那出闹剧的续集。

"我们有自己的浴室,"中士意味深长地晃了晃木棒,"为了防止有些机灵鬼把违禁武器藏在衣服或者身体里带进'迷宫',每个人都得在这儿淋浴。毕竟我们有过先例!"

疯子瞬间扭过头,脸上写满痛苦。

我们都知道中士说的"先例"是什么意思。

他指的是疯子制造的武器。在"迷宫"里使用那武器的人正是我。我把伪装成腰带的病毒武器"术士9000"带进了"迷宫"……

巴特已经听话地钻进了淋浴间,开始脱衣服。

清洗完身体之后,每个人还得仰着头用充满化学品气味的洗澡水漱口。看来,让我们淋浴不止是为了验身,还顺带预防病毒……

"我们好好洗过了……"

我不打算自找麻烦,径自走向休眠舱。妮可躺在右边的舱内,朝我眨了眨眼睛。她头顶的舱盖缓缓降了下来。巴特像颗子弹一样钻进了我左边的休眠舱。

"飞行愉快。"黑皮肤的女中士对我甩下这句话,合上了我的舱盖。

浴缸里弥漫起白色浓雾。电流袭来。

黑暗降临……

眼前一片雾气。

我伸出双手四处摸索。很奇怪……头顶的舱盖消失了,但雾气没有消散。

我收起双腿,蹲起来,挺直上身。

怎么回事?

一阵刺骨的寒意袭遍全身。

我意识到自己又在做梦,但这……这实在太不可思议了!

黑暗。翻涌的灰色雾气。

没有距离。没有方向。

我孤身一人,还赤身裸体,在这漫无边际的世界里浑身发抖。好在我对过往的梦境已经足够熟悉,我太清楚此时应该做些什么……

向前一步……

前方亮起一团依稀可见的白色火光,远远的火光……

我擦去脸上的汗珠。

这些诡异的梦境从未在深渊中突袭过我。

老天,我该怎么办?呆呆坐在这儿等着,直到有人把我叫醒?

还是朝前走,跟往常一样疯狂地尝试越过那座桥?

原地等待也太无聊了些……

我还是朝前走去。

身边有人的感觉又出现了。有人跟着我,我看不见他,但能听见他的脚步声。

我停下脚步,他也停下来。

"喂!"我大喝一声,"你玩够了吗?"

无人回应。

到底怎么回事?我难道是在自己梦里找伴儿?

好吧。反正我知道该怎么醒来。各种办法我都试过了……除了电击,该死。

不过,为什么不做个实验呢?

我朝火光走去。

雾气逐渐被照亮,几乎成了白色,纯净耀眼,仿佛发着荧光。

两面峭壁在眼前缓缓出现。

左边是蓝色的冰墙,右边是红色的火墙。

我站在细如发丝的长桥前。在阿尔-卡巴尔的时候,马鬃桥对我来说只是小菜一碟。不过他们造那座桥只是为了捕获我这个潜者……而在这里,在我循环往复的梦境中,那两句老掉牙的口令帮不上忙。幻象一旦消失，桥也会随之消失。

到底还有什么我没弄清的关窍呢……

我把桥想象成一条绳索，高悬在汹涌的河流之上。而我是一个老当益壮的疯狂游客，或者一个丧心病狂的童子军。我能渡过这道天堑吗？

一定可以！

我蹲下来，抓住绳索。绳索没有割破双手，棒极了。

接下来，我两腿勾住绳索，挂在空无一物的深渊之上，开始爬行。

太可笑了，这方法居然有用！一切如此简单！

或许，如果我能通过这座桥，梦境就不会再来纠缠我了？

我继续往前爬。

真是一出史无前例的马戏表演……快看这个吊在绳索上的人……该下赌注了，先生们……快来看呀，看看这家伙是怎么在绳索上爬行的……

但事情不会这么简单！

手掌逐渐被绳索磨破了。一开始只是稍微有点儿勒，就像拎着一只提手太细的大包。

见鬼……

很快，绳索已经嵌进了手心里。手指在鲜血中打滑——全是我自己的血。

真是见鬼……

不，不是绳索变细了，而是我爬得太久了。我没料到桥有这么长，没想到水滴会穿石，铁杵也能成针。

再结实的手掌也会被细如发丝的桥勒断……

"这样行不通！"

身后传来的呼声细不可闻，毕竟我已经爬出很远了。即使拼命把头朝后仰，也看不见那个朝我大喊的人，更不知道他是想提醒我，恐吓我，还是阻拦我……

"这样行不通！"

一滴鲜血从绳索上滴下来,落到我鼻梁上。随后又是一滴。

我咬紧牙关继续爬,尽管心里明白自己已经无力支撑到终点……但无论如何……

左边是蓝色的冰墙……

右边是红色的火墙……

我的选择一如既往——

火墙更痛快。

又痛快又干净。

我猛地朝右边一摆,伤痕累累的双手松开了绳索……

但关于右边的火墙,有一件事我说错了——它并不能让我死得更干净。

我眼睁睁看着自己的双手变成一团黑漆漆、黏糊糊、臭烘烘的黑烟,还没来得及体验疼痛就一命呜呼了。

这一点我要感谢仁慈的睡梦之神……

头顶是骤然消散的迷雾和被打破的休眠舱顶盖。

我咬紧嘴唇躺在舱里。啊……惊喜,真是惊喜……

没想到这个梦境会一路纠缠我到虚拟世界。显然,根据愚蠢的游戏规则,我已经在梦中睡了太久。

这次不必亲自打破玻璃,我径直打开了舱盖。我满腹狐疑地盯着自己的双手,以为会看见细线割出的伤疤……

什么也没有。太好了。

让梦境见鬼去吧。我们还有更重要的事情去做。

我找到那具路标似的尸体,扯下他的制服,然后沿着熟悉的路线走向飞船外壁上的裂口。

所有队员都坐在舱外的草地上等着我。这并不让人意外。我是团队里唯一的潜者,是战舰的撞角,是锋利的箭头,是把多级火箭送入轨道的航天发射器……

至于垫脚石被利用完以后,命运将会如何,我不愿多想。

"我来了!"我大叫一声,跳下飞船。

恶棍咧嘴一笑，挠挠后脑勺，给我递来一支手枪。

"哪儿弄来的？"我大吃一惊。没想到还有漏网的武器……

"我们可不是来过家家的。"恶棍没头没脑地解释。

有道理。这把枪和我的制服一样，是死亡迷宫里那些无名角色的最佳纪念。我好奇地打听——

"有人走到我们前面去了？"

"对。两个中士，一个姑娘，和三个小伙子。"疯子说。

"伙计们，你们谁玩过这一版'迷宫'？"我问道。

巴特像在课堂上抢答一样举起手，"我玩过！但不是这个版本，是本土化版！前面应该有个山洞，洞里有两头野猪，对吧？它们挥着爪子，不停地发射火箭炮？"

"不像野猪，像是熊。"我纠正道。

"我可以把它们干掉！"巴特激动地说，"我知道战术！"

"还有谁玩过？"我忽略了巴特自告奋勇的提议。

疯子把玩着手枪，不屑地笑了笑。剩下的人都只是摊摊双手。

"那就走吧，"我下意识扛起了指挥官的重任，"第一对怪兽交给我……和巴特来解决。好吗？你们就在远处看着，小心别被火箭炮打着了。后面的行动就随机应变吧。"

无人反对。我们就这样走向岩洞。那些该死的怪鸟又开始在头顶盘旋。我已经吸取了教训，知道它们不会一开始就袭击玩家，但还是忍不住频频抬头看。

除了我和巴特，其他人都在岩洞的入口处停下了脚步。从这儿能看见我俩吗？可能什么也看不见……这样也好，免得他们被炮火波及。

岩壁越来越光滑，我们很快拐进了隧道。巴特反戴着他那顶花花绿绿的军用贝雷帽，压低身子前进，不时递给我一个激动的眼神。但愿他别错过最好的进攻时机……

但迎接我们的却是意想不到的画面。

出现在眼前的不是两只怪兽，而是满地的肉泥和血浆。

"哎呀，前面那支队伍刚过去，"巴特失望地说，"廖尼亚，这不是棒呆了吗！"

我并不这么认为。虽然……那支"别人的"队伍支撑的时间越久，我们能节省的时间就越多。

我叫来了剩下的同伴们。

祖可一看到粉身碎骨的敌人就高兴地向后面的队友示意。我不得不澄清，这场胜利和我们俩毫无关系。

大家继续往前走。可惜，药包没找着，战利品也没捡到。

最后，我们来到了那片起伏的平原。

"那几间小房子里还有怪兽呢！"巴特按捺不住激动的心情，"都是恶心恐怖的家伙！解决它们得花上好些时间……"

"我会让你们看看怎么快速搞定这关，"疯子丢下一句话，"但在此之前，得先对付那些怪鸟……"

我们还没完全走出山洞。我摇摇头，开始观察远处的天空。

"不用了，舒尔卡……鸟好像也被解决了……"

"他们的队伍真猛啊。"成吉思钦佩地说，"但这么一来，我们就没法拿初级靶子练枪法了，而每一关的难度又是递增的……"

我们不约而同加快脚步。

走出隧道还不到四十米，我们就迎头遇上了敌人的火力。

对方的武器和我们一样，也是手枪……

逃跑已经无济于事，击退他们也绝无可能。这支队伍可不是给我们打前站的，他们分散埋伏在散落的巨石后面，占据了优势位置。尽管我们躲在草丛里，但对他们来说一目了然。第一波攻击过后，恶棍的手掌就被子弹打穿了，他压低声音骂起娘来。法师虽然立马开始还击，却毫无章法。只有舒尔卡一枝独秀，颇有准头地朝对方射击。成吉思把巴特摁在地上，另一只手见缝插针地开枪。

没用的……位置不对……我们肯定会被俘。

就在这时，对面的火力忽然开始减弱。几秒钟后，只有一把枪还在坚持。随后只听一声怒吼——

"妈——的！"

又传来一声枪响,但并没有子弹射向我们。随后只剩下一片寂静。我们一头雾水,面面相觑。

看来是援军及时赶到了。她要是再晚来一点儿,就回天乏术了。

"伙计们,别开枪!"

尸横遍野的敌军阵地上,一个瘦小的身影缓缓出现。

恶棍发出一声兴奋的呐喊,似乎连伤口的疼痛都抛在脑后——

"噢,是那姑娘!"

妮可垂着手,倒拎着枪朝我们走来。疯子仍然端着枪瞄准她,但应该只是出于原则。

"行,我决定了,我要爱上她了,我投降……"祖可喃喃自语着站起身,抖落制服上的灰尘。

我望着妮可笑起来。

不知为何,我很高兴她没有朝我们开枪,而是选择帮助我们。更让我庆幸的是,伙伴们帮我抢武器的时候,选择的对象不是妮可。

"到底怎么回事?"成吉思急切地问。

"你难道还不明白?"妮可反问道。

"还是麻烦您解释解释吧。"黑客的语气和蔼多了。

"你们为了给自己的同伴弄把手枪,杀了一个小伙子……"她偷偷朝我抛来一个微笑,我也悄悄朝妮可挥了挥手,"中士们说,你们的行为不讲竞技精神,毫无诚信可言,所以决定伏击你们。但……"

她顿了顿,仿佛在艰难地组织语言,半晌才接着说:"但我觉得,你们的做法并不违反竞技精神。所以我做出了自己的选择。我挑了个好位置,这样才能观察到每个队友……不过,现在他们是我的前队友了。"

我和妮可对视了一眼。

"嗯,话是这么说……"祖可支支吾吾。

"不好办啊……"恶棍跟着祖可说,"伙计们……你们怎么看?"

疯子放下自己的手枪,开口道:"如果没有她,我们全都得葬在这儿。或许能干掉一两个敌人,但绝对赢不了……"

"怎么样，让我加入吗？"妮可直言相问。

看着队友们的眼神，我忽然明白过来，他们在等谁做决定。是我和成吉思。

事情走到了这一步……

不能退缩，也不需要商量。我和成吉思面面相觑，心知肚明，妮可的出现可能不是偶然。

黑暗潜者并不一定只以男人的面貌出现。

加入我们的队伍，跟着我们一路穿过死亡迷宫，对他来说还有什么比这更有趣的呢？我敢肯定这个恶作剧很对他的胃口……

与此同时……

我故意在他面前动作夸张地将手枪塞进了枪套。

"你也没必要非得加入我们……"恶棍打着马虎眼说，"姑娘……"

"我叫妮可。"

"妮可，我们是一支古怪的队伍。我们的目标是以最快速度通过死亡迷宫。如果有必要，我们可以连续好几天二十四小时待在游戏里。另外，我们可不会讲什么竞技精神。你不害怕吗？"

"我的时间多的是。"妮可说。

从语气判断不出什么……她可能是男人，也可能是女人，更可能是个女权主义者。我们得仔细分析她的一字一句，抓住语言中的漏洞……

"您真的要冒这个险吗？"成吉思的用词同样模糊了性别。

"当然了。我的目标是在'迷宫'工作，扮演中士。"妮可笑了起来，"这份工作不赖，报酬也可观。但他们只雇那些在新版'迷宫'中表现突出的人。我已经做好准备加入你们。"

"万一出了什么事，我们可不会等你……"成吉思的回答惹来恶棍一阵不满的嘀咕。

"很合理，"妮可说，"我没有意见。"

"再说，如果队伍里没有姑娘，人家会说我们性别歧视，这是最常见的一种性别歧视……"疯子补充道。

我瞥了他一眼，还以为会在他脸上看到笑容。但疯子一脸严肃。啧……美利坚合众国到底对他做了什么！

我们开始清理战场……

疯子一脚踹开简陋的小屋大门，又瞬间滑向一旁。几根细细的银针呼啸着扎进他刚才站立的地板上。

疯子握紧枪的手微微颤抖着，蓄势待发。

等对方的第一波袭击结束，他再次冲向门口，射击，隐蔽，躲过一串银针，冲进小屋，接着举起手枪，对准天花板一阵猛射……

天花板上有什么软乎乎的东西重重地砸了下来。

这只本来倒挂在天花板上的怪兽，活像一只长了鸟喙的布袋子。银针就是从那张鸟喙里吐出来的……

"谁还没打过这种怪兽？"疯子问道，"成吉思、恶棍、廖尼亚——去其他屋里看看。"

今天的开场很顺利。我们每个人都杀死了一只怪兽，甚至没有任何伤亡。

"这次也太轻松了，"我把大家心中所想说了出来，"我第一次进入新版'迷宫'的时候，觉得它比旧版要难得多……"

"后面会难起来的。"疯子信誓旦旦地向我保证，"前五关是入门级别。这几关设计得很严谨，难度逐级慢慢递增。所有对手都是程序设计的怪兽……玩家之间自相残杀的情况非常少见……"

"那后面呢？"

舒尔卡眼中透出一丝惊讶。

"你听说过'保卫家园'吗？"

"是'迷宫'的竞品游戏，对吗？"

疯子冷哼了一声，瞟了一眼不远处的巴特。他刚刚在一栋屋子里捡到一把自动步枪，正暗自兴奋地摩挲着枪托。

"竞品？如果你觉得脚是手的竞品的话……那个游戏充其量算低配版的'迷宫'。"

我有点儿明白了。

"也是打怪兽的？"

"没错。旧版'迷宫'和新版的区别在哪里？真正的区别只在于玩家。因为最刺激的打斗都发生在玩家之间，而不在玩家和怪兽之间。在'保卫家园'里，你可以站在外星人那一边，保卫家园或者星球免受人类入侵。你没看过他们的游戏广告吗？"

"你也知道，我很久没玩游戏了……"

"我也是，但我一直在关注最新动态。这些都是公开信息，廖尼亚！现在几乎所有虚拟游戏都是死亡迷宫的衍生物！你可以去'星际巡逻队'开着战斗机在宇宙里和怪兽作战，掩护人类登陆小队——既可以选择人类这边，也可以站到外星人那边。你也可以玩'星际世界'，去地球宇宙战队指挥部服役……"

真是叫我大开眼界。

疯子带来的新信息让我认真咀嚼了好一会儿。我还以为'迷宫'和从前一样，依然只是打怪通关的游戏。怪兽虽强，但脑子都不大灵光……即使现在变聪明了些，其行为模式还是可预判的，最可怕的也不过是和实力相当的玩家发生点儿流血冲突……

但现在一切都变了。

如果身上带着自动瞄准式火箭炮的怪兽其实是人类扮演的呢？他懂得自我隐蔽，等待时机，他的行动已不再程式化，变得诡计多端。那我们该怎么办？

如果满嘴锯齿的怪鸟不从空中对我们俯冲攻击，而是躲在灌木丛中咬我们的双腿呢？

一个人类如果得到非人类的身体，能办到的事情可就多了……

"走吗？"妮可打断了我们的沉默，"我知道这一关的出口在哪儿。"

我用眼神示意疯子，提醒他巴特从小屋里找到了一把冲锋枪。舒尔卡摇摇头，压低声音说："那枪没多大用……让他自己乐呵得了。我们还是用手枪对付。"

午饭时分，我们来到第四关出口。目前为止，大家的行动还算干净规矩，只是在第三关差点儿弄丢了祖可……但责任基本在他自己。

进入第三关后，法师忽然决定给我们展示他高超的"打苍蝇"技术，这一关的"苍蝇"足足有鸽子那么大，简直像史前蜻蜓，要击中它们并不容易。头两只，法师打得着实漂亮，但是第三只从背后偷袭了他，猛啄他的后脑勺。场面看起来并不吓人，甚至有些好笑。法师疯狂号叫着，四处乱窜。我们只当他又在装疯卖傻，没想到法师真的在垂死挣扎。可大家甚至不能朝"苍蝇"开枪，不长眼的子弹肯定会误伤我们的朋友。最后是巴特挺身而出救了法师，他压低身体冲到法师身边，拿冲锋枪枪托打死了"苍蝇"。

其实那畜生一点儿也不经打……只要瞄得够准。

法师半死不活地呻吟着。我们只得拖着他往前走，直到在第三关的终点找到药箱。

"让那苍蝇叮死我吧。"祖可得到治疗以后缓过神来，终于攒足了力气说话，"手脚都不听使唤了！太恶心了！伙计们，下次直接开枪把我打死，千万别让我受这种折磨！"

但他没能把我们逗笑。

"六小时，"成吉思看了看手表说，"……伙计们，'迷宫'一共有一百关。如果我们仅仅在头三关就花了六小时……那就是平均两小时一关……"

"两百小时！"巴特高兴地宣布，虽然是多此一举。

"差不多八天八夜，"成吉思皱起眉头，"但我们还得吃饭、睡觉、休息、方便……偶尔还得停下思考。这些事加在一起就算两天吧。一共要十天十夜。"

"而且我们目前还没有损失战斗力。"疯子补充道。

"万一有人死了，我们就得抛弃自己的队友，或者所有人一起回到第一关，从头再来……"

"情况只会越来越复杂……"祖可神色凝重起来，"现在我们只是和机器人作战。接下来就得和其他玩家开打了……还会有披着怪兽外皮的真人。"

"但我们的经验也会越来越多，"恶棍表示反对，"不是吗？"

"经验和疲惫都会积累。"妮可提醒道。

真是个聪明姑娘……

我挨着她坐下,从兜里掏出在废弃坦克里找到的口粮……可能是用来布景的道具,也可能是真的有人试图开着小坦克通关整个"迷宫"……

我们默默分享了这份食物。

吃着吃着,我忽然意识到自己从没在虚拟世界里跟别人分享过食物。跟成吉思没有,跟恶棍、舒尔卡、巴特都没有……

因为这里的食物根本不存在!完全是画出来的!我们完全可以在打完第三关以后从深渊退出,吃点儿真实的食物,喘口气。没有人真的会饿死。

但我如此自然地和身边这位可爱姑娘分享了自己的战利品,仿佛我们真的身处另一颗星球,坐在真正的战场上……

我默默把剩下的半块压缩饼干递给了巴特。

"你吃吗?"巴特回头问成吉思。

成吉思摇摇头,巴特没再问别人,毫不客气地啃起饼干来。

你看。

"迷宫"会让人不由自主地把一切当真。

"食物供给会很快成为一个紧迫的问题。"恶棍突然变得很严肃,但转瞬间又恢复了平常吊儿郎当的样子,"唉,真想吃点儿东西,他奶奶的!"

"中士们说过,这里可以打猎,"妮可提醒道,"这儿的动植物都是可食用的。全靠干粮支撑不了多久,而且很难捡得到……"

"我们午饭时间再休息……准确地说是晚饭时间,"成吉思做出了决策,"现在我们先去第四关,标记一下进度再回来……"

他顿了顿,脑子里考量着什么。

"这一关的结尾在那条小河对岸,"他指给妮可看,"怎么样?十分钟走到河对岸小屋……反正我觉得是够用了。然后我们就退出深渊,休息一刻钟,吃点儿东西……花上十分钟返回这里。再留五分钟让大家集合。"

"那样我们就会浪费四十分钟,"疯子总结道,"既打乱节奏,又需要重新适应这个世界……"

成吉思重新看了看表。

"现在是晚上六点……莫斯科时间。我们再走六小时,找到吃的就吃,找不到就勒紧裤腰带。这回有人反对吗?"

无人反对。只有妮可好奇起来,"伙计们,你们何必这么着急?想破纪录?"

没有人回答她……

"冲着破纪录去的人,事先都会进行严格的训练,"妮可说出了她的推断,"可你们好像大多都是第一次玩'迷宫'……"

"妮可……"我很清楚,必须在她产生更多疑惑之前打断她的臆测,"你帮了我们,所以我们让你加入了。对吗?"

姑娘点点头。

"如果你觉得自己体力够用,就跟我们一块儿走。我们欢迎你,也会尽力帮助你……但我们来到这里的原因和你无关。"

"那至少把你们想达成的目标告诉我吧?"妮可忽然变得很尖锐,"我很喜欢你们这帮人,但我没法追随一支莫名其妙的队伍。万一你们的任务就是追上某个仇家,然后报仇雪恨,之后就什么也不管了,那我怎么办?一个人苦苦挣扎吗?"

"好吧,"成吉思忽然开口了,"我们的目标的确可以让你知道。我们就是想要让枪侠,"他朝我这边点点头,"尽快到达死亡迷宫的最后一关。"

"就只有枪侠一个人?"妮可好奇地望向我。

"对。此外我们还要尽量保全队伍里的每个人,越久越好,但这只是为了让任务简单一点儿。所以我们会平衡好前进速度和团队战斗力,当然也不排除在最后几关舍弃拖后腿的人。"

"明白。"妮可点点头,"就好像风平浪静的时候,船队的速度总是由最慢的船只决定的……但如果发现有潜水艇尾随,船队就得加速了……成吉思，可万一枪侠拖累了我们，导致整支队伍无法前进呢？毕竟目前他还没有……列昂尼德，请原谅我这么说……表现出多强的战斗力。"

天空是紫罗兰色的，小鸟在空中盘旋……枪侠活到了现在……活到了现在。谁能料到，有朝一日，游戏技术会和人的性命息息相关呢？而且是成千上万条生命？

"我已经把我们的基本任务告诉你了，"成吉思平静地答道，"如果枪侠遇到了什么危险，那借用你的比喻，我们这些快船会代替他成为鱼雷的靶子。"

"我实在太想知道你们的真实目的了，"妮可说，"但我不会继续追问。这是你们的游戏，伙计们，我理解……"

"代替他当靶子这件事，也包括你在内，"成吉思的语气越来越强硬，"明白吗？"

姑娘看着我，点了点头。

"听明白了。我当然很好奇枪侠这艘慢船上到底装了什么货物，但我不会多问了……"

还好她笑着说了这句话，不然我可能会生气。

既然她笑了，我也回她一个微笑。

我站起来整理好外套。一件防弹背心都没捡到……真气人……

我缓缓走向小溪。这一关就这么结束了？

接下来将不再是游戏。

而是生存。

桥

逃避永远不是最终的出路。
无论逃向何处，
都是在逃离自我。

ФАЛЬШИВЫЕ ЗЕРКАЛА

00

死亡迷宫的第五关就像一道分水岭。

是程序怪兽和真人怪兽之间一道鲜明的界线。

死亡迷宫里没有严格的空间界限，玩家可以离开主路，抄抄近道，绕过危险地带。"迷宫"的制作方甚至可能为了获利模拟出了整颗星球供人探索。然而绕开主路并没有什么用，因为玩家在退出游戏前必须存档标记位置，小路上可没有存档点。

无论在小道上走了多远，下次还得从关卡入口处重新来过……

我手里摆弄着沉甸甸的六支火箭筒，脑子不停思考。现在刚刚离开第五关，已经花了将近十个小时……可我们的速度无法更快了……

难道真得花上八天？

我们没有这么多时间，肯定没有。

即便我们不顾一切地前进，配合得天衣无缝也无济于事。我们无法突破那些基本的生理限制——人类步行速度是每小时五千米，如果一路小跑，大概能达到每小时十五千米。但在"迷宫"里不可能一路狂奔，还得在前进的同时开枪，逃命，寻找武器和弹药……一关至少需要一个多小时。没法更快了！

"列昂尼德！"恶棍从后面追上我，一脸疑惑地盯着我的眼睛，"你还好吗？"

"我没事。"

"萨沙说，第五关终点通常会有个休息处。那儿禁止互相开火。"

"所以呢？"

"按规矩，如果在那儿碰到了别的队伍，得跟他们一块儿歇歇脚……"

我点点头，看了一眼火箭筒上的指示器。

还剩七发炮弹。棒极了。我可以朝敌人发射一整轮炮弹，最后还能剩下一颗……

"按规矩……我明白了。"

我们走在一条狭窄的山谷中。新鲜的战斗痕迹随处可见：被火箭炮打得支离破碎的巨石、烧得焦黑的土地、化为焦炭的树木。

半路上，我们还碰到一只迎面扑来的怪兽。这类爬行动物我们已经见识过了——行动非常灵活，后腿可站立，个头比人还高。远距离作战时，它用两挺强大的激光炮狂轰滥炸；近身肉搏时就用灵活的爪子和尾巴武装自己。一个人对付它绝对吃不消。

但我们有七个人。

四只手枪，一挺机关枪，加上妮可捡到的那把强大的激光枪——怪兽只来得及射出一炮便抽搐着倒下了。激光枪的蓝色火焰转眼将目标吞噬殆尽。

只有我没开火。

大家瞥了我几眼，但没人开口说话。

峡谷的出口被一块巨石死死堵住。石块上刻满了涂鸦。其中既有半大孩子的老套留言"马克斯和斯莱到此一游"，也有莎士比亚、但丁和艾吕雅[1]的长篇诗句，还有些编码数据明显是留给落后队友的。但在所有涂鸦之中，有句话最为显眼……不知那位无名的作者在这块石头上努力雕凿了多久——

休战！！！

舒尔卡把手枪放回枪套里，爬到巨石顶端。巴特唉声叹气地把不大管用的自动步枪挂上肩头。

我也学着他的样子，把自己的火箭筒甩到背后。他们把最强大的武器交给了我。但目前为止，我一发炮弹也没有发射……

我们各自爬上巨石。

---

1. 保罗·艾吕雅（1895—1952），法国著名超现实主义诗人。

眼前就是这一关的出口……

风景如画，宁静祥和，身上的武器仿佛成了多余的累赘。

森林边缘的草地旁有一片小小的湖泊。深绿色的草坪厚实柔软，篝火发出温暖的光芒……

还有七个人围坐在篝火旁。

"总算赶上了一队人。"法师说，"走吧，吃起来，聊起来！"

我们从陡坡上缓缓朝下走，就像七个活靶子。但大家都严格遵守着休战条例，甚至还有人朝我们招手，叫我们去篝火旁坐下。

这群人给我们的印象很好。有三个健壮的年轻小伙儿打扮得很精神，而且不知为何让人觉得他们在现实中也一定非常得体；两个姑娘也各有各的可爱，一个是欧洲女孩儿，另一个是中国女孩儿；旁边一位少年比巴特年纪稍大一些；还有个上了年纪的瘦削男人，应该是团队中最年长的。

"你们遵守休战条例吗？"老人问。他说话间有短暂的停顿，俄语绝不是他的母语。

"我们遵守！"疯子迫不及待地答道，"你们也走很久了吧？"

"只算净时间的话，二十个小时。"一个年轻小伙儿热心地答道。

他们不太像是没经验的新手，更可能是忙于收集装备和弹药，而不是一鼓作气往前冲。他们几乎每个人都穿着防弹背心，弹药比我们充足得多。人手一挺机枪、一把手枪、两把妮可那样的激光枪、三支火箭筒，还有一件我不认识的大家伙……

"我们只花了十小时！"法师得意扬扬地说。

对方露出了温和的笑容。

"看得出来。"老人的语气很和善，"坐吧……"

他们在篝火前让出一块位置。我们各自坐下。一阵尴尬的沉默袭来……我们的电脑法师怎么不说话了！

"同志们，你们谁有破解版的'看板[1]'吗？"法师开始四处询问。

---

1. 作者虚构的软件。

大家互相交换了眼神。

"你如果找到了可以告诉我们,"不知是谁开口说,"暂时还没人破解成功……"

法师满意地笑了。他肯定是想告诉大家自己就是这个程序的发明者……比起顺畅的使用体验,这款软件出色到变态的防破解性能更为出名。但法师很快扑灭了自己内心的冲动,转向一些家长里短的话题——什么人在哪儿入侵了别人的公司;谁因为什么被逮到了;谁现在还坐在牢里……

大约十分钟后,我的队友已经和对方打成了一片。除了我和妮可。对我们来说,这些专业话题过于高深了。

不过他们的谈话很快又回到了死亡迷宫和游戏战术。看来猜忌的坚冰已经被打破……

"你们没必要这么着急赶路。"中国女孩儿说。她躺在草地上,脑袋枕在另一个男孩儿膝头,"前五关是用来收集装备的。要做的只有找装备,找装备,找装备……"

"我们必须尽快通过'迷宫'。"成吉思不带感情地说。

"每关两小时?"中国女孩儿微笑着问。

"越快越好。"成吉思礼貌地答道。

"不可能更快了。你们已经接近理论极限了。"

原来如此。

我们互相看了看。看来谁也没听说过理论极限这回事。

"不必怀疑。"老人接过话茬,"理论极限是大家反复检验、计算、证明过的,但还是不可能达到。我们是冲着破纪录去的。平均每关需要四个小时。一共要花四百小时。"

"那太久了。"成吉思摇摇头。

老人笑而不语。

"我们的命运就是如此。"恶棍沉重地叹了口气,在草地上躺下。可能是不小心碰到了手上的伤口,恶棍微微皱起眉头。目前为止,我们找到的所有道具都用在了法师身上,当时他危在旦夕,我们顾不上太多……

"拿去！"老人给了恶棍一个急救包。

"那我就不客气了。"恶棍接过一个白色塑料方块，开心地笑着，"谢谢……没想到您这么好心。"

"没关系。我们储备足得很。"

这就是准备周全的好处。可惜我们赶时间。

"该走了，伙计们。"我站起身来。

第一个响应的是妮可，她叹了口气站起身来。其他人也跟着站起来。

"对不住，朋友们，"我对老者一行人说，"但我们时间紧张……"

没有人阻拦我们。中国姑娘冲我们笑了笑，另一个姑娘基本上漠不关心。那几个年轻小伙儿和少年也对我们视而不见。只有那位老人看起来有些失落……我真想知道他的实际年龄。

"一路顺利……"

我的队友们已经开始陆续朝外走。没有人跟新朋友告别，也没人和我争辩。他们可能并不赞成我的决定，但也无人提出异议……

我朝老人伸出右手，我们紧紧握住彼此。

与此同时，我的左手偷偷伸向背后，按住了火箭筒的发射键。炮筒填弹时发出的轻微咔嗒声几乎难以察觉。

时机非常重要，不能太早也不能太晚。只要我松开手指，火箭弹就会发射，得等到六枚全都装填完毕……

"你们也是。"我说着收回右手，转身朝自己的队友跑去。在旁人看来，我按住枪托的手非常自然，就像扶着自己的武器赶路一样……

啪嗒……

已经填上第三枚了？还是第四枚？

啪嗒……

我停下脚步，把火箭筒从背后卸下来看显示屏。

上面闪烁着数字"5"。

啪嗒……

对方终于明白过来发生了什么事。可惜，居然让敌人发现了。他们有的去拿武器，有的跳起来想要逃命……只有老人不知所措，嘴唇颤抖个不停……他难道是想提醒我遵守休战条例？

火箭筒对准人群中央……稍稍偏左一点……

第六枚已经填装完毕。手中的火箭筒剧烈抖动，瞬时吐出一道扇形的火舌。六枚火箭弹同时发射的后坐力非同小可，我被气浪掀翻在地，火箭筒内喷出数股炙热的气流。

几位竞争对手方才还安心休憩的地方，变成了一片焦土。地面已经被炸得面目全非，仿佛被推土机无情碾过，只依稀可以分辨出六个弹坑。

总的来说，我的准头还不错。

队伍里的壮年男性当场毙命，那个少年好像连影子都没剩下。中国姑娘还有口气儿，正颤颤巍巍地把手伸向枪套——她还剩下一点儿可怜的生命值。

手枪里刚好还剩下一发子弹。在她身上浪费火箭弹不值当。一声枪响，她伸向枪套的手垂了下来，不再动弹……

"你这是干什么？"恶棍冲我咆哮。

巴特目瞪口呆站在原地。成吉思一脸沉郁。

疯子阴沉着脸擦过我身边，在一个弹坑旁坐下，从里面翻找出一支完好无损的激光枪。这就对了……这才是我们辛苦战斗的目的……不知道那些防弹背心还能剩下多少？主人死了，防弹背心完好无损的概率是百分之五十……

"廖尼亚……这实在……"法师先前那股快活劲儿已经烟消云散，"做人不能这样！"

"他们不会来追杀我们的，"我说，"他们的战略和我们不同。"

"廖尼亚，这可是休战地！"法师继续责备我，"不能在这儿开火！"

我忽然发起狠来。

"休战？不能开火？我们是在过家家吗？伙计们，好好想想……别忘了我们费尽心思是为了什么……"

察觉到妮可警觉的目光，我闭上了嘴。

队里有个外人，多少还是不方便。

好在队友们理解我。法师摊开双手，叹了口气，也爬进弹坑开始收集战利品。

"如果你想，可以马上离开，"我对妮可说，"我不会对你放冷枪的。我发誓。"

但现在我的话她可能一个字都不敢信了……

"现在我绝对不会走了。你们实在让我非常好奇。"

一分钟后，所有人都开始在冒着烟的弹坑里翻找起战利品。

除了成吉思。

"我还以为如今的商人道德底线都非常灵活呢。"我对他说。

"不是这个问题……"成吉思懊恼地皱起眉头，"我只是在想，如果我们直接在这儿等待下一支队伍，再抢一批弹药，能不能弥补刚刚损失的时间？"

"我觉得不行。"

"你可能是对的……"黑客点点头。

"乌拉！"巴特摇晃着手里的防弹背心，从弹坑里跳出来，"是我的尺码！现在可以放开膀子干了！"

这就是我喜欢孩子的原因——他们如此简单直接。

我自己也跳下弹坑翻找起来。又发现一件防弹背心……唉，可惜已经被打成了碎片……火箭筒倒是有……可惜没有弹药。真不走运……

"列昂尼德。"恶棍提醒我。

我回过头，又捡起火箭筒仔细看了看。还剩下一枚炮弹……聊胜于无。

又浪费了一些时间……

森林里突然走出三个人。一个年轻的高瘦小伙儿和两个少女。小伙儿看起来普普通通，姑娘的外貌不大像人类——眼睛太大，两只耳朵又长又尖，头盔下漏出一缕金发，发丝亮得刺眼。

不过外表并不重要……要紧的是,这三个人都有火箭筒,而且正端着炮筒准备射击。

"他们还说这儿是休战地呢。"小伙子似乎在谴责我们。

两队人马花了几秒钟互相打量。如果贸然射击,无异于集体自杀。

"你是谁?"成吉思问道。

"精灵的朋友。"小伙子朝自己的同伴点点头。真有意思,过去这些角色扮演爱好者几乎从不玩"迷宫"……

"我们非常需要武器,"成吉思开诚布公地说,"所以才这么做。"

"这里人人都需要武器,"小伙儿没有反驳,"武器、盔甲、弹药……"

余光里,恶棍的手已经伸向了手枪,我赶紧朝他摇摇头。没用的……我们处于不利地位。相当不利。

"这样也好,"成吉思冷静地说,"在第一点上我们已经达成了共识。现在我们谈谈第二点。可以卖给我们一些弹药吗?"

"什么?"对面的小伙儿明显蒙了,两个精灵也面面相觑。

"我想买你们的一部分弹药。用真钱买。十美元一枚火箭弹。一百美元一支火箭筒。"

太疯狂了。这样的交易在"迷宫"史无前例——用真钱买虚拟武器。

"你疯了吗?"小伙儿诧异。

"没有。我只是个商人。"

"那你就是个疯了的商人……这样吧,火箭弹十五美元。火箭筒两百美元。"

"这价钱我都能买个真火箭筒了!"恶棍气急败坏地嚷嚷。

"那你需要它吗?"小伙儿问道,"你在这儿需要真火箭筒吗?"

"一言为定!"成吉思飞快地说,"我们要一支火箭筒,二十枚火箭弹。我这就和你们一起退出游戏,马上把钱转到你账上,再一起回来,友好告别。"

恶棍和巴特似乎比成吉思还在意他的钱包,但没有试图和他争辩。

疯子只是坐在弹坑边沿,背过身子挠头,压根不想看他们的交易。

这就是我最爱成吉思的地方,他实在机智过人。

01

一直到第九关,我们才意识到该停下了。尽管最艰难的是第七关。此前一直如有神助的疯子在第七关第一次被干掉了。我们碰到了一波天衣无缝的进攻,将近五十只五花八门的怪兽将我们团团围住,恶棍只能在一块巨石后面躲避蜥蜴怪喷出的烈焰。结果一只钻地蚕把恶棍一口吞进了肚里,连同那支两百美元的火箭筒,以及恶棍用来掩体的巨石。

但我们斗志不减,击退了怪兽的猛攻,然后原地等待疯子追上来。他回来时怒气冲冲,全身只带着一挺机关枪,绝口不提那挺枪来自何处。我们又回去救恶棍,半路上发现他居然卡在了石缝里,绝望地扫射三只从水库里冒出来的蜗牛怪。刚才我们全员路过的时候,它们明明没有出现……

第八关倒是相当轻松。那是一片连绵不断的沼泽。视野格外宽阔。不知为何,这地方让人想起电影《潜行者》[1]。我用火箭筒给整支队伍开了个道。

这通狂轰滥炸的成果超出预期。怪兽的尸体一个接一个浮上来,在沼泽表面组成了一个诡异的图案。潜伏在远处的怪兽发起了进攻……虽然没能消灭我们,但场面足够震撼。

可第九关彻底摧毁了我们的斗志。

其实这一关并没有什么特殊之处。山峰并不很高;采石场里几台奇怪的机器笨拙地上下翻转,吞吐着石块;建筑似乎是远古寺庙的遗

---

[1] 安德烈·塔科夫斯基执导的科幻片,于1980年上映。该片讲述了潜行者引领一位科学家和一位作家穿越一片千变万化的"区",去寻找可满足人们欲望的神秘房间。

迹；几台战车停在旁边……我们最终也没能弄清楚躲在里面的到底是谁，最后足足射了十枚火箭弹才把它们烧成灰烬。

消耗实在太大了……

我们一共尝试了三次才穿过采石场，所有装备用了个一干二净。

而在废墟里找到的补给，远远不够整支队伍使用。

我还剩下一支火箭筒，里面有五枚火箭弹。妮可身上还有一挺类似机关枪的武器，可以发射蓝色的细针，速度快，强度大。疯子还剩一挺机关枪。

其他人都只有手枪傍身。

防弹衣已经片甲不剩了……

进入第十关之前，我们穿过了一条漫长而空旷的隧道。这段路安全得近乎无聊。隧道是在寺庙附近的山坡上开凿的，在山腹中蜿蜒盘旋……

那台可以标记我们进度的电脑伫立在山顶上，半边埋在碎石堆里，只有屏幕和键盘露在外面。

该怎么做已无须多言。我们已经不眠不休徒步前进了十八个小时。

"莫斯科时间早上十点，在大门处集合。"成吉思看着我们说。见无人反对，他把巴特推到键盘旁。小男孩儿有气无力地输入一行密码，光标对准"退出"键，按下，然后消失了。成吉思也随之离开。

"一点儿乐子都没找着，是吧？"祖可仍竭力表现出乐观的样子。连他这么活蹦乱跳的人都快坚持不下去了。

"我们都累垮了，"疯子咕哝道，"快退出吧……别磨蹭……"

祖可摊摊手，也消失了。

疯子紧随其后退出了游戏。

恶棍若有所思地打量了一下周围的环境。说实话，这里风景如画。"迷宫"的设计师们的确花了不少心血。缓缓的山坡向远方延伸，地面上的积雪在残阳的照耀下闪闪发光。雪青色的天空上，飘浮着几朵暗紫色的晚霞。我们站在一座小山的山脊上，前方的山峰还等着我们去征服……山谷间的几座湖泊仿佛一个个深蓝色的斑点……在森林的另一端,在那片大海彼岸,游戏设计者又给我们安排了什么样的艰难险阻呢?是工厂、火山、火箭发射场还是原野?道路的尽头伫立着一座城池,凶恶的皇帝将在那里敬候远道而来的玩家……

"列昂尼德,我们给自己制定了一项不可能的任务。"恶棍说,"这不是游戏技巧的问题。你也看见了,这里没有真正的战斗,没有古老友好的决斗——你端着机枪,我扛着电锯……以计谋战胜对方……列昂尼德,我们不是在和其他玩家战斗……不管他们以何种面貌出现,是人类还是蜗牛怪。我们是和整个世界在战斗,和'迷宫'世界,和深渊城内部这个小宇宙作战,和距离、时间作战……唉,妈的,你其实心知肚明!不说了,明早十点……"

他双手放上键盘,退出了游戏。只剩下我和妮可了。

"枪侠……"

我看向身边的女孩儿。

"请你告诉我,大家在'迷宫'里经常提起的那个枪侠……"

我一言不发。

"是你吗?"

"是的。"

"你没有全力以赴。"

"是的。"

"你的同伴知道这一点吗?"

我摇摇头。

"你们这么急着要赶去哪里?"

"妮可,我们不是已经说好不要再问了吗?"

"对不起,枪侠……"她的笑容并不委屈,而更接近忧伤。

"我不想刺探别人的秘密,但如果你真的是那个枪侠……"

"我是。"

"如果我妨碍了你们……那我还是走吧。我可以加入别的队伍……"

"我很希望你留下来。"我不知道自己为何要这么说……

"为什么?"

穿着迷彩服的我们看起来一模一样。没有性别之分，面目模糊，整齐划一，只是虚拟部队里一团团裹着军装的肉块。我们是自愿加入假想之战的志愿军，为无人在意的勋章而自我牺牲的英雄。

只有高高的外套领口上露出来的面孔各不相同——这些我们自己捏造的面孔。画一张脸太容易了。点，点，勾……一张小脸的轮廓就出现了，只需要把自己喜欢的面部细节收集起来，堆砌在脸上，就像小时候玩积木一样。有力的下巴或者枯瘦的下巴……招风耳或者紧贴侧脸的耳朵……直挺挺的鼻子或者短翘鼻……

让我觉得难以下手的只有眼睛。有时候我要来回画上几十次，才能打造出一双活灵活现的眼睛。从那时起，我就明白了虚拟面孔的关键所在。

我只盯着她的眼睛看。

"我喜欢你，"我沉吟良久，最后说，"虽然这种心情并不让我雀跃，但我确实喜欢你。"

双手放上键盘。

输入密码。

退出。

死亡迷宫的出口还和从前一样……是一件舒适宽敞的更衣室，大厅也和两年前一模一样。

我脱下制服，塞进衣柜。看到柜子里放着枪侠平时的衣服，我一点儿也不惊讶。

我在小小的淋浴间里冲了个澡。这次是正常的冲澡，热水里没有掺杂任何消毒液。洗完之后，我穿上衣服，在大门前停了一会儿……

接下来会发生什么事呢……

不管怎么说，神话再度降临了！枪侠回到了死亡迷宫。他不是独自一人，而是和一帮同伴一起。而且，枪侠这次的行动很不地道……

我走进柱厅，窗外可以看见深渊城的街道。如果这次又有人要追杀我，我又不得不再次逃命，躲进虚拟妓院，那就太好笑了……

厅里空空荡荡的。只有一群人站在角落里谈笑风生。我不认识他们，但应该不是被我在第五关一锅端掉的那伙倒霉蛋……

该死！

被侮辱与被损害的人们[1]都在哪儿呢？

那些做梦都想把我扒皮喝血的人去哪儿了？

我装作找人的样子，走到那伙人身边。但他们压根没注意到我，依然专注地闲聊……

"你听说谢苗茨基被杀了吗？连死了三次？"

"怎么回事？"

"他复活以后又追上了自己人……"

人群中爆发出一阵友善的笑声。

"伙计们，你们有没有听说过一个叫枪侠的玩家？"我胡乱问道。

他们朝我投来困惑的目光，兴致寥寥地耸了耸肩膀。

一个年轻小伙儿从更衣室里走了出来。人们纷纷朝他挥手打招呼。有人大喊——

"科鲁兹，你看看多少人在等你，啊？"

这伙人一同离开了柱厅。

我被遗忘在原地，我的问题也一同被遗忘了。

我垂下眼睛，失落地笑笑，把手枪塞回口袋里。

荣耀真是易逝的玩意儿。

奇怪的是，妮可怎么会记得枪侠？或许她为了在死亡迷宫就职，做了充分的功课。

而我，到底在期待什么呢？

死亡迷宫早已物是人非。这场游戏已经不是沙盘上的小打小闹，也不再是狭窄巷道里的搏命枪战。那些旧日乐趣或许只能去其他游戏里寻找了。

如今的死亡迷宫更像是一个军事训练场。这里不提倡个人英雄主义，磨炼的是条件反射和反应速度。现在是团队作战的时代。你必须

---

1. 此处借用了俄国作家陀思妥耶夫斯基的小说名《被侮辱与被损害的人们》。

体验这段令人厌倦的漫长过程。相互掩护，淘汰弱者，配合强者，无条件服从指挥官……

为什么我不喜欢这种模式？

难道我是个无可救药的个人主义者吗？

还是因为两年前我没全部通关，没来得及把游戏里的精彩情节都经历一遍？

现在去找答案已经太晚了。世界已经天翻地覆。我还待在自己狭小、舒适又安全的蛋壳里，对一切浑然不觉……

我离开柱厅，走上深渊城的街道。天色渐暗，路灯和广告灯牌渐次亮起，街上的行人仿佛多了些……很正常，这里是游戏街区，现在正是人流高峰期。欧洲和俄罗斯街区的居民刚刚结束一天的工作，出来找乐子。这样也好……就让我的深渊城永远停留在夜晚吧。初夏的傍晚，几颗早升的星星刚刚出现在深蓝色的天空，空气中弥漫着雨后的清新气味……

我们在做傻事。各路英雄豪杰汇聚一地，像一九四一年六月的德军一样自以为是[1]……以为自己可以战胜死亡迷宫……

这样的想法本身就是错的。

在第一次进入新版"迷宫"惨遭失败以后，我就应该遵循自己的直觉，退出游戏。

但现在又能如何呢？去找黑暗潜者？大海捞针都比这容易……何况他不会帮我们。

直捣德米特里·季本科的老巢，闹个天翻地覆？那相当于自投罗网。季本科肯定对现在发生的一切了如指掌，他不可能不清楚。他曾经创造了深渊，现在又要亲手创造深渊的终结。他到底有什么打算？我不知道。我不是精神科医生。他的一举一动都可以用最卑鄙又最崇高的理由解释。即使找到季本科，我又能怎样？没用的。他肯定不会放弃他的新玩具。

---

1. 1941年6月德军发起巴巴罗萨行动，入侵苏联，自此陷入苦战。

还有什么办法我们没有尝试过呢?

去找虚拟媒体曝光?《深渊消息报》《深渊城晚报》或者《伏尔加通讯》肯定会礼貌地给我倒上一杯咖啡,耐心听完我的故事,然后提溜着我的脖子把我轰出去。他们还没见过我这种精神病患者。沃罗涅日的街边小报《小鸟叽叽喳》或者利佩茨克[1]的小报《瓜子壳通讯》倒是会张开怀抱欢迎我,对我感激涕零,亲切握手,然后刊登一篇两尺长的报道,附上一个标题——《二十七名黑客死于第五代虚拟武器!》。

我不相信这样的媒体发言有什么公信力。

因为它们愚蠢、傲慢又无知。

有那么一瞬间,我感到自己那么忧伤,又那么走投无路。我几乎要念出那句百试不爽的咒语,离开深渊,任凭大脑沉浸在疼痛中。我应该打开冰箱,随便吃点儿东西,然后躺下睡觉……毕竟现在已经凌晨四点了……

但我偏偏没有睡意。太多荷尔蒙在血液中沸腾。我们已经困过了头,转而陷入紧张无眠的疲惫中……

我抬起手,拦下一辆出租车。

"去'黑客凭吊所'。"

司机点点头,说明他知道地址。我要见识见识,当下最厉害的黑客们都聚集在什么样的地方?

车走了很久。这家酒吧似乎藏在一个破烂服务器里,甚至可能是某个私人所属的服务器。终于,出租车在一块闪闪发光的招牌下停住了。酒吧独自伫立在一条昏暗的小巷里。

黑客凭吊所

不得不说,他们的伪装术的确高超。我是认真的,没有任何讽刺意味。还有比这样一个招摇的霓虹灯招牌更好的伪装吗?没人会以为

---

[1]. 沃罗涅日和利佩茨克都是俄罗斯南部城市。

这地方真的是黑客碰头点。

作为一个秘密接头地,它必须得不起眼,或者干脆引人注目。没有第三种选择。

我付清车费,走向酒吧大门。敲敲门——门没有开。

我只能强忍着尴尬,像个白痴一样大声喊——

"真心与挚爱!"

随着一声悠长的吱呀,大门敞开了。

我走进门,背后响起一声巨响,大门关上了。为什么要搞这么夸张的音效?

酒吧并不大,出乎我意料的是,还挺舒适。

房间是方形的,灯光昏暗。墙壁、地板和天花板都由一个个小方块构成……我定睛细看。

原来那些都是软盘。

真不赖,颇具黑客风格。

每一块软盘都不太一样。有些是新的,有些已经存了东西。里面有各种程序,也有各式各样的游戏……准确地说,是程序片段和游戏片段。

我开始喜欢这个地方了。

吧台后的酒保显然是程序人,脸庞粉扑扑,身段结实,满面笑容,一副小市民模样。

"来一杯啤酒。"我随手指了一个啤酒桶龙头。

酒保点点头,给我打满一杯啤酒。

"外部程序试图控制系统。收到身份识别请求。是否允许获取系统信息?"

维卡的低语只有我自己能听见。我微笑着对酒保点点头,"允许……"

他们没有收我啤酒钱。合理。既然这里来往的全是黑客,那啤酒也应该是他们偷的。对自己人当然应该免费,反正外人进不来……

我端着啤酒杯离开吧台,环顾酒吧。客人不多。一张小桌旁坐着的几个小伙子一看就是黑客，好莱坞式黑客。他们个个披头散发，衣衫不整，眼睛里闪着疯狂的光芒，比画着夸张的手势争论着什么。在动作片里，这种人平时满嘴玄奥的数字，平地走路都能摔跤，却能在炸弹即将爆炸前一秒解开复杂密码，或者入侵五角大楼的电脑，表现出非凡的勇气和技能。他们更像是游击队的猛士，而不是与世无争的程序员。

但我也拿不太准。这副模样可能只是他们画出来的，说不定是伪装，也可能他们只是在玩"酷炫黑客"的幼稚游戏。

我绕过他们，没人注意到我——既然能走进这间酒吧，那我就有权自由行动。

大厅尽头还有一伙人。我细细打量他们。

那个年轻女人的脸蛋很可爱，但有点儿神经质。另一位壮汉比女人年纪稍长。旁边坐着我那位前同事，只不过他现在是成年人打扮。

我走到他们面前，用眼神询问是否可以加入。

壮汉和女人对望了一眼。

伊利亚只是目光呆滞地看着前方，可能喝多了啤酒，正在打瞌睡。

"你是谁？"壮汉问。

"我是列昂尼德。"

陌生人的眼神变得友善起来。

"坐吧。是伊利亚告诉你密码的吧？"

"是的。"我在桌旁坐下，喝了一口啤酒。我甚至压根没看自己喝的是什么酒，反正是某种说不清道不明、平平无奇的酒精饮料。味道还行。

"你是黑客？"女人犀利地问。

"不是，"我老老实实地说，"一点儿边都沾不上。"

"来这里的全是黑客，"壮汉对我解释道，"货真价实的黑客。"

我喝着啤酒，等着他继续说下去。不知为何，我觉得他们不会赶我出去。

"但如果我们的朋友给了你密码，"女人补充道，"那你进来也没什么关系。"

"谢谢。"我努力表现出感激之情。

沉默被慢慢拉长。女人轻轻推了一下伊利亚,他身子微微摇晃,但仍一言不发地坐在原地。

"别闹,他睡觉呢……"男人皱起眉头,"他那儿是凌晨四点……这么说你就是列昂尼德?"

"是的。"

"你好像想帮伊利亚找到潜者神庙?"女人好奇地问。

"深渊潜者神庙。"

"是有这么个地方,"男人若有所思地说,"我记得……"

他们会一直这样交替说下去吗?

"你为什么要帮他?"女人问道。

"我也入股了。"我露出一个神秘莫测的笑容。

"别绕弯子,"壮汉立刻说,"什么入股……送信能有几个钱?你是想黑进神庙?"

"你怎么猜到的?"我问他。

女人微微一笑,点起了烟,也给我递来烟盒。

"标记。"电脑维卡对我私语。

我接过烟抽了起来。

两位黑客又交换眼神。恐怕他们对我的评价立刻下跌了几个档次。

"显而易见,"女人含糊地说,"你是黑不进神庙的。连'道'都黑不进去,他可是全世界最好的黑客。"

我从没听说过一个名叫"道"的黑客。但我没有说话。

"这么说,你想当黑客?"男人问。

如果直接说"不",恐怕不大礼貌。

"当然。"

两人同时露出了理解的笑容。

"那就常来坐坐,"女人说,"这里的客人都是我们的学生和同事。看到那边那个戴眼镜的男孩儿了吗?"

我看向那个戴眼镜的"男孩儿"。他看起来有三十多岁,脸上的眼镜很是显眼。

"他昨天黑了'克雷[1]'。"壮汉说。

还好我刚才没在喝酒,不然该被呛个半死。这会儿我脸上的表情大概很复杂,随他们怎么理解吧。

"他是个很有天赋的小伙子,"女人欣慰地说,"你可别太惊讶。人不可貌相。两年前他来找我们的时候,连Windows管家都不会安装,而现在已经小有成就了。"

我一个字也说不出来。我满脑子都在思考什么叫"黑了'克雷'"……超级计算机是不联网的,它们只负责深渊城的基础技术支持和虚拟现实技术处理。它们有独立的软件,与普通的操作程序不兼容。而且……

入侵'克雷'在我看来就等于偷蒸汽火车。

而且还是停在地面而非铁轨上的蒸汽火车。

这实在太容易了,肉眼可见的容易。

"所以……一切由你把握。"壮汉继续补充道。

"棒极了,"我只能说,"闻所未闻!"

我们又抽了一会儿烟,喝了几杯啤酒。这里的情况我已经基本摸清了。

但既然开了头,就要善始善终……

"可以告诉我你们的名字吗?"我问道,"只是为了方便称呼。"

他们又笑了。

"叫我吉斯就好。"女人说。

"我叫别尔德。"男人点点头,"没人知道我们的真名。"

"老实说,我来这儿的原因是……"我犹豫起来,"伊利亚说,你们可以在两个小时内找到深渊潜者神庙……"

"我们的确可以。"吉斯点点头。

---

[1]. 克雷公司生产和制造的超级计算机。第一代"克雷"于1975年推出。

"小菜一碟。"别尔德跟着说。

"其实我碰到了点儿困难……"我难为情地笑笑,"我认识一个潜者……前潜者。他答应要带我去神庙,但中途出了很多问题。如果你们就能找到神庙……那我为什么还要浪费时间找他?"

两个黑客又对视了一眼。

"你自己去找吧,"女人说,"我们现在没空陪小孩子过家家。对吧,别尔德?"

"没错,吉斯,"壮汉点点头,"很遗憾,我们没空。"

一阵令人压抑的寂静笼罩了我们三个。

我明白,此时应该表现出好奇的样子。但面对他们这种突如其来的刻薄,我不知道该做什么,于是只能沉默。

"我们的朋友黑了一家瑞士银行,"吉斯说,"现在就藏在深渊城里。他唯一能去的地方就是这间酒吧……因为这里没有外人。"

"我们得在这儿等他。"别尔德接嘴道。

真是太令人沮丧了。

我可以毫不费力地预测出接下来一小时我们谈话的内容,以及万一得在这儿待上三个小时,他们又会跟我东拉西扯些什么东西。

"多的我们不能再说了,"吉斯叹着气说,"很遗憾,这实在……"

"多么可怕的秘密……"我忍不住暗讽道。

"多么黑暗的秘密……"吉斯没能刹住,像回声一样紧跟着我说。

气氛有点儿尴尬。

别尔德出来解了围。他猛地推了一把伊利亚,想叫醒他,但对方毫无反应。他继续一脸严肃地问我:"你听过一个名叫'朋友'的操作系统吗?"

"没有,没听过。"

"这个系统是道编的,"吉斯郑重其事地说,"是全球唯一的人工智能操作系统。它会自我学习,自我完善,自我发展。"

"现在这个系统被人盯上了。"别尔德压低声音对我说,"他们来势汹汹,势必要拿到它。"

"我们的电脑就安装了'朋友'系统。"吉斯打了个响指,酒保立刻又给她端来一杯啤酒。

"这套系统全世界只有两个副本。"别尔德说。

"一个在我的电脑上……"

"另一个在我那儿……"

"有人想偷走我们的电脑。"

"你是莫斯科人吗?"别尔德露出一个灿烂的笑容,忽然话锋一转。

"是的。"

"你的电脑装的是Windows管家?我可以想办法给你装一套'朋友'系统。那样你就能知道它的妙处了。"

有意思极了。我可太喜欢未测试版本的程序了。当然,我会先把它交给疯子做个活体解剖……

"只不过会有点儿危险,"吉斯提醒我,"那样的话你也会被追踪。"

"恐怕我适应不了新系统……"我下意识地回答,伸手拿了一根烟,标记多一个少一个没什么关系……只要重启电脑,它们就会烟消云散。

我多么希望伊利亚说的话是真的,他真的认识能找到深渊潜者神庙的黑客……

"你不会觉得自己换了操作系统,"吉斯说,"外观上不会有丝毫改变,'朋友'是架设在Windows管家基础上的,只改变几个关键的文件。接口也不会变。但你的电脑性能会大大提升。"

"系统会自动适配你的电脑,"别尔德接着说,"你不是黑客,所以可能一开始察觉不到变化……但行家一眼就能看出来……"

"所以别忘了来我们酒吧的路。"吉斯做了总结发言。

我点点头,看向伊利亚,问道:"他是怎么回事?总在深渊里睡觉?"

"对,他喜欢这样,"别尔德热心地告诉我,"真正的黑客就是这样成长的。"

我懒得起身离开,所以我看了看手表,假装忧虑地说:"我的计时器马上就要报警了……"

两人露出理解的笑容。以防万一,我还是多问了一句:"别尔德,你亲眼见过深渊潜者神庙吗?"

"见过,"黑客若有所思地搓了搓手里的香烟,"他们的神庙是一座高耸入云的白塔,顶上有个水晶球。一共有七重防护,潜者们拜托我检验他们的防护措施是否牢靠……"

"有必要告诉他这些吗,别尔德?"吉斯有些忧心忡忡。

"那都是陈年往事了,"别尔德摊开双手,"有什么好担心的?我当时突破了六层防护,列昂尼德。第七层他们不让我检验,显然是怕我看到水晶大厅里藏着的东西。但我还是破解了第七层,大体上明白了是怎么回事。他们就是在那里得到了特殊能力,一旦有人打破所有防御,他们就会失去能力……那都是三年前的事了……现在还历历在目……"

我该走了。

深渊啊深渊,我不属于你……

我摘下头盔,看了一眼屏幕。两名黑客和喜欢在深渊里睡觉的小男孩儿依旧坐在原地。

"维卡,模拟我通过计时器退出的画面。"我低声说。

屏幕上的画面熄灭了。屏幕另一边,在"黑客凭吊所"的小桌旁,枪侠还会石化般呆坐一分钟,仿佛在认真倾听关于神庙的故事。

过不了多久,他的身体就会啪的一声像水晶尘埃般散落……

我浑身酸痛,仿佛被关在破旧的卡车货箱里,在乡间小道上颠簸了十来个小时。我断开拟真服的电源,开始换衣服。屏幕上的维卡静静等待着指令。

"维卡,九点半叫醒我。"

"收到……"维卡轻声细语地说,"闹钟设置,九点半……"

"结束工作。"我说。

怎么办?怎么办?一关关穿过"迷宫"毫无意义。黑客们又指望不上。虽然他们在神庙建成前就入侵了那里……

屏幕熄灭时,我仍然站在电脑前。听久了的机器轰鸣声已经难以察觉，此刻终于彻底安静下来。

现在已经凌晨四点半。

这是最后一批夜猫子玩家离开深渊的时刻，他们希望通过三四个小时的睡眠，补充一整夜消耗的体力。

无所谓。很快深渊城就不复存在了。至少我们熟悉的那个深渊城将会消失。

或许这才是最好的安排？

我瞥了一眼卧室。房里静悄悄的……我站在门边，聆听着维卡安静平缓的呼吸声。她是真正的维卡，不是屏幕上那个维卡……她那么真实，又那么遥远。

维卡是对的。无论从哪个方面讲，她离开深渊的决定都是对的……

但这是她的选择，不是所有人的……

我关上房门，在黑暗中走向沙发——这是我在清晨时分再熟悉不过的路线。我躺下，把结实的枕头塞到脑袋下面。

希望今天能睡个无梦的好觉……

10

迷雾。

左面是冰墙。

右面是火墙。

深谷和桥。

我坐在悬崖边缘，晃动着双腿。那深不见底的虚幻深渊散发出潮湿腐烂的气味。

"够了，"我对无边无际的雾气说，"够了。我玩够了。谁不做梦呢？弗洛伊德老爷子都这么说。梦不过是梦而已！"

但我已经无法确定自己还会不会做那种平常的梦——沿着曲折的走廊没完没了地狂奔；坐上散架的电梯；怎么也点不着灯或者灭不了

火；不断呼唤离去的朋友；无法朝狂笑的敌人开枪——我再也做不了这种正常的梦了。我的梦只剩下眼前这个……从头到尾每个细节都了然于心，最后必然要在冰与火之间抉择……

"列昂尼德……"

我回头四顾。我敢肯定，自己的身边空无一人。是我那神出鬼没的旅伴又隐匿在灰蒙蒙的海市蜃楼中。

但他确实就站在我身后，被一丝丝雾气萦绕，又由雾气凝结而成——一个已逝之人的鬼魂。

"你知不知道，"我问他，"在梦里看到亡者，算是凶兆还是吉兆，罗姆卡？"

罗姆卡走上前来，在我身边坐下。他的身体不再虚幻，渐渐变得有血有肉。

"列昂尼德，你没在睡觉。"

"我在睡。"

罗姆卡摇摇头。

他的身体由一团浓稠的雾气构成。皮肤是灰白色的，眼睛和头发也泛着不同的灰调。他仿佛一尊活过来的雕像，由一位能工巧匠用一团格外浓厚的迷雾雕琢而成……

我见过他这具义躯，他平常在深渊里就是这副模样。但在现实中我们只见过一次，当时一股难言的尴尬笼罩了我俩。一个十六岁的少年和一个成年男人能有什么共同点？都是潜者？这只在深渊才成立……在深渊里我们才完全平等，可以做朋友。

"好吧，"我说，"就当我没睡吧。我在说胡话。我有深渊心理障碍。"

"廖尼亚，我被杀了……"

"我知道，罗姆卡。你偷走了第三代病毒武器的机密文件……"

罗姆卡笑了。

他活着的时候从没这样笑过。这是一种真正的成年人式笑容，充满了讽刺意味。自从我们上次分别后，他真的长大了许多。

又或者,他是死了以后才长大的。

这些记忆的幽灵绝不是静止的木偶,不管它们由何而生——是忧愁、友情还是良心,它们总在生者的意识中延续自己的生命。它们会衰老,会变化,或是变善,或是变恶。我们会和这些幽灵一次又一次对话。它们会自己提出问题,也会给出答案……

"列昂尼德,这不是病毒武器的问题。情况要比这糟得多,列昂尼德。"

"还能多糟?"

"你会明白的……"罗姆卡向前探探身子,似乎想要朝深渊吐一口唾沫。但他显然已经忘了怎么吐口水,只是往下看了看,又缩回来,"你肯定会知道的,你会明白的。重要的是,你得及时醒悟过来。"

我开始不舒服了。

这完全不像一个梦,甚至连幻觉都不像……话说回来,我又怎么知道幻觉是什么样子?

"那些文件里有什么,罗姆卡?"我问道。我不在乎这问题有多蠢,反正我是在梦里提问,也是在向自己提问。况且我已经分不清现实与梦境的界限了,还有什么可在乎的?

"你会知道的。到了神庙你就会明白。"

"我怎么才能到达神庙?那得花上一周,可我没那么多时间……"

"你的确没有。"罗姆卡表示同意。

"那我该怎么办?"

我罕见地向他寻求建议。梦中的罗姆卡甚至显得有些无措。

"列昂尼德……你可是个潜者。别走寻常路,走你自己的路。"

"自己的路……可我已经不是潜者了。这世上已经没有潜者了。"

"当然了。因为连你自己都是这么想的……"

"这关我什么事?"

我又提了一个注定没有答案的问题……

"我已经厌倦这个梦境了,罗姆卡。"我说,"你没法理解,我有多厌恶这个梦!该死的冰墙和火墙……这道愚蠢的钢丝桥……这见鬼的深谷……"

"这是最后一次,"罗姆卡语气轻快地安慰我,"你再也不会做梦了,廖尼亚。真的。"

"真的吗?"我的声音里有种抑制不住的狂喜,仿佛一个无神论者第一次祈祷就听到上天令人振奋的回音。

"是的。你再也不会做梦了,廖尼亚。况且这也不完全是梦境。"

"如果不是梦境,那这是什么?"问出这个问题的同时,我已经知道不会有答案了,"罗姆卡,你就不能稍微给我透露一点儿线索吗?"

"什么线索?"他有些疲惫地反问。

"黑暗潜者是谁?"我忽然意识到,这是我提出的唯一一个正确的问题,仿佛终于用最后一颗子弹射中了靶心……

罗姆卡没有立刻回答。

"你确定自己想知道答案吗?"

"是的。"

"你心里很清楚他是谁,列昂尼德。你很清楚,只是不愿意相信。"

"罗姆卡……回答我。求求你了。回答我!"

"为什么?"

"为了弄清楚,是谁把你害死的!"我的语气变得尖锐。

"我不记恨他,"罗姆卡文绉绉地说,"真的。没人知道事情会变成这样。如果当时我及时离开……"

他忽然打了个寒噤,仿佛一股冷风穿透了他迷雾般的身体。他的嘴唇还在嗫嚅,但我已经一个字也听不见了。

可惜我不会读唇语……

"廖尼亚……"

我睁开双眼。

维卡坐在沙发边缘,手掌轻柔地抚摸着我的脸。

我呜咽着抽了口气,半坐起来。身体依然像散架了一样,而且头痛欲裂。

"你脸上一点儿颜色都没有……"维卡说。

"颜色是有的，只不过很难看……"我嘟囔道。

"头疼？"

"对……"

"你等等……"维卡起身快步走向厨房。我听见她在橱柜里一阵翻找，弄出稀里哗啦的碗碟碰撞声，接着是咕噜咕噜的烧水声。在我心里，安乃近[1]始终是人类最伟大的发明……

"喝了它……"

我嚼碎了两片药，就着水吞下。维卡就站在我身边，紧张不安地盯着我……

"又做噩梦了？你浑身发抖，还说梦话。"

我点点头。

"列昂尼德，你确定自己没有深渊心理障碍？"

"百分百确定。"我一口喝干了杯里的水，矢口否认了自己早已坚信不疑的事实。

"你梦见什么了？"

"罗姆卡。他死了，同时也活着。我们谈了谈。"我打了个寒战，猛然意识到自己在梦中真的以为罗姆卡还在。

"你得好好休息一阵子，廖尼亚……"

她的手像往常一样抚摸着我的头发。

"随便去哪儿都行……去一个没有电脑，没有网络，没有深渊的地方……"

"去乡下。"我随口附和道。

"去乡下也成。想去吗？我们一起去？"

我注视着她的双眼。

"一定去。只不过要等这件事结束。"

维卡重重地叹了口气。

"你们到底在深渊里做什么，廖尼亚？"

---

1. 一种解热镇痛的特效药。

"穿过死亡迷宫。"

"进展如何？"

"已经到第十关了。"

"一共一百关？"

"对。不用问我打通'迷宫'的所有关卡要花多长时间。我已经不想再做一年级数学题了。"

"我也不打算问……"她站起身来。

我坐在沙发上，看着维卡在书堆里翻找，脑子里只有一个念头：她的双眼多么疲惫啊。眼眶里布满血丝，一看就是睡眠不足。她可能是哭了一晚上……也可能几乎一整夜都戴着头盔，直到天亮。

"你几点回家？"我问。

维卡皱了皱眉头。

"六点……或者七点。我几点回家有什么关系？反正你一直在深渊里。"

"维卡，你是理解我的……"

"当然。我都理解。这是我的职责。"

她从没在我面前哭过，无论什么情况……

"今天我们要把'迷宫'的所有关卡打通……"我说。维卡看着我不说话。

"我可能要戴着头盔待很久。别担心，好吗？"

"一昼夜通过九十关？"

我默不作声。

"祝你成功，廖尼亚。"维卡非常诚恳，"但你这话好像连自己都不信。"

"总得先说服自己，然后才能说服别人。"

她点点头，轻轻带上了门。

我从沙发上站起来，走进卧室。

在一般女人摆香水、面霜、睫毛膏和其他化妆品的小桌子上，搁着维卡的笔记本电脑。头盔和拟真服挂在墙上。

我把手伸进拟真服的领口里，摸了摸针织内衬。稍稍有点儿湿气。嗯……这就是她所谓的"唾弃深渊"，还说我有深渊心理障碍……

只要打开电脑，翻翻日志就能知道真相。但我偏偏做不到……也不能这么做。我没有这种权利。

"别去偷看别人家的窗子……"我记得有本童书里是这么说的……

我用手掌摩挲着笔记本的盖子，重温维卡掌心的温柔，接着走进浴室冲了个澡。

d-e-e-p+回车。

黑暗中迸发出漫天飞舞的彩色雪花。

运转吧……运转吧，天才季马·季本科的意外之作。打破真实与谎言的边界、虚拟世界和现实生活的壁垒，让我感受青草的香气，聆听微风的沙沙声，感受岩石的坚硬和火焰的温暖吧。让我相信深渊城的一切就是真实吧。我是如此心甘情愿地想要相信谎言！

我们总是不知满足。遮风避雨的屋顶、天空中的骄阳、紧握的双手、桌上的一小块面包——这一切与幻想出来的世界相比不值一提。我们就好像从封印中逃脱的镇尼[1]，一心想要建造宫殿，摧毁城池，蓄养后宫，大宴宾客。深渊城是已成为现实的童话，是超自然力量带来的毒品……

进入虚拟世界后的第一步，是最艰难的。

我的意识还在深渊程序的束缚下颤抖……眼中的世界仍然飘浮不定。身处这个狭小的旅馆房间里，我想起自己曾有过一座城池、一栋单调的公寓楼、几座森林小屋，甚至是世外桃源般的岛屿上一座带凉台的小楼。

我又回到了最初的起点，回到了那个逼仄的虚拟旅馆标准间。全都是幻象罢了，没有好坏之分。

我向前迈出一步，看向镜子。

---

[1] 伊斯兰教对超自然存在的统称，其形体通常为空气或火焰。许多巫师会把镇尼封印起来，为自己所用。

镜中的枪侠皱了皱眉头。春日天空般的浅色虹膜正中，是一对漆黑的瞳仁。为什么即使是画出来的眼睛，也仍是心灵的窗子呢？

"该干活了。"我说。

镜中的枪侠点点头，仿佛在回应我。

还有时间。我刚才在现实中吃了点儿东西，但现在还想品尝一份幻觉，一份色香味俱全的幻觉，而不是用一小杯酸奶和一只奶酪三明治打发自己。我走出旅馆，拦下出租车。

"去鱼王餐厅……"

大老远跑去一间海鲜餐厅喝咖啡是很可笑。但那儿的咖啡着实不赖。

我看着服务生煞有介事地在我眼前制作阿拉伯咖啡。土耳其咖啡壶半埋在滚烫的黄沙里，老远就能闻到浓郁的咖啡香气……

"不好意思，我们是不是认识？"

我看向刺猬。这家伙的嗅觉非同小可。他明明从来没见过枪侠形态的我。

"认识。"我承认，"我是列昂尼德……那个忧郁的摩托车手……"

刺猬的脸色一亮，用眼神问我是否可以在旁边坐下。

"坐吧。"我毫不惊讶。其实我正是为了他才到鱼王餐厅来的。

"唉……我的时间快用完了。"刺猬故技重施，抚摸着自己短短的平头叹息道。

"我来替你延时。"我说，"最近有什么新鲜事吗？"

"无聊得很……"刺猬坐下来，叹了口气，"服务员……我要咖啡加白兰地……"

"什么新消息也没有？"我惊讶地问他。

"啧……该怎么说呢？"刺猬又叹了口气，"听说死亡迷宫里出现了恶性事件……玩家们自相残杀，无视规则……"

他的鼻子怎么这么灵？

"那儿总是一团乱。"我说。

刺猬叹息着点了点头。生活本就如此……他完全同意我的观点……

"《瓜子壳通讯》登了恶棍的新闻,"刺猬又说起我们上次聊的话题,"听说他的确被第三代武器击中了。他都五十四岁了,是世界上年纪最大的黑客,住在马加丹[1]……"

我没有说话。

刺猬若有所思地用手指头挠了挠后脑勺。今天他不太走运,在我这儿碰了一鼻子灰……

他未必真的想从我身上赚那几美元,更像是贪恋和餐厅来客嚼舌根的乐趣。什么人想听什么话,他再明白不过……

"听说,不久前有人在深渊里看到了季本科……"

他终于猜中了我的心思。

"真的?在哪儿?"

"在一场新型通信软件研讨会上。他是匿名参会的,但有知道内情的人认出了他。"

"为什么深渊的创建者不能在深渊里出现?"我微笑着问他。我当然对季本科感兴趣。但他在何处一闪而过并不是我要的信息……

"他没有发言,"刺猬孜孜不倦地说着故事,"但他在会后讨论里发表意见说,如今的深渊只是鼹鼩现实的仿制品,与他的构想南辕北辙。很快深渊城的一切都要改变……彻头彻尾地改变……变得更好……"

这就有意思了。

真正的武器出现后,深渊城会发生巨大变化——这一点我毫不怀疑。但至于是不是"变得更好",就很难说了……

"借他吉言……"

刺猬嘿嘿一笑,先喝了一口白兰地,又喝了一口咖啡。

"别担心,对于季本科来说,只要能及时拿到程序专利权,讲两句漂亮话没什么大不了。"

"刺猬……你接私人订单吗?"

"什么?"他放下杯子。

---

1. 俄罗斯北部一个人烟稀少的州。

镜中的枪侠皱了皱眉头。春日天空般的浅色虹膜正中，是一对漆黑的瞳仁。为什么即使是画出来的眼睛，也仍是心灵的窗子呢？

"该干活了。"我说。

镜中的枪侠点点头，仿佛在回应我。

还有时间。我刚才在现实中吃了点儿东西，但现在还想品尝一份幻觉，一份色香味俱全的幻觉，而不是用一小杯酸奶和一只奶酪三明治打发自己。我走出旅馆，拦下出租车。

"去鱼王餐厅……"

大老远跑去一间海鲜餐厅喝咖啡是很可笑。但那儿的咖啡着实不赖。

我看着服务生煞有介事地在我眼前制作阿拉伯咖啡。土耳其咖啡壶半埋在滚烫的黄沙里，老远就能闻到浓郁的咖啡香气……

"不好意思，我们是不是认识？"

我看向刺猬。这家伙的嗅觉非同小可。他明明从来没见过枪侠形态的我。

"认识。"我承认，"我是列昂尼德……那个忧郁的摩托车手……"

刺猬的脸色一亮，用眼神问我是否可以在旁边坐下。

"坐吧。"我毫不惊讶。其实我正是为了他才到鱼王餐厅来的。

"唉……我的时间快用完了。"刺猬故技重施，抚摸着自己短短的平头叹息道。

"我来替你延时。"我说，"最近有什么新鲜事吗？"

"无聊得很……"刺猬坐下来，叹了口气，"服务员……我要咖啡加白兰地……"

"什么新消息也没有？"我惊讶地问他。

"嗔……该怎么说呢？"刺猬又叹了口气，"听说死亡迷宫里出现了恶性事件……玩家们自相残杀，无视规则……"

他的鼻子怎么这么灵？

"那儿总是一团乱。"我说。

刺猬叹息着点了点头。生活本就如此……他完全同意我的观点……

"《瓜子壳通讯》登了恶棍的新闻，"刺猬又说起我们上次聊的话题，"听说他的确被第三代武器击中了。他都五十四岁了，是世界上年纪最大的黑客，住在马加丹[1]……"

我没有说话。

刺猬若有所思地用手指头挠了挠后脑勺。今天他不太走运，在我这儿碰了一鼻子灰……

他未必真的想从我身上赚那几美元，更像是贪恋和餐厅来客嚼舌根的乐趣。什么人想听什么话，他再明白不过……

"听说，不久前有人在深渊里看到了季本科……"

他终于猜中了我的心思。

"真的？在哪儿？"

"在一场新型通信软件研讨会上。他是匿名参会的，但有知道内情的人认出了他。"

"为什么深渊的创建者不能在深渊里出现？"我微笑着问他。我当然对季本科感兴趣。但他在何处一闪而过并不是我要的信息……

"他没有发言，"刺猬孜孜不倦地说着故事，"但他在会后讨论里发表意见说，如今的深渊只是龌龊现实的仿制品，与他的构想南辕北辙。很快深渊城的一切都要改变……彻头彻尾地改变……变得更好……"

这就有意思了。

真正的武器出现后，深渊城会发生巨大变化——这一点我毫不怀疑。但至于是不是"变得更好"，就很难说了……

"借他吉言……"

刺猬嘿嘿一笑，先喝了一口白兰地，又喝了一口咖啡。

"别担心，对于季本科来说，只要能及时拿到程序专利权，讲两句漂亮话没什么大不了。"

"刺猬……你接私人订单吗？"

"什么？"他放下杯子。

---

1. 俄罗斯北部一个人烟稀少的州。

"刺猬,"我重复道,"你整天在这儿晃荡,给顾客讲小道消息,这挺好。但我需要私人定制的小道消息。明白吗?小道消息精选,小道消息之王。"

"关于黑暗潜者的?"

他真的有点儿东西。我从没跟他提到过黑暗潜者,我们甚至压根没聊过有关潜者的事。

"是的。"

"这有什么好说的?"刺猬疑惑地看着我,"是有这么个传闻。两年前所有潜者都失去了自己的超能力,除了黑暗潜者。"

"他是谁?"

刺猬摊开双手。

"他是干什么的?"

老人叹息着看向自己空空的酒杯。我朝服务生点点头,后者立刻给我拿来一整瓶白兰地。

"他在暗算季本科……"

这下轮到我惊讶了。

"什么?"

"他俩好像有些过节。黑暗潜者一直在追踪季本科……说是追踪……其实就是想暗算他,可惜力不从心。就算他是个潜者也做不到。季本科虽然不是比尔·盖茨,但好歹也是百万富翁。"

"你从哪儿听说的?"

"小道消息……"刺猬无精打采地说,"世界上的所有信息都是流言。但如果你懂得倾听,也可以从流言中推断出真相。"

"那你会散布流言吗?"我问。我灵光一闪,想出个计划,这个计划疯狂到没人能阻拦。

刺猬飞快地看了我一眼。不,这不是一个老人该有的眼神。年轻,又灵敏。当然,如果深渊中的眼神可信的话。

"这并不难……只要你知道该对谁说、怎么说、说什么。只要我想,明天整个深渊都会开始咂摸这个新闻,后天它就能上《小鸟叽叽喳》的头条。"

"这一套操作下来需要多少钱?"我直截了当地问。

"要看你想散布什么消息了。"刺猬不卑不亢,语调不紧不慢。

"你就这么说:一个叫枪侠的前潜者接到德米特里·季本科的委托,要他去刺杀黑暗潜者。季本科给了枪侠第二代武器,但是行动没能成功。于是枪侠就得到了第三代武器,致命的武器。"

刺猬若有所思地看着我的左轮手枪。

"这是真的吗?"

"我的回答对你有什么意义?"我好奇地问,"唯一能验证的方式就是我给你来上一枪……"

"明白,"刺猬点点头,"我接受任务。"

"这就动手?"

他点点头。

"多少钱?"

"不要钱。这完全是出于对谣言艺术的热爱。"

"大家什么时候会开始讨论这件事?"

刺猬思忖着看向天花板。

"嗯……我想想,彼得中午会来吃午饭……马克斯大约傍晚时分会来瞅一眼……那个中学老师也是……到深夜,深渊城俄罗斯街区的人差不多就都知道了。到明天早上就会传开了。"

"谢谢。"我说。

刺猬的工作的确高效。等我明天离开死亡迷宫的时候,整个深渊城的大街小巷都会流传起我编造的消息。深渊城每天都会有几十条类似的爆炸性新闻。我编造的这条只要传到两个人耳朵里就够了——德米特里·季本科和黑暗潜者。

他们中肯定有一个人知道这是假消息。而一个人则会信以为真。

关窍就在这里。

我叫来服务生,拿出钱结账。

今天的游戏入口格外嘈杂。或许是工作人员调整了音域,大门发出的轰鸣已经引起生理不适。石拱门上空的闪电比往常更加密集。

"你好，廖尼亚！"巴特冲我嚷嚷。

三个黑客已经到齐了，疯子也来了。祖可和妮可迟到了。

"等等他们吗？"成吉思一边朝我挥手一边问。

"当然。"

恶棍阴沉着脸握了握我的手。他今天格外沉默寡言，一身白海运河牌香烟的味道。他没搭理巴特连珠炮似的问题，看起来就像个对生活彻底失望且长期失眠的可怜人。

祖可和妮可没让我们等太久。他俩手挽着手走过来，法师正起劲儿地不知拿什么哄姑娘开心。他大概是我们中唯一一个心情愉快的人。

不，我说错了。我也在微笑。

"列昂尼德，你想出什么好主意了？"疯子问道。我耸了耸肩。对他来说这样的回答就足够了。

"我们来了！"法师大呼小叫，"你们等急了吧，啊？"

我们站成了一个小圈子。人流从我们中间穿过——既有电脑程序，也有活生生的玩家。我感受到一阵阵好奇的目光和窃窃私语……但没人上前打扰我们。

"我们要商量商量吗？"成吉思问，"还是和昨天一样，边跑边打？"他脸上的表情已经显示出对后者的看法。

"还是商量商量吧。"我说，"你们有什么新主意吗？"

"去找'迷宫'管理层。"恶棍忽然开口了，"让他们暂时冻结所有怪兽的行动，把玩家赶出去……给我们让出条道儿来。我们得把情况跟他们讲清楚，让他们彻底明白……"

巴特惊讶地瞪大了眼睛。他没想到恶棍居然会投降。恶棍的决定没错……可问题在于，没人会相信我们。

"我有个更好的计划，"我说，"舒尔卡……"

疯子疑惑地看向我。

"我就直说了。你昨天就带了'术士'进来吧？"

"你说什么呢？"疯子的惊讶在我意料之中，"你忘了昨天咱们被洗得多干净吗？'迷宫'禁止自带武器！"

我不说话，只是默默盯着他。我们像较劲儿似的，互不相让地对视了十秒钟。

最后是舒尔卡先败下阵来。

"任何一种新型病毒都只有一次全力发挥的机会。廖尼亚，你应该明白这一点。"

"我懂。"

"只能在紧要关头使用。其他时候都行不通。我们没有第二次机会——'迷宫'已经完善了自己的防护系统，病毒会被识别出来，失去效力。到时候我们怎么办？"

"如果今天走不出'迷宫'，我们就没有'到时候'了。"我言简意赅。

祖可将目光从我身上移向疯子，然后问道："怎么，萨沙，你昨天带了什么东西进来吗？"

"走吧。"我说，"少聊几句为好。"

没有人反对。成吉思略微打起了精神，恶棍若有所思地盯着疯子。他可能在试图揣测疯子的想法。

"你怎么知道的？"我们陆续走进拱门的时候，舒尔卡悄声问我。

"你会想不出骗过迷宫防御系统的办法？打死我都不信。"我简单地回答他。

这一次不必再去休眠舱了。这样也对，我们已经正式上路了，不需要二次登录。

但淋浴还是逃不掉。

在中士们钉子般的目光下，我们脱光衣服，走进淋浴间。

热水散发着刺鼻的化学药剂气味。疯子不小心选了我们对面的淋浴间。大家齐刷刷盯着疯子洗澡。我们当然不是在猥亵他，只是实在克制不住好奇心——这家伙到底把病毒藏在哪儿了？疯子显然被我们盯得有些发毛。

淋浴结束。一个工作人员默默指了指墙边的传输终端。我们朝那里走去。

"萨沙,我猜到你把病毒藏哪儿了!"祖可用他那令人毛骨悚然的耳语声说道,然后一个急转身躲开疯子扬起的巴掌,哈哈大笑着输入自己的密码,消失了。

我们紧随其后。

山顶。

雪青色的天空,紫色的云霞,耀眼的白雪。

我们已经衣装齐整,手里拿着上次离开前剩下的武器。

除了我们之外,悬崖边还坐着个瘦削矮小的男人。我们一般会用"长不大的小狗崽儿"来形容那种身材。他身边的石头上搁着一支不可思议的火箭筒,看起来像是狙击步枪和炉钩子的结合体。迷宫大楼里的警卫才有这样的武器。

祖可举起手枪瞄准了他。这人不大可能被一枚子弹干掉——他的防弹衣看起来不错。但冲击力足够把他推下悬崖。

"怎么办?"法师兴奋地问。

忽然出现在我们身边的疯子也立马将冲锋枪架上肩头。

那人缓缓回过头来。

"解除警报。"我松了口气,"伙计们,别开枪!是自己人!"

他们仍然没有放下武器。我独自走向疯狂投手迪克。

"我是个大傻瓜。"迪克说。

我们握了握手。

"还是没忍住?"

迪克摇摇头,眼中闪现着不知所措的忧伤。

"你明白吗?列昂尼德……我休假了。病假。我最近心脏不大好,这是真的!"

我点点头。我相信他。

"我带着孙子玩了几天,"迪克话锋一转,"他还小,没来过深渊。我忽然想到,他可能再也没机会进入深渊了。如果你没能拯救深渊,他就真的永远没机会了。这是不对的,列昂尼德,如果孙子得不到祖父能得到的东西，那就大错特错了。你有孙子吗？"

"我没有。"

"况且我比你们熟悉这里的地形，"投手接着说，既是在说服自己，也是在说服我，"即使你们通过了'迷宫'，接下来怎么办呢？神庙不是那么好进的。两个潜者总好过一个，不是吗？"

"你说得对。"

"这是你的队伍？"

我回头看看，点了点头。

第一个向迪克走来和他握手的是妮可。其他人也跟了过来。

"我不会拖累你们的，"投手急着说，"这本来就是我的工作，'迷宫'出现的第一天起我就在这里工作了。十四个小时就能通过九个关卡。"

"那为什么你们设定的极限是每关两小时？"我问道。

投手提起嘴角笑了笑。恶棍压低声音嘀咕道："没有不能被突破的极限……"

"有人反对迪克加入吗？"以防万一，我还是征求了一下大家的意见。没有人反对。

投手捡起自己的武器背在身上，看起来颇为忧虑，"接下来两关非常艰难。如果不出意外，每关都需要两个小时。后面会容易点儿……"

"迪克……"

他不再说话了。

"我们不打算一关关过，"我轻声说，"我们没那么多时间。"

投手皱起眉头。

"你还记得'术士9000'吗？"

"我们的病毒扫描可不是摆设。"投手摇摇头。

"你确定？"

他一脸困惑。

"为什么……"

"我们要打通一条隧道，直通第一百关。舒尔卡，能办到吗？"

"我们可以试试看……"疯子含糊其词。

"列昂尼德……"投手的翻译程序似乎出了点儿问题,接下来的几个词没翻译出来,"你还嫌麻烦不够多?"

"我们别无出路,迪克。我现在就告诉你我们打算做什么,你可以拒绝参与。"

疯狂投手挨个儿看了看我的队友,似乎想找到一起反对我的盟友。但没人支持他。

"列昂尼德,我告诉你,列昂尼德……'迷宫'的一百个关卡,是为了积累玩家的力量!只有获得更强大的武器和足够的历练,才能通过第一百关!从第九关直接跳到一百关,就好像让一个还没学会浮在水面上的人去横渡白令海峡!"

"但我们两个是可以任意进出深渊的,投手,你忘了吗?"

他沉默了。看来,比起惹游戏管理层不高兴,他更担心贸然闯入第一百关的后果。

"你跟我们一起走吗?"我问。

"我去。"投手终于下定了决心,"但你的方案只是纸上谈兵。病毒武器现在根本带不进'迷宫'!"

"舒尔卡……现在该你说话了,"我说,"到底有没有可能?"

疯子叹了口气,"你确定吗?你朋友的担心很有道理。"

"我确定。"

"你真是个疯子……"舒尔卡没有责怪我的意思。他扛起自己的机关枪,露出一个大大的笑容。

然后猝不及防地用枪托猛击自己的牙齿。

11

周遭一片寂静。

疯子捂着下巴站在那儿,接着吐出一口带血的唾沫。

"哎呀……"祖可小声说。

"你这样的自虐狂可真是少有,"恶棍说,"只在深渊里才能见到。"舒尔卡抛给他一个意味深长的眼神,再次把枪扛上肩头。

就在此时,疯子身边忽然闪过一道蓝色的光。我们起初没有反应过来,还以为是疯子自虐引发的效果。但光芒散去后,我们眼前出现了一个壮实的小伙子,他身着盔甲,向前斜端着火箭筒,看起来似乎是个经验丰富的玩家,准备利用刚进入关卡的瞬间把对手烧个透熟。他本来有机会干掉我们一半的人马,只可惜在这紧要关头,映入他眼帘的是一脸痛苦的疯子用枪托猛击牙齿。

这画面让玩家措手不及。片刻的犹豫就坏了大事。投手肩头一抖,卸下步枪,按下了扳机。一枚飞镖似的利刃呼啸着从枪口飞出,精确地砍下了陌生人的头颅。

"我没做错吧?"迪克问。

陌生人的盔甲已经成了碎片,无法再用。但火箭筒和炮弹留了下来,巴特立刻将它们据为己有。

"你没错。"我说。

话音未落,陌生人再度出现在我们身后。这次他身上没了盔甲,只带着一把手枪。成吉思和祖可立刻把他打成了马蜂窝,恶棍忙着抢巴特手里的火箭筒,但没能成功。

陌生人没有出现第三次。这个玩家显然觉得过会儿再来比较好。

疯子对周遭发生的一切毫不理会,他一边吐出嘴里的鲜血,一边在雪地里疯狂翻找,终于找到了那颗被打掉的牙。

"我明白啦!"法师一脸兴奋,"你把病毒植入体内了!"

"藏在身体里也会被发现的!"投手立刻纠正了他显而易见的错误。

"不是病毒,"疯子还有点儿大舌头,"是病毒碎片……"

他把机关枪挂在脖子上,从腰带上掏出一把刀。

"哎呀……"法师用双手捂住了眼睛,还没忘了张开指缝偷看,"但愿别是我想的那样,萨沙!我受不了这样的场面!"

"忍着,"疯子说着便割下自己一绺头发,递给了恶棍,"托哈,拿着这个……"

恶棍摊开手掌,疯子把血迹斑斑的牙齿和头发都扔到他手里。

"呸呸呸,真恶心……"恶棍嘟囔道。

"这就恶心了?"舒尔卡惊讶地说,"我没用更简单直接的办法,你就谢天谢地吧……"

他用刀切下一小片指甲盖儿,然后把它扔进恶棍手中那堆让人反胃的东西里。

"我看你还需要蛤蟆眼、鳄鱼屎和黄鹂蛋,"恶棍皱起眉头说,"一剂治胸口痛的中世纪神药就成了……"

"快切,快切……"舒尔卡把左手伸给恶棍,催促道。

难道要切下一根手指头?

还好,只需要血就够了……

"疼吗?"妮可轻声问。今天她格外寡言少语,只是静静站在我身边,照着吩咐做事……舒尔卡看了她一眼,点点头——

"当然疼了。我又不是潜者。"

尽管队伍里的气氛已经足够诡异了,大家还是脸色一变。

我们懂他的意思。每个人在深渊里的感受都不同。人人都知道,在深渊里被割一刀或者打掉一颗牙,跟在现实中一样难受。但对我来说恰恰相反。我惯于逃避疼痛。只要默念"深渊啊深渊,我不属于你"……我就可以安详地看着自己的身体被怪兽拧成麻花。

而即便是最天才的黑客、最优秀的程序员,也办不到这一点……

"对不起,萨沙。"恶棍说,"快说吧,接下来怎么办……"

疯子放慢了动作,若有所思地说:"最后一步是组装,很简单。你需要把这堆东西吃下去……"

"你说什么?"恶棍吼道,"我拒绝!汤锅里掉了一根头发,我都要把整锅汤倒掉的!"

"你不是说我是自虐狂吗!"疯子以牙还牙,接着低头在恶棍手心里吐了口唾沫。

变化并没有立刻发生。我还在艰难地抉择,到底是按住暴跳如雷的恶棍容易，还是立马打死疯子更简单。

紧接着，恶棍的手心里升腾起一股青烟。

"我还以为你忍受不了这个把戏呢！"法师高兴地说。

青烟渐渐消散。

"这是什么？"恶棍一脸疑惑。

他手心里出现了一只小盒子。我们凑上前来，争先恐后地想看个清楚。

"这就是'术士9000'。"舒尔卡答道，"终于达到了我预想中的效果……"

小盒子看上去很像一个微型电梯轿厢。普普通通，棕黄色，有一对推拉门，上方还带着一小截儿钢索。

但这部电梯只有十厘米高。

"这是最方便的形态，"疯子说，"'术士9000'理应这么运作，可惜上次没能实现……"

"萨沙……萨沙，我亲爱的，"恶棍声音沙哑，"你确定没搞错尺寸？啊？"

"我的确忘了考虑尺寸。"疯子颇有自我批评精神地说。显然，恶棍又要为自己的臭嘴接受新一轮惩罚了。

"看来是小数点出了差错……"

"萨沙，我再也不挖苦你了。"恶棍半是抱怨半是威胁，"我对彼得·诺顿[1]发誓。但是你得老实说，这东西到底能不能行？"

"把电梯放地上，"疯子的愤怒转为了宽恕，"你就明白了。"

恶棍嘟嘟囔囔地弯下腰，把小小的电梯放在雪地上。

"巨龙的牙齿中长出一群冷酷的战士，他们杀死了播种者[2]……"妮可忽然开口说，"还好你不是巨龙，萨沙。"

---

1. 彼得·诺顿（1943— ），美国鼻祖级程序员，著有多部计算机编程经典教材。
2. 出自希腊神话中底比斯城的故事。腓尼基王子卡德摩斯杀死了战神所生的恶龙。象征智慧的女神雅典娜指示卡德摩斯拔下恶龙的牙齿，将其播种进地里，结果这些龙牙中竟长出一群战士。这些战士自相残杀，最后仅剩下五个人，这五个人帮助卡德摩斯建起了底比斯。

电梯开始变大，抽风似的膨胀着。一会儿左边的墙疯长，一会儿是右边。钢索也很快变成了正常尺寸，几乎覆盖住了整个轿厢。雪地上升腾起一团水汽。

"散开点儿，别傻站着！"成吉思一把拖走巴特，对其他人吼道。他的忠告无比明智，我们看着电梯像吹气球一样膨胀起来，赶紧四散跑开。

"会被人发现的。"投手忽然出现在我身边，看着电梯直摇头，显然一肚子不满，"列昂尼德，这病毒会被发现的。'迷宫'很快就会开始全空间扫描。"

"游戏会中止吗？"

"不知道。可能不会立刻中止。他们会先关闭入口……"

电梯已经达到了正常尺寸。和普通电梯唯一不同的一点是，呼叫按钮直接安在了门上。也对，毕竟没有电梯井……

"传输线路已经架设好了。"疯子说着走向轿厢，按下按钮。电梯门猛地打开，里面的灯光也亮了起来。

"你还是把尺寸弄错了，"恶棍仍不罢休，"这电梯只能坐四个人。"

"载重量不限。"疯子嘲弄地扬起嘴角。

"那空间呢？"

空间很明显不够。我们就站在小小的轿厢面前，一共八个人。

"挤挤就行。"疯子一脸坚定，"没坐过塞了六个人的扎波罗热[1]小轿车吗？"

"巴特，到我肩膀上来。"恶棍显然放弃了毫无意义的争论，对巴特下令。他稍稍欠身，少年默默骑上他宽厚的肩头，又立马愤怒地喊起来："你瞎剃什么光头？现在怎么办？我要抓着你的耳朵吗？"

恶棍和巴特第一个走进电梯。两个人差不多已经占去了一半空间。

"接下来是列昂尼德……和妮可。"成吉思说。

我叹了口气，也弯腰钻了进去。姑娘爬上我的肩膀，笑出了声。

---

1. 乌克兰著名汽车品牌，车型很小。

她问:"重吗?"

"我可是当了一整年搬运工……"我没明说,自己是在深渊里当搬运工。不过我的确不觉得重。把一个可爱的姑娘扛上自己肩头和背一麻袋土豆可不一样。

我在恶棍身边站好。我们背上的两位骑士龇牙咧嘴地缩成一团,背部已经紧紧贴上了天花板。

"来吧,使劲挤。"成吉思指了指电梯。疯子、祖可和投手走向轿厢。他们个头都不大,如果只进来一个,还能有些余地……

三个人终于全挤了进来。疯子被紧紧压在墙面上,把手伸向按钮,朝成吉思喊道:"你呢?"

成吉思没有回答,而是一个助跑,大叫着冲进了已经人满为患的电梯里。我感觉自己的肋骨快被压断了。巴特兴奋地大叫一声,祖可压抑住了尖叫。他完全被挤扁了。

疯子按下按钮,门总算关上了。电梯里的塑料按钮真是没话说。一个个被烟头烫得乌黑,有的已经不亮了……大概是里面的小灯管烧坏了……整座电梯都破破烂烂,就像已经为某栋九层公寓服役了多年,内壁上满是涂鸦——大部分是谩骂或赞美斯巴达克[1]球队的,另外还有电话号码、各种脏话、小爱心和名字。

"走!"疯子豪情万丈地宣布。他把自己差不多对折起来才够着按钮——先是"1",再是"0",又来一个"0"。或许这台电梯和普通电梯最大的区别,就是有个"0"号键。

电梯门慢慢合上了,随后猛地一抖,紧接着又是一下。

"你确定这电梯能直通一百关?"投手问。没有人回答他。电梯颤抖着缓缓移动……根据身体的超重感,应该是在向上升。

从外面看,这该是怎样一副光景?我们是飞上了天?还是了无痕迹地消失了?我不知道。这一次"术士9000"的运行效果更加戏剧化……我还记得当年自己是如何带着倒霉鬼一起穿过没有尽头的隧道,

---

[1]. 指莫斯科斯巴达克足球俱乐部,其在苏联时期乃至俄罗斯足球历史上都是一支劲旅。

穿过"迷宫"一道道关卡和各式各样完全陌生的空间……

那时候多好啊。简简单单,无忧无虑。

或许,维卡是对的。那就是深渊城的童年。童年的一切都和现在截然不同。打了架哭一场就好了,世界的色彩始终纯净明亮,爱一个人还可以从一而终……

电梯颤颤巍巍地停了下来,不一会儿又开始移动。

"萨沙,如果我们卡住了,你会按呼救按钮吗?"法师努力挤出一句话,"啊?我支撑不了太久。我有幽闭恐惧症!"

电梯开始轻微地抖动。我努力维持半蹲的姿势,好让妮可稍微舒服一些。虽然这么做很艰难,但至少能让她稍微挺直身子。我的脸抵上了投手枪管里的刺刀。这枪里是怎么藏进刺刀的?虽然枪管很粗,但也不至于能插进一把刀……

"我们被发现了。"投手低声说,"绝对被发现了。再过两三分钟,病毒就要完蛋了。"

把新的"术士"叫作病毒其实并不准确。它就像一种植入"迷宫"服务器内部的木马程序,试图把我们直接送到第一百关。但按照惯例,黑客创造出来的所有东西都被叫作病毒……

"他们没那个能耐。"疯子忍不住说。

电梯又开始抖动。我们仿佛被装在卡车后座,在破破烂烂的小路上颠簸着。

很快,电梯内壁开始噼里啪啦地剥落。恶棍大声叹了口气,努力躲开墙上露出的破洞。说来奇怪,虽然大家被挤得动弹不得,但轿厢里总是有多余空间。

恶棍明白过来,那洞里什么也没有,只有不断翻涌的灰色雾气。但这比任何人类能想象出的场景都要可怕。妮可放在我肩头的双手渐渐攥成了拳头。

"这是什么?"巴特压低嗓门问。

疯子努力扭过头看着背后的巴特说,"什么也不是……"

信息量真大。

"你就不能说明白点儿？"是成吉思在说话。

"程序正在变换外观，躲避攻击。"疯子解释道，"如果你非要弄个明白……我们现在处于'迷宫'服务器的引导扇区[1]……"

祖可嘿嘿一笑，像是听到了什么有趣的事。

洞口里的迷雾消失了。取而代之的是一条看不到尽头的走廊。墙面漆着绿色油漆，跟政府大楼内部如出一辙，天花板被敷衍地刷白，地板上铺的地胶也磨损严重。远处，一个身影沿着走廊慢悠悠地走着。听到声响，他想要回头，但已经晚了——我们早已溜之大吉，继续上路……

那是什么？那是哪儿？我不知道，但我肯定不想留在那儿……

"我们在想办法绕道吗？"恶棍问。

我的队友们也一头雾水，想弄清到底发生了什么。但他们比我懂得多。对我来说，这就像一部引人入胜的电影，一场魔法奇遇，当然，也是日常生活的一部分。可他们知道那些光鲜亮丽的画面背后藏着什么。

只不过我可以随时退出深渊……

洞里又开始冒出灰色的浓雾。洞外的场景不停切换：金属的反光、一小片蔚蓝的天空、冰冷的铅水、鲜红的火舌，接着又是灰色的浓雾。

程序在寻找正确的道路……

灰色的浓雾又出现了，接着是……

我大叫一声，猛地抽搐起来，电梯里要是有足够的空间，妮可肯定会被我从肩膀上甩下来。

我看见洞口外出现了一座深谷。它就像两堵峭壁间的一线裂痕，左边是蓝色的冰墙，右边是红色的火墙……虽然没来得及看见那道细线般的桥，但我知道它就在那里。

"廖尼亚！"疯子不解地看着我，"怎么了？出什么事了？"

洞口又冒出了灰色的浓雾。我的噩梦就像水蒸气一样，了无痕迹

---

1. 用于加载并转让处理器控制权给操作系统。

地蒸发了……

"是我看花眼了……"我努力挤出一句话。现在无暇对他解释。

电梯倾向了一边，仿佛在波浪中漂浮，摇摇晃晃地滑行起来。

"全体准备！"舒尔卡一声令下，我们早已整装待发，做好准备面对一切意外。

电梯猛地撞在了某个东西上，耳边一片寂静，只有轿厢的外壳在吱呀作响。

"把门砸开。"疯子低声说。这句话纯属多余。压在恶棍肚皮上的成吉思已经用力将冲锋枪的枪管伸进两扇门中间，整个身体压在枪托上，硬是将电梯撬开了。

门外是雪青色的天空。

我帮着妮可爬出电梯。此举并不明智，毕竟我们不知道外面到底有什么危险。但考虑到这一点的时候，已经来不及了。妮可就像盒子里的小丑一样蹿出轿厢，然后迅速转身，手里的武器已经射出了一长串子弹。

"准备战斗！"巴特迫不及待地要冲出去，激动地狂呼起来。但跟着妮可跳出去的是成吉思和疯子，然后才是巴特、祖可和恶棍。

最后是我和投手。

在洞口外掠过的那些风景——那一片片荒原已经不见踪影。

电梯落在一座高耸入云的建筑屋顶上。刺骨的寒风一阵阵袭来。屋顶上蹲着二十来只穿山甲怪。

好在我们出现得过于意外，敌人还没反应过来。它们显然不是披着兽皮的真人玩家，而是电脑程序，反应速度是预先设定好的。很快，它们便手忙脚乱地围在一架类似高射炮的武器旁，炮筒上还包着一层透明保护壳，它们把炮口对准下方……

我们预备从它们后方突袭……

巴特的火箭筒还在装弹，发出沉重的扑哧声。不能再等了……我开始单枪匹马地射击，第一波子弹劈头盖脸地向敌人袭去。

武器，我们需要重型武器……

两只怪兽肩并肩突破了我们的火线。妮可用腹部抵住枪托,射出的已经不是一串串细针,而是一团团霰弹似的蓝色针雨。其中一只穿山甲怪立刻应声倒下,另一只被投手用步枪干掉了。

怪兽们的队形终于被打散。两只穿山甲怪端着造型怪异的大炮冲我们开火,剩下的则用激光武器射击。

就在这时,巴特的火箭筒终于发出了一连串炮弹。后坐力过于强大,巴特被反冲到空中,抛回了电梯轿厢里。

另一边的战斗仍然胶着。

残肢和盔甲齐飞。血流成河。一只被炸断的残爪还在我脚边抽搐,长长的尖爪划破了我的靴子,留下一条深深的血痕。

"巴特!"成吉思把男孩儿从轿厢里拽了出来。巴特像是摔傻了,疯狂甩着脑袋,但手里还紧紧攥着武器。

"把火箭筒给我。"

"我射得不准吗?"巴特愤愤不平。

"挺准的。"成吉思夸了一句,但还是抢走了武器,"你很强,你非常强。但是体重太轻了。"

"这下麻烦了。"疯子一只手按着肋下,皱起眉头,指间淌出了鲜血。

"麻烦了?"投手看向他,"小子,我们能出现在这里应该感谢上帝!这可是第一百关!能走到这里的人都是万里挑一!手里拿的也不是这些……破铜烂铁!"他摇了摇手里那把丑得可怕的步枪,"还好这里离敌人的主力部队很远……"

屋顶面积不大,和一个排球场差不多。从侧面看,这座建筑物就像一根刺进天空的针。我们立刻开始寻找下楼的通道,但一无所获。

难道这儿的怪兽都是从直升机上空降下来的?

一场小小的爆炸中断了这场无果的搜寻。我们那架可怜的电梯冒出了火焰,几秒钟后就成了一堆灰烬。

"你的程序舍身成仁了。"投手冷嘲热讽。他的确左右为难,想同时为我们和"迷宫"效力……

疯子挑衅地看了看手表,"五分半钟。我愿意的话,完全可以用五分半钟毁掉'迷宫'的服务器……"

投手显然有些恼火,但没有打算跟他争辩。

"我们到底是在哪里?"成吉思问道,"苏萨宁[1]!我们需要一个领路人才能从这儿走出去。"

迪克抓着步枪的枪托走向屋顶边缘,让人想到纳蒂·班波[2]。我们跟着他走过去。

该死……这栋楼怎么这么高。

我恐高。即使是在虚拟世界。

这栋楼足有近千米高。周围耸立的也都是高度相当的建筑物。在高耸入云的楼宇夹击下,街道显得无比狭窄,但它们实际上应该比现实中任何一条大道都要宽阔。

狂风骤起。

恶棍一只手抓住巴特,另一只手紧紧抓着疯子的裤腰带。疯子没有拒绝这贴心的爱护……毕竟强壮的人不大容易被吹下去。

"那儿就是关卡的起点!"投手大喊,"那是常规入口。你们本来应该从那儿进来,然后穿过整座城市,到达皇宫……和皇帝战斗……"

"皇帝是谁扮演的?"疯子不禁好奇。

"是程序。但别高兴太早,皇帝的各项战斗指数都极高,很难缠。这个程序能自我学习,会记录并分析所有人的成功和失误,包括敌人和自己的。我们在他身上烧了好多钱……相较而言,和真人玩家战斗要轻松得多。可以说,要想赢他,就必须战胜所有此前曾通关'迷宫'的玩家……"

"首先我们得下到地面,"妮可打断投手,"然后再见机行事,好吗?"

---

[1] 指伊凡·苏萨宁,17世纪俄罗斯反抗波兰侵略者的民族英雄。他将波兰侵略者引入森林中的陷阱,继而遇害。
[2] 美国作家詹姆斯·库柏所著《皮袜子故事集》中的人物。纳蒂·班波是一名猎人,精通各种武器,尤其是长步枪。

火箭筒在投掷模式下几乎不会产生后坐力。闪着光的圆柱形炮弹从炮筒中飞向天空，划出一道道漂亮的弧线。

为了在屋顶上轰出一个洞，我耗费了三枚火箭弹。指示灯显示还剩五枚。弹药量非常紧张。

我们走向洞口，满心疑惑地停下了脚步。

这座建筑几乎是个空盒子。除了侧壁上挂着的几盏灯，只有些网格状钢筋填充整个内部空间。

"这是什么？"疯子觉得好笑。

投手有些尴尬，"呃…要创造这么大的比赛场地，还要兼顾所有细节是不可能的……谁也想不到有人会在这里落地啊……"

"就是个石膏模子。"疯子挖苦道，"哎，真怀念在《毁灭战士》里横冲直撞的那些日子……"

"如果这栋楼内部空无一物，或者反过来，全是实心混凝土呢？"投手仍在捍卫迷宫设计者的名誉，"那你就有的笑了！"

"那你也有的笑了。"恶棍重重拍了一下投手的肩膀，"你忘了我们是一个队的吗？"

"我可能还需要被提醒很多次。"投手甩掉恶棍的手，"现在怎么办？下去吗？"

脚下是一千米高的深渊。我小心翼翼地趴在破洞边缘，伸手抓住弯曲的钢筋摇了摇。应该挺结实……

"走吧。"妮可说。她垂下腿，估算了一下距离，然后敏捷地跳到了钢架上。她简直是个体操运动员！

深渊啊深渊，我不属于你……放我走吧，深渊……

这么做的确不算诚实。对其他人来说，这就是作弊。但要我看着这座深渊往下爬，我做不到。

脑袋有些胀痛。

不打紧。

现在我眼前只剩下一幅平面图像。一口深不见底的井，里面满是方便攀爬的钢架。我向下跳去，抓住一根钢筋。

小菜一碟。

"好吧……谁有恐高症?"耳机里传来投手的声音。

"我!"巴特乖乖承认。

"那就抱紧我的背,最好来个人把他拴我身上!"

"你能行吗?"一听就知道,这是成吉思。

"我毕竟是个潜者。对不住,但为了能顺利下去,我得退出深渊。所以我完全可以背个人往下爬……"

过了一会儿,我才后知后觉地意识到这是个好办法。我抬起头,视野里出现朋友们的脸。从头盔里看去,这些面孔远不如之前真实鲜活……

"我也可以带个人下去……"

"对不起,我比较习惯自讨苦吃。"恶棍一边嘟囔,一边小心翼翼地在钢架间移动。

"乌拉!我太走运了!"法师由衷地感叹。祖可挂在我脖子上,泰然自若地问:"想听我唱几首歌,给你鼓鼓劲吗?我的嗓音堪称一绝!简直能媲美歌剧演员,说真的!"

"我不懂音乐,听不出好赖……"

剩下的人只能靠自己的力量,手脚并用朝下爬。

大约半小时后,我和投手就被妮可甩在了后面。可能是我们两个潜者被身上的同伴拖慢了速度,也可能是这姑娘天生是个登山家。她无比专注,一眼也不往下看,手脚灵活得像个机器人。

"他们可别手滑……"法师在我背上轻轻叹息,"不然我们得一起下地狱……"

我一只手抓住一根钢筋,另一只手摸索着抓住另一根,左脚朝左边探出;更换双手的位置,稍稍向下移动,右脚朝右边探出;右手紧握钢筋,左手再放开……

其实动作都很简单。钢架的几何布局非常严谨。如果把我换成疯子,他能在一分钟之内写出一个快速下行的脚本,然后悠闲地去喝杯咖啡。

为什么潜者天赋和编程天赋不能兼得呢……

每向下一米,我需要大约十秒钟。五米就要一分钟。算术很简单。下到地面需要三个多小时……

脚向左,手向右,向下爬,手抓紧……

"正常人无法长时间保持这个速度。"投手说,他大概跟我有相同的担忧,"大伙儿很快就会疲倦,必须得停下来歇歇。这么一来就要花五六个小时……甚至更多……他们现在就已经落后了。"

"你还有别的办法吗?"我问他。

"应该早点儿想法子的……"投手叹了口气。

趴在我背上的法师忽然嘿嘿一笑——

"你看,另一个办法……就在墙边。"

我扭过脑袋,做好准备目睹上百只怪兽、一架直升机、小飞人卡尔松或者一只电梯轿厢。

但墙上什么也没有,只有没完没了的钢筋……

"怎么,潜者,您没发现吗?"祖可打趣道,"喏,就在那儿……"

d-e-e-p+回车。

一阵彩虹色的旋风掠过,世界又恢复了真实感。我使出吃奶的劲儿抓紧钢架。火箭筒沉甸甸的。祖可虽然干瘦,此刻却如同千斤重担。

但我终于知道他说的是什么东西了。

排列严谨的钢架在墙角出现了断头。取而代之的是几根紧绷的光滑钢索。自上而下,整整齐齐。显然,这些钢架不是随意塞进建筑里的,而是出于严谨的力学考虑。如果我没记错的话,莫斯科的奥斯坦金电视塔[1]也是"挂在"一根根钢索上的。

"先等等大伙儿。"我说,"法师,你自己也抓紧点儿,该死,我背不动了,快掉下去了!"

祖可立马抓紧了面前的钢架。

---

1. 建于20世纪60年代,塔高540米,是欧洲最高的建筑。建造时使用了"预应力钢筋混凝土"结构,塔内有145根钢索,用于提高混凝土强度。

大约五分钟后,剩下的部队也追上了我们。恶棍呼哧呼哧地喘着粗气,大汗淋漓的脸上红通通的。疯子则相反,脸色苍白,但还算镇定。

成吉思在骂娘。骂一会儿,停一会儿。他骂人的词汇真是千奇百怪。

"伙计们,你们坚持不了那么久。"我说。

"我们知道。"疯子也同意我的看法。

"还有一个选择。"我朝一旁的绳索点了点头。

第一个选择速降的是投手。

"反正我在这队里是个外人。"他的声音里毫无感情。

"如果我下去后一切正常……你们再跟着来。"

他把自己的防弹背心给了疯子,给出的理由也很充分——

"万一中途需要停下,这个能保护胸部。虽然衣服也能起到保护作用,但布料会摩擦变烫,你会烧伤的。"

"那你呢?"

"我对疼痛免疫……"投手咧嘴一笑。

他把腰上的一个索套套在了钢索上。索套承担了大半重量,但下降过程中还是需要用鞋子勾紧钢索,双手也要抓紧索套,方便随时刹车。

"愿你高飞……"法师叹了口气,"虽然这是我的提议,但其实我不太敢……"

"放松点儿。"恶棍打断了他的话,"再这么慢慢爬,肯定有人会掉下去。"

"希望我们能在下面会合。"投手说。

"我们怎么才能知道你顺利到达地面了?"成吉思总会提出最关键的问题,但不知为何他总是最后才说话。

"我落地就朝你们喊话。"

"我们能听见吗?"

"哎呀……我会大声喊的。"投手还是尽量不去看脚下。

"你还是退出深渊好了。"我建议道。

"不,如果退出,就可能忽视一些重要的细节。再见……"

他放开钢架,整个人挂在钢索上,索套应该可以承受他的重量……投手稍微放松索套,整个人立刻开始飞速下滑。他的身影越来越小,虽然还依稀可见,但下滑的速度实在让人胆战心惊。

"我肯定受不了,"巴特老老实实地说,"成吉思,我受不了这个!"

这孩子惊慌起来……

"那就趴在我背上。"妮可突然开口说,"你相信我吗?"

巴特看看她嘲弄的笑容,一时失了主意。

"怎么样?"

"如果成吉思不反对……"

"你确定要背着他?"成吉思问道,"我们队里还有一个潜者呢……"

"背法师我会更费劲。"

"你的想法呢?"成吉思问我。

我想了想。我一向不喜欢异想天开,不过……

"她能行,"我下定了决心,"我猜她体力不比我差。"

"现在就只需要确认投手能否安全到达了。"疯子说。

我们在静默中等待。

"如果他掉下去了,我们能听见吗?"巴特一脸好奇。恶棍狠狠拍了一下他的后脑勺。

"我把你扔下去就知道能不能听见了……"

下方突然传来一阵微弱的、模糊不清的响动。

"这是什么意思?"疯子若有所思地说。

那声音又重复了一遍。

"我才不相信投手会断成两截掉下去,两下还隔得这么久!"法师说话没遮没拦,"我们走吧?"

"抓紧了。"我说。

没有多余的皮带,法师只能紧紧抓住我。

"别压着我脖子。"我警告他,"其他地方随便你怎么压都行。"

深渊啊深渊，我不属于你……

今天晚上我一定会偏头痛发作。

我的虚拟双手握住了虚拟钢索。耳机里，法师喘着粗气。

下降……

"哦——啊——啊！"祖可大喊起来。他不像是吓着了，而是兴奋过头。

我甚至有点儿羡慕他。我此刻感受不到一丝恐惧，也体会不到真实的刺激。

墙壁从身边飞速掠过，错杂排列的钢架时隐时现。我低头朝下看着，开始微微减速。实在太快了。

"我们不会摔死吧？"法师似乎也很在意我的速度。

我收紧了索套。

这一切如此简单……只有深渊里的冒险才能同时做到让人不安又绝对安全。任何一位登山家或者攀岩家要是听说我们用如此简陋的工具速降，肯定会紧张得冒冷汗，或者疯狂嘲笑我们。这样的行为简直前所未有！

我终于控制住了速度。皮带紧紧贴在钢索上。祖可不再悬于半空，稍稍松开了攥紧的双手。不是真的，这里的一切都不是真的，即使祖可不是潜者，也明白这一点：深渊城里没有死亡。至少从前没有。

这正是我们此行的目的——让未来的深渊城也没有死亡……

d-e-e-p+回车。

或许没有必要亲身体验，但我还是想知道飞速下降的感觉到底如何……

这简直是噩梦。

皮带因摩擦而生烟，还发出刺耳的吱呀声。我们可能下滑得比跳伞运动员还快。我已经可以看见下方的投手正挥手大喊着什么。

从出发算起，大约过去了四分钟……出发前的高度是九百米左右…

我死死夹住索套，试着用鞋踩住钢索减速，但双腿总是滑向一边。

钢索敲击着盔甲，打得我胸口生疼。金属摩擦发出的尖啸声听得人牙根发软。

"快刹车！"法师咆哮着伸出一只手，想要帮我抓住钢索，又及时反应过来缩回了手。如果他抓住钢索，就会和我分开独自挂在钢索上……他还是紧紧抱住了我。

刹车……我在努力刹车……

钢索和盔甲的撞击依然强烈。我双腿发软，掉了下去。法师在落地前的最后一秒从我身上跳了下来。

"还活着吗？"投手俯身看着我，伸出一只手。我站起来拍了拍身上的尘土——此举毫无必要。地面是一块平整的水泥地，钢架的底座就从这里拔地而起。周围干净又空旷。

"还有口气……但最好能给我个急救包。"

投手伸手摸向腰间，那里挂了个我们为数不多的药包。但他顿了顿。

"等等，廖尼亚。再看看其他人的情况。"

没错，当然，他是对的……

"你没从深渊退出？"我问他。

"半路上退出了，"投手没强逞英雄，"还是有点儿害怕。"

我们面面相觑，脑子里想着同一件事：其他人可无法中途退出。

"你平常是怎么退出深渊的？"我问。这个问题颇有些冒犯……以前我们只会向最亲密的潜者朋友询问这样的细节。但现在时代不同了……

投手没有生气，也没表示惊讶——

"脑子里想着一个邻居姑娘的脸。"

"就这样？"

"足够了，"他忍不住笑起来，"别多想……她只是个住在隔壁的姑娘，比我小二十五岁。你是怎么退出的？"

"念一句自己编出来的小诗。"

现在轮到投手大感不解了，他只能耸耸肩膀。

"我们得发出点儿声音，"法师看了看我俩，提议道，"不然上面的人该担心了。"

"你们刚才能听见我的声音吗？"迪克问道。

"听得见……"

我们围成一团，法师开始喊口令——

"一，二，三……"

我们一齐大喊起来，发泄速降带来的紧张感。我很喜欢看杂技，眼前的杂技虽不复杂，但足够刺激……

"再叫两次，"祖可说，"我们有三个人呢。"

现在只需要等待。我们站在钢索边朝上看。我小心翼翼地把手放在金属构件上——不知是真的还是臆想——我仿佛能察觉到一阵轻微的颤动。

"投手，"法师问道，"在'迷宫'里，从多高的地方跳下来才会死？"

"如果没受伤，还穿着盔甲……"迪克皱着眉头思索起来。

"大概五十米吧。"

"你们真仁慈。"法师说，"深渊城里好像从十米高跳下来就能摔死……"

"深渊城里五米高就行。"我插嘴说。我和维卡讨论过真实世界和虚拟世界的巧合与矛盾之处，"这是为了不让深渊城的居民觉得自己是超级英雄，然后从现实世界的阳台上跳下来。"

"'迷宫'毕竟只是个游戏。"投手开始辩解，"如果你在现实里被打成筛子，多少急救包也救不了，但在这儿简直是家常便饭……"

"有人下来了！"祖可打断了我们。

的确，钢索上方出现了一个笨拙的身影。

"这是恶棍吗……"法师猜测道，"不对，恶棍的体积应该更大……"

又过了十秒钟，我们看清了，降下来的是妮可和挂在她身上的巴特。

"我也该带个人下来的，"投手说，"毕竟我是个潜者……"

"你帮我们探了路。"我安慰他。

法师靠在一根钢管上，若有所思地盯着地面，接着从口袋里掏出一只三明治，撕开包装袋。

"你受伤了？"我问。

"没有，就是想吃点儿东西。"

"这可是五点生命值！"我伸出手，抢走他的三明治，"刚才给你当减震器的是我吧？"

"那你吃吧。"法师无奈地叹了口气，"看，他们怎么下降得那么快……"

"你们也是这么下来的。"投手摇摇头，"没事，只要她能刹住……"

一分钟后，妮可已经接近地面。她的技术似乎比我还好。她两腿朝下，稳稳夹住绳子，几乎完全把速度降了下来。五秒钟后，我们从她身上接过巴特，孩子还没反应过来，速降已经结束了。

"好样的，"投手摇着头说，"姑娘，你真是好样的。"

妮可冷冷一笑——

"我可以入职'迷宫'了吗？"

"我肯定会雇用你，"投手说，"让你去第一关当引导新手的中士太大材小用，我会让你去当指导玩家组队的发起人。"

"那我们全都可以去'迷宫'工作了！"法师干脆地打断了妮可的美梦，"一人三次！就在那个倒霉的澡堂子里，狠狠蹂躏他们！不放任何人靠近'迷宫'。"

投手干咳了两声，似乎想说点儿什么，但又作罢了。

"乌拉！"巴特突然小声欢呼起来，"我们做得很棒，不是吗？"

"棒极了。"法师表示同意。

巴特忽然走向妮可，害羞地在她脸上啄了一下，自己显然也吓了一跳。姑娘露出微笑，揉了揉他的头发，回赠他一个轻吻。

法师立刻干咳了两下，嘟囔道："现在年轻人也下来了，我们可以靠边站了……来，给剩下的人报个平安，预备起！"

我们开始大喊，给上方送去自己平安落地的消息。连喊了五声之后，巴特变得容光焕发。

第六个落地的是恶棍。他下降得非常慢，动作小心翼翼。但一离开钢索，他立刻吓得腿软，对巴特激动的欢呼和拥抱没有半点儿反应。

第七个是疯子。他速度很快，跟我和妮可差不多，但落地前没能刹住车，整个人吓得不轻。我和投手帮他解下绳子，同时交换了个眼神……我不知为何不安起来。

"我也有不好的预感。"投手忽然说。

"别乌鸦嘴！"恶棍立刻打断了他，"成吉思一定会下来的，他还能跑到哪儿去呢？"

有道理，无人反驳。

但我的脑中不知何故出现了一个场景：成吉思站在高处，听着我们遥远的呼唤声。周围是蜘蛛网般的钢管，眼前是一根紧绷如琴弦的钢索。体贴的装修工人留下一两盏灯，那灯正发出昏黄的光。

周围空无一人。

他抓住钢索。把"刹车"用的索套固定好。他整个人挂在钢索上，还没完全抓紧就已经开始下滑，速度越来越快，和直线坠落没什么两样。快要不受控制了！即使支点就握在他手里……

该死。我讨厌糟糕的预感！它们有时会成真。

"反正游戏又不是真的……"巴特这话说得没什么底气，"万一他出了什么事……我们就自己干，让成吉思羡慕去……"

他甚至嘿嘿笑了两声，但笑声里没有半分喜悦。

"他下来了。"恶棍遮着脑门儿向上望去，就好像这混凝土盒子里还有个太阳，"好像挺正常的……好像……比萨沙快一点儿……"

我没有作声。我不想告诉他，舒尔卡的速度已经过快了，他摔到地上时损失了十点生命值……

"成吉思！"巴特欣喜若狂地看着那个沿钢索下滑的身影。

"来吧！来吧！别打瞌睡了！"

在我看来，他根本没在睡觉……甚至清醒得很。

成吉思已经降到低空，差不多在二十层楼的高度。

不幸就从这里开始了。

我只看到成吉思的双手在空中无力地晃动。但不难想象，他的套索应该已经断了。

"不！"巴特尖叫着扑向钢索。恶棍一言未发，闪电般地抓住了男孩儿的衣领。

成吉思几乎是在沿着钢索飞行，而且头冲下。他的套索经受住了巨大的冲击，没有裂成碎片，但成吉思已经在毫无阻力的情况下全速坠落，后果不堪设想。

"愿你平安。"恶棍冷不丁祈祷起来。巴特开始绝望地疯狂踢打恶棍，但后者似乎浑然不觉。

成吉思终于在最后一刻想方设法抓住了钢索。虽然不能完全刹住，但至少下降速度减缓了。

成吉思悄无声息摔在了混凝土制的钢索底座上。

巴特倒是发出了一声巨大的哀号。

第一个跑到成吉思身边的是妮可。她看了看成吉思的脸，迅速拿出了急救包……真行……我都不知道她随身带着这东西。

"这不可能……"投手也拿出了自己的急救包。

用完第三个，也就是最后一个藏在疯子那儿的药包之后，成吉思睁开了双眼。

"你简直像个僵尸。"巴特说。看到妮可拿出急救包时，巴特立刻停止了号叫，现在大概正一个劲后悔自己的失态。

"我信……"成吉思只吐出了两个字。

他浑身鲜血淋漓，但身上没有任何伤口。'迷宫'程序经常用类似效果来体现伤势的严重程度。成吉思一只眼睛已经肿了，手套也磨破了。

"你是怎么想出直线坠落这个好办法的？"恶棍俯身扶住成吉思，一把将他拎了起来。成吉思微微一晃，但没有倒下。

"套索滑掉了，"成吉思略略解释，"真奇怪……"

"有什么奇怪的?"疯子说,"我倒是奇怪为什么只有你一个人出了岔子。"

"奇怪的是我还活着……"

"没有药包了?"妮可看向我们。我默默把从法师手里抢来的三明治递给了成吉思。

"谢谢,我已经吓饱了。"

"这是五点生命值。"

成吉思愁眉苦脸地强咽下了食物。说实话,他的脸色没什么好转。

"干脆让你走在最前面好了,可以吓跑怪兽。"巴特狡黠地说。

"还不知道怪兽在哪儿呢……这儿有出口吗?"

我和投手不约而同地各自走开。我朝左,他朝右。我们沿着建筑绕了一圈,又回到了原地。这里没有门。

"那就开炮,"成吉思朝我点点头,"我必须得再弄两个药包。"

"等等,"投手走向疯子,"我需要你银行账户的详细信息。"

疯子脸上缓缓浮现出笑意。

"信用卡号和密码呢?"

"取美金的时候你自己输入。"

"能取多少?"

"早晨我向'迷官'董事会提交了一份报告,要求组织第三方对'迷官'进行检查。你已经证明了'迷官'和以前一样有安全漏洞,玩家能够携带病毒武器进入游戏。"

听了这话,成吉思的脸色似乎都好起来了。

"也就是说,我们不用担心被起诉了?"疯子再次确认。

"担心什么?我们昨天就说好了要检查安全系统。"投手一脸轻松的微笑。

"你就不能早点儿说?"

"我觉得现在说更合适。"

我理解投手的做法。我们现在非常需要鼓舞士气。好消息和坏消息一样要挑时候说。

"交易值多少美元？"

"确切说，九百九十九美元。我的级别不够高，只能开三位数的支票。"

妮可也笑了。对她来说这可是个好消息。万一我们整个团队都触犯了法律，那岂不是扼杀了她为'迷宫'工作的梦想？

巴特看起来若有所思，似乎在幻想拿到这笔钱后该怎么挥霍……

趁着疯子给投手报银行卡号的时候，我开始仔细研究应该把爆破口设在哪里。只要有二十米左右的安全距离，我们就不会被爆炸波及……

"动手吧……"恶棍赞成我的做法，"时间不等人。"

啪嗒……

我扣动扳机，小火箭弹发出一声尖啸，冲向对面的墙壁。

效果出乎我意料——一声轰然巨响之后，墙壁坍塌了一大片，露出一个大约五米宽、三米高的洞口。墙外宽阔荒凉的街道赫然可见。

还没完!

几根钢索应声截断，跟我们顺着滑下来的那几根差不多，只不过挂在对面墙上。它们像橡胶绳一般猛地被抻断，又高高弹起，一路扫倒了大片钢架。

整座混凝土高塔在我们头顶摇摇欲坠。

洞口上方，一条蛇形裂缝蜿蜒而上，逐渐向楼顶延伸。

整座建筑开始颤抖。头顶的轰鸣越来越大，黑暗如同海浪从头顶降临。壁灯自上而下依次熄灭。

这就是第三方发起的系统检测!

"你这个傻子，水手长[1]，你开的玩笑跟你一样蠢……"恶棍压低声音说，"老天爷，伙计们! 快跑吧!"

不需要他提醒，所有人作鸟兽散。

---

1. 水手长一般负责帆缆，这里指钢索像帆缆一样断裂了。

100

我们像一支团结友爱的队伍似的跑了出去,宛如跑上草坪准备踢上半场的球员,活蹦乱跳、精神百倍且信心满满……

球赛的观众就是外面上百只围观的怪兽——种类繁多,不一而足:有大蜗牛、铁甲怪、巨型蜘蛛,还有些十来层楼高的家伙。它们跺着脚向远处走去,步伐笨拙又骄傲。这支庞大的队伍沿着街道漫无目的地游荡着,差点儿就忽略了急匆匆冲出大楼的我们。如果投手说的是真的,那它们应该全都是披着兽皮的真人玩家,也就是我们的敌人……

从怪兽们目瞪口呆的表情判断,它们确实是真人。

没人会傻到和他们一较高下,就连勇敢的小男孩儿巴特都没那么傻。我们朝怪兽前进的反方向撒腿狂奔。伴随着一声欢快的号叫,整支队伍朝我们的方向转来。

水泥高楼在我们身后轰然坍塌……

现在我明白巴别塔[1]的建筑者看到高塔坍塌时是怎样一种心情了。《圣经》里没有详细描述,但我觉得那场面一定转瞬即逝、壮美非凡。上帝总爱制造壮烈的场景,而人类会不停地效仿……

怪兽们浑然忘我地追杀玩家,完全没有察觉到大楼的崩塌。这样的情形在"迷宫"里史无前例。

天上下起了石雹。炸裂的残垣断壁不断落在我们身边,但大部分都精准地砸在了敌军头上。半分钟后,我们已经打破了世界短跑纪录,身后的街道化为了一片采石场。早知道就该把第九关的坦克带来了……现在刚好能派上用场!

---

1. 出自《圣经》,又名通天塔。人类联合起来,兴建一座通往天堂的高塔。为了阻止人类的计划,上帝让人类说不同的语言,使人类相互之间不能沟通,计划因此失败,人类自此各散东西,巴别塔倒塌。

几只体型最大的怪兽仍伫立在废墟中，仿佛神话中的巨怪。它们甚至狡猾地朝我们投掷巨大的混凝土碎块，还好都没有打中。

不一会儿，那座不幸的高楼就彻底倾倒了，将所有与陆战队火拼的怪兽都埋葬在了废墟之下。

我们停下脚步，发现自己已经跑了一公里多。投手快崩溃了，正摇着头估算损失规模。混凝土废墟的山丘上升起一朵尘土蘑菇云。

"于是，耶和华使他们从那里分散在全地上，"妮可喘了口气，"他们就停工不造那城了。[1]"

看来不只我一个人想到了巴别塔。

"为什么你总是学不会小心行事，不留后患？"投手声音中带着痛苦的不解。

"天性如此……"我试图为自己辩解。

"我们还能指望奖金吗？"疯子天真地问。

"我们差不多把整座皇宫的护卫都引出来了！"投手火冒三丈地怒吼道，"如果现在有玩家进入最后一关，那他可以大摇大摆走进皇宫！"

"这难道不好吗？"我不解。

投手沉默片刻，接着叹了口气，绝望地摆摆手——

"将计就计……走吧，去大皇宫吧。"

"我们要先存个档！"巴特插嘴道，"不然万一谁被打死了……"

"没法儿存档。在系统看来，我们并不在这一关。"

疯子眯起眼睛看着他，"你确定？难道我们必须得一次成功？"

"我确定。你就把这当成是对抄近道的惩罚吧。"

"糟透了，"舒尔卡接受了现实，"那就得找找装备了……尤其是高级武器、急救包和盔甲。"

"这里什么都没有。你进来的时候带着什么，就用什么通关。"

这次所有人都沉默了。恶棍清清嗓子，大声说出了大家的心声："总之……我们已经完成了自己的任务，至于该不该高兴……"

---

1. 本句出自《创世纪》第十一章，主要讲述巴别塔的故事。

皇帝的宫殿并不大，看上去只是一座黑色岩石砌成的宜居建筑。

我们观察着藏在公园树木深处的皇宫。这里的树全都修剪成了古怪的形状，树叶五颜六色。巨型蝴蝶围绕着我们翩翩飞舞。第一眼看见这些蝴蝶，大家纷纷掏出了武器，但投手阻止了我们。蝴蝶并不危险，树丛也不危险。这里的一切都平和安宁，一草一木都恰到好处——雪青色的天空、五彩斑斓的树叶、深蓝色的池塘。此处没有任何陷阱，皇宫门口也没有守卫——皇帝并不需要人保护。

现在我们只能静静等待。

"你确定皇帝标记我们了？"我问投手。

"确定。他是程序，不是人类。任何来到公园区域的玩家都会进入他的数据库。他只是性子没那么急……"

皇帝的慵懒是我们意外的机会。我们需要在这个短短的空档里接进皇宫，这样既可以避免和皇帝撞个正着，又不会被随后赶来的其他团队发现。此刻，几乎所有成败的关键都取决于时机……

"有几个人来了……"疯子语气轻松。他一直盯着公园的入口，那是两扇象征性的镂空雕花大门。

"来了……"投手跟着说。

这支后来的队伍也走进了小公园，玩家看起来很面生。想来好笑，我白白冤枉了篝火旁的那些朋友，以为他们当中有黑暗潜者。他们此刻应该还在一关一关地艰难前行，死而复生，拿"苍蝇"和"毒蛇"之类的故事吓唬同伴，"迷宫"的终点依然遥遥无期。

眼前这支队伍应该从一两个月前就开始了自己的十字军东征[1]……

他们有十多个人。有成年男女，还有一位少女。这些人在现实中究竟是谁，年龄几何，是男是女，母语是什么，我们永远不会知道。他们对我们来说不是朋友，也不是敌人……只是炮灰。

炮灰不需要知道自己命中注定的结局。

而那位被所有玩家当作最终目标的皇帝，这时终于从宫殿里走了

---

1. 西欧的封建领主和骑士对异教徒国家发动的持续近两百年的宗教战争。

出来……

他脸上挂着程序员的讥笑——别把皇帝当作简单的类人程序,他几乎已经是货真价实的人类。他身披雪白的古罗马式长袍,身材高大,发色浅黄,面部轮廓如雕刻般精致。他的眼睛一定是蔚蓝色的。活脱脱是纳粹分子美梦[1]的现实版,并且和纳粹主义一样致命。

"根据游戏的故事线,"投手嘀咕道,"几千年来,外星人一直从地球上掳掠孩童,计划从中培育出一个属于自己的君王……然后赋予他巨大而残酷的力量……因为人类是全宇宙最完美又最致命的生物……这个设定从哲学和象征意义上来说也非常深刻……"

深渊啊深渊,我不属于你……

我盯着屏幕上的皇帝,分析着自己的对手。现在一切都无从判断,我不知道他作战状态下的行动速度,也不知道他会使用什么武器,但这个虚拟人物不紧不慢的动作中透出一种猛兽般的优雅,很让我不适。

"游戏的目的不是杀死敌方首领这么简单。玩家必须醒悟,每次他消灭一个敌人,都意味着他亲手杀死了自己的父亲、兄弟、子女或朋友。如此一来,'迷宫'就不是在宣传暴力和排外主义了,恰恰相反……"

用翻译器听外国人讲话真是太难受了。

d-e-e-p+回车。

"我们成功向委员会证明了自己不是暴力血腥的鼓吹者。"投手的声音变得非常紧张。皇帝保持着悠闲的步伐,坚定地朝我们走来,对新到的访客毫不在意。

好在他们发现了皇帝……

队伍里的三个人立刻齐齐跪地,把火箭筒对准皇帝。其余道具飘浮在他们头顶……我只认识其中几样,剩下的稀奇古怪,我就算喝醉了也想不出这样的武器。

---

1. 纳粹曾提出种族优生理论,以提高雅利安人子女的出生率。雅利安人的特征就包括金发碧眼、身材高大。

我听不见远处火箭筒装弹的声音，只能默默在心里估算他们装填的数量。

第三发，第四发，第五发……

接下来会发生什么呢？

这的确是一支配合默契的队伍。开火都是同时进行。

铺天盖地的炮火如喷泉般涌出。

十八枚火箭炮同时射出……混杂着蓝色的光圈、一捆捆蓝色细针、一团团火焰、高速旋转的刀片以及有毒的绿色黏液……

"就是现在！"皇帝从炮火海洋中出现的刹那，投手一声大喝。皇帝毫发无损，就连浅黄色的鬈发都没有一丝凌乱。他转过身，轻快地走向另一支队伍，脚步轻盈得像在跳舞。

一切都在我们意料之中。

头一个冲出去的是成吉思。他现在半死不活，所以自告奋勇前去侦查战场。

但皇帝压根没有抬眼看他。

对方的队伍可能发现了我们，但他们现在大部分注意力都在皇帝身上。为了到达这里，他们耗了几个星期，搞定了人类历史上最高难度的关卡。他们和不会思考但算无遗策的程序作战，和充满敌意的人类玩家对抗，穿过由人类设计的浩浩荡荡的怪兽队伍，九死一生才来到这里。

现在游戏的最终挑战就在他们眼前。

投手尽可以颠倒黑白，说"迷宫"的内核是仁爱和宽容。对面那支队伍说不定也认同这一点。

尤其是在这场游戏之后。

万枪齐发。

三名玩家冲锋在前，扑向皇帝，可能是想近身肉搏，或者打算牺牲自己分散皇帝的注意力……

皇帝轻轻一挥手，仿佛在观礼台上向群众致意，一串雪白的火舌立刻从他掌心喷出，紧紧围住了冲锋三人组。巨大的爆炸声中，他们的哭号声几乎难以耳闻。田园诗般的公园熊熊燃烧，巨大的蝴蝶合上翅膀，如枯叶般坠落在草地上。其中一只在我眼前坠地，挣扎几下后，钻进了泥土中。

难道它们被程序重新编码了？

还有另一种见鬼的可能性——它们可以自行进化……

"快走！"

我立刻跳了起来，冲向皇宫。成吉思在最前面。四个人紧随其后——我、投手、巴特和妮可。

其他人留在原地殿后。

我们无法和皇帝对抗。要么就是他被其他队伍杀死，要么就是他消灭我们。眼前这支队伍也清楚自己必死无疑。

但我们不是来这儿和虚幻的敌人搏斗的。我们的敌人有血有肉，我们的目标切实存在。

"入口在大殿。"投手边跑边重复战略，"必须毁了王座……游戏任务里没有这个，也没有玩家尝试过……需要不少于五发火箭弹……"

成吉思已经钻进了皇宫大门，回过头来朝我们招手——那里无人把守。

而皇帝即将结束战斗。

我听见一声刺耳的尖叫，一边狂奔一边回头看。皇帝正在徒手杀死那些玩家。他一把抓起几个，使劲摇晃，又扔到地上，就像扔掉几个残破不堪的无助玩偶。这会儿他刚刚解决掉那个小姑娘。

幸好，两年前我从旧版"迷宫"救出倒霉鬼的时候不需要打到最后一关……不管倒霉鬼到底是什么人……最好都别让他看到这场游戏的结局。

总的来说，人类还是善良的，只不过我们创造的游戏很蠢。

恶棍的枪声就在这一刻响了起来。

我不知道是什么吓到了他。他们本来应该等皇帝解决掉那伙人，待我们发出约定的信号再行动。但恶棍突然跳了出来开始射击……手里只有那把连普通怪兽都打不死的小手枪……

皇帝回过头，似乎有些困惑。他眼中射出一道刺眼的光线，双眼变成了一对探照灯。

他居然还有这个本事……

可惜恶棍无法欣赏皇帝的超能力。

他在皇帝目光的照耀下瞬间化作了一具焦炭，不过仅仅支撑了一秒钟，就随风灰飞烟灭了。

迅猛，精彩，荒谬。

不知为何，我心里很确信，我们之中没人能比恶棍撑得更久了！

我们已经跑到了大门边。巴特想要回头看，但我猛地一巴掌把他推进了大门。既定的事实没什么好看的。

我们陷入了如火如荼的战斗。另一支队伍的残余力量也在负隅顽抗。不知是不是我的错觉，皇帝的行动似乎放缓了一些。

妮可和投手跟在巴特后面进入了大门。我朝成吉思点点头——

"快跑……"

"我留下。"

"你干吗？"

"这只是个游戏！"成吉思大喊道，"醒醒吧，潜者！你快去找神庙的入口！这里的一切只不过是游戏！没什么是真实的！你走，我再帮你们拖延十秒钟！"

我拍拍他的肩膀，冲进门里。

他是对的。我只是个沉迷游戏的傻瓜。

长长的走廊有种禁欲般的冷清。墙上的浮雕图案是些奇特的纹章。队友们急切地等着我定夺。

"你知道大殿在哪儿吗？"我问投手。他默默点了点头，我们便埋头向前赶去。

"他们肯定能干掉皇帝！"巴特没什么底气地给自己鼓劲儿。他手里抓着火箭筒，好像在等待前方的伏击。没必要。投手说了，宫殿里没别人了……

"恶棍跟我说过，所有怪兽都有一个致命弱点，他肯定能找到……"

巴特继续自言自语。

走廊尽头是一个圆形房间。迪克在墙上摸索着,按下一个隐蔽的按钮,我这才明白过来,这房间原来是台电梯。

电梯缓慢而庄重地上升。

"或许我们没必要立刻对皇帝开枪?"我喘了口气,问投手,"啊?迪克?不和他聊聊和平与爱吗?不打算感化他一下吗……"

投手勉强地笑笑。他的脸色太苍白了,还不时按住左肋。

"没必要和他说话……他根本听不懂。程序员没有赋予皇帝语言功能,他只是个战斗机器……"

"那就算了……那他的弱点呢?"

"小腿背面,"投手非常严肃地答道,"太阳穴。还有什么来着……知道也没用。他们有那么多装备都撑不了一会儿,更何况我们……"

电梯停了下来。

"大殿到了,走吧。"投手语气轻松。我们急忙冲进眼前宽敞的菱形房间。这里同样没有什么装饰,庄严朴素,雄伟壮观。只有遥远的菱形对角里的王座引人注目——那是一个由银色金属铸成的巨大王座,通体散发着夺目的光芒。

王座旁还有两个怪兽护卫!

这些护卫没料到我们的出现。之前应该还没人试图闯进皇宫内部,因为这并不是游戏任务。第一个开枪的是巴特,穿山甲怪被轰成了血肉横飞的碎片,蜗牛怪慢了几秒才甩起脑袋,朝我们吐出一口剧毒的绿色唾液。

可惜它的唾液没能命中,滋溜一声落在大理石地板上,化作蒸汽消失了。

"给我也来一口呀,不成器的马克斯爵士[1]。"巴特鄙夷地说着,然后第二次按下发射键。蜗牛怪灵活地躲开了炮弹,妮可的攻击接踵而至,劈头盖脸的针雨把怪兽打成了一只抖动的筛子。

---

1. 乌克兰科幻作家斯维特兰娜·马尔图奇克的系列科幻小说《回声迷宫》中的人物。

"苏联知识分子的梦想。"妮可看着巴特说。

"用唾沫星子把敌人淹死……可能是我们那几个程序员插手了？干得漂亮，巴特！"

电梯忽然在我们身后抖动起来，接着向下开回去。

"是成吉思？"巴特怯怯地问。

"别抱太大希望。"投手朝王座点点头，"五发火箭炮，快！"

我和巴特同时按下发射键。两发。四发。六发。弹药依然充足……

金属王座从内部炸开来，一片片漆黑的金属花瓣四分五裂地敞开。花心里透出一道暗红色的光，那光点微微颤动着，有股惑人的魅力。

"快！"

投手和妮可扑向花心入口，巴特却忽然停了下来，带着希望回头看了一眼电梯。电梯已经开始上升。

我一把抓住巴特，把他拖向四分五裂的王座。

"肯定是成吉思和恶棍！"巴特倔强地朝我怒吼。

"他们早就死了！"我的声音里没有多余的情感。

我把巴特扔进了闪着光的入口。他像妮可和投手一样，凭空消失了。

纵身一跃之前，我回头看了一眼电梯。只来得及瞥见一头浅黄色的头发，和长发下那双散发致命射线的蓝眼睛。

你来晚了，朋友。

眼前是一片昏暗的灰色迷雾。巴特在我脚下挣扎个不停，我掉下来的时候压到了他。

"列昂尼德？"

疯子扶着我站起来，轻蔑地笑了一下——

"这不，我们穿过来了……"

除了脚下的土地、四个形单影只的队友和茫茫迷雾，周围别无他物。

强烈的既视感。

"这是哪里？"我一边扶起巴特，一边问道。巴特气呼呼地拿鼻孔出着气,拍打着身上的泥土。

"这是暂停状态。"投手回答,"现在神庙需要时间组装。没关系,一切正常……"

"那怎么进去呢?你不是说还有潜者测试吗?"

投手点头道:"对。其实测试很简单,列昂尼德。我们能进去。就我们俩,没问题……"

我看了看妮可。

她仍保持着作战状态,手里紧握着机关枪。

我的手指也依然搭在扳机上。

"放下武器,妮可。"我说。

她全神贯注,眼神锐利得能把人穿透。

"你确定吗,枪侠?"

"当然。你想都别想一个人独自进入神庙。"

"廖尼亚,冷静,"投手语速很快,"只有潜者能进去……"

妮可淡淡一笑。

"迪克,醒醒吧,"我只好实话实说,"你难道不记得她是怎么从钢索上滑下来的?她也是潜者,投手!跟我俩一样!"

妮可弯下腰,把武器放到地上,举起双手,"伙计们,我不打算对你们开枪。我们的目标是一致的……"

我看见巴特瞪大了双眼,他在颤抖。我明白他的感受。

巴特大概很崩溃。他已经把妮可当成了朋友,说不定还对她产生了一点孩子气的爱慕……

可惜这位可爱的朋友其实是敌人。

而且是黑暗潜者。

"你们都错了……"妮可平静地说。

投手今天反应很迟钝,但即便如此,他也已经把枪口对准了妮可。

"你是潜者。"我说。

"对,和你们一样。怎么?为了这个你们就要杀我?那开枪吧。"

我和投手相互看了一眼,忽然听到身边传来一声熟悉的啪嗒声,巴特在装填火箭弹……

最后一刻，我撞开了巴特手中的炮筒，那枚炮弹消失在浓雾深处。

"别闹了！"

"她毁了我的电脑！"巴特眼带泪光大声嘶吼，"她，她……"

他现在心疼的肯定不是电脑。他是想对自己开枪，想杀死自己对妮可的爱慕、感激和崇拜……想抹杀趴在她背上的那几分钟，抹杀那种因骇人的高空和女性的体温而紧绷的情绪……

"巴特，别急着动手，记住永远别冲动……"我说。

忽然，所有人都扭头看向身后。

一道光芒骤现，迷雾消散了。

皇帝出现在我们中间。

可他就这么伫立着，迟迟没有什么动作，仿佛不再是那个只懂得杀戮的机器程序。半晌，他开始环顾四周，像个真正的人类一样转过了头。

疯狂投手紧盯着他，同时后退了一步。

这不可能，不是吗？

妮可已经俯身去捡武器了，她正好站在皇帝背后，还没被发现。但发动袭击还需要时间。

深渊啊深渊，我不属于你……

我打了个哆嗦，在桌上摸索半天才找到鼠标。虽然让拟真服跟踪我的动作以模拟出行动效果更为方便，但鼠标的速度更快。

"您是谁？"一直不曾开口的皇帝突然用毫无波澜的声音问道。

疯狂投手按下了扳机。

刀刃如同一道银色的丝带从枪口飞出，一眨眼就切下了皇帝战无不胜的左手。

他可能因为来到这里而耗尽了生命值……也可能只有在自己的皇宫里才刀枪不入。

但他的战斗力丝毫未损。

刺眼的白光闪过，投手在我面前瞬间化作焦炭。几秒之后，完好无损的步枪才从他化为灰烬的手中落下。

巴特，我跟你说过，永远不要仓促行事……但我似乎错了……

我将自己的瞄准镜对准皇帝的鬓角……他似乎嗅到了危险，猛地闪向一旁，用仅剩的一只手抓住巴特，将他当作肉盾拦在身前。齐齐截断的手腕处有鲜血喷涌而出，皇帝的脸色迅速苍白下去。

谁说他是个有学习能力的程序？

"我是谁？"皇帝问道。

我的神经快受不了了。

人类在深渊里玩过头了。我们制造出适应玩家的接口程序，创造出比任何人类都聪明好学的软件奴仆。

一个日复一日只知道杀戮和被杀戮的机器，一个不知疲倦地攫取海量网络资源为自己所用的程序，会变成怎样的怪物呢？必须不断适应敌人的新战术和策略，灵活分析人类的反应，倾听和理解人类的对话，他不仅能对敌人进行巧妙精准的打击，还能在心理层面使人畏惧……

"开枪，廖尼亚！"巴特朝我大喊。

皇帝的程序里是否植入了俘虏人质的选项？

他有没有进行和平谈判的能力？

"开枪啊！"

我盯着屏幕，眼睁睁看着皇帝的双眼蓄满射线。画面上的巴特被皇帝紧紧扣在身前，虚拟鲜血从虚拟伤口里流下。现在他们两个在我眼中同样真实也同样虚幻。那是两个玩偶——一个被身患深渊狂热症的男孩儿操控，一个被程序操控。

永远不要和恐怖分子谈判……

我按下了扳机。

强大的后坐力将我掀翻在地。冲击波的威力在防弹衣上留下一道道皱褶。

d-e-e-p+回车。

灰色迷雾中出现了彩虹……

我站起来,抱紧火箭筒。弹药应该耗尽了……不,还有最后一发……

皇帝和巴特的残骸均匀地散落一地。我有些反胃。

"列昂尼德……"

我回过头,看向身后的妮可。

她也受到了爆炸波及,跪倒在地,但手中的武器对准了我。

"你做得没错,"姑娘说,"巴特是个聪明孩子,他说得对。这一切都不是真实。这个游戏和整个深渊都不真实。他们没有真的死去。现在最重要的是,要有人进入神庙,弄清真相。"

"那谁会进入神庙呢?"我问道,同时把手指放在了火箭筒的发射键上。

如果我们同时开枪,谁会先被射中?如果我先开枪,存活的概率有多大?

"这重要吗?"她问。

"那什么才重要?"

"拿到那封信。弄清楚季本科对全世界隐瞒的真相是什么。"

"这是我的事,"我说,"我必须进入神庙。"

妮可点点头,"对,枪侠。我明白。但你已经尝试过了……"

"你是谁?"我问,"你到底是什么人,妮可?"

她默不作声,然后微微一笑,摇了摇头,"答案要你自己去领悟……"

"我必须进去!"我说着按下了扳机。

妮可有半秒钟的反应时间,这是炮弹离开炮筒的时间;还有半秒钟的行动时间,这是炮弹飞过我们之间那五米距离的时间。这一秒钟足够她将我打成筛子!

但她没有开枪!

"不!"我失声大喊,眼睁睁看着喷泉般涌出的火光在浓雾中迸发。

即使在深渊中,也并非一切都可以重来。

我独自一人站在浓雾之中,身旁是一堆细细的尘土——那是牺牲的投手；另一边是一堆血肉模糊的肢体——那是战友们和皇帝的残骸。只剩下我。

不知为何，每到故事的最后，我总要独自面对结局。

我将火箭筒扔到地上。我确定再也用不着它了。

我知道现在该做什么，但不知道该如何去做。

或许投手知道，但他已经不在我身边。

我向前走出一步，脚下的战场仿佛自行向后退场，只留下我和无穷的迷雾与黑暗独处。

和我最可怕的噩梦独处。

一步接着一步。开启一场旅途时，人只能漫无目的地乱走，望见远处的光芒后，就可以尽情为自己鼓劲，告诉自己那是正确的方向。不知为何，我心里清楚，这道光芒我走到哪里都能看见。

不管天涯海角。

101

深渊并非像第一眼看上去那么单纯。

没错，基本概念简单易懂。许许多多个三维世界构成了一座虚拟城市——深渊城。这些世界相互重叠，相互对话，相互作用。不管是借助昂贵的拟真服和VR头盔，还是使用最普通的键盘和鼠标，人们都可以在虚拟世界移动、交谈、行动。深渊程序能压缩现实与虚幻的差异，让你相信自己不是在点击鼠标，而是在现实世界中行走。深渊程序就是支撑这个虚拟世界的大魔法师。

此外还有另一种力量，一种更大的力量，能让人看见程序中的漏洞，就如同找出一扇没有上锁的门，或者识别出歪扭变形的栅栏一样。这种力量还赋予了潜者一种普通人没有的能力——随时退出深渊。

两年前，我一度以为自己突破了能力的新边界。

我以为自己可以不借助电脑直接进入深渊，以为自己学会了穿墙入壁，以为自己可以在深渊中做一切我想做的事。

可惜，那场美梦终结了。

那只是深渊心理障碍发作的症状。仅此而已。我臆想出了新的超能力，将自己想象成虚拟世界的超人。就像维卡说的，这是"过度补偿[1]"。

随她怎么说，我已习惯了和深渊心理障碍共存。

何况，潜者的时代已经结束了……

当然，并非一切都是我的幻想。倒霉鬼绝不是我梦境中的虚像。他在深渊中时，我的确能施展出一些小小的奇迹。只不过那就像月亮反射太阳光，我只是借他的能量微微发出些黯淡的反光……无论他是谁，是来自神秘星球的天外来客，还是网络世界孕育的自主意识，抑或是时空旅客，所有力量、所有奇迹、所有功勋与冒险的源泉，都因他而起。

他走了，我作为我自己留下了，作为曾经的潜者，真正的失败者。

但为什么我站在了这座桥前，这座连续数月不断出现在我梦中的桥？

这是通往深渊潜者神庙的桥……

这是一座我命中注定无法通过的细细长桥……

这座桥，它到底是否存在？

我到底怎么了？这是我的新症状、新幻觉，还是难以置信的巧合？

抑或是，来自过去的某个幽灵又重新造访？

我不知道。

左边是蓝色的冰墙。右边是红色的火墙。面对这道难题，我已经绞尽脑汁尝试了无数次！而在冰与火组成的峡谷尽头，有一团温暖的光芒跳动不息。那就是神庙的所在。那是已经烟消云散的一小块往事碎片，也是未来的谜底。

---

1. 心理学术语，指个人为了克服因生理、心理或社会生活方面的缺陷而产生的自卑情结，从而采取一系列夸张行动以求解脱的心理防御机制。

我必须走过去。这是我的使命。没有第二次机会了。

我试探着踩了踩细线般的桥。它紧绷得如同一根琴弦，它是真假之间的界限、善恶之间的鸿沟、过往与未来之间的通道……

答案一定近在眼前。"其实很简单"——投手是这么说的。任何一位潜者都应该能猜出答案。这并不是狡猾的陷阱，不是诱捕敌人的兽夹。只是一个用来区分自己人和外人的测试。

我不是外人，我是一名潜者，也就是说，我理应能猜出答案……

左边的冰墙是钝刀子杀人。你会因为害怕坠落，双手胡乱摸索寻找支点。很快，刺骨的寒冷就会穿透你的双手，蔓延到你的心脏，冻结你的血液。

我不想选择冰墙！

右边的火墙仁慈一些。一阵灼人的热浪扑来，还来不及感觉疼痛就结束了。那是圣火的洗礼，慷慨的火焰赐予我灰飞烟灭的自由。

但我也不想选择火墙！

退出深渊也无济于事，作为一名潜者，这条路我早就想到了。我试过。桥会消失，只留下冰与火。

解决方法应该很简单，一定很简单。

你们是怎么解开这道题的，伙计们？

对于这道横架在无底深谷上的小桥，究竟该怎么理解？

不。让我们从反方向想想……

哪些事物是我无法理解的？

患上深渊心理障碍后，我失去了什么能力？

看见程序中的漏洞？不，所有潜者都丧失了这种能力，包括建造神庙的那批潜者……

与现实联结的能力？

不。我仍然可以随时退出深渊，只是不再喜欢那么做了。

我已经拒绝相信深渊只是一场虚幻。我已经准备将它看作真正的生活。它取代了我生活中的一切，几乎是一切。

可深渊毕竟只是真实世界的倒影。

人们不费吹灰之力就建起了那些闪闪发光的摩天大楼和富丽堂皇的宫殿。童话般的花圃和公园里，天气总是好得出奇。可虚拟面孔上却难见鲜活的眼眸。

深渊只是我们手中的玩具。

它亦正亦邪，也可以说它只是冷眼旁观。

这片灰色的迷雾，这冰墙和火墙，这条深渊上的桥，不过是我脑中的幻象，是屏幕上的图画。脚下的无底深谷也是假象，恐惧只是我的幻觉。

我向前迈出一步——小小的一步，一只脚踏在琴弦般的桥上，另一只脚还留在坚实的土地上。

我必须走过去。

要走过一条一公里长、颤颤悠悠的钢索，正常人类是办不到的。即使拥有潜者的能力也无济于事，桥会在脚下融化。

桥梁即将消失之时，就别再迟疑。

力量即将耗尽之时，就别再拖延。

"深渊……"我说着向前迈出脚步，"深渊，你是属于我的。"

没有我们，你什么也不是，深渊……

我一步踏上钢索旁的虚空，走向深渊，走向虚无。

左边是蓝色的冰墙。右边是红色的火墙……

狂风吹打着我的脸颊，灼热难忍又冰冷刺骨。

我是如此渴望抓住些什么，冰或者火，无论什么都行！停止坠落，终止这没有尽头的飞行！

不行，那样我就会一命呜呼，就像以往的每一次……

我失去了方向感。

整个世界只剩下两个平面——火与冰，我就夹在它们之间迅速下坠……

换个角度看，这也算是一种飞翔。

那团小小的温暖火光如此遥远。我和它之间隔着一道不可能逾越的桥梁。

但我其实不需要过桥。

我不是在下坠。我是在飞。

每个人都能以自己的方式飞行。

必须抛开一切。必须将我们千辛万苦穿越的死亡迷宫抛在脑后。甚至将皇帝，那个忽然自问"我是谁"的愚蠢程序彻底忘掉。

那些现在都不重要。

它们都是深渊的衍生物。如果深渊覆灭，它们也会随之灰飞烟灭。

就像从未存在过。

我并没有从悬崖上坠落。

我是在飞。我在两个不能触碰的致命平面之间飞翔。

我知道该飞向何方。

就朝向那团永夜之中的温暖火光……

在那儿，我可以找到一切。那是我们每个人、每个前潜者的归属之地。或许在那里，还能找到我们共同悲剧的根源……

相信自己真的在飞翔并非易事。需要心无杂念，默念这里没有桥，我也没有一脚迈进深渊……你只需要展开双臂，打开眼前的空间。

将自己交给飞行。

火——在我下方。不知饥饿的火海翻滚不止。冰——在我上方。坚冰构成的天花板无法穿透。

这正是我想要的。

那团光芒就在前方。

不在脚下，不在头顶，就在正前方。

抛除杂念，随心所欲地翻转世界。驯服它，让它听话。大地在哪里，天空在哪里，双脚站立在哪里——完全由每个人自己决定。自古以来便是如此。在没有深渊、没有电脑的时代便是如此，原始人类还在岩洞里借着几星火种取暖时便是如此。

支配世界的权力就环绕着你。

或许，正是那些没有忘记这一点的人成了潜者。我们的能力永远不会被剥夺，无论是深渊心理障碍还是沉重的创伤，什么都无法夺走它。即便有朝一日，曾赐予我们天赋的某种力量消失了，我们的天赋也不会消失。只要心存一份执着的信仰，只要我们还记得这份掌控世界的奇特力量曾经存在过……

远处的光芒越来越近了……

一切都很简单，疯狂投手说得没错。

必须向前一步迈入深渊，真正的深渊。不能逃避它，不能躲在冰冷的显示器之后，而是迈出那一步。对，我们可以随时离开虚拟世界。这是我们的天赋。

因为只有这样才能进入深渊潜者神庙。必须跨越自我的障碍。不能用身体、双眼或双耳去感受，要用被恐惧撕裂的灵魂去感受这场没有终点的飞行。

只要小心别碰到旁边的墙壁……

远方那团遥不可及的温暖光芒，就会成为你的奖赏……

我忽然大声呼喊起来。我不知道、也听不见自己喊了什么。随它去吧，我并不想听。

太遗憾了，这道天堑居然这么短！

不知为何，我心里笃定现在的自己无所不能。我可以默念"深渊啊深渊，我不属于你"，然后看看屏幕上的自己究竟是怎么通过这座桥的。但我不想。

我已经不再好奇了。

身后的两面墙此时看起来可悲又可笑。四周仍是迷雾重重。我的双脚轻轻踏上了悬崖的边缘。

深渊潜者神庙——我为它跋涉了太久……原来早在我得知它的存在之前，就已经朝它进发了。

我看着神庙，低声笑了起来。

它就这样出现在我眼前。一部分雾气渐渐变得稠密，白色的雾幕化作了白色的石块，而且越来越坚固，越来越真实，越来越清晰。

这是如何发生的？

三年前，这座神庙还根本不存在！那时候潜者刚刚开始寻找同伴，相约在不起眼的小餐馆里碰头。建潜者俱乐部的消息四处流传,但大家都懒得参与。

黑客别尔德不可能在三年前就见过神庙!我们更不可能叫一个外人来检查神庙的安全措施,要找也是找懂行的自己人。黑客酒吧那对男女肯定是胡编了几个好听的童话故事,拿我寻开心!

可别尔德所说的神庙就这么在我面前长出来了——一座白塔,有十层楼高……顶部还有个多棱面水晶球。

何为真相?何为谎言?我们的幻想和恶作剧又会根据何种法则变成事实?它们时而生动有趣,时而可怖至极……

我向白色高塔走去。

此时此刻,这个星球上有几千个服务器同时醒来。每个服务器上都秘密承载着这座神庙的几块砖瓦……它们隐藏在数据洪流中,备份信息,覆盖信息,复制信息,过着无人知晓的隐秘生活,时刻等待着召唤它们的信号出现。

神庙终于等来了这一刻。

迷雾开始散去。尽管周遭的景象依然模模糊糊,但树木的轮廓已然渐次显现。我知道了,神庙为自己选择的地点位于深渊城的边缘,一片森林环带。这里,郁郁葱葱的树木将几块无人注意的飞地与主城区隔绝开来。我和罗姆卡黑了阿尔-卡巴尔后,就是在这里的某处逃脱了追捕……

我一定会找到那个置你于死地的人,罗姆卡。很快。再耐心等等我……你现在有的是时间等待……

我走到高塔脚下,这座建筑终于有了些真实感。墙面由白色大理石砌成,炮眼般的窗户窄窄的,用栅栏围住。唯一的入口是一扇高大厚重的抛光浅色木门。门上没有把手,只有一只青铜门环。

接下来该怎么办?

怎么进去?

我一碰门环,门就打开了。好吧……看来只要通过那座桥就算验明正身,获得了通行权……

我自己的着装也换了样子，完全不知是何时变的。现在我穿的不再是"迷宫"里那身军装，而是枪侠的行头。

挺好的。我讨厌制服。

我再次环顾四周，透过最后一丝迷雾看见了远处那一抹黯淡的红光和冰冷的蓝光。永别了，我冗长又可怕的梦境。永别了。

走进门的瞬间，枪侠口袋里的寻呼机响了起来。一会儿是尖细的铃声，一会儿是轻微的震动……各式各样的信息扑面而来。寻呼机在"迷宫"中不应该有信号，"迷宫"里的所有通信信道都被阻断了。看来我已经离开"迷宫"，回到了深渊城的正常区域。

让我猜猜……这是成吉思、恶棍、巴特、疯子还是法师？

只有疯狂投手不会这么着急来找我。

我把寻呼机拿到嘴边，接通了疯子的频道。

"舒尔卡，我到了。一切正常。请转告大家，一切顺利……还有，请给我点儿独处的时间。"

好了，够了。我把寻呼机调到免打扰模式，收进口袋，开始仔细观察周围环境。

这间圆形大厅并不十分宽敞，直径大约六七米。这就是整座高塔的基座。

塔内的墙面与外侧一样雪白光滑。干净的镶木地板上散放着几个枕头……应该是用来坐的……大厅正中是一座木制的螺旋楼梯，一直伸进天花板上的圆洞里。

神庙里的一切都简洁肃穆，除了石头就是木头。他们付出的那么多精力都花在哪儿了？这样的设计我能在一个昼夜之内完成。

我走向楼梯，扶着平滑微凉的木头扶手，踏上一级台阶，然后回头望了望，期待换个视角能看出些不同……

毫无变化。

没办法。我继续向上走。

我来到神庙的第二层。

除了石墙和一道木门，还多了墙上的壁画——它们沿着楼梯呈螺旋状排布。

我可没办法在一昼夜之间画出这些壁画。完全没可能。

第一幅画上只有一团缓缓翻滚的灰色雾气，浓雾中零星散落着几座建筑的痕迹——它们全都低矮、丑陋、千篇一律。无数只手从迷雾中伸出，还有无数模糊的面孔……

向上一步。下一幅壁画。

第二幅画里的迷雾几乎散尽了。建筑物比上一幅画里的大，整体视野也更宽阔。街道上出现了一些笨拙的身影，还有了汽车……

再一步。

第三幅画里的景象已经有了深渊城的样子。满眼皆是高耸入云的摩天大楼、富丽堂皇的宫殿、露台、运河、花园和广场，形形色色的人来来往往，五光十色的广告牌闪烁不停，光影映照在天空上……

再向前一步。我来到了一扇木门前。迟疑片刻后，我还是推开了它。

门里的景象让我瞠目结舌。

这里和"迷宫"最后一关——皇帝的花园几乎一模一样。但这里没有那种呼之欲出的压迫感。我几乎可以断定，这个花园无边无际，可以让人成年累月地在其中游憩。小径在我脚下不断延伸，太阳永远挂在万里无云的天空，鱼儿在湖中嬉戏，小鸟儿在林中歌唱。这里时而会有阵雨，时而会吹起微风……我弯下腰，揪下一棵小草……立刻感到一阵愧疚。

我就像个不懂事的孩子，用油彩在石柱上胡乱写下"廖尼亚到此一游"……

这儿很好。这儿真的非常好。

我本想说"和小时候一样好"，但并非童年发生的所有事都是幸福的。

我关上门，脸上不自觉地浮现出一抹微笑。下次挑个日子，我一定要再来一次……

我继续往上走，眼前又换了一幅壁画。

画面上是一个巨大的旋涡。水面上浮出一个人，一只手在拼命划水，另一只手拖着一个失去意识的人。

这就是传说中的第一位潜者……他过于传奇，以至于我们至今不知道他姓甚名谁。有充分的证据表明他就是泰勒，一个从不保存日志文件的家伙，嘲讽英式严谨作风的活范本……

大概正因为没人知道他的身份，画面上的他才是背对着观众的。

再看下一幅。

啊，这是那次著名的入侵微软事件！如果安东尼奥（人称"老滑头"）没撒谎，那微软防火墙的漏洞极大，仿佛一圈摇摇欲坠的栅栏围着一堵高不可攀的石墙……安东尼奥说自己什么也没拿，除了比尔·盖茨的亲笔签名。

我又迈出一步，看向下一幅壁画。

啊，是波果米尔，谜一样的保加利亚人，关于他我们真的一无所知，但他着实干出了些成就。画面上应该是他出于某种让人难过的原因而开展的最后一次入侵行动。波果米尔可能只是厌倦了深渊和自己的潜者能力，决心孤注一掷。不过他从银行偷走的钱，应该足够他和他的子子孙孙过好日子了。

波果米尔肯定有种独特的幽默感……不然他为何要扮成威廉·退尔[1]的样子去抢瑞士银行呢？

我继续往下看。

画上是个俄罗斯人，可惜我忘了他的名字……但我记得他拯救一个深陷游戏的小男孩儿的英雄事迹。男孩儿的父母离家前忘了断开网络，一周后才回来。孩子在游戏里待了三天三夜，被救出来的时候已经奄奄一息了……

壁画……

还是壁画……

一幅又一幅壁画……

---

1. 瑞士传说中的民族英雄，带领人民对抗哈布斯堡王朝暴政。

我们都被画在了墙上。每名潜者都有自己的一席之地。不分本事强弱，名气高低，也不分善恶好坏。不增一词，也不减一字，壁画如实记载着发生过的一切。

每个潜者都有一段扬名立万的事迹。

壁画，台阶。

台阶，木门。

我拾级而上，在每一幅画前细细端详，推开一扇扇房门……

这种安排合情合理，既然我们可以让空间与空间无限嵌套，还有什么必要把神庙造得过于庞大呢？

这里已经有无边无际的花园，空旷如迷宫般的走廊和大厅……

这里还有一间洒满阳光的山顶餐厅。餐厅墙壁上铺满水晶和白银，餐具上铭刻的"奥林匹斯[1]"字样很是贴切……

河流在夜晚的薄雾中蜿蜒……小小游艇在岸边打盹儿……

天上飘着泡沫般的云朵，蓬松而富有弹性，让人产生天际漫步的冲动。

我忽然意识到，自己是在嫉妒神庙的建筑师们。这嫉妒的感觉如此激烈又盲目，夹杂着强烈的自我厌恶。我厌恶这个白痴一样的自己，一心沉迷于自己搭建的一小块方寸之地，却又无力将它构建得尽善尽美，同时也没有对这座迷失在深渊里的神庙付出过半分努力。

逃避永远不是最终的出路。无论逃向何处，都是在逃离自我。

一幅幅壁画。一扇扇门。一张张面孔。一段段往事。

一切尽在其中。每一个传说都被铭刻下来。关于"红犬"的壁画可能会引起争议。有人觉得他是因为破解了未开放的深渊气味模拟器从而名声大噪，但另一批人认为这主要归功于他的国际刑警身份。但我很高兴看到壁画上的红犬穿着刑警制服。

哟，我居然看到了疯狂投手！

该死……这幅壁画上描绘的竟然不是他在死亡迷宫的工作！而是

---

1. 希腊神话中众神居住的山巅。

那个臭名昭著的邮件过滤器。当时，整个深渊里大部分的通信都被监控了半年之久！幕后黑手似乎并没什么特殊目的，不是为了搜罗黑料，也不是为了破解别人的密码，只是为了证明隐私并不存在。

但我万万没想到，过滤器是投手制造的！

接着往前走。我越爬越高，眼前不断闪过一幅幅壁画、一张张面孔、一段段故事。

我应该也在其中！

想到这里，我开始觉得浑身不自在。

我会看到什么？是谁，根据什么准则，挑选出我人生中哪些片段，留在这些无人观赏的壁画上？他们会从我人生中提取出怎样一幅画面，用鲜亮的色彩涂抹在潮湿的石膏板上，在这座神庙里凝结成永恒？

我又向前走了几步，终于看到了答案。

一片黄沙之中，灰色的石怪攥着马鬃桥的一头。阿尔-卡巴尔的塔楼在远处若隐若现。灰狼坐在沙丘上，举止像个人类。一个穿着滑稽、打扮成俄罗斯勇士模样的人，从沙坡上冲向狰狞的石怪……

我不必感到惭愧。我并没有从阿尔-卡巴尔偷走什么东西！是他们自愿送给我的。

我带着稍显慌乱的笑容继续朝上走。楼梯已经快到尽头，我即将迈进塔顶的水晶球。

壁画，壁画，还是壁画……

停。

是时候治治自负的毛病了。

我看向旋转楼梯尽头的最后一幅壁画——它的确有资格成为这幅历史长卷的终章……

画面上有我。

还有罗姆卡。画面记录了他的高光时刻，是那次任务中他帮我金蝉脱壳的场景。

而我在另一个场景中。

枪侠高举起右手，挥舞着喷发蓝色火焰的鞭子——"术士9000"。

鞭子所指的地方,一个人影在青紫色的火光中逐渐融化。

这是我为了营救倒霉鬼,第一次冲破死亡迷宫的场面……

怎么……难道这就是我一生的主要成就?

不……我倒不是想反驳。我一直认为这件事值得骄傲。但我至今仍不知道倒霉鬼的真实身份。这世界上也没人知道。他已经回到他的渺茫星空,或者隐遁于电子网络深处,去了美好的远方,那里或许也会是我们的归宿……他只是离开了,从我们蹩脚又荒谬的世界离开了。

但为何偏偏是这一刻?

为什么偏偏要记录下我冷酷无情攻击自己同类的样子?哪怕是在虚拟世界,攻击"迷宫"的雇佣潜者也不是件光彩的事。为什么不描绘我穿越枪林弹雨,冲出怪兽的包围,将倒霉鬼救出"迷宫"?或者记录我掩护队友,把倒霉鬼带出精灵国服务器,驱散将我们团团包围的警察?

是谁选中了这个时刻?

理由呢?

这一切都并非平白无故。这是对我,也是对其他人的警醒。我们尽可以为了一己私欲颠倒黑白,但不可忘却真相。

我羞赧得面红耳赤,不敢再看墙上的壁画。

终于,我来到高塔的最后一层——球形的水晶大厅。

我走进那片令人目眩的光芒。

水晶球的表面并不平滑,而是由上千个小小的棱面构成。每个棱面中都有个小太阳在跳动、闪烁,而且似乎越来越耀眼。我仿佛站在成百上千个微型太阳中间。

我走向带有弧度的墙壁,倚在上面,伸展开身子,张开双臂去拥抱头顶的火焰。

太阳在我眼中。

世界在我脚下。

可无论怎么努力,我都看不穿那团光芒。

深渊城里的种种景象一一浮现在眼前——宫殿和摩天大楼、河上的小桥、马路上的高架桥、广场、街道、公园、花园、泳池、林荫小道……深渊城里有阳光雨露,深渊城里的太阳也会东升西落。

是的,我们只是现实世界的倒影。这个倒影怪诞扭曲,但更加坚不可摧,与现实世界没有任何区别……

我掏出寻呼机。屏幕上,同伴们的名字后面依然亮着小火苗。但迪克还是没上线……好吧,等会儿再说。

我先给伊利亚发了条信息——

"小伙子,我找到地方了。请查收地址。"

我点击了"添加地点"按钮。现在,神庙在深渊里终于成了具象的存在,因此有了真实的地址。信件中会自动附上这里的定位。

这样就可以了。接下来只要等待。

我会收到那封已故朋友寄来的信。我会弄明白,到底是何种秘密有如此强大的杀伤力。或许我可以借此恫吓季本科,但也许只能掀起一阵无关痛痒的骚乱。

总之,我一定会为罗姆卡复仇。

我已经将寻呼机揣回兜里,调到了免打扰模式,但程序还是小心翼翼地发来新消息通知。口袋里又震动起来。

是投手吗?

我瞟了一眼显示屏。奇怪。未知发信人。

最简单的办法就是不理它,待会儿再说,反正信息不会消失,但……

好奇心不算毛病……

我开始查询发信人信息。

信息很简短。

"德米特里·季"。

一股寒意爬过脊背,我打了个寒战。

我按下接收键。

"列昂尼德,我们得谈谈。"

收件箱里的未读图标消失了,取而代之的是一个电话图标。只要按下它，就能拨通季本科的电话。

我按下了答复键……

几秒过后，寻呼机的小屏幕放大，上面出现了一张脸。

准确地说，是黑色斗篷帽檐下的一团灰色雾气。

"你好，潜者。"无脸人说。

"你好，季本科。"我答道。

我们默默凝视着对方，沉默良久……仿佛能从彼此脸上看出什么似的。这场景和两年前没有太大区别。

"我们得谈谈。"德米特里·季本科，深渊程序创始人，深渊之父开口说，"尽管不愉快，我们还是必须进行这场谈话。"

"明白，"我同意了，"但我们还有什么可谈的吗？"

"我觉得有，"季本科的声音听起来非常镇静，"我再次低估了你。不过，还是要恭喜你……"

"恭喜我什么？"

"还能是什么？恭喜你终于找到了神庙。"

好吧。他话里有话，我听出来了。

"我们聊聊吧。"

"这样不行，"他那张不存在的脸竟然也能微笑，"用寻呼机对话可不行……这个系统漏洞百出。我们最好当面谈。"

"去哪儿？"

"就去你那儿，深渊潜者神庙……如果你不反对的话。我这就来，大概三分钟后到。"

没错。

寻呼机确实有大漏洞……

"好吧。"我希望此刻自己的脸上没有任何表情，希望我没在不知不觉中给程序下达做出"慌乱"表情的指令，"我会放你进来的。"

通话中断了。

事情进展得太快了！

我得赶紧呼叫队友，把他们全都叫过来……等等！

我这是在干什么？

我可是潜者。

是我们中唯一一个可以免受第三代武器戕害的人。

要不要把投手叫来呢……

也没必要。

我所说的任何一句话都会被利用，对付我和我身边的人。

我回到楼梯旁，向楼下走去……

等等！

墙上的壁画统统消失了！

准确地说，沿着螺旋楼梯排列的方形画框还在，但画却消失了。螺旋楼梯和排列成螺旋状的画框构成了DNA双螺旋结构。

合情合理。我上来的时候穿越了整个潜者的历史。现在我转身向下，就该走向未来了。这些壁画还需后人描绘……如果我们还有未来的话。

我慢慢走下楼，经过未来的胜利和失败，经过英雄的壮举和卑劣的伎俩，经过一扇扇紧闭的房门。未来就藏在那些门后，轻轻一推就能看见。

无脸人走下车来的瞬间，我推开了神庙大门。季本科当然不是独自前来的。他身边还有两个保镖。我猛地一惊，突然意识到这两个保镖之中，可能就有杀害罗姆卡的凶手。

110

谢天谢地，对方和我一样，也经历了片刻的混乱。那辆豪华的劳斯莱斯停在高塔前的树丛里，德米特里·季本科和他的走狗站在车旁。保镖双手持枪，司机透过车窗好奇地张望……而我，就站在深渊潜者神庙的门槛上。

季本科走向我，朝身后的保镖做了个禁止靠近的手势。

两人都皱起了眉头，他们显然不喜欢远离自己的保护对象，但勉强压制住了冲动。

"能放我进去吗，列昂尼德？"季本科来到我面前。

"我会放你进去的，但只能你一个人。"我不知道神庙的保护机制如何运作，确认一下也无妨。我向后退了一步。季本科往门里走，但像是被一道看不见的屏障拦住了，怎么也进不来。

"拉我一把，该死！"他压低声音说。

保镖呆呆看着自己无所不能的上司同一张看不见的大网缠斗。

"不想在下属面前丢脸？"我嘲笑着伸出手。季本科刚一握住我，立马就踏进了门内。他反唇相讥——

"没有脸，谈何丢脸？"

我没作答，关上了大门。

"原来这就是神庙……"季本科四处张望着，若有所思，"上面是什么？"

"不重要。"

这位虚拟世界不幸的创世主带着难以察觉的讥笑点了点头。

"随便你……我也不需要知道你们那些小秘密。"

"那你为什么要来？"

"这是我自己的事……"季本科摊摊手，"我有我的目的……"

"恐怕它们已经不只是你的事了，德米特里。"

季本科放慢了动作。我还在思考到底要不要立刻退出深渊。第三代武器很可能看上去人畜无害。假如他拿一颗纽扣朝我射击，我该怎么办？

"我是作为朋友来找你的，"季本科出其不意地说，"我不打算攻击你。相信我。"

我狐疑地挑了挑眉毛。说得真好听！作为朋友……

"如果你不相信我，至少可以相信建造这座神庙的同伴！"季本科语气尖锐，"我不明白，在这儿攻击你，我能有什么好处？"

"好处？"我极尽讽刺地反问。

"我会死。"季本科摊摊手,"对吧?我们可以休战吗?"

"请坐,"我让步了,"我们谈谈吧。"

我们在地板上坐下,准确地说是坐在柔软的地垫上,非常舒适。东方人的确精致……他们很懂生活。

我一言不发,等着季本科先说话。而他似乎在整理思绪。

"真的,我不是你的敌人……"终于,他开口了,"相信我。"

我继续保持沉默。

"我名下的几个公司,有几个颇具前景的研究成果被人偷走了,"他接着说,"我很想把它们找回来。"

"你不会是想说,你没备份吧?"我开始装傻。

"备份是有,"季本科没有恼火,"那个黑客手法很干净,懂规矩,只拷贝了文件……列昂尼德,问题在于,披露那些成果的时机未到……"

是时候办庆功宴了。季本科认罪了!他慌了。

"我完全同意。"

"也就是说,你同意归还那些文件?还是当着我的面永远销毁它们?"

"不。"

季本科叹了口气。

"列昂尼德,你也看过那些文件,知道里面是什么……"

好消息。他以为文件已经送到了神庙,而且我已经看过了……

"向新世界过渡需要循序渐进。"

好一个循序渐进!我实在忍不住了——

"你去跟罗姆卡的父母说这些废话吧!告诉他们,他们的儿子只是死于循序渐进的平稳过渡!"

我似乎高估了他对实情的掌握程度。

"罗姆卡?那个……被……"

"被杀了的年轻人。"

如果我们的脑子里装了齿轮,现在肯定转得咔咔响。

"就是你原来的那个搭档？挺年轻的一个潜者。就是他吗？"

"对。"

"我之前不知道是他。"

"为什么你要给自己的保安配备第三代武器，德米特里？"

他不说话了……显然在想着自己的事情。

"我没有给他们武器，列昂尼德。相信我。那只是个意外……"

"什么意外？那孩子的死是意外？"

"入侵。"季本科的语言变得支离破碎，一个个词往外吐，"警报。恐慌。所有警卫都追了出去。还有三十来个年轻的白痴，都是程序员。其中一个人抓起一把原型枪就跑去给警卫帮忙。他也不清楚状况，你明白吗？"

"他不知道自己拿的什么？"

"他不知道弹夹里装的是致命的子弹。"

我不愿意相信他的话。因为相信就意味着原谅。这会让自己失去复仇的理由，让罗姆卡失去报仇雪恨的机会。

"没错，我们的确在研究第三代虚拟武器，"季本科接着说，"是深渊城警方下的订单。当然，也是因为符合我自己的利益。总之我们有一大把正当理由。但谁也没想用这样的武器去保护实验室……那完全不合常理。要吓跑黑客，上一代战斗程序就够用了，谁会愿意浪费一大堆珍贵的新武器？"

"我不信，"我说，"你们说不定是想做人体试验。"

"人体试验不是这么做的。"季本科打断我，"应该找一批志愿者，付给他们高薪。会有一群医生围着他们，手里拿着除颤器、注射器和其他乱七八糟的东西！"

"你怎么证明你说的是实话？"

"你想要什么证明？付款凭证？我亲笔签名的指令？实验方案？深渊城警方的官方订单？实验室报告？"

"谁杀了罗姆卡？"我知道，这意味着我在让步，现在轮到我丢脸了。

但我相信他说的话。最可怕的事情发生了——我居然相信他。

"开枪的是一个二十二岁的小伙子,"季本科说,"他是个年轻有为的程序员,天资非凡。他有个怀孕的妻子,还有个住在罗斯托夫的老母亲。他当时真的以为原型枪里面装的是麻醉弹。他只是想逗英雄罢了。需要我把他交给你处置吗,列昂尼德?"

他冲着我咆哮,但我岿然不动地坐在自己的领地中央,坐在这神庙里,固执地保持沉默。

"我真不明白,你到底想要什么,潜者列昂尼德?你想要复仇!想要公正!想要惩治凶手!你要亲手处决他吗?还是雇个杀手干掉他?或者把他交给警察处置?那孩子甚至不知道自己成了凶手!是我放出的风声,关于谋杀的传闻都是我刻意捏造的,只是为了威慑那些黑客……不然……那孩子即使不自裁,也不会有什么未来可言了。这样你就高兴了?怎么样?他的姓名住址,要我交出来吗?"

"你得发誓,发誓他什么也不知道。"我说。要求一个身处谎言世界的人发誓,要求创造这个谎言世界并且能在其中为所欲为的人发誓,实在荒谬。但我还是坚持如此要求。

"我发誓,"季本科说,"我知道……你稍后就会对我的声纹进行测谎分析……我不会撒谎。真的不会,列昂尼德。"

"你为什么要这么做?"我问,"季本科,为什么你要研发第三代武器?……真的有必要把这些东西带进虚拟世界吗?至于什么警方的订单……你也不是非得接下。"

"他们定制的是休克手枪和麻醉武器!"

"你难道不明白,这些东西距离致命武器只有半步之遥?肌肉麻痹可能波及心肌,疼痛造成的休克也可能超出人体的承受极限。造成致命打击的关键是突破技术和精神之间的界线。没有你,谁也无法跨越这道界线,这是你独有的天赋……"

"没有别人能跨越?"季本科话里满是讽刺,"那这神庙里供奉的是什么?"

我沉默了。我并不知道到底是什么守护着这座神庙。

"相信我,我和潜者没有任何私人恩怨,"季本科说,"我也不认为你们是罪犯。但……'既然你们已经造出了第三代武器……那么最重要的,就是维持力量平衡。'"

"这话是谁跟你说的?"我问。

"黑暗潜者。"

季本科似乎露出了微笑……

"你知道他的真实身份吗?"

"黑暗潜者?如果……如果我能知道就好了,列昂尼德。我看你也不知道吧?所以才散布谣言,说我给了你第三代武器……想把他给引诱出来……不是吗?"

我默不作声。

"我不知道他是谁,"季本科说,"但有时候,我真的害怕出现在深渊里,列昂尼德。我有特权徽章,我现在还拥有致命武器。但黑暗潜者早就掌握这种武器了。可能下一秒就有一颗子弹朝我迎面飞来。随之而来的就是刺眼的白光、剧痛、心脏骤停。"

"我也不喜欢他的所作所为。"我说,"他派我朋友黑你的公司,还拿他当挡箭牌。你说保安并没有第三代武器……这些细节都无关紧要。总之,黑暗潜者没有权力这样对待我的朋友。"

"现在你只剩下一个复仇对象了,"季本科话锋一转,"不是吗?"

"你满意了?"

"当然。我说过了,我是你的同盟者。我倒是很喜欢你放出的那个谣言……说是我雇用了你……"

季本科把手伸进风衣口袋里,拿出一支手枪。

一道光忽然出现。刺眼的光柱从天花板降下,笼罩了季本科。他的轮廓变得黯淡模糊,渐渐失去颜色,动作也变得缓慢而平稳……

季本科扶着光柱,不慌不忙地把手枪递过来,放在我俩中间的地板上。

光柱随之消失。

我不知道神庙的安全程序刚才打算做什么,但是在季本科放下武器的那一刻,它没有启动。

"拿去。"

他好像没意识到刚才自己命悬一线……

"这是什么?"我问道。

"这是第三代武器的原型机,就是杀死你朋友的那一把……如果你在意的话。"

我看向地板上的手枪。那不过是把平平无奇的史密斯威森[1]。

关键在于里面装的是什么……

"装的什么子弹?"我问。

"前五颗是深渊城警察用的麻醉弹,"季本科答道,"会引起暂时性麻痹,持续十五到二十分钟,没有后遗症。剩下的五发……老实说,是我们的新发明,恐怕不会量产。因为致死的可能性太大。虽然同样是引发暂时性麻痹……但会危及心脏。"

"你确定要把这枪给我?"

"要不我们签订一个简单的合约,委托你试用这种新型武器?可惜暂时还没有与此类危险品相关的法规……我希望你能谨慎行事,潜者。"

我盯着季本科,捡起手枪。如果我此刻也被光柱笼罩,他未必能像现在这么镇定……至少得打个寒战。

我在神庙里似乎可以肆无忌惮地行事。

"我为什么要拿你的枪,德米特里?"我问道,"算了……我相信你的话。我替深渊城惋惜。一旦新武器不受控,深渊城即将面临的命运让我恐惧……但我不会阻止未来降临。我也没有什么人要复仇。我不会追着那个想玩警察抓小偷的傻孩子索命,也不会把你打成马蜂窝……至少你是深渊的创造者,为了这一点我也不会伤害你。一切都将以闹剧收场,季本科。开端是悲剧,结尾却是闹剧。我找到了这座神庙……也拿到了这该死的武器……然后呢?这一切都毫无意义。不,

---

1. 美国最大的手枪军械制造商,由美国人贺拉斯·史密斯与丹尼尔·威森于1855年建立。

也不能这么说。毕竟我交到了新朋友，这足以让我感到欣慰。我只是很痛心，为了这些，罗姆卡付出了生命。"

那张迷雾构成的面孔死死盯着我，季本科说："那么你会销毁从我那儿偷走的文件吗？"

"不。我会把它存放在这里，绝对安全，相信我。"

"我不明白，"季本科有些惊讶，"不，我完全不明白。"

"有什么不明白的？"

"你决定彻底离开深渊？"

看来我们之间仍然存在误解。双方都有误解。

"为什么要离开？我当然会继续光临深渊。"

"那么，你确定自己可以及时抽身，躲过致命的子弹？"

"谁会朝我开枪？"

"黑暗潜者。"

又来了……

"他为什么要杀我，德米特里？"

"因为你手上有他要的东西！"季本科大喊道，"只要你还留着这份文件，你就是靶子。你所有的朋友都会处在危险之中！黑暗潜者会死死咬住你，榨出秘密，就像折磨我那样！"

"他为什么一定要得到你那份文件！"现在轮到我咆哮了，"如果黑暗潜者已经拥有第三代武器，如果他早就开始威胁你，那他现在还要那份文件有什么用？"季本科站了起来，一脚把软垫踢到旁边，我知道自己说走了嘴。

"这么说你还没看过文件？"他问，"对不对？"

"没有，"现在装糊涂已经来不及了，"那里面是第三代武器的源文件，我猜得对吗？"

季本科仰头大笑，他可能笑了有一个世纪那么久，我已经在脑子里给自己戴上了一顶尖帽子，画上一对又长又直的耳朵，然后在后背贴上一张字条：蠢驴。

"列昂尼德……你真是好样的，列昂尼德。好吧。我不会要求你马上交出文件。你自己打开看看,然后再决定吧。这枪……你还是拿着吧,做好开枪的准备。因为现在你的性命就像一枚不值钱的游戏币。告诉你的朋友们,千万别来深渊。你已经成了黑暗潜者的猎物。他找你比找我要容易得多,真的。"

"没那么容易,我也是个潜者……"

"列昂尼德,"无脸人俯身,对仍坐在地板上的我说,"相信我,就算你现在还拥有潜者的能力……跟他比也算不了什么!我有时候觉得,你们失去的天赋全都集中到了一个人身上,让他成了黑暗潜者。他几乎无所不能。我公司开发的一半产品都用于虚拟空间的安保和监测。你猜是为了什么?因为黑暗潜者没完没了地攻击我!所以我几乎从不出现在深渊里!即使现在,我身边也屏障重重。我能活到今天,多亏了黑暗潜者和你们大多数同类一样是蹩脚的黑客。这就好像用魔法挑战科技,列昂尼德。他打败我的程序员靠的是直觉,是潜者的天赋。目前为止,我们还势均力敌……但我为此付出了巨大的代价。而现在他需要的文件到了你手里,你最好小心点儿!"

"那如果我直接交出去呢?"我试图不让对方的气焰压过我。

"你先看了文件再决定。最好销毁它,剩下的事情交给我去办。没错,列昂尼德,你是对的,我准备杀了黑暗潜者。如果你愿意替我办成这件事,那么你编造的那个流言就会成真了。我会付给你天价报酬。"

他等了一分钟左右,我始终没有开口。现在文件还没送到我手里,我还不清楚季本科到底在忌惮什么,又试图隐藏什么,也不知道黑暗潜者到底在寻找什么,渴望什么。所以我什么也不能说。

"但愿你能活下来。"季本科说,"现在能放我走了吗?"

"你走吧,"我说,"门自然会为你打开。"

我只能祈祷大门真的会自动打开,那样季本科就不会发现我也是头一次来这座神庙……

大门打开了。季本科在门口回头看了我一眼,笑了起来——

"等你收到文件,读完它,再和我联系。我们到时候再谈。"

神庙里只剩下我一个人。

我手里攥着那把能真正杀死别人的手枪。我原以为这就是季本科最大的秘密武器。结果它在这场真刀真枪的庞大游戏中只是个不值一提的道具……而这场游戏究竟是怎么回事，我一点儿头绪都没有！

该死……伊利亚那小子怎么还没到！

我掏出寻呼机，不抱希望地看着一个个名字后面跳动的图标。忽然，仿佛是受到我视线的感召，屏幕上出现了一个新名字。在现实世界的某处，小男孩伊利亚终于打开了电脑，眼前出现一片混乱的彩虹，将现实世界变成童话……

我有足够的耐心等待，天知道伊利亚这会儿是在什么地方查看新消息。

我收到了回信。

"我来了。"

有意思，如果季本科能截获我寻呼机里的信息……那他是否能猜到，那份文件究竟在什么地方……

不过，即使他截下伊利亚，又能拿到什么呢？什么也拿不到。文件甚至不在伊利亚手上，而是在公司的办公室里。那地方就连季本科也闯不进去。

或许黑暗潜者可以动用他所有的超能力闯进办公室，但他还需要解密文档，仅仅拷贝下来是没用的。

我估算了一下伊利亚需要多少时间到达神庙。这取决于他的机器有多快……如果他连一百美元的声卡都买不起，那他的电脑也好不到哪儿去，不是老掉牙的奔腾2处理器，就是最老的奔腾1。这样的机器会对人脑造成很大负担……美国和日本禁止未成年人使用处理器性能低于奔腾2的机型进入深渊——处理器频率不能低于400兆赫，内存不得小于128兆字节……但这里不是美国。我们这儿一切皆有可能。

也就是说，如果他线路稳定，内存充足，加载出了神庙的完整图像，那差不多也需要花十分钟才能到达这个完全陌生的地点。他可以拦辆出租车，或者骑自行车，开启这段愉快的旅程。

我决定先去找疯子聊聊，不发短信，直接打电话。

他马上就回复了我,看来是一直把寻呼机攥在手里。

"你这混蛋!"

我基本同意他的看法……在我参观神庙,以及和季本科谈话的这段时间,他们肯定已经急疯了。

"刚才来了个不速之客,"我说,"现在你们可以过来了。"

我给他发送了地址。

"下次我非得让你也这么提心吊胆半小时!"疯子扔下一句威胁,离线了。

没错,情况不太妙。

但谁能料到事情会变成这样呢?

谁知道德米特里·季本科会一路跟踪我,直到我进入神庙?

我来回踱步,想要平息自己跳动不安的良心。真希望我的队友们快点儿来,也希望伊利亚赶紧带着文件出现。

那份文件里到底有什么东西?为什么季本科确信我看完后一定会站在他那边?

还有什么会比虚拟世界的毁灭更严重?

什么都做不了,只能干等。我恨透了这种感觉。

111

两辆出租车飞驰而来。第一辆车里冲出来的是恶棍、成吉思和巴特。第二辆车里是疯子和法师。

我站在高塔入口处,有些羞愧地垂着头。现在他们要开始骂我了……

"廖尼亚!"巴特一蹦三尺高,冲着我大喊,"你总算搞定了!"

成吉思和恶棍看起来也并不生气。法师像个前来验收工程项目的甲方,一脸怀疑地打量着神庙。

只有疯子黑着脸朝我挥了挥拳头。但我并不介意,他有理由冲我发火。

出租车离开了。电脑程序司机们对一座密林中的高塔并不感兴趣。毕竟它只是这么静静伫立着，与世无争……

我挨个儿拍拍朋友们的肩膀，假装不经意握住他们的手，直到他们跨过门槛。恶棍似乎心领神会，疯子也是。余下的人没注意到这个小动作。

"这就是神庙？"成吉思进来后似乎有些失望，"好像有点儿寒酸……"

"楼上是什么？"恶棍问。

巴特一声不吭地沿着楼梯向上跑。不一会儿，楼上就传来他的声音："有好多画！真有意思！"

法师咚的一下坐到地板上，往自己屁股下面塞了一堆垫子，心满意足地瞅着我们。

"信呢？"疯子第一个想起了正事。

"正在送来的路上，"我安慰他，"伙计们，你们都还好吧？"

"糟透了，"成吉思不想多说，"那个畜生皇帝把我撕成了两半……"

疯子哼了一声，"那算什么？我这下算是知道亲眼看着自己脑袋在地上咕噜噜地转是什么感觉了。法师更惨……"

"住嘴！"法师立刻阻止他，"别多嘴！"

"那妮可呢？"成吉思问，"她也是个潜者？"

"对，黑暗潜者，很明显。他差点儿就把我们打败了……"

成吉思点点头，"巴特跟我讲了当时的情况……投手怎么还没来？"

我看了看寻呼机。

"暂时没消息。说实话，有点儿奇怪。"

着实奇怪。一股不安和担忧涌上我们的心头。但现在除了等待别无他法……

"舒尔卡，你告诉迪克我这边一切顺利了吗？"

"说了。我给他寻呼机留言了。"

"难道迪克真的死在皇帝手里了？"我莫名期待着谁能给我答案，

"他把你们也干掉了……可你们都好好的啊。"

"那你刚才忙什么去了?"恶棍问。

"德米特里·季本科来了一趟。我们聊了聊。"

屋里一阵死寂。过了一会儿,成吉思才小心翼翼地打破沉默——

"他来干什么?"

"当然是希望我销毁那份文件。他说黑暗潜者一直在追杀他……只要文件还在,我和你们就都处于危险之中。最可笑的是……他甚至正式批准我打开文件,看看里面的内容。他坚信我看过以后一定会按他说的做。"

我话音刚落,一阵敲门声传来。

"信来了。"法师搓着手说。

"也可能是黑暗潜者……"疯子提醒道。

我们有充足的时间思考要不要开门。我的朋友们可能还会问我,这座伟大的潜者神庙的大门有没有安装最普通的猫眼。

我不知道有没有猫眼,所以径直走向门口打开了大门。

"豪敦速运,问题信件投递服务……"红发男孩站在门口,公司口号脱口而出,"请问这是潜者神庙……"

他抬头对上我的眼睛,瞬间变了脸色——

"列昂尼德?是你?"

"是我。"

我很好奇,他会如何理解眼前的状况……

"你逗我呢吧?啊?"

我回忆起过去几天经历的一切:寻找恶棍;得知罗姆卡之死;试图穿越"迷宫"……黑暗潜者的造访;几乎骗过了所有人的妮可(不知是男是女);证明了程序并非所向披靡的皇帝;终于被我越过的钢丝桥;无脸人的造访……

我还花了点儿精力跟这个少年开了个小玩笑,算是个无伤大雅的余兴节目……

"这里是深渊潜者神庙,"我说,"请把信件交给我……"

"你在这儿干什么?"

"工作。"我说的几乎算是实话,"一切正常,你的信件送到了。"

伊利亚狐疑地盯着我,随后把手伸向腰间的皮制邮差包。

"前来造访之人……"我说,"将得到入内的许可。"

我轻推他的胳膊肘,把他带进了大门。

屋里形形色色的客人并没让伊利亚觉得窘迫。

"酷毙了!"他没来由地冲着众人说,"谁来签字?"

"他,"疯子朝我点点头,"他就是负责签字的人。"

信件出现在邮差包中。信封又大又厚实,已经有些脏了,皱巴巴的,但里面看起来什么也没装。

"成了?"伊利亚盯着信封喃喃自语,"真成了?"

他和我们一样期待看到信封出现,这代表神庙的地址通过了检测,豪敦速运的服务器将把文件发送到空信封里。大概我们所有人想要找到这封信的欲望加起来,也不一定比伊利亚想为自己挣一个新声卡的欲望强烈……

信封慢慢变大,变重。伊利亚的手被压得往下一沉,但他脸上露出了明亮真诚的笑容。伊利亚由衷地开心,仿佛从死去的富豪亲戚那里收到了一封温暖的信。

"请签收!"

把自己的签名留在运单上不知会带来多少后患。我接过信封。

"哦对……等等……"伊利亚两手都伸进兜里,开始嘟囔,"我还得给你二十美元,对吗?马上……"

"哟,列昂尼德还兼职邮差呢……"恶棍用夸张的声音讲着悄悄话,和往常一样讨厌。

"不用给了。"我说。

"说什么呢?我们都讲好了……"伊利亚从兜里掏出一把皱巴巴的美钞。

"好。"我立刻接过钱,又立马还给他,"算我请你喝杯茶。应该的。"

伊利亚打鼻孔里哼哧了一声,但还是收下了我的好意。他好奇地打量着屋子里的其他人,向他们点头致意。

"怎么,这些潜者给你的报酬挺多?"

我这才意识到眼前的局面有多滑稽。我算什么潜者?我和伊利亚一样,只是个普通的深渊城居民,只不过从前是干黑活儿的,现在当了个普通的搬运工。

"还行吧……"我用余光看看同伴们。法师和恶棍一脸喜闻乐见的表情。剩下的几个人急等着看信,没心思管别的,"就这样吧,老兄,谢谢……"

"不用谢。"伊利亚伸出手,我们友好地握了握手。

"你……可以常来我们这儿坐坐……咱们好好聊聊……"

"好的。"

难道他对这里一点儿兴趣也没有?完全不想和潜者们聊天?说来也是,潜者对这些孩子来说都是过去式了。而眼前的神庙……看起来不过是一间带楼梯的圆形房间……

我送他出去,关上大门,回头看向大家。

"来吧,"疯子点点头,"我觉得还是你亲自打开这封信比较好。"

信封很厚实。我试着用牙齿撕开一个裂口,好不容易才拆开了它。

"把巴特叫回来吧?"恶棍忽然不安起来,不停朝楼梯上张望。

"别管他,见证不了这一刻是他活该,明明知道我们不是来参观的。"成吉思态度坚决,"打开吧,列昂尼德……"

我从信封里掏出一本沉甸甸的手册,外面包着一层塑料薄膜。这就是那层防护……只有在深渊潜者神庙里才能开启。

我撕扯着薄膜,但半晌都没能扯开。

忽然,伴随着吱啦吱啦的声响,薄膜裂成了一片片碎屑。密钥识别通过。

"新界线公司。"我大声念出册子上的标题,"关于'甜蜜沉浸'项目的初步报告。仅供董事会成员内部传阅。"

"接着念。"成吉思催促道。

我在地板上坐下，翻开小册子。白纸黑字，语句枯燥，用词官方，中规中矩。没有任何漂亮的修饰，也没有任何动画效果、音频或者视频。不过，这毕竟不是发布会演示文稿，只是内部工作文件……

"这儿好像有篇序言。"我浏览着第一页。

"深渊程序是心理科学领域的一次革命性发现，并直接引发了全新的虚拟世界——深渊城的诞生。人类最大胆的梦想已经实现。全新的工业科学、制造业和娱乐业应运而生。遗憾的是，自深渊城的首个街区建成至今，仅仅过去了五年，虚拟世界的负面效应便已初步凸显。深渊城已经沦为现实世界的倒影，深受人类恶习与人性缺陷的束缚。'甜蜜沉浸'项目旨在克服这些缺陷……"

"廖尼亚，你确定你念的不是什么划时代的大会报告？"恶棍语气尖锐地插嘴道，"什么'革命性发现''最大胆的梦想'……简直是巧克力味的屎！"

巴特蓬乱的脑袋突然从楼梯上探了出来——

"什么巧克力，托哈？"

"拉倒吧，你不会爱吃的！"恶棍头也不回地堵住了他的嘴，"过来听着，别到处乱跑！"

巴特乖乖闭上嘴，咚咚咚跑下楼梯，在黑客身边坐下。我翻到手册下一页。

关键信息应该就在前几页，不然罗姆卡不可能那么快发现问题。他可能翻了几页，读了几段，就发现大事不妙，陷入了恐慌，甚至忘了自己身处危险之中。

"下面是'深渊之盒'的项目资料，"我说，"全是技术文件……他们像是搞硬件的，而不是软件工程师……"

"给我！"成吉思伸出手，我装作没看见。

这不是他的东西，是我的！这是我的战斗！这句话浸满了肮脏和血污，但这的确是我的战斗。我很喜欢成吉思，他聪明、强大又善良。最重要的是，他并非盲目善良，不是毫无原则的宽宏大量，而是深有洞见的善良。

但跳进过冰火深渊的不是他,被杀的罗姆卡也不是他的朋友,他没有被出卖过,也没有被收买过。他的生活一切顺遂,我很为他高兴……但这本小册子是罗姆卡用生命换来的,所以它只归我个人所有,只能由我选择告诉他们什么,隐瞒他们什么。

"等等……"我胡乱翻着书页,随口嘀咕道。疯子叹了口气,只好耐心等下去。法师像个吃饱喝足的苏丹一样躺着,夸张地打了个呵欠……

"里面写了什么?"成吉思忍不住又问了一次。这次我找到东西应付他了。

"这里有张图纸。应该是人体工学椅……但更像人体工学床……"在身边五个人如饥似渴的目光注视下,我实在很难防止信息泄露。老实说,根本做不到。

"什么鬼玩意儿!"恶棍说出了大家的心声,"不就是一群怪胎发明了一台床和牙科椅的结合体吗?为了这东西他们就大开杀戒了?"

"还不是他们自己设计的,只是东拼西凑各种技术。"疯子纠正道。他站在我身后,伸出手翻了几页,"你看到了吗?他们在这里标注了一大串买来的专利。这些是植物人护理用具,这些是用于太空研究的……这些是远程操控系统和无接触接口……"

"只要定期进行身体按摩,选择管饲或静脉注射以获取营养,拟真服和头盔就可以扔了,"成吉思总结道,"绝了。尽管只是些表面功夫,但也够大胆的。我倒是想试试用这种方式进入深渊。每次在深渊里超过十小时,我都会腰酸背疼。就为了这个杀人……或者被这事儿吓得半死……那也太夸张了,伙计们!"

"黑暗潜者特别要求要拿到项目的第二部分,"恶棍提醒我,"快,廖尼亚,找找看。那部分好像叫'人造事实'什么的。"

"'人造自然'。"我说着打开小册子,"这是个软件……一套软件。"

"这是一套过滤系统。"疯子皱起眉头,盯着翻动的书页。我已经放弃弄懂这些内容了,干脆加快翻书速度,一目十行,"有针对图像的,有针对声音的,有针对空间运动的……天啊……他们不可能做到这种程度！"

疯子擦了擦额头，不大确信地承认："不过，也有可能……"

"这到底是什么，舒尔卡？"我问道。

"像是跟踪系统……对吧？"疯子和恶棍互相看了看。恶棍点点头——

"很像。这套系统有自我学习能力，它能跟踪并记录对象的行动，显然，该对象就是人类。此外还能进行反向通信……妈的！它还有预测能力，有人工智能构件……"

"但现有的技术基础根本无法支持人工智能！"疯子激动不已。

"的确不可能，"恶棍也承认，"但他们用的不是某一台具体的计算机，而是连接了整个网络资源，也就是对信息进行再分配……需要公共数据、私人数据、流密码和解码……"

"杂志应该从最后一页读起。"我说完翻开了最后几页。

"那儿一般会有内容总结！"巴特挂在成吉思和恶棍肩膀上，兴高采烈地说，"我看杂志也是从末尾开始！"

"'人造自然'项目进行了三场实验，使用了三种不同模式。"我照着文字念起来，"第一种，显而易见……"

我们看不出什么名堂，干脆一并跳过了项目描述和结论之间的实验报告部分。我相信写出这份报告的人不会撒谎。罗姆卡肯定也是这么想的，所以他应该直接跳到了最末尾……

"借助自身基本行为反应程序中的外部数据库，该实验模型对人类伙伴的行为复制能力和对自身行为效果的分析能力，已经超过了普通人工智能系统的表现。可以认为，随着操作系统的不断完善和生活场景模型的拓展，该模型完全有可能达到智慧体的门槛。然而，根据该模型的基本行为反应所表现出的部分特征，我们认为继续对其进行开发是不合适的，尽管以上特征能够促使模型实现快速发展和自我完善。我们建议在两三个月内进行收尾工作，随后在侵略性较小的模型基础上重启实验。"

"我知道他们说的实验模型是谁了，"说这话的居然是巴特，"我知道了。"

我们四目交汇,我点了点头。巴特似乎在微微发抖。

在游戏里被俘虏是一回事,可一旦得知隐蔽在火箭炮后抓住你的是个生命体,那又是另一种感受了。被囚禁在游戏最后一关的悲情皇帝已经接近一个智慧生物,他一次又一次投入战斗……他所向披靡,威武无敌,但最终还是输了。

"那游戏里的都是……别再听了,巴特!"恶棍咆哮道,"那些家伙都是……"

"闭嘴。"成吉思打断了他,"他们在做人工智能实验。利用网络游戏中的怪物作为实验模型,这想法很好,经济实惠……他们还因为开发了游戏核心人物得到了游戏公司的补贴,还记得投手的抱怨吗?死亡迷宫有完美的安全系统,模型不可能逃脱,黑客也无法接近。新玩家会源源不断地涌入,迫使游戏不断地改变战略和战术。"

"有个屁的战术,那皇帝直接用目光把我烧成了灰!"恶棍愤愤不平。

"那又怎样?皇帝本来就是一种攻击性很强的模型,你刚才没听到吗?唉,这也没什么奇怪的。自我防卫和对外侵略的需求是进化的动力,只不过这场进化发生在虚拟世界里。皇帝没有实体,他是由一大堆电子脉冲构成的,但其他方面跟人类的进化没有区别。一切都很合理。这实验很卑鄙,但实在高明。"

恶棍重重地叹了口气,还是没有说话。

"我刚好读过一本书,"成吉思补充道,"里面的正派男主教导正派女主怎么才能赢得胜利。他说'要比恶人更恶,比小人更小人……'这还是一本自诩为人道主义作品的正能量小说呢。如果一个教人向善的作家都能写出这样的话,你还能指望商人有多高的道德感,恶棍?你又能指望皇帝怎么样?他每时每刻都在经历杀戮!人们涌进他的花园,不是去喝茶,而是去杀他的!他不可能变成其他样子,该死!"

"我全明白。"恶棍不情愿地答道,"但照你这么说,世界上所有恶人都情有可原了……"

"我也是从生活中悟出来的。"成吉思耸耸肩膀,"当然,不是所有人都值得原谅……例外不多。列昂尼德,接着念。"

"第二场实验。"趁着成吉思和恶棍吵架的时候,疯子和法师已经读完了这一页,迫不及待地等我往下翻,"实验招募了一批每天在深渊平均时长超过十二小时的志愿者。按照实验启动时的美国电脑技术参数标准,他们的设备水平从中级到高级不等。我们还使用了深渊城支持的闲置服务器和公共服务器作为辅助资源。如图所示……"

"图在哪儿呢?"巴特满脸好奇。我忽略了他的问题,成吉思飞快地小声给他解释了两句,大概是在告诉他什么叫"总结"……

"实验的第五个月,首次观察到'伪生命体'现象。仅在仪器层面捕捉到的模型反应速度就已经超过了普通人类,从实验对象退出深渊到其虚拟形象消失,存在一定时间差。实验进行到第一年末时,所有实验对象都出现了'操控效应'。他们身处虚拟世界时会表现出一种麻醉状态,他们会觉得自己的身体能够自主行动,且能够随意和旁人交谈。'操控效应'并不会给人强制感,所有言行都会被实验对象当作自然反应。'伪生命体'存在的根本证据是,在强行切断实验对象的网络连接后,其虚拟形象仍有自主行为。刚刚切断连接时,我们观察到虚拟形象会出现短暂的行为停滞,似乎对周围环境不太适应,但稍后就会做出一些符合实验对象行为框架、具有对外交流意义的简单反应。重复试验后,在机器的干预和调试下,'停滞期'逐渐缩短。虚拟形象独立存在的时间通常可达几个小时,最久能达到二十六小时十三分钟,超过了普通人能够在深渊中停留的极限。模型的表现在外界看来非常自然,可进行日常对话和专业话题的探讨。我们还观察到一些带有主观色彩的玩笑、情感流露和抑郁表现。有三个虚拟实验体表现出了创造性行为,一个虚拟实验体表现出了明显的直觉能力。"

"该死,"恶棍说,"该死,该死。他们创造出了人工智能!"

"问题不在这里。"成吉思在我身边坐下,"列昂尼德,你明白了吗?"

"复制体,"我同意成吉思的看法,"这是人类的复制体。把自己复制进虚拟世界，但并不包括复制记忆——现在的技术还做不到。只是让你在深渊中留下具有自己个性的雕塑……这具雕塑会在虚拟世界活过来，争取一切资源，模仿人类的一举一动……"

"但它只是个仿制品，"恶棍瞟了巴特一眼，"小子，你会同意自己的双胞胎在深渊住下吗？"

小男孩儿想了一会儿说："就像键盘上的F5，而不是F6……对吧？随它去吧。我倒觉得挺好的。即使我离开深渊，它仍然在里面消遣！等我回来的时候，它就能把发生的一切都告诉我。"

他嘿嘿笑了起来，明显在想象如果深渊里没了约束该有多热闹。

"第三种实验机制借用了'深渊之盒'技术。遗憾的是，实验结果的精准性受到了深渊二十小时时间限制的影响，而这一障碍暂时无法克服。即便如此，这场实验的结果最为成功。目前为止，所有实验对象在深渊城停留的时长都超过了三个月。'伪生命体'效应一般会在他们进入深渊的第一个星期结束时出现。到第二个月中旬，虚拟人物已经完全可以二十四小时不间断地活动了。在实验对象睡眠期间，或者在实验对象退出深渊之后，没有观测到虚拟人物有明显的反应变化和行为变化。'伪生命体'在面对独立测评员时能够作出不同的反应，建立自己的社会生活圈，表现出其主体独有的智识水平、情感反应和性反应。只有人类实验对象的行为受到了明显干扰。他们对现实世界的兴趣明显下降，在与深渊城之外的人类交流时，表现出了一定程度的冷漠情绪和拘束感。只要离开'深渊之盒'，或者被禁止使用电脑，该对象就会产生紧张情绪，有轻微应激反应。酗酒和吸毒可能性增高，性反应降到最低，但情景分析能力和智力活动并未受损。实验对象依然能保持高度的机敏性，足以让实验继续进行。总的来说，实验对象的行为模式与毒瘾形成过程表现出高度相关性。用数据插值[1]可推测，参与第二种检验场景的实验对象，也会在实验第二年末出现类似情况。"

---

1. 一种用近似数据补充缺失数据的推算方式。

屋里一片沉默。

每个人都若有所思。

我也不例外。

大家都深感震惊,不仅因为季本科团队开发出了人工智能而震惊,也因为每个"我"都可能在虚拟世界里拥有分身。

正是这份报告杀死了罗姆卡。

是这份报告,让他慌不择路,决定将文件藏起来,掩盖踪迹。

他看到了未来,人类的未来。那未来不属于在深渊中工作、休憩、交友和相爱的人,也不属于将深渊视为盗窃、纷争、卑鄙荒淫之地的人。

人类将沦为上百万个虚拟意识的附属品,变成上百万个有生命的机器,双眼红肿、肌肉松弛。无数残缺的个体将冲向显示器、头盔和"深渊之盒"。怎样都好,只要能让电子钢针刺穿自己的大脑,将自己和迷失在深渊中的另一半缝合在一起……

这就是我们的未来。就像栖居在虚幻花园中的埃洛依人[1]的甜蜜天堂。

当然,既然有埃洛依人,就会有莫洛克人。尽管他们不一定会每天夜里爬进埃洛依人的房间,紧紧咬住他们鲜美的喉咙。

深夜怪物的时代过去了,威尔斯先生。您很幸运,英国的幻想家。现如今,信息就是权力,一张遍布世界的网络更是巨大的权力。我们完全可以从深渊里往外扔核弹,也可以发明出机器人警察。我们还可以用通电的铁丝网把装满了"深渊之盒"的混凝土舱围起来,在自动步枪后面安插一位跟"迷宫"里一模一样的皇帝,这些都是小事一桩。

但我们何苦要做这些可怕的事?

---

1. 出自英国作家赫伯特·乔治·威尔斯的小说《时间机器》。故事讲述一位时间旅行者乘坐时间机器抵达公元802701年,展现在他眼前的是一个恐怖的人吃人的世界。地球上生活着两支人:一支是狡猾残忍、嗜血成性的莫洛克人;一支是四肢纤细、头脑简单、每天只知玩乐的埃洛伊人。前者为后者创造生活必需品,但会在夜晚捕食后者。后来,时间旅行者推断出埃洛伊人是原来的统治阶级,而莫洛克人是工人阶级的后代。

没有虚拟世界，人类的生活也就没有乐趣了。

"好好学习，儿子，那样你就能在天堂生活……"

"我们为什么要来这里休假？不如给自己买个'深渊之盒'！去深渊里度假不好吗?!"

"你听说那个邻居一周前死了吗？他的虚拟体昨天跟我聊天了。我们喝了两杯，祈祷脆弱易逝的肉体安息……"

"这就是永生，"成吉思忽然开口说，"只要在'人造自然'里停留的时间足够长，虚拟个体就能够完全独立行动。绝对是这样。"
"等到这样的永生成为现实，我怕是已经进棺材了……"恶棍很笃定地嘟囔道。
"话别说得太早。如果你愿意，棺材可能就近在眼前。"
"我倒是想试试，"巴特跃跃欲试，"那样肯定能玩个痛快！"
"那深渊里就要多一个永远长不大的小屁孩了……"成吉思说。
"如果我偏偏不想长大呢？那不是正合我意吗？有什么要紧？"
"伙计们，我们拿这东西怎么办？"疯子问道。
又来了。你还坐在这儿消化刚拿到手的信息呢，就有人逼你立刻回答问题。
更可气的是，这些问题根本没有答案。
"如果按照季本科的要求销毁文件，就回不了头了，"疯子对大伙儿说，"我不建议这么做……"
"那就传送到我的电脑上？"成吉思提议，"怎么样？"
"为什么是你的电脑？"我一把合上报告书，"怎么不发给我？或者发给疯子？"
"我的公寓应该比你们的都安全。"
"在虚拟世界里也是如此？"

"我们可以做好几把钥匙。我的，你的……每人一把，一起上锁。只有我们全都同意，这份文件才能打开。"

"还是你们几个一起上锁吧，伙计们，"疯子说，"你们四个。毕竟你们住在同一个城市……这样比较方便。我想，你们在任何情况下都会考虑其他伙伴的意见的，对吧？"

镜 子

万事皆有答案的生活并不适合人类。

ФАЛЬШИВЫЕ ЗЕРКАЛА

00

深渊啊深渊，我不属于你……

我摘下头盔，思索片刻，然后将它放在了显示器上，正好在那堆五颜六色的毛绒玩具上面。这些玩具都是我很久以前在某次电脑展会上买的……它们一直这么静静地坐在显示器旁边，用透明的眼珠盯着我。或许夜深人静，当我沉浸在深渊里的时候……它们还会窃窃私语。

怎么样，潜者，玩够了吗？

"维卡，退出。结束工作。"

"好的。"

我在电脑关机前看了眼显示屏上的时间。凌晨十二点半。没什么大碍……我感觉还行。虽然脑袋隐隐作痛，但没有我预计得那么严重。

我们黑进了"迷宫"的最后一关。我走过了那道桥，进入了神庙，也拿到了文件。甚至季本科手里的武器……那件违禁武器我都得到了，只是没对同伴们提起。

为什么我一点儿也不觉得高兴？

对，德米特里·季本科会毁了深渊，但跟我想象中的方式截然不同。

第三代武器能否对付那些可怕的半人类半电子共生体，我不知道。但本能告诉我，它办不到。

我总是相信直觉，这是潜者的习惯。

顺便一提，这又是一个有利于"人造自然"的论据。"人造自然"虽然可怕，但的确充满诱惑力……

带来厄运的不是"深渊之盒"，那玩意儿又贵又复杂，不可能成为大众娱乐方式。只有那些想快速把自己传送到深渊的人才会选择"深渊之盒"。这些人要么是濒临死亡的重病患者，要么是渴望永生而不计较形式的疯子，要么就是成吉思那样挥金如土的富豪。

深渊程序正是以操作简单取胜的。它对用户没有任何要求！现在就连头盔和拟真服都成了锦上添花的配件。只要你有一台电脑，一个调制解调器，能连上网，再打开这个小小的程序……

要想在深渊里获得永生，或者复制出自己的分身，只需要一个程序。我承认它很占空间，但这几年里我们的电脑性能也有极大发展。

复制体……新身份……电子共生体……

我们可以找出无数个专业术语，可以反复验证、实验、争论，或者同时进行。

这一切不只是有吸引力那么简单，这完全是一种蛊惑。谁能经受得住？

等到电子分身的数量和真人用户不相上下的时候，深渊城又会变成什么样子？深渊城里建造的每一样东西，那些电子分身都用得着吗？哪些东西能入得了它们的法眼？哪些东西会被它们留给人类？又有哪些东西会被它们毫不在意地毁掉？它们身上会留有多少原型的影子，又会发展出多少独有的个性？

难道说我恐惧的其实是未知？虚拟分身将强行占用一部分公共网络资源，如此一来，普通电脑用户将无法再连接自己的虚拟形象。虽然目前实验还在暗中进行，网络负载暂时正常……但如果虚拟分身的数量增长到数以十计、数以百计呢？我们的网络能承担多大的负荷？

当网瘾者意识到（他们肯定会意识到）网络条件再也不能满足自己时，他们又会怎么做？

制止新的虚拟分身出现？拿起手中的武器？

或者……

我们现在使用的电脑其实已经达到了某种极限。由硅和锗制成的芯片已经竭尽其所能，网络数据迟早也会呈指数型增长，到那个时候，全新的电脑就该横空出世了。我仍清楚地记得，386[1]处理器曾经是性能最强大的，但到了现在，如果你说自己用的是奔腾1或者奔腾2，就

---

1. 英特尔公司1985年发布的处理器。

等于抱怨自己的生活水平太低。

一切都取决于德米特里·季本科会在何时、以何种方式把自己的新发明——"人造自然"软件公之于世。他一定会公布，只是时间早晚的问题。

关于这个问题我可以去问季本科本人。

还有一个问题，黑暗潜者打算如何利用这个程序？

在网络上公开发布？

贩卖盗版，发一笔横财？

私藏自用？

抢在季本科发布"人造自然"之前组建一个团队与之抗衡？

搜索程序漏洞？

问题一个接一个。虽然对黑暗潜者一无所知，但我觉得自己应该能猜中他的意图……不过猜不中可能更好。

我从嘎吱作响的扶手椅中缓缓起身，像往常一样在黑暗中更衣。我把脱下的拟真服搭在椅背上，看了一眼卧室的房门。

门缝里透出一丝微弱的灯光，就像现实与梦境之间的一座桥……

我走到门边，轻轻推开……

维卡没有睡觉。她坐在整齐的床铺上，面前是一台打开的笔记本电脑。她盯着空荡荡的屏幕，上面是她最爱的屏保画面：森林里，一个姑娘手握弓箭，身旁蹲着一头灰狼……

我多希望她已经睡着了！那样我绝不会叫醒她。等到明天，我就会失去问她的勇气……

"你的作息很健康啊……妮可……"我说。

维卡瑟缩了一下赤裸的肩头。她没有转身，只是背对着我——

"你好啊……枪侠……"

01

我在她身边坐下。

这场景看起来一定很奇怪。一个几乎浑身赤裸的女人坐在床上……身边是一个半裸的男人……他们深爱着彼此,他们的生命体验比常人更加丰富。

我们静静坐着,因为每句话都会让事情变得更糟。

"维卡……"

她微微侧过头,看着我问:"列昂尼德,让我抽根烟吧?"

不对,这不对劲。她居然请求我允许她抽根烟……

"给我也来一根……"

维卡从床头柜里拿出烟盒。这烟很烈,不是女士香烟。一起拿出来的还有打火机和烟灰缸。怎么会这样呢?我平常不会乱翻她的东西,但至少应该闻得出房间里的烟味吧?或许我的确太不关心她了……

"你进神庙了吗?"维卡啪嗒一声点燃打火机,顺便把火递到我面前。她的举动再次出乎我意料……

"对。我进去了。"

"真为你高兴,枪侠。怎么进去的?"

"是那座桥,维卡。我梦里的桥。那座我怎么也过不去的桥。"

"真奇怪……"她深深吸了一口烟,然后把烟头放到一边,"我以为进神庙的方法会跟你本人有关……没想到谜底这么直接……"

"为什么会这样,维卡?"

"我也不知道。那里可能有某种反馈机制,能够以某种方式投射你自己的恐惧……"

"我问的不是这个。我是问,你为什么瞒着我又回到深渊?"

"你相信我吗?"

"我相信。"

维卡笑了。她伸出手轻轻抚摸着我的肩膀。

"我想帮你。只是想在你迷路的时候……帮帮你。没有别的了。"

我不说话了。

"廖尼亚,你得了深渊心理障碍,已经很久了。潜者,你会溺死在深渊里。或许我也有错。我喜欢在现实世界生活,而你的爱、你的快乐、你的生活都在深渊里。"

"不是这样的……"

说出来的话总是如此沉重、笨拙且难堪。组织语言的过程就像在嘴里嚼石头。

"我还有你……"

"大概吧。但你脑海中的我其实也在深渊里。你不愿意承认这一点,但对你来说,我还停留在那儿。所以我才回到了深渊城……为了做我自己。"

"你早就回深渊了吗?"

"是的。我费了些力气才成功。"

"妮可……"我望着她说,"妮可……我是个傻瓜。我早该认出你的。妮可——维多利亚,维多利亚的罗马语名字……你甚至都没打算伪装自己。"

"为什么要伪装?我知道要是被你发现事情就糟了。但我实在是不想骗人,尤其不想欺骗你。"

"维卡,你为什么这么痛恨季本科?"

"我?"她回过头,惊讶地望着我,"我并不恨他。虽然谈不上喜欢,但完全谈不上恨。"

"那你为什么不喜欢他?"

"列昂尼德,这重要吗?我们两个是在现实世界……又不是在深渊……此时此刻,在这里,我喜不喜欢他重要吗?"

"重要!"我粗鲁地说。

"好吧……他是个走在时代前面的天才。人类暂时还没准备好接受他的发明,伦理道德上还没准备好。这是常有的事。原子弹也是仓促之下发明出来的。但你想想爱因斯坦和玻尔，他们在弥留之际仍努力说服自己，核武器是人类的福音，应该发挥更多作用。领先时代的天才可以停下来跟时代同步……季本科是这样的天才，但他不想停下来。所以我不喜欢他。"

"上帝保佑他，保佑季本科……"我吞了口唾沫，"他该由上帝去审判……维卡……那罗姆卡呢？"

"罗姆卡怎么了？"

"你不为他的死愧疚吗？"

"廖尼亚，你在说什么？"

"你为什么让他卷进这种危险的事情？"

我盯着她的眼睛，看到她的目光一点点黯淡下去……可能是出于不解，或者是委屈。

"谁让他卷进去的？"

"黑暗潜者……"

我沉默了。

"廖尼亚……为什么你认为……我是黑暗潜者？"

为什么？我也想知道为什么。我就是这么认为的，仅此而已。虽然我也不明白。我一直确信黑暗潜者就是妮可，现在我又发现妮可就是维卡。

于是我在维卡和黑暗潜者之间简单地画了一个等号，忘了方程中还有其他未知数。

"枪侠，我不是黑暗潜者。我跟随你们进入'迷宫'……只是因为不想留下你独自一人，又不想让你知道我重返深渊了。我欺骗了你，对不起。但我不是黑暗潜者。"

"维卡……"

"我对深渊无欲无求，廖尼亚。我没什么可失去的……除了你。"

"维卡……"我又唤了她一次。千言万语都化为了虚无。唇边剩下的只字片语如同坚硬冰冷的砾石、恶毒滚烫的沙子。

所有词汇都隐遁了。只有她的名字留在嘴边。

"维卡……"

"你不喜欢接受别人的帮助,廖尼亚。你习惯了独自强大,习惯了自力更生,习惯了扮演救世主,从厄运中拯救他们,在危难中保护他们,你习惯了战无不胜……"她又微笑起来,"即使自己吞下苦水,潜者也会拽着溺水者的头发……推开他人的援手……最多允许别人和自己并肩同游。"

"维卡……不是这样的……"

"这是部分事实,甚至是全部事实!两年前摧毁我们所有人的那件事,对你的打击太大。你没有找回自我,列昂尼德。就连罗姆卡都成功找到了自我,尽管他身上发生的事万分不幸。而你却躲藏起来,剪断所有绳索,拒绝寻找出口。你告诉自己,你不再是潜者了。"

"我的确不是潜者了,维卡。我什么都不是。"

"所以你就跑去当虚拟世界的搬运工?在廉价的虚拟酒馆里大口大口灌假伏特加?"

"没错。因为我现在什么都不是。"

维卡摇摇头,再次抓住我的双手。

"你在逃避谁,列昂尼德?逃避谁,或者逃避什么?"

"我想知道自己正前往何方,维卡。我知道自己失去了很多,但我不知道自己会到达何处。"

"廖尼亚……"

她抱住了我,这个拥抱来得如此猝不及防,我浑身瑟缩起来。她紧贴着我的胸口。

"廖尼亚,你什么也没有失去……"

我没有回答,只是静静坐着,脸埋在她的长发中,任由她抱着我……她说得不对,但我不打算反驳。

"廖尼亚,潜者的身份是上天注定的,可能是上帝、命运或游戏基因给予的……每个潜者都有自己的一套信仰。你怎么会丢失它呢,廖尼亚?你失去了随时随地退出深渊的能力吗?不,它并没离开你。至于无法发现别人看不见的漏洞,难道这很重要吗,廖尼亚?"

重要……或者不重要……问题的关键不在于此。

关键是,这曾是我的宿命……

"我知道你心里在想什么。过去,当你还只是个普通潜者的时候……你可以创造一些小小的奇迹。后来倒霉鬼出现,你创造了更多的奇迹。但这一切都消失了,不只是你失去了奇迹,大家都一样……但这重要吗,廖尼亚?"

"那曾是我的宿命。"

"那只是你创造的宿命。它是一种形式,一种工具,但绝不是命运本身。廖尼亚,我问你,潜者里有多少无耻之徒?"

"我们偷东西。偷别人的程序,偷别人的钱财,偷别人的秘密。"

"偷得多吗?经常偷吗?"

"不,但是……"

"廖尼亚,我们中有多少小人?有多少潜者把上天的礼物变成了为非作歹的资本?博弈、欺骗、入侵、盗窃……但无论潜者做过什么,都还没堕落到无耻的地步。潜者可以触犯社会法治底线,但不能触犯道德底线,你还记得吗?"

"那也是在我们团结一心,有共同荣誉准则的前提下。可现在还有吗?"

"你是说黑暗潜者?"

"他是其一……其他潜者的状况我们一无所知。黑暗潜者完全保留了自己的能力,如果季本科说的是真话……"

维卡忽然打了个寒战。

"今天我和季本科谈了谈。如果他没撒谎,那黑暗潜者就不只是保留了能力,他甚至变得比以前更强了。他一直在追踪恶棍和罗姆卡偷走的文件。他痛恨季本科……还打算杀他。"

"所以你才问我季本科的事……"

我没有回答,只是默默握住了她的手。

为什么我在妮可的眼中没有看到维卡的影子?为什么我没听到维卡的声音,没觉察到维卡掌心的温暖?

为什么我把现实中活生生的她完全忘却了？她不是屏幕上或回忆里的假人……而是和我同床共枕的爱人。

难怪童话总是在王子和公主盛大的婚礼后戛然而止。虽然有时，婚礼上会飞来一只恶龙。它硕大、凶恶、会喷火，喜欢绑架别人的新娘……只有在这种情况下，童话才能稍微延续一会儿。

为了不让童话凋敝得太快，难道我们必须得亲手培育一条恶龙？

我讨厌恶龙……也不喜欢驯龙人。

"我不是黑暗潜者，廖尼亚……我真的不是。"

"维卡……"

有一瞬间，我以为她要哭出来了。我把维卡揽入怀中，紧紧抱着她，一只手轻抚着她的面庞。脸上并没有泪水……她不会哭泣。我从没有禁止电脑里的维卡哭泣，而真实的维卡早已放弃了哭泣的能力。

"我不需要第三代武器……我不打算杀任何人。不管是在现实生活中，还是在深渊里……"

"罗姆卡偷走的不是武器，而是一份文件……"

"文件里是什么？"

我仍轻轻抚慰着怀中的维卡。我只有两只手，没法抱住所有需要安慰的人。我也没有足够的力量拯救所有溺水者。我更没有足够长的寿命去盼来自己想要的生活。

尽人事，听天命。就让一切顺其自然吧。

"维卡，文件里写的不是死亡……而是生活。但我不知道那样的生活究竟是不是深渊需要的……"

我把真相全告诉了她。从我扣下扳机杀死她的那一刻说起。尽管知道她会死在枪口下，我还是开枪了。

我跟她说起神庙墙上的那些画，画里有我，也有她……

季本科的造访……

伙伴们的到来……

那封装着文件的信……

"人造自然"软件……

"这种新生活已经开始夺人性命了……"维卡呢喃道,"尽管它还没发挥出全部威力。"

"杀人的不是这种生活……"

"谁按下了扳机并不重要。那些受雇的警卫清楚自己在用什么射人,但那些兴奋的孩子能明白自己在做什么吗?这种第二天性已经在杀人了。它在朝活生生的人,朝虚拟太阳照耀下的土地开枪。而且正是借我们之手。"

"那些共生体是无法进入现实世界的,永远不可能。不管是游戏里的皇帝还是电子共生体,都不可能……"

"但我们会永远陷在深渊里。无论多少个潜者也救不了所有困在虚拟世界的人。"

"没人会求我们拯救,这才是可怕之处……"我深吸一口气,仿佛在做跳水准备,"我会离开深渊城。我有足够的力量离开那里,维卡……"

"不,你无法离开。"她抬起头笑着看我,笑容透着无力,"你在想什么?想逃跑吗?"

"那我该怎么办?"

"你是个潜者!"

"我什么也不是!"

"你是个潜者!只要你不戴着玫瑰色的眼镜看世界,只要你还可以自由进出虚拟世界,只要你愿意战斗——你就还是个潜者!这才是最重要的,廖尼亚!客观、自由和无畏!而不是什么看出程序漏洞或者破解程序的超能力……"

"你忘了道德,维卡……"

"这关道德什么事?即使没有良心,你也可以继续当潜者,只不过是黑暗潜者。"

"他没有失去自己的能力。"

"所以你也能找回自己的能力。你毕竟通过了那座桥!"

"这……这不一样。"

"你确定？你还记得吗？你曾经幻想自己能够在电话线切断的情况下进入深渊；你曾经以为自己去机场接了我，但实际上是去了深渊……但廖尼亚，什么是梦境，什么又是现实？如果电话线真的没接通呢？你可以的，你真的可以做到常人做不到的事！穿墙而过，嘲笑迎面飞来的子弹，把自己延伸到网络世界的每个角落。这是发生过的事实！我们在飞过深渊城上空时还接吻了，你记得吗？"

"倒霉鬼走了，带走了他曾赠予我的一切……"

"他带走了所有东西吗？桥，廖尼亚！桥！你开始尝试在梦里克服它，记得吗？有那么两三次？"

"远远不止，维卡。我只是没有每次都告诉你。"

"为什么？"她从我怀里稍稍挣脱。

"因为……我不想让你知道我病了。"

"你觉得我发现不了？"她只是摇了摇头，"别告诉我你真的这么觉得。"

"对不起。"

"没关系。但你还是通过了那座桥，列昂尼德。不借助网络，不借助电脑和调制解调器……"

"你之前不是这么解释的。"

"我能给的解释可不止一种……"

她沉默了。

"我不知道该怎么办。"我轻声说，仿佛在抱怨什么。

"想想吧。你是个潜者。告诉我……"维卡忽然顿了一下，稍稍推开我，严厉地审视着我。

"告诉你什么？"

"你是从什么时候开始怀疑妮可是潜者的？"

"从她紧跟着我们从钢索上下滑开始。"

"对……我当时是有点儿心急了。那你是从什么时候开始怀疑妮可就是我的？"

"在最后。进入宫殿后。"

"也就是说，你对妮可说你喜欢她的时候，还不知道她就是我？"

"但她就是你呀！"

"可你当时不知道？"

问题来了。

"我感觉到了……"我勉强笑笑，"维卡，可能我正是在她身上找到了你的影子，才那么说的。你知道吗？这就像童话故事里，王子从上百个蒙着脸的姑娘中认出公主……"

我现在可以说出一大堆漂亮话。

说得连我自己都相信了当时是真的认出了她……

我此刻戴上了跟深渊里差不多的漂亮面具，试图说服维卡相信我的话——维卡并不好骗，但她很想相信我的谎言。我的谎言不会成为一道壁垒，反而会变成沟通的桥梁。她不会怪罪我……就算是吹毛求疵的清教徒都不会忍心怪罪夸赞自己的人。

维卡当然不是清教徒，我也只是撒了个小谎。

"说实话，我没感觉出来，"我说，"即使感觉到了，也是完全下意识的。我只是喜欢妮可。她既可爱迷人，又骁勇善战。"

我不知道此时维卡是什么感受。过去我能轻易猜出她的心思。现在，我猜不出。

"我也很喜欢她。"维卡笑了，"在夫人之后，这是我最喜欢的身份。我甚至真的想去这个愚蠢的游戏里打工。"

"那现实世界的工作怎么办？"

"那就在游戏里兼职……"

"算了吧，我们家有一个离不开深渊的疯子就足够了，"

"列昂尼德……"

我注视着维卡的双眼。

"去找黑暗潜者吧。跟他聊聊，弄清楚他想要什么。"

"他自己会来找我的，维卡。我已经放出风声，说季本科雇用我刺杀黑暗潜者。"

"谣言容易成真……列昂尼德，你不会真要杀了他吧？"

"不。应该不会。"

"把'应该'两个字忘了吧。那个朝罗姆卡开枪的小伙子并不知道自己在做什么,他尚且那么痛苦,可你会清楚地知道自己在杀人,你会记一辈子的。"

我的维卡此刻无比严肃。

"黑暗潜者已经朝我开过枪了,维卡。"

"那是你们先动的手。"

"这不重要。是他先闯进了别人家里。"

"但他的本意是想跟你们对话!"

"维卡,他手上有第三代武器。"

"那只是季本科的一面之词。黑暗潜者可能在虚张声势,也可能只是威胁你们。迄今为止,他杀过人吗?"

"维卡,等他真的开始杀人了,我也会记一辈子。我不知道对我来说,是杀人更痛苦,还是看到同伴被杀更痛苦。"

"列昂尼德……"她叹了口气,重新靠进我怀里,"廖尼亚,廖尼亚……"

为什么我心如铁石?

是因为想要报复黑暗潜者吗?

还是没做好宽恕的准备?

而最可怕的原因可能是,我嫉妒这个保留了自己超能力的同行。他不仅保留了能力,还打破了所有曾经禁锢我们的条条框框。

或许,我正是嫉妒他这一点?

我嫉妒他追逐季本科的那份勇猛而放肆的自由,他甚至逼得深渊创造者在自己的王国里四处躲藏;我嫉妒他那份放肆的激情,他径直闯入成吉思家,逼迫我们和他对话;我嫉妒他能轻而易举地扣下扳机,不是在死亡迷宫里,而是在深渊城普通的街道上。

黑暗潜者——我不知道是谁,又是为什么给他起了这个名字。或许这对他来说是实至名归。如果是他自称的,那就更可怕了。这代表了他的立场。

"廖尼亚,别做无法回头的事!"

"我知道。"

"永远别做无法回头的事。十个'爱'字也抵消不了一个'恨'字。一次死亡……"

"我知道。但死亡已经发生了!"

听到自己的怒吼,我住了嘴。想要复仇,还是无法原谅?这就是问题所在。

"维卡……"

她终究还是哭了,我在唇角尝出了咸味。

"维卡,我尽量。我保证。"

"你是潜者,廖尼亚……记住……"

"我……"

我的双手忽然温热起来。

此时无声胜有声。

"我不是潜者,维卡……此时此地,我不是。"

"鬼知道你多久没睡觉了……"她笑了,"你确定吗?"

我点点头。

"我确定。今晚我不想看星星,也不想谈论敌人。"

维卡点了点头。我透过她的泪水看见了美丽的笑容——

"好吧……可以让星星等着。我去求求它们。敌人嘛,就随他们去吧。"

10

醒来时正是清晨,这很好。

这是真正的清晨时分,不是临近中午。刺眼的阳光透过窗帘,街道上车辆轰鸣,孩子们兴奋的尖叫声不绝于耳。但我的脑袋好像没休息好,沉甸甸的。

在现实中早上八点起床……对于深渊城居民来说，简直是一项壮举。

维卡比我起得更早。我听见她在厨房里走来走去，轻声哼着小调。电视里放着节目，食物的香气一阵阵传来。我还可以在被窝里磨蹭一会儿，不去想任何跟深渊有关的事，也不去想大大小小的争执、无用的功勋和虚拟世界的阴谋……那些诡计都该被扔进垃圾堆里，到晚上它们就会枯萎，第二天就灰飞烟灭。

节奏……我如此钟爱深渊城那种疯狂的节奏，但有时又会希望远离那个集成电路构成的铁盒子，拒绝打开通往那个广阔迷人世界的大门。此刻我只想待在这个普普通通的房间里——天花板上的墙纸都翘了边，干裂的镶木地板吱呀作响，关不严的小窗里不时吹进一丝冷风……这里有我深爱的妻子，她正哼着歌，为我这个懒汉准备早餐……

"廖尼亚，听着……"

维卡端着托盘走进房间，我突然有些慌张。

"我有没有让你在床上喝过咖啡？"

"没有。"我老老实实答道。

"那就弥补一下遗憾吧。"

这种事只有在电影里才显得优雅。可能他们的床跟我们不一样，食道的构造也不一样。半躺着喝水还行，半躺着吃东西就是另一回事了。欧陆早餐[1]是不错，但吐司碎屑会掉得满床都是。溏心蛋也很难在托盘上敲碎，况且托盘还摆在软绵绵的被子上，被子又盖在软绵绵的肚子上。

"我只是为了让你能在朋友面前吹牛，说你的老婆会把早餐端到床边。"维卡说，"不过别提我们多久才吃一次，好吗？"

"好吧。"

虽然我更喜欢刷牙洗脸过后坐在餐桌旁吃早餐，但此刻我还是幸福得难以言表。

---

1. 一种流行于欧洲大陆各国的简便早餐方式。

"维卡,"我抿了一口咖啡,问道,"你今天有什么安排?"

"上班。我打电话说了晚点儿过去……但不会太久。"

"你今天可以忘了工作吗?我们找个地方逛逛吧。去剧院,哪怕随便走走……"

维卡有些滑稽地鼓起了嘴巴。

"嗯哼……能这样当然好……但今天没办法闲逛。"

"为什么?"

"因为你今天也有工作。"

她笑了,吧嗒一声亲了我一口。

"我不想工作。"我像个顽皮的孩子一样大叫。

"你这么想真是太好了。但你必须去。你得去找你的朋友,跟他们一起决定怎么处理季本科的文件。然后和季本科联系……努力找到黑暗潜者。最后搞清楚怎么收拾残局。"

"搞清楚谁想要干什么。"我明确了任务。

"没错。要平衡各方利益。我的想法是,那个软件现在还不能公之于世。一旦公布,它就会广为流传。人们不会只满足于人工智能和虚拟世界里的永生人……那些精神有问题的人尤其不会满足。我想,季本科也明白这一点。至于那个……黑暗潜者……他也不可能不明白。那他想要的到底是什么?难道他打算把程序分发给所有感兴趣的用户,把季本科逼得破产或者自杀?金钱、权力、名声、自尊……你需要找到他的动机,然后找到折中的办法。这是我出于人性美好的一面……给你的临别赠言。"

"好吧,"我露出了微笑,"那我们就试试看……"

"还有,保护好自己,"维卡的脸色凝重起来,"拜托了。如果见到黑暗潜者,就立刻退出。万一季本科说的是真的,他真的有第三代武器呢?"

"好吧。"

"廖尼亚……我明白,这不是开玩笑。现在你们都在拿生命冒险。最好别再把那孩子带进深渊城,他可是最容易被挟持的人质。"

"没错。我和成吉思说说。"

"我真不想忘记自己昨晚说的话。我想拿起武器去战斗。你是知道的,我言出必行。"

"我知道。"

"一定要保护好自己。还有,别忘了梳个头。"

这突如其来的转折让我呛了一口咖啡。维卡已经把托盘放在了床头柜上,下床理了理裙子,对我微笑着。

"我该走了,祝你成功,廖尼亚。祝你连接稳定,传输顺畅……"

真有意思,她怎么像在送别临上战场的战士?

我不知道她为什么要说这些……老天保佑。我没送别人上过战场,别人也没给我送过行。我记忆中的临别画面全来自小学课本、图画书和电影。我只知道那句"带着你的盾牌凯旋,或者战死沙场[1]"……女人的哭号嘈杂刺耳……她们甚至无力祈祷,只能对即将发生的一切逆来顺受……

"连接稳定,传输顺畅……"这句送行的祝福也过时了。大家早已不再通过调制解调器进入深渊,不然爆炸时我只能呆若木鸡,然后想办法恢复连接,信号弱的时候接收消息还会延迟……新的祝福语还没人想出来,也可能只是我们没听说过。

应该去问问巴特或者伊利亚。年轻人比我们更懂行。

换作一周前,我可能会去问问罗姆卡……

维卡关上了大门。我赶紧爬起来,把面包屑直接抖落到地板上。晚上我一定把家里收拾干净。维卡会很高兴的。地板也要擦擦,天花板和架子上的灰也得掸一掸。

现在该准备出发了。

冲澡。先冲冷水澡,再冲热水澡,用一点麝香味的沐浴露。

今天谁不打算去深渊?

起码有我一个……

---

[1] 斯巴达女人送男人上战场前说的话。

我用湿漉漉的手擦了擦水汽朦胧的镜子，打量着镜中的自己。充血的眼睛已经基本恢复正常。习惯抿成一条线的嘴唇也舒展开了。

折中？

我尽力吧。好吵不如赖和[1]。

但如果黑暗潜者没把恶棍和罗姆卡当作挡箭牌，那孩子现在肯定还活着……

"我试试看，维卡……"我努力舒展双唇，"真的，我会努力试试不被仇恨所困。"

地铁里人满为患。我怎么也无法习惯在高峰期出行。我紧贴在车门边，夹在一个流浪汉似的老头儿、一个没精打采的女人和一个脸色阴沉、塞着耳机听随身听的少年中间。我看起来也不见得比他们体面到哪儿去，当然，至少比那个裹着脏大衣的老头儿好一些。他有些营养不良，布满皱纹的脸十分苍白，神情紧张。

这就是阶层，社会的横截面。当然，加上一个成吉思那样的暴发户才完整……但他们从不坐地铁。不过眼下这幅画面也足够丰富了。已经看破红尘的老人……习惯了单调劳作的女人……加上一个对周遭事物毫不关心的少年……

当然，还有我。

与其说我是一个没有完全浮出水面的潜者，不如说是一个刚刚挣扎着露出脑袋的溺水者。是什么让我窒息？是老人对自己的腐朽肉体和外表漠不关心？是那少年在现实面前堵住双耳？是那女人厌世的脸？她的疲惫并非因为长年身处某个柜台或办事处操劳，而是因为自己的愚蠢。

我们还缺什么？嗯？在这里，在真实的世界中？我不相信坏人比好人多，我不相信我们是弱者，我不相信每个人都对别人心怀不轨。尽管我可以举出无数个反例：杀手、心理变态、单纯的恶人、利己主义者和流氓……这样的人无处不在。但他们毕竟是少数，不然这个世

---

1. 俄罗斯俗语。

界早就变成血淋淋的绞肉机了……

难道这个世界还没有变异？我问自己。

没有，或许还没有。不然那个结实的小伙子肯定会朝窝在地上的老头狠踹一脚，把衰老和肮脏从这个世界驱赶出去；那女人会趁机把老人口袋里撒出来的硬币都揣进自己兜里；剩下的乘客则会忙着下注，赌那个老头什么时候一命呜呼；而我则会坐在自己家里，戴着头盔穿着拟真服，在深渊城天堂般的丛林中，任凭美人取悦我的虚拟躯体，躺在扶手椅上愉快地抽搐……

现在我去找成吉思，不是因为我自己遇到了麻烦，这场危机与眼前的每个人息息相关。但如果他们知道我脑子里的想法，那个少年肯定会啐我一口，女人则会给我一耳光。

他们的愤怒甚至并非因为受了冤枉。少年在看到老人时的确会嫌恶地皱起眉头。而对于那女人来说，我每天眼都不眨地给"新康港[1]"交的两美元深渊入场费也的确不是个小数目。

只不过在我们所有人身上，除了野兽的獠牙、动物的本能和生理上的愉悦之外，还有其他东西存在。或多或少，但每个人都有。这就是区分野兽和人类的屏障，如同一道结实的栅栏，也像是深渊上的那座桥。你可以不断拿锯子锯它，也可以把它深深埋葬，但无法让它消失。

我不知道，是否有一天人类将不再需要这道藩篱。或许只有当羊羔和雪豹同床共寝之时才有可能。

但如果我坚信这道藩篱永远存在，那我昨天就会接过季本科手里的武器，前去执行我坚信的正义。

来给我开门的是成吉思。他已经剃了胡子，换了身干净衣服，穿着牛仔裤和绒布格子衬衫。

"进来吧。"他对我的到来毫不意外。

"我没吵醒你吧？"

---

1. 俄罗斯电信公司，成立于1998年。

"没有。我起得很早。巴特和恶棍得睡到中午。"

金毛犬从成吉思身后钻出来。我朝好奇的比特伸出手,它用鼻子闻了闻我的手掌,然后在我腿边蹭来蹭去。

"去厨房坐坐?"成吉思邀请道。

"一大早就喝啤酒?"我有些难以置信。

"不,还是喝咖啡吧。咖啡配白兰地,或者里加黑药酒[1]。你喜欢里加黑药酒吗?"

"当然了。但凡是个苏联人都爱喝。"

看来我今天的命运就是没完没了地喝咖啡……

厨房里一片狼藉,我们前几次聚会留下的残骸无人收拾。就连喝完了的日古廖夫啤酒瓶都原样摆在桌上。不过我不确定那是我们前两天喝剩下的,还是后来新开的。恶棍喝啤酒跟喝水一样凶。

"马上就好……"

成吉思显然瞧不上速溶咖啡,也瞧不上咖啡机。我坐在一旁看他往一只小小的咖啡研磨器里倒上来自莫斯科咖啡公司[2]的"科伦坡"咖啡豆,然后不紧不慢地研磨起来……

"咖啡豆是国产的,你不介意吧?"成吉思问,"有些人会挑三拣四……但这咖啡真的不错,烘焙得恰到好处。只要有合适的本国货,我绝不买进口货。"他略微沉思片刻,接着说,"可惜上乘的国产货不多……"

"没什么。我自己也喝这款。"

有钱真好,可以随意摆谱。

"成吉思,你的钱都是哪儿来的?"

"卖光盘,"成吉思轻描淡写地说,"盗版光盘。CD、DVD都有。两美元的Windows管家、最新的游戏盘、软件安装包……如果你去米津斯基电子市场闲逛,或者去光顾小摊贩的生意,随手掏几块钱,就等

---

1. 一种在伏特加里加入传统草药制成的药酒,拉脱维亚特产。
2. 1997年成立的食品公司,旗下咖啡品牌是俄罗斯最畅销的咖啡品牌之一。

于让我挣了一点儿咖啡钱。"

他把磨好的咖啡豆倒进壶里。

"现在我款待你,用的也是这些赃钱……"

"明白。"

"我也做游戏本地化的生意……如果游戏好玩,我偶尔也会亲自翻译。如果没意思,就叫他们做。有时候巴特也翻译。他想自己挣钱……"

"我终于知道那些低级笑话是出自谁手了。'您的船只已接近塞壬岛,赶时髦乐队[1]正在现场表演,他们歌声酷毙了,您的部分团队成员可能被歌声吸引,在这里掉队。'"

"这句话肯定不是巴特翻译的,他不喜欢赶时髦乐队……"

成吉思把壶里的咖啡倒在两只杯子里,拿来一瓶里加黑药酒和两只小银杯放在桌上。

"你怎么喝?加在咖啡里还是分开?我一般分开喝。"

"我也是。"

我们忍不住笑起来。

"祝我们旗开得胜……"成吉思举起酒杯。

"怎么不带我?"一个闷闷不乐的声音从楼梯旁传来,"你怎么来了,廖尼亚?"

恶棍挠着肚皮,眯起近视的双眼。

"你眼镜又丢了?"成吉思问道。

"没有。我记得肯定放在家里了……应该是。"

他提了提自己古怪的缎纹短裤,在我身边坐下。

"壶里还有咖啡,自己去倒吧,趁还没冷掉。"成吉思对他说。

"居然要我这个老朋友自己动手……真是没良心……"恶棍嘟囔着伸手去拿咖啡壶,"要是有人来打倒你这个大地主,我一句话都不会多说!"

---

1. 指英国摇滚乐队 Depeche Mode,1980年成立的电子乐乐团。

恶棍嘎嘎大笑着把咖啡壶重重搁在桌上。他没找着杯子,叹了口气,直接拿起咖啡壶喝了一口,接着又往壶里倒了点儿黑药酒,大声嚷嚷道:"棒极了……没话说……成吉思,我打算在你这儿住到春天。可以吗?"

"我说不行你就会卷铺盖走人吗?"

"当然不会。你欠我的。欠我一个金币呢。驳船那会儿的事,到现在都没给。"

成吉思笑了,看起来是打心底高兴。

"我什么也不欠你的。那个金币是你输给我的。你超时了。"

"我超时是因为你把计时器关晚了!"恶棍大喊起来,"这些商人就是这样,为了捞钱不择手段……你得好好盯着他,廖尼亚!"

"驳船到底是什么?"我问,"我已经听到好几次了……"

"全俄罗斯所有黑客曾在那条驳船上齐聚一堂。"恶棍像在回忆一场盛会,"为黑客们干杯!"

"也为潜者们干杯!"我举起酒杯补充道。

"那次我们偷了一台 IBM PC/XT[1]。"成吉思说。

"不是偷,是借!我们可是诚实地把它还回去了。"

"没错,四年后还回去了。简直是瞎折腾。早知道就把它买下来了……如果这个老古董现在还能用的话,摆在家里偶尔玩玩'掘金者'[2]也好。"

"'掘金者'……"恶棍似乎陷入了往事,"是呀……"

"当时我们那伙人……都是刚入行的程序员。我们上了那条停在岸边的驳船,一群人围在唯一的电脑旁边学习编程,"成吉思回忆往事,满脸笑意——

"我们喝着劣质啤酒和劣质咖啡,吃的是三戈比一个的小面包和锯木屑样的炸肉饼……多美好的岁月啊。是吧,托哈?"

---

1. IBM 公司 1983 年推出的一款电脑。
2. 1983 年 Windmill Software 公司发行的一款电脑游戏。

"的确,"恶棍点点头,"那时候我还没有'哈雷'[1],只有一辆'伊热夫斯克'[2],但在当时已经很不错了。"

他喝下几口咖啡,用手背擦了擦嘴——

"我的伙伴们,接下来怎么做?"

"还有什么可做的?"成吉思反问道,"阻止季本科发布软件,不在我们的能力范围内。但我也不会助纣为虐……对,我是很清楚怎么在虚拟世界里无限复制软件磁盘,然后四处传播。但你也知道,我现在挣的钱就够花了。"

"那季本科打算拿这个软件怎么办?"恶棍问我。

"我也不知道,"我耸耸肩,"可以试着问问他。说不定他会说实话呢?"

成吉思叹了口气,"这样的软件,研发阶段得大把大把砸钱,雇几十个程序员没日没夜地写代码,投入巨大,不发行是不可能的。问题只在于什么时候推向市场。"

"那就得问问黑暗潜者了……"我说,"他到底想干什么……"

"他一定会出现的,"成吉思微微眯起眼,"他还能躲到哪儿去呢?"

"你们好……"

巴特也来到了厨房。他睡眼惺忪地揉着眼睛,穿着牛仔裤,打着赤脚。

"你们怎么都这么早……"他一边打开冰箱一边嘟囔,看着冰箱里的库存,犹豫了一会儿,然后拿出一盒酸奶,一屁股坐到桌边,"你们在这大喊大叫,整栋屋子都听得见……"

"去洗脸。"成吉思命令道。

"嗯。我喝完就去……"

"做得对,"恶棍给男孩儿撑腰,"过度讲卫生是娇生惯养的西方资产阶级陋习。真正的黑客就应该脏兮兮的,蓬头垢面,牙齿发黄,脸

1.2. "哈雷"是美国的高端重型摩托。"伊热夫斯克"是苏联伊热夫斯克摩托厂出产的中端摩托。

色发青。"

巴特皱着眉头看了恶棍一眼,但仍没有放下手里的酸奶。

"我今天有事,"成吉思说,"只能晚上去深渊。到时候我们还是在我家……深渊里的我家碰头。七点,不,还是八点吧。大家都能来吗?"

"最好早点儿吧……"巴特说,"行吗?"

"小子,你最好暂时别去深渊。"我说。

"这又是什么话?"

"小孩向来是最好的人质。"

巴特哼了一声,"那我从今天起扮成个两米高的大胡子……"

"列昂尼德说得对,"成吉思点点头,"我觉得你至少最近两天都别去深渊。"

从小男孩的眼神里,我明白自己在他心里的地位一落千丈,落得比神庙前那道深谷还要深。

"廖尼卡[1],你惹恼我了!"

"听我说……"

"别忘了你在最后一关拿火箭筒轰了我!"巴特舔着酸奶勺子说,"把我轰成了碎片。万一我真的休克了呢?或者阑尾破裂了怎么办?"

"别废话了,"成吉思冷冷地说,"你今天不许去深渊。"

"我倒要瞧瞧,没有我你们怎么打……"巴特愤愤不平地嘟囔道,"那我们可以打开那个软件吗?我就随便用用……不去深渊,就是……看看使用说明……"

"我不记得密码了,"成吉思一声冷笑,"吃完了吗?吃完了就去洗脸。"

"一群混蛋。"巴特猛地站起来,"怎么,三个大男人欺负一个小孩子是吗?"

"你越气急败坏,越证明你还是个孩子。"恶棍拿出一根烟卷说。

---

1. 列昂尼德的昵称,比"廖尼亚"更亲昵。

"大人只会琢磨怎么存黄片。"

小男孩似乎不打算和恶棍争辩，乖乖喝完咖啡就走出了厨房。

"他不会自己偷偷打开软件吧？"我问道。

"不会。他看得出来我们不是在开玩笑，"成吉思也点燃了一根香烟，"随便用用……说得真好听。"

"老实说，我们到底在怕什么？"恶棍吐出一团浓浓的烟雾，"也是……我们还没习惯这出人生剧场上的新剧目。那些人工智能……那些接近智能的电子分身，可能会同时存在于现实和虚拟世界……"

"这不是新剧目，"我说，"这是一个新的舞台，我们被迫上台，不是要表演剧目，而是要去生活。"

"不管怎么说，我们习惯了先看事物的弊端，习惯了质疑和恐惧。万一这是个奇迹呢？或者是救赎？是黄金世纪的开端？大批的机器人会投入工作！你们都想象不到人类会多幸福！"

恶棍用得意的眼神打量了我们一番。我没有说话。成吉思也是。

"喏……"恶棍掐灭烟头，放到窗台上，"别给我扔了，回头我可能还要接着抽……我要去睡回笼觉了，战友们。巴特说得没错，你们大清早就在这儿大喊大叫……"

他站起身来，一把拿走了那瓶没喝几口的黑药酒。成吉思没发现，或者没打算计较，只是望着窗外说："他说得有点儿道理……你不觉得吗？"

"关于我们吵醒了他的好梦？"我忍不住打趣道。

"关于怀疑和恐惧，关于总做最坏的打算。没错……这种警觉是必要的，有时候能救命。但万一这次没那么糟糕呢？"

"我不知道，"我坦白承认，"我真的不知道，成吉思。"

"问题就在这里……"

成吉思起身走到窗边，手伸进口袋里摸索着。

"那我们现在该怎么办，成吉思？"我问道，"不知道脚下的路是正是邪，我们该怎么办？"

成吉思若有所思，拿起恶棍留下的烟头，点着打火机，深深吸了一口,皱起了眉头——

"他抽的什么破烟……"

"站在原地什么也不做?"我自问自答,"那我们走不了太远。往回走?那更糟……"

"如果你在丛林里前行,结果碰到了一堵墙,"成吉思突然说,"你会怎么办?"

"我知道这个心理测试。"

"那就快回想一下你的答案。"

"我会朝右走大约一公里。如果墙还没有到头,我再往左走两公里。还没到头的话就试着翻过去。"

"你一定会尝试翻过去吗?"成吉思好奇地问。

"是的。"

"我的答案是:这取决于我的目的,我要去哪里,为什么去……"

成吉思掐灭烟头,拿出自己的烟。他今天抽得很凶,一根接着一根。

"真正的凛冬来了。不是吗,廖尼亚?"

我也站了起来,往窗外望去。

一片茫茫白雪。洁白、纯净又柔软。天空阴云密布,雪地上没有太阳的反光,但这并不妨碍雪的真实存在。在春天来临前,它不会融化。

"新年。"成吉思说,"芳香的橙子、烤箱里的馅饼、沙拉、香槟……枞树、金银饰带、仙女棒、花环……客人、音乐、笑话、钟声……听起来是不是像在做自由联想游戏?"

"宿醉、垃圾、疲惫、丢失的西装扣……"我接着说,"难道你首先联想到的不是这些?"

成吉思点点头笑了——

"我更喜欢夏天,但它总是那么短暂。你怎么看,列昂尼德?或许季本科的想法也不错。虚拟世界可以永远停留在夏日,即使在那里生活的并不是真正的你……但至少那里永远是夏天。你记得有一次在深渊里,你说夏天结束了吗?现在,它可以永不终结。"

"成吉思,这得让每个人自己去选择。"我小心翼翼地说,"什么对他们来说更重要……一个短暂的夏天,还是永不完结的夏天;是生活,还是生活的幻觉……"

成吉思微笑起来。不,他莫名陷入了狂喜——

"我是个大活人!"他说,"我活着,并且会一直活下去。夏天也不会这么快就结束。"

他怎么突然开始触景生情了……甚至仿佛忘记了我的存在。成吉思望着窗外的皑皑白雪,香烟化为灰烬从他指间缓缓掉落,他的笑容仿佛焊在了脸上。

"现在也是夏天,只不过是寒冷的夏天。但新的夏天还会来临……我能感觉到它的气息,听见它踩在被白雪掩埋的厚厚落叶上的脚步声……夏天……"

他贪婪地呼吸着香烟的余味。

这还怎么聊下去?就算是十九世纪的剧本也不会这么写。

游手好闲的有钱人更不会这么说话,不管他们多么博学可爱。

"炽热的风吹在脸上,草莓的味道停留在唇间,天上满是星辰,温热的泉水流过指间……夏天走得如此匆忙,人们甚至来不及喊一句'停下!'……夏天早已离开,但我仍能感觉到它的存在。记忆在指尖残留,那是关于夏天的记忆。我微微战栗着,仰起头迎接雨滴,脸上露出不经意的微笑——夏天……这是夏天啊。他们对你说,夏天已经离开了,但你仍追寻着它的踪迹。你奔跑着追赶,但是迟了,来不及了,可这是夏天啊……你跟着它消失的足迹,开两小时车也好,坐三小时飞机也好,再多走几步路也好——出发!去哪儿,我不知道。但我们一定会到达目的地。只为了找到夏天。即使只是一片胆怯的、残存的夏日。不必太多,不然就热死了……夏天……"

"成吉思……"我轻声叫他。他并没听见,继续在脑中追逐自己的夏天。

"请把我自己的那一小片夏天还给我……它一定会就此留在我身

边,再也不离开。我的夏天,过去是什么样,现在还是什么样,未来也不会改变。永恒的夏天!我还记得它是怎么离开的。金灿灿的太阳在火红的晚霞中缓缓下沉。风中传来飘雪的气息。我朝着晚风微笑。我苦苦哀求:'等等!'哪怕只是片刻!再给我多留下一点儿夏天吧!但北风见过太多我这样的痴人。天气还暖和的时候,它不会与我争执。可一旦变冷,风就会在我耳边低语:'夏天结束了。'我没法立刻接受现实,但夏天的确结束了。冰冷、阴郁、灰色的雨点从天而降。我伸出手,抓住一颗雨滴。我不喜欢那水中的倒影。这不是我!我对雨滴说。但雨滴结成了冰晶。我于是明白过来,这就是我的倒影。最可怕的是,冰晶永远不会在我掌心融化。手掌的温度已经无法融化坚冰。"

成吉思哈哈大笑起来。

"于是我终于明白,夏天结束了。"

"你怎么了,成吉思?"我目瞪口呆。

"没事……"

他把燃尽的香烟扔进烟灰缸,问我:"难道你还没察觉到吗,列昂尼德?那种巨大的诱惑,那股永恒夏日的气息?季本科的武器算什么!就算不是他,也会有别人发明出来……迟早的事。别再因为这一点审判他了。别怪他发明了深渊和永恒的夏天。而且,真实的生活和虚拟的生活……我和我的分身……有什么区别?如果这分身能走进我的夏天?列昂尼德……别把精灵困在陶罐中。深渊会变成另一副模样。我们行动与否都改变不了什么。或许,我们能推动新世界的降临?我们可以输入密码,在电脑上安装'人造自然',然后进入那个夏天……"

"不。"我说。

"为什么?"

"还得问问疯子、法师和投手。得到他们的同意,我才会说出我的密码。还有维卡。有了她,我才能决定要不要进入永恒的夏天。还有季本科。相信我,他思考这些问题不是一天两天了。甚至还有黑暗潜者。我真的想知道,他的目的到底是什么。"

"这么多条件……"成吉思点点头,"满足这么多条件,才能迎来那个为所有人准备的夏天。"

背后忽然传来抽泣声。我回过头。

恶棍靠在墙边,用一块鼻涕斑斑的脏手帕擦着眼泪。

"成吉思……"他像个大喇叭似的夸张地擤了一下鼻涕,"成吉思,能不能再念一遍关于夏天的那段话?啊?我没记全。什么……'唇间的马林果''我会久久地追着自行车……'"

"你这个冷漠无情的畜生,"成吉思气冲冲地骂道,"没心没肺,毫无浪漫细胞。"

"我?我只是下来拿烟头,结果都被你抽完了。但我一点儿都不怪你,成吉思。你刚才只说了夏天……那春天呢?你也能写首诗出来吗?"

"不行。春天只是冬天和夏天之间的间奏,没有足够的独立性。"

"还说我不浪漫,"恶棍叹了口气,"好吧……不说这个了。别忘了,诗人,你现在得去打架了。"

"我要跟你说多少遍,我不是去打架的!这是商务谈判!"

"随你怎么叫,有什么区别呢?"恶棍朝我使了个眼色,"把烟留下,走吧。别忘了清理枪管……"

成吉思看着我说:"你信不信,总有一天我要把这个人从我家里轰出去?"

"我不信。"我摇了摇头。

"连你也不信。好吧……玩笑归玩笑……列昂尼德,你打算从哪里进入深渊?巴特不去的话,电脑就还有富余。我家的网速也快。"

"我还是回自己家吧。习惯了。"

"好吧。那八点见。"

成吉思离开了厨房。缩在桌子下打盹的金毛犬也站了起来,原地打了个转,一会儿看看远去的主人,一会儿看看留在厨房里的我们。

数量胜过了质量。金毛犬人模人样地叹了口气,又躺回桌子底下。

"有时候他会突然诗人附身,"恶棍兴奋地说,"变成个什么浪漫主义者……这种时候你得听他抒情完,然后及时挖苦一番。不然他肯定会沉浸在自己的世界里不能自拔，跑去跟生意伙伴说什么宇宙的缺陷，什么鹅卵石的美丽，什么稍纵即逝的夏天，什么夜空里迷失的小鸟在凄婉地哀鸣……听见他说这种话的人就会在脑子里画个勾——'成吉思变弱了'。那样他树立的形象就完了，就像奥西奥拉[1]或者阿吉拉一样马失前蹄[2]。他俩谁是狼群的头目，谁是塞米诺尔人的领袖来着？"

"阿吉拉。"

"是阿吉拉？"

"是阿吉拉马失前蹄。"

"你没骗我吧？"恶棍怀疑地问，"我很久没读吉卜林的书了……"

"被你挖苦之后成吉思就不会马失前蹄了？"我追问道。

"正常状态下的成吉思可以一口咬死任何人。他工作时和私底下完全是两副面孔。谢天谢地，我基本上不熟悉工作时的他。"

11

d-e-e-p+回车。

彩虹色的风暴……

几乎所有人在看到深渊程序时，都会联想到雪花。尽管色彩缤纷热烈，它还是更像雪花。可现在，季本科已经决定把永恒的夏天送给全世界。

但为什么这样的夏天在我眼里更像是一座冰雪荒原？

或许我是错的。不……我只是没有权利替别人做决定。如果连成吉思都觉得"人造自然"是极具诱惑力的考验，那其他人呢？一个外

---

1. 第二次塞米诺尔战争中的印第安人领袖。奥西奥拉采用游击战术，迫使美国政府停战谈判，但在谈判期间被捕。
2. "阿吉拉马失前蹄"是苏联动画电影《毛克利》中的经典台词。电影改编自英国作家约瑟夫·吉卜林的小说《丛林之书》。电影中，狼群首领阿吉拉在一次狩猎中没能抓住猎狗，颜面扫地。苏联人常用"阿吉拉马失前蹄"来表示某个有经验的人犯了意想不到的错误。

省来的小子，在上夜班的时候把办公室的门一锁，只想通过那根破网线钻进深渊，不用穿拟真服也不用戴头盔……只要能出现在深渊城的天空下，在精灵城玩耍，去便宜的妓院或者去现实中无法负担的高档餐厅里尽情享受一会儿……再比如，对一个困在轮椅里的残疾人来说，只有在深渊他才能用双腿自由奔跑，哪怕那只是一片电脑绘就的草坪……那些所有不幸的、忧愁的、痛苦的、疲惫的、失望的人们，又会如何抉择呢？

深渊……

温暖的雪花旋转着，舞动着，缓缓飘落，像一股旋涡，将我们卷入黑暗。那是万花筒，是焰火……

直到光明重现。

我站在小旅馆的房间里。周围一切如常。普罗透斯和摩托车手躺在床上，像一对破败不堪的布娃娃……

你一定会来找我的，黑暗潜者。只要你来，我们就可以谈谈。

我检查了一下口袋。季本科送给我的手枪还在里面。

我做好了对话的准备。

寻呼机的提示灯闪动起来。好吧……迪克终于出现了……

看得出来，尾随我们追杀而来的皇帝把他伤得不轻……

迪克本人并没进入深渊，他只是给我的寻呼机留了条信息。

我按下接收键，迪克的面孔出现在屏幕上。

"你好，列昂尼德。"

他已经是个货真价实的老人了，得有五十多岁。具体年龄我无法准确判断，我认识的黑人朋友太少。

我们从没在现实中见过面，但我怎么也没想到，疯狂投手是个黑人！

"我的时间不多。"投手努力挤出笑容。他躺在一张床上，脸上满是痛苦，身边似乎有忙碌的人影。

"我请求他们……给我一分钟。没事。我们这个时代，一次心梗死不了人。不是吗？"

"没错,迪克。"我说。尽管他不可能听见我说话。他早就被送到了医院,现在身边全是使出浑身解数的医生和护士。我相信他会没事的。理查德是个衣食无忧的人,美国的医学水平也不是我们可比的,一切都会好起来的,不会有意外……

"我女儿给你寄了封信……我会没事的。神经衰弱而已。我毕竟老了。又老又蠢。我没事……"

迪克望向旁边,微微点了下头。有人在催促他。我不知道他对身边的人撒了什么样的谎才获准录这条视频。他可能编瞎话说这事关一笔大生意,百万美元级别的那种……

"我一直坚信你能找到神庙,也相信你能做到一切你想做的事。祝你成功……潜者。替我战斗吧……替我这个神经脆弱的老笨蛋……祝你成功。"

他的面孔消失了。

又是这样的事情……一次又一次。

我回想起皇帝问出"你们是谁?"时,迪克猛然大变的脸色。

人工智能就是这样诞生的。这就是它的进化过程——不断杀戮,直到几乎能真正置人于死地。

不,我并不认为皇帝使用了类似第三代武器之类的手段攻击投手。更有可能是投手的神经真的出了毛病。紧张和疲劳……再加上心脏病。

但无论如何,季本科创造出的生命体,已经有了杀人的能力。

我推开门,小心翼翼地看了看走廊,然后走出房间,锁门。

下楼的时候,我给季本科发去了会面邀请。我不喜欢等人。或许正因为如此,我才总是在等待。

好在深渊城里从来不缺计程车。我刚举起胳膊,一辆小车就停在我面前。司机是个梳着七彩鸡冠头的朋克青年,破洞外套里面什么都没穿,应该是个程序人。我说出地址,然后瘫倒在后座上。

今天的街道堵得水泄不通。出租车艰难前行。我们驶过虚拟广场,然后拐进了唐人街。

"走这条路更快吗?"我忍不住问司机。

唐人街是不久前才在深渊城出现的。中国人一直不愿意进入虚拟世界，但最终还是妥协了……

现在整个中国区正在迅速生长，不断吸收周围的街道。在虚拟世界里划分空间就是这么方便。

"更快。"司机说。

"你确定？你偏离导航路线了……"

"确定。"

他的回答让我心里一咯噔。

我盯着他光秃秃的后脑勺，脑中盘旋着我们短暂的对话。

程序人司机通常都挺客气。只有人类才会惜字如金，不考虑什么礼节。

还没来得及想清楚，我的脑中就警笛大作——是直觉、嗅觉和洞察力在提醒我。

下一秒，我已经用枪口抵住了司机光溜溜的后脑勺。他的头皮柔软而有弹性，非常真实。

"停车！"

车窗外的商铺门口高高挂着五颜六色的灯笼。清澈蔚蓝的天空中飞舞着纸龙。过往的路人脸上满是微笑。

"车。"司机跟着我重复，然后开始加速。

他不是程序！我下了指令，但他既没有拒绝执行，也没有听命行事。只有天赋异禀的人类才懂得撒谎和拖延时间。

"小子，你会后悔的。我有第三代武器。"

司机转过头来，满脸微笑。

我几乎无法呼吸——他眼睛盯着我看，但双手仍把着方向盘，沿着街道狂奔。

"真的吗？那又如何？"

不会有可怕的事发生在我身上的，不会的。毕竟我身处虚拟世界，该死，这里最可怕的倒霉事不过就是……

不过就是死亡。

一声巨响，车子的引擎盖重重地撞上了什么东西——似乎有一具身体被撞飞到了人行道上。尖叫声立刻响彻街道。不过没关系，那人马上就会因为身体无法承受的严重冲击而被强行弹出深渊。他会在自己家里站起来，抖抖身上的灰，再回到深渊。但迟早有一天，当他走在真正的马路上时，会忘记害怕身边飞驰的汽车……

驾驶员突然大笑起来，他甚至没把头转回去。他不可能不知道刚才发生了车祸……但依然在放肆地狂笑。

"停下！"我又说了一遍。

他到底想干什么？把我困在深渊里？把我带到某个陌生的地方？

"少安毋躁。"驾驶员劝慰我。

他看了看我的枪口，咧嘴一笑，接着张大嘴巴，缓缓含住了我的枪口。

神经病。他肯定是个神志不清的性变态，居然给手枪口交。

我忽然明白了投手为什么要朝皇帝开枪。

"白费工夫，"我说着扳下保险，"你这是白费工夫。"

我们仍飞驰在唐人街狭窄的街道上。毫无疑问，这并不是去成吉思家的最短路线。前方的车流仿佛翻滚的浪花，行人四散奔逃，让出道路。

"三……"我开始倒计时。

该死，他到底想干什么？

"二……"

司机又露出了那种充满嘲讽的微笑。可真是个快活小伙儿！好在我开玩笑的水平也不赖。如果季本科说的是真的，前五发只是普通的电击弹，那么……

"一……"

司机踩下了刹车。

我甚至没来得及为他在关键时刻的英明决断而喝彩。

我们的车停在一条垃圾遍地的狭窄胡同里。墙边站着一个身着黑风衣的男人。

他手里也有一把枪。

枪声响起的刹那,我只来得及弯腰躲避,子弹瞬间穿透了车玻璃。我躺倒在后座上,扭头向后的司机则朝我露出一个冷笑,狠狠用牙咬住我的枪管,随后猛地一个甩头,用一股远超常人的力量夺走了我的手枪。

与此同时,我按下了扳机。

一股青烟升起,我闻到了骨头烧煳的味道。几颗牙齿混合着肉泥挂在枪管上。

"哎……呀……呀……"司机含糊不清地叫唤起来,脸上仍挂着微笑。

他放开了我的枪管,但显然没受致命伤。就连要昏厥的迹象都没有。

枪管上留下两排清晰的牙印。

季本科这个畜生!

接下来只能靠本能行事了。我左手掏出枪侠的手枪,上膛,抬起枪口,对准那张笑容满面的脸……

第二代武器应该有足够的杀伤力,甚至比电击弹还强一点儿。

这一枪应该可以直接摧毁他的电脑,烧坏他的处理器,就像我曾经经历的那样。他的虚拟身体应该瞬间被冻结,然后灰飞烟灭。

但今天发生的一切都不太对劲儿。

子弹飞进了他的脖子。这是病毒,是一股电子脉冲,或者叫木马——我不知道该怎么正确称呼它。但眼下对我来说,它只是一颗子弹。

看来对司机来说也是如此。

他惊声尖叫起来,拼命用双手堵住喷血的伤口。鲜血从他紧闭的指缝中渗出来。他的手指深深掐进了皮肤里,几乎要撕裂伤口……

在那几根扭曲的手指间,我看见了金属的反光和混乱的电线……

他是个机器人。朋克机器人,而且是经典款式。

我颤抖着手,再一次扣动了扳机,第二颗子弹击中了朋克机器人。

他高耸的鸡冠头彻底变成了碎片。血迹、肉块、黏腻的灰色混合物、零碎的电路板和一束束电线四处飞散。

这个朋克机器人真是恶心得惊世骇俗……

我推开车门,翻身落地,迅速滚到车轮后面,躲避不知会从何处飞来的子弹。

"喂,列昂尼德!"

那声音有点耳熟。我屏息凝神,试图弄清楚敌在何方,但脑子里一团乱麻。

第三代武器没有奏效。不是因为季本科骗了我,而是因为我攻击的不是人类。

我攻击的是一个人工智能,或者是某人的"第二生命"。

第二代武器帮了大忙。我不知道究竟有没有把他彻底了结,他可能仅仅需要一点时间重整旗鼓,把自己的意识转移到另一片网络。但就算我给机器人造成了无法修复的损伤,我也不觉得自己是杀人犯。

"廖尼亚,你干吗下这么重的手?"

这声音里满是嘲弄,甚至透着兴奋。

"为了报一枪之仇!"我大喊着,纵身躲到另一个轮胎背后。

"哦,我上次用的是电击弹……真没打算杀了你。"

"你就是黑暗潜者!"

"没错,大家都这么称呼我……"

终于让我等到了。

卧倒在唐人街某个偏僻角落里的泥泞中,藏身于一辆出租车背后,车里还躺着刚刚被我杀死的人工智能……我居然在这种情形下和手持武器的黑暗潜者对话。

我把枪侠的武器收了起来,掏出季本科给的枪。思来想去,又换回了枪侠的那把。

这样更稳妥。

"你杀了我的司机,我并不生气,列昂尼德。你居然还能想到用第二代武器?没事,我真的一点儿也不生气。托季本科的福,这样的家伙遍地都是。而且它们很容易操控，冲动得不行，就跟青春期的孩子一样……有时候我都怀疑，它们到底是不是真的智能……"

"你想从我这儿得到什么？"

他到底在哪儿？我眼前只有一堵墙，看不见黑暗潜者的身影。

"列昂尼德，我只是想和你谈谈。谈谈而已！我也是为此去找成吉思的，但你们可真不好客……"

"那就谈啊！"我催促道。

一阵低低的笑声。

"你现在的姿势可不太适合谈话……"

"没关系，不管什么姿势我都能找到论据……"我抬起枪口答道，"快点儿，说吧！"

"我要文件，列昂尼德。"

"什么文件？"

"别装傻了！我要恶棍和罗姆卡从季本科那儿偷的文件。我们可是签了合同的。"

"你拿他们当了替死鬼，畜生！合同早该解除了！"

这个街区里到底有没有警察？我们在大马路上引起这么大骚动，警察早该把我们抓进去十次了……起码该做做样子啊……

"你冷静点儿！"

不知是不是我的错觉，他的声音突然变得无比严肃。

"我也没预见到有人会带着新型武器追杀他们！没错，是我坚持让恶棍带着罗姆卡去入侵那家公司！"

原来如此……

恶棍没告诉我这件事。他完全没打算为自己辩解！

真没想到，那个粗鲁又聒噪的黑客……

"那孩子需要这项任务！他想要找到自己在生活中的位置。你明白吗？如果没有发生那场荒唐的悲剧，他会成功的。我只是想帮帮他。你信我吗？"

我躺在泥泞中，脑袋贴在脏兮兮的轮胎上，呆呆盯着地面。

我信。

为什么事情会变成这样？追根究底之后，却发现这场悲剧里谁也没错。

我觉得黑暗潜者并没撒谎。他没有理由置罗姆卡于死地，也没有理由故意让罗姆卡在入侵"新界线"的行动中受伤。

"你信我吗？"

"你要那份文件做什么？"我大声反问。

"你到底信不信我？"

我的答案对他来说难道很重要吗？我的回答……我对他的态度，真有这么重要？

"信。"我低声说。

但他显然听得一清二楚。

"好的。我需要那份文件。交出它，我们之间就再也不会有什么纠葛了。你难道真的被季本科收买了？好一出挑拨离间。但我不信。你太善于在深渊中隐藏自己了。"

"你要那份文件干什么？"我不肯善罢甘休。

愚钝的执拗有时是唯一的出路。

"那份文件将被公开。只要愿意，所有人都能得到。如果你们需要，我可以在发布前留出一点儿时间，好让成吉思先卖上几份。"

"然后会发生什么，你想过吗？"

黑暗潜者笑了。

"你觉得呢？虚拟世界的玩家会开始用'人造自然'进入深渊。每个人都可以在网络中复制自己。不过，深渊城目前的硬件水平还不足以支撑这么多分身……所以很快就会催生技术革命。虚拟世界将成千上万倍地膨胀。"

"你到底想说什么？"

"我深爱深渊。"

这场枪口下的谈话似乎会没完没了地持续下去……

"我还没做好答复你的准备。一天后再见……"

"列昂尼德,别想蒙我。你无处可逃。我是不是还没有完全展示过我的能力?"

能力,这倒提醒了我……

深渊啊深渊,我不属于你……

这句咒语我烂熟于心!

但这次,周围的世界并没变成二维图像,一切岿然不动。我仍然身处深渊之中,深渊依然无比真实。

潜者的能力消失了。潜者那最重要的、也是最后得以保留的那份能力,就这样消失了。

深渊啊深渊,我不属于你……

没用。

"现在呢,够直观了吧?"

黑暗潜者笑了。

他知道我刚才试图退出深渊,也知道我狼狈地失败了。

老天爷,他哪儿来的这种超能力?他是不是无所不能?

肯定不是……不然他早就如探囊取物般自己拿走文件了。黑暗潜者没有那么神通广大。

也就是说……

我起身一跃,一骨碌从引擎盖上滚过去,终于看见了他。黑暗潜者并没有站在地上,而是悬在马路上方一米高的空中,双脚保持平衡。难怪我刚才看不见他。

"两个小时后给我答复,列昂尼德。"他非常平静,"否则的话,事情就会很难看了。再会。"

他转身离开的刹那,我本来得及朝他开一枪,但他换上了罗姆卡的脸,让我无法下手。真卑鄙……

黑暗潜者用手扒着墙壁,在凹凸不平的砖墙上劈出一道窄窄的缝隙,他的身体瞬间化为薄如蝉翼的平面,从缝隙中溜走了。

他又向我展示了一项新技能……

我想放声痛哭。我现在就像被罚面壁思过的孩子一样气急败坏。

我把枪侠的手枪放回枪套,把季本科的枪随意揣在兜里,最后看了一眼出租车和被我枪决的朋克青年。

"站住!"

警察的呼喝声尖锐刺耳,和脚后跟跺碎砖块的声音差不多。我回过头,看见一个长得和动作明星成龙一样的警察。

"我不跑。"我闷声答道。和黑暗潜者谈过后,深渊城的警察无论做什么都吓不倒我了。

"解下枪套,扔到地上!"

我乖乖照做。

警察用他们巨大的手枪对准我,缓缓靠近,小心翼翼地看了一眼车内的情况,瞪大了双眼。

"他没死,只是有点儿难闻。"我礼貌地报告。

"你会为此付出代价的……"警察有些激动难捺。他听起来并不是在为司机痛心,他知道这一切只是游戏……

"那可不一定。"

装着手枪的枪套躺在脚边,但季本科的手枪还在兜里。没时间犹豫了。黑暗潜者只给我两个小时的决策时间,和警察纠缠显然不在我的计划内。

警察震惊的表情凝固在脸上。他的身体逐渐石化,硬生生仰天倒下,手里还紧紧抓着自己的手枪。

我走到他面前,微微战栗着看向"成龙"的脸。如果季本科撒谎了,前五颗子弹不是电击弹怎么办?

警察忽然开始飞快地说话,翻译程序跟不上他的速度,我听见的只是他的母语。唉,我的中文实在差劲。

"你做了什么?你做了什么?卑鄙小人,你对我做了什么?"翻译程序终于恢复了正常。

"别担心,"我安抚他,"大约一刻钟后,木僵症状就会消失。你们不是也订购了电击武器吗?喏,效果真不错!"

我留下他独自一人躺在地上欣赏天空。

深渊城的警察都该好好想想自己行为的后果。我不知道时光能否倒流,飞出的精灵还能否回到瓶子里。

但说不定指挥官乔丹·雷德真会变这种戏法呢?他还算是个聪明的男人。

100

"你迟到了。"成吉思开门便说。

我点点头,走进屋子。

我狼狈的模样已经说明了一切,无须向他们解释我刚刚在泥泞的马路上打斗过,翻了几个跟头,还被溅了一脸血,混合着几块硅晶碎片。

深渊城里的污渍很好去除,都是电子的,很快就会失效消失,但依然让人很介意。难道还得去成吉思的按摩浴缸里洗个澡不成?他家的虚拟浴缸里也泡满了啤酒瓶子吗?

"我和黑暗潜者谈了谈。"

"嗯哼……"成吉思朝藏书室的房门点点头,"去那边聊。大家都到了。"

"所有人?"

"除了巴特。我让他做功课去了。他偶尔也得学习学习。"

藏书室里,伙伴们齐聚一堂。跟上次出征"迷宫"前的心情不同,这次我格外平静……但同时有些难过。疯子和法师正坐在壁炉旁,端着威士忌交头接耳。疯子真是把美国佬的胡言乱语学得分毫不差……恶棍已经换上了自己的行头。一长排日古廖夫啤酒瓶放在脚边,一半是空的,一半是满的。我的好奇心已经被压抑太久了,有机会非得在现实世界里试试他的酒量。难道这几年日古廖夫啤酒忽然变好喝了?

"他给我下了最后通牒。"我没向大家问好,开门见山,"我还有两个小时……准确地说是一小时五十分钟。时间一到,我必须把季本科的文件交给黑暗潜者,不然结果会很难看。"

疯子默默给我倒了一杯威士忌,我拿起酒杯,把唐人街发生的事情原原本本讲了一遍。

讲完这番话,又过去了十五分钟。成吉思的脸色愈发阴沉,手里的烟一根接着一根。

"也就是说,朋克机器人已经被你干掉了。"恶棍叹了口气,"你真强,大哥……"

"各位有什么想法?"我问道,"其实,我不打算一个人做决定。"

"黑暗潜者到底有多厉害?"疯子问。他又一次挑明了那个最关键也最棘手的问题。

"我看他的能耐简直通天。托倒霉鬼的福,我曾经也掌握过那种能力,他显然和当时的我不相上下……那可是……上天入地的本事。我很惊讶,季本科居然能设法应付他。"

"我们也能对付他吗?"疯子接着问。

"我这就把咱们的防御程序写出来……"法师露出一个尴尬的笑容,又挥挥手,不说话了。

"挡不住的,"我老老实实说,"在出租车旁边,他可以轻而易举地了结我。他可以飞得更高,从上方射击,或者隐身遁形,朝我开枪。他可以为所欲为。"

"要是他在'迷宫'里也这么大显神通……"恶棍酸溜溜地说,"那就可以干掉皇帝,给我们扫清障碍了……"

"妮可不是黑暗潜者。"

我十分抗拒说出这个事实,所以尽可能拖延……

"你确定?"成吉思露出怀疑的表情,"你见到她了?"

"我每天都见她。她是维卡。我的妻子。"

"夫人!"法师立刻来了精神,惊叫起来,"我一开始就感觉出来了!她似曾相识!但我没说……既然她自己不说,那就是不想承认……"

"好吧好吧。"疯子忽然接过话头,"列昂尼德,你确定吗?"

"我不相信妮可，但我相信维卡。她绝对不是黑暗潜者。"

没人再提出问题。疯子和法师应该是相信维卡的，成吉思和恶棍则相信我。

"得告诉巴特。"成吉思若有所思，"他直到现在还气鼓鼓的……好吧，妮可的事情弄明白了。那黑暗潜者呢？我们该拿他怎么办？"

"你的意见呢？"

"把程序交给他。至于用不用……让每个人自己决定吧。别再跟黑暗潜者纠缠了。我不会发布这套程序……而且会尽力延迟它在俄罗斯的发行。反正不挣这笔来路不明的钱，我也吃得起面包。"

"别忘了抹一层黄油和鱼子酱。"恶棍嘟囔道，"伙计们，我们可以直接销毁程序。黑暗潜者不像是个变态，不会为了报复而报复。销毁了文件，他就没理由再追着我们不放了，而会转向季本科。那是他咎由自取……那些东西都是他创造的。我的意见是，销毁它，彻底销毁！让它见鬼去吧！那东西现在存在谁那儿呢？"

"在我这儿。"成吉思迟疑了一秒，看看我，露出微笑……我好像又在他眼中看到了永恒的夏天，"好。我同意。销毁吧，连同硬盘一起销毁。格式化和磁盘重写都不可靠。我们把硬盘钻个孔，然后灌硫酸，保证消灭得干干净净。"

疯子耸耸肩，"反正季本科会发行他的程序……我敢肯定。只不过会晚一些……还得有两年试验时间……好吧。随你们吧。销毁。"

"那么多人为此绞尽脑汁……费尽心思……"法师叹了口气，挠了挠后脑勺。

"我们又不是销毁源文件。"疯子说，"副本而已，偷来的副本。"

"那就直接删掉呗！没必要销毁硬盘，我在那上面还存了别的东西……"

"硬盘也得毁掉。"成吉思冷冷地说。

"好吧，你说怎么办就怎么办，反正你也不心疼钱，那肯定是块好硬盘……"法师有些懊恼，"来吧，把硬盘砸了……"

所有人的目光都落在了我身上。

他们在等待最后的决定……

"你们都想好了?"我问。我没有丝毫犹豫,我知道此刻该说什么。

"你好呀,廖尼亚!"

巴特忽然走进了藏书室。他的衣服跟"迷宫"里的制服一模一样。

"巴特……"成吉思马上发火了,"你怎么跟我保证的?"

"我功课都做完了!"小男孩儿仰起头,"我还画了套超级炫酷的皮肤!我只是想吹个牛!"

"这皮肤是不错,"成吉思说,"但你不是保证不来深渊吗?你忘了?"

巴特带着祈求的眼神看着恶棍。恶棍没忍住,妥协了——

"行了,成吉思。别发火。人家来都来了……而且巴特也有表决权,跟我们一样。"

他的最后一句话似乎起了作用。

"坐下吧,"成吉思声色俱厉地说,"大艺术家……我们正在商量怎么处理季本科的程序。"

"结论是?"巴特在成吉思和恶棍中间坐下,问道。

"我们一致同意把它销毁。黑暗潜者下了最后通牒,要我们交出文件。最简单的方法就是销毁它,那样他就不会再缠着我们了。我们没法和他对抗。"

"怎么就没法对抗了?"巴特看看成吉思,看看恶棍,又看向我。

少年的梦想就是这样被摧毁的。冷酷的商人成吉思、伟大的黑客恶棍和最后一名潜者列昂尼德,都在黑暗潜者面前低头了……

"我们绝对不可能战胜他。深渊里的黑暗潜者简直就是某种超自然力量,跟我们不同。我们要么销毁文件,要么就下决心再也不来深渊城。"

我们应该向巴特致敬,他绝不屈服。

"那我们就在文件上动点儿手脚!再把文件交给他,看他会不会中招!"

"不,我们绝不交给他。我会把它毁掉。"成吉思又看向我。

"列昂尼德？你怎么说？"

"销毁吧，"我说，"彻底销毁。我会说明原因。"

似乎所有人都在等我的解释，无论什么解释都行。

"季本科创造了一种狡猾的模型。他想创造人工智能，但不是有自主意识的人工智能，而是附属于真人的那种。说白了他们就是机器人。只不过这种机器人一半由机械元件构成，一半由虚拟程序构成。一开始它们只会复制真实人类的反应，慢慢地，它们将学会预判。接着……接着可能就会获得自主意识。我说得对吗？"

疯子点点头。我接着说："这玩意儿自身也会进化……皇帝就是一个例子。他起初只是个具备简单条件反射能力的愚蠢程序。最后……最后却打破了程序的壁垒。问出了'我是谁？'这样的问题。季本科创造的玩偶的确出类拔萃。但只有一点让我担心……"

"我明白，"成吉思点点头，"你说得对。皇帝是第一个例子。出租车司机就是第二个。"

他确实懂了……

"他们制造皇帝的最初目的就是杀戮和搏斗，"我说，"这就是皇帝在'迷宫'中的作用。但万一谁的虚拟分身跟黑暗潜者一样异于常人，以碾压人行道上的行人、干嚼枪管或劫持人类为乐，他将无法控制自己。不幸的是，这将是常态。虚拟分身必须进化，必须掌握自己的电子躯体。而冲突、侵略、战争——都是进化的最佳催化剂。猴子第一次捡起木棒，不是为了击落树上的香蕉，而是为了击退敌人。季本科的程序会创造出千百万个闯入深渊城的原始人、千百万个聪明机智的电子尼安德特人[1]——它们携带着自己固有的文明而来。我不知道它们会进化成什么。也许它们最终会建立起一个属于自己的美好善良的世界。但在那之前，必须发动战争……必须有冲突……和碰撞。一切只是为了获得完整的自我意识，为了学会思考。"

"去他妈的季本科，去他妈的硬盘……"法师说，"成吉思，一会

---

1. 晚期智人的一种，12万到3万年前居住在欧洲及西亚，约在3万年前灭绝。

儿你得用锤子把它砸碎点儿,好吗?砸上一整年都行。"

"大家都同意吗?"我问道。

"同意。"疯子站起来,"伙计们,我该走了。把这份文件销毁,告诉黑暗潜者,我们手里什么都没有了。然后把我们的想法告诉季本科,他可能会重视这个问题。"

"我也该走了,"法师说,"我还有一大堆事要处理……"

"你又开始上班了?"恶棍没精打采地问。

"不是工作的事……"法师懊恼地皱皱眉头,"昨天……一场大战之后我心烦意乱,就去了公司。我实在太想骂娘了,就用内网给朋友发了封邮件……也没说什么!只是写了一句'假如生活操了你,说明你还活着!'他是俄罗斯移民,应该听得懂这笑话!"

"简直是金句,"疯子掩不住笑意,"然后呢?他没理解你的幽默?"

"我点错了键……群发给全公司员工了。"

疯子吹了声口哨。

"二十三个人,其中有五个女的……现在有五个女的和三个男的告我性骚扰……"

"美国人嘛……"恶棍摇摇头,"说声对不起,付够补偿金,他们就不会闹上法庭。不然你就等着穷到没裤子穿吧……那时候你就会知道,什么才叫生活。"

"走吧……"疯子摇摇头,推了一把法师的肩膀,"你可真棒……叫我说什么好呢……"

一直等到他俩走出藏书室,恶棍才嘿嘿坏笑起来。

"托哈,这不好笑……"成吉思责备地摇摇头,"他现在麻烦大了。"

"我知道……"恶棍好不容易止住笑,"我只是在想象那些循规蹈矩的员工,收到老板发来这么一封邮件时的表情……"

"我觉得挺好笑的!"巴特小心翼翼地插嘴道。

"你这个年纪,随便听到个荤段子都觉得好笑。"成吉思疲惫地望着我,"怎么样?不能拖延了,最后通牒的时间该到了……"

"不拖了,"我说,"请你立刻退出深渊,销毁硬盘。硬盘里还有什么值钱的东西吗?"

"没什么比性命还值钱的东西。那个硬盘不是工作用的,只是存了些游戏和电影。你相信我们吗?要不要来我家一起销毁?"

"我相信你们,"我说,"我觉得这样永恒的夏天,并不是你想要的……"

"廖尼亚,我画的皮肤真的不错吗?"巴特问道。

唉……人人都有自己的问题。不过我很高兴,至少巴特很轻松地拒绝了这个崭新的、未经检验的玩具……

"真的很不错!"我附和他,"很棒。"

"就连手枪都像真的……"巴特从枪套里掏出武器,"对吗?"

他那么轻易地拒绝了"人造自然"……

那么轻易地打开了成吉思的门锁……

那么快就画好了皮肤……

"成吉思!"我失声大喊。

已经晚了。

第一颗子弹朝我迎面飞来。

第二颗奔向一脸困惑的成吉思。

第三颗飞向刚从椅子上起身的恶棍。

枪口喷出的不是游戏里那种蓝色火焰,而是一连串灰色的螺旋。它瞬间出现在眼前,闪电般旋转着,简直要把生命从身体中抽离出来。

多么诡异的感受!

这很像被普鲁卡因[1]麻醉时的感受,而且是全身麻醉。我能感觉到身体的存在……但它已经不听使唤了。我像匹诺曹一样,成了木头人偶。

还好摔倒的瞬间不太疼。

落地时,我成功转了个身,看见成吉思和恶棍都僵硬地倒在扶手椅上。

旁边站着巴特——黑暗潜者……

---

1. 一种局部麻醉药。

我真是个傻瓜。

"巴特!"成吉思大喊。他还能说话。这样也好,至少还有一线希望,"你没事吧?"

这间屋子里最没事的就是巴特……

巴特放下手枪,向我走来。

"巴特!"成吉思又大喊道。

"两个小时过去了,列昂尼德。我在等你的回答。"

开口说话实在太难。难以想象成吉思是怎么喊出来的。但我还是设法从麻木的喉咙里挤出几个字眼——

"摘掉面具……不要伪装。"

巴特冷冷一笑,又做出那个熟悉的动作——抬手朝脸上一抹,由上至下,换了一张面孔。他的肩膀开始变宽,个子变高,全身的"皮肤"撕裂开来,换了颜色,变成一件黑风衣。

现在我面前站着的人又变成了德米特里·季本科。不是无脸人,是照片上的季本科——他窘迫地微笑着,不知所措,还没意识到自己创造出了什么东西。

"成吉思,这根本不是巴特……"我说,"是黑暗潜者。"

成吉思发出一声低沉的怒吼,似乎想挣扎着站起来。

"这张脸怎么样?"黑暗潜者语气轻松,"还不错吧?需不需要再换张脸?维卡、雷德指挥官或是投手都行……马戏团的演出结束了。把文件交出来,列昂尼德!"

我沉默不语。一刻钟后麻痹症状应该就会消失。

"你们似乎还不明白状况。"黑暗潜者瞥了一眼沉默的成吉思和怒目圆睁、只字不发的恶棍,"我现在还算客气。你们只是暂时瘫痪十五到二十分钟。如果这段时间内我没拿到文件,我就不得不再来一次,到时候你们就有的受了……"

他微微顿了顿,这片刻的沉默充满了威慑力。

"我只剩最后一颗电击弹了。其余的子弹都会威胁到心脏,你们虽然不会像罗姆卡死得那么痛苦,但也足够难看……头脑尚能运转,手脚尚且温热,心脏却已停止跳动。十五分钟之后……大脑就会缺氧。在季本科的实验室中,医生会立马给那些志愿者做心肺复苏。不过你们身边恐怕没有医疗团队吧?"

"你已经做好了杀人灭口的准备?"我问道。

黑暗潜者耸耸肩膀。

"我?我不知道。你们可以认为我在虚张声势。这是你们的权力,至少在这十五分钟内。但我身后是无数渴望诞生的新生命,是新世界和新的地平线。季本科永远那么谨小慎微,没完没了地做他那些实验,我身后千千万万盼望永恒的人可没那个耐心。你们听说过沃尔夫·梅尔曼吗?我想你们没有。他是一位年轻学者,一心想要创造统一场论[1]。但他得了白血病,时日无多,只剩下半年时间……季本科的软件能帮助他把自己的意识移植到深渊。"

"不是意识……"成吉思突然说,"而是意识的幻觉。"

"任何一种意识都是幻觉,"黑暗潜者没有回头,"他能够把自己的思想、那些天才的灵感和数据分析方式全部复制到虚拟世界……没错,他会失去一些东西,但同时也将得到一些回报。网络会为他效劳。他只需要提出问题,就能得到答案……只要答案存在。"

"你这是妖言惑众,"成吉思似乎也决心拖延时间,"将空中楼阁一般的好处和人类的现实生活相提并论……"

"不用你们来教我礼义廉耻,"黑暗潜者平静地答道,"你们这帮黑客、潜者、盗版商人……想想清楚,我知道你们所有的恶行。别拖时间了,成吉思。我需要那份文件。我不是在开玩笑……我一定会得到它。你们自己不是也犹豫了很久,纠结要不要把它交给我吗?那就交出来吧。一边是对你们来说无伤大雅的选择,另一边是死亡。你们确定想冒这个险吗?"

"如果我们死了,你也拿不到文件,"成吉思反唇相讥,"我们上了

---

1. 一种物理理论,从相互作用是由场(或场的量子)来传递的观念出发,统一地描述和揭示基本相互作用的共同本质和内在联系。统一场论也是今日物理学界研究的重点之一。

四道密钥……"

"我知道。但我恐怕不得不杀了你们,哪怕只是为了说服季本科。我可以杀死完全无辜的牺牲者,向他证明我的决心,我不排除这种可能。而你们……你们是自找的。我早就警告过你们了。"

没有人回答他。我正忙着默念自己的咒语——

"深渊啊深渊,我不属于你……"

看来深渊不想放我离开,无论如何也不放。我很想弄清楚黑暗潜者是怎么做到的。这已经超越了对虚拟空间的掌控,他是在对我直接施加影响。

"你们都有所顾虑,"黑暗潜者走到壁炉旁,伸手烤火,"为理想而死固然壮烈。但你们的理想真的比生命还重要吗?要不这样……我倒数七秒,七……"

他的声音里满是自负、冷漠和强硬,不给我们丝毫希望。

他将扣下扳机。我的心脏会逐渐衰弱,直至最后一次跳动。这过程不会太久,只有十五分钟……

我会坠入无尽深渊。冰与火的墙壁也许将再次把我包围,但前方不会再出现光芒……

我的飞行将变成没有终点的流浪。

而维卡,她将看到头盔下那张失去血色的脸。

"你这混蛋……"我听见自己在说话,但声音非常陌生,"你是个卑鄙小人,但你说得没错。我们的理想的确不值得以命相搏。我同意交出文件。"

黑暗潜者点点头笑了。我真想啐他一口。

"文件我们会给你的……"

是成吉思在说话。

"我们伟大的黑客还没表态呢……"黑暗潜者转向恶棍,"好了好了……别假装自己只能用键盘说话。这主意很棒,但我知道你的小算盘。你同意大家的看法吗?"

"同意!"恶棍咬牙切齿。

"那这样吧……"黑暗潜者从壁炉上摘下电话听筒,贴在耳边,点点头,"我这就给真正的巴特打电话,他正老老实实地学习可恶的俄语呢。你,成吉思,叫他打开文件,传送到深渊。就传送到这个茶几上。我想这难不倒他。"

"蠢货,他不知道我们的密码……"成吉思忍不住骂出了声。

"那你们就告诉他。一个个说。谁第一个设置的密钥?"

他说着拨起了电话。

"列昂尼德。然后是我、恶棍和巴特。"成吉思似乎完全放弃了抵抗。

"棒极了。还有……别耍花招,也别蒙我。你们以为那小子能冲进这里把你们救出去?"黑暗潜者侧耳听着电话那头的动静,把话筒举到了成吉思嘴边。

"你好,巴特……"

成吉思的声音平静如常,仿佛正端着一杯威士忌坐在壁炉旁卷着香烟,和我们讨论一些无聊的哲学问题。

"还在做功课呢?好孩子。是这么回事……借用你一分钟。把我们加密的文件拿来……对。懒得去?上网传一下很难吗?这样……现在我们挨个儿告诉你密码。你打开文件,然后把它发送到深渊。就发到藏书室里的随便什么地方,比如茶几上。不,我不是在开玩笑。现在我把话筒给廖尼亚……"

黑暗潜者点点头,拍了拍成吉思的肩膀,然后举着话筒走向我。

"嘿……"我对着话筒说。

"廖尼亚,你们怎么忽然决定告诉我密码?"巴特好奇地问。

"为了好玩儿,"我甚至挤出两声干笑,"准备好输入密码了吗?"

"嗯哼……"

"现在我报给你……首先是数字。7-4-6-0-6-2-4-7。接下来是字母。W-H-O。全部大写。d-s。全是小写。接下来又是数字。1-3-6-8-1。然后是小写的y。大写的Z。美元标志。狗[1]。"

---

1. 这里指符号@,俄语中把"@"读作Собака(狗)。

"是邮件地址里那个符号,还是单词'狗'啊?"巴特认真地问。

"傻子才会用有意义的单词当密码。"我说,"当然是符号。接下来是三个左边的括号。数字8。感叹号。"

"输入完了,"巴特说,"密钥生成中……"

"那我把话筒还给成吉思……"

黑暗潜者用手捂住话筒,悄声说:"这密码真棒!我不得不夸夸你!"

我没有说话。这是我的通用密码。现在我必须重置自己所有数据库的密码了。黑暗潜者把话筒递给成吉思。但不知为何,成吉思看着我的眼神跟看着黑暗潜者一样愤怒。但他的语调还是平静如常——

"打开第一道锁了?很好。现在输入这串密码……很简单……门外汉都能搞定……"

原来如此!

"这是一句话,第一个字母大写,剩下全是小写。空格也算。最后有个句号。你先输入……然后再一个个字母念给我听。"

他在拖延什么……

成吉思叹了口气,冷冰冰地说——

"四万只猴子往屁眼儿里插了一根香蕉。"

黑暗潜者的身体因为无声的狂笑而扭曲成了一团。他手里的话筒在成吉思嘴边剧烈颤抖。恶棍哼哼了几声,努力斜着眼睛看看成吉思,又看向我。

我忍住了笑意。虽然艰难,但还是忍住了。

"什么?"成吉思终于失态了,"什么'候子'[1]啊?你去动物园看的是'候子'吗?"

我彻底忍不住了。

我们输了个精光。我们向黑暗潜者投降了。即使交出文档,我们也性命未卜。

---

1. 巴特把"猴子"拼错了一个字母。

但现在我却笑得发抖,在深渊里,同时也在自己家里乐得满地打滚。一半是因为成吉思选出的密码,一半是因为他斥责巴特的语气。

"对!一根香蕉!"

"一根香蕉插四万个屁眼?"恶棍忍不住扑哧一声笑了出来。

"好了,大学渣……下面换托哈给你说他的密码。"

黑暗潜者走到恶棍面前。成吉思扭头看看我,露出微笑。我无法报之以微笑……但我心领神会。我和成吉思总有种默契。

我明白他为什么要设置这样的密码。由有意义的词语构成的密码更加方便记忆。但要使用这样的密码,必须想出一句足够愚蠢可笑、又令人印象深刻的话。它跟成吉思仪表堂堂的形象越是格格不入,越是安全。

但还是……还是太好笑了……

"棒极了,老兄……"恶棍用低沉的声音对着话筒说,"成吉思的密码真不赖,不是吗?我们差点儿没笑死……"

"别拖延时间。"黑暗潜者低声说。

"来吧……我的密码也不复杂,但可能有几个词你不会写……如果不确定,一定要问我怎么拼。总之……别太在意句子的意思。"

成吉思明显竖起了耳朵。

"唔……我的密码有点儿傻。是一句语法不太规范的俗语……你也是个大孩子了……"

"快说!"黑暗潜者压低声音,语气里透出一丝威胁。

"万一给你造成了精神创伤,我会带你去看心理医生的……"

"你到底用了什么词儿?"成吉思悄声问。

恶棍深吸一口气,压低了声音——

"总之,听着……字母大小写交替穿插,一个大写,一个小写,一个大写,一个小写,以此类推……没有空格。小心点儿打……"

随后他报出了自己的密码。

有那么十秒钟,藏书室里死一般寂静。黑暗潜者如同雕塑般站着,脸上却像打翻了大染缸。

我还想给他脸上再添点颜色。可惜这会儿我动弹不得。

成吉思冰冷的声音响起——

"你跟那孩子胡说些什么?"

恶棍抽了抽鼻子,没有搭理他。

"你这个死变态,我一定要杀了你……"

恶棍皱起眉头,用教导主任似的语气对着话筒说:"对,小子,我知道,这个词很少用复数,所以听起来有点儿奇怪。不,你在词典里找不到它……哪儿也找不到。但根据一般语法规则,这个词的复数就应该是这样。"

成吉思大声叹了口气。

"什么?"恶棍停顿了片刻,"不行,不行,当然不行!这句话里的内容任何人都办不到。这不符合人类解剖学、生理学和心理学特征。如果你去问材料力学专家,就知道这甚至不符合物理规律。这只是一种用奇怪的措辞表现的荒唐幻想……好,我们稍后再讨论这个……够了,够了。别钻牛角尖了,好吗?下面输入你自己的密码,然后把文件发给我们。"

黑暗潜者一言不发,拿开话筒,放回壁炉上,然后回到茶几旁边。

我忽然觉得现在他不太敢靠近恶棍。

"成吉思,那你说我怎么办?"恶棍抱怨道,"我不想死!你的密码……也好极了。"

"是挺好,跟你的密码相比,"成吉思脱口而出,"我的密码简直能拿去挂在幼儿园里的圣诞树上!"

"别那么夸张……客观点儿,成吉思!"

"你怎么说得出口!"

"因为没人会用这句话当密码!"

"当然了!你这样的变态一百年才出一个!"

"我真的很抱歉,"恶棍低声说,"对不起。真的。"

我听着他们拌嘴,没有开口。

我全部精力都集中在一件事上——尝试动动脚趾。

木僵症状正在消失。或许我们三个都已经恢复正常了,只是成吉思和恶棍现在忙着吵架,还没发现。也可能是我比他们恢复得快……

一声巨响。

一本厚厚的小书从天而降,砸在茶几上。黑暗潜者立马抢过书,开始飞快地翻阅。

他达到目的了。深渊城迎来了自己的新生。反生理学和材料力学原理孕育的新生命即将出世……

我稍稍弯了弯腿。挺好。身体的灵敏度恢复了。

"很好,"黑暗潜者说,"文件是真的。我也说话算话……永别了,先生们。祝你们不断想出更新更好的密码……"

他再次改头换面,变回了巴特的样子。他大概还需要借用巴特的脸离开成吉思的宅邸。

黑暗潜者像小孩一样一蹦一跳走向藏书室大门。忽然,假巴特停下了脚步。

我稍稍抬起头,明白了他停下的原因。

门前出现了另一个巴特,身穿拟真服,而不是"迷宫"里那身"皮肤"。他手里抱着一把粗重的武器。

"恶棍从不在我面前说脏话,"新来的巴特说,"即使喝醉了酒也不会。我一下就反应过来了,他肯定是被人用枪指着说出密码的。"

101

黑暗潜者背对着我站在原地。我不知道他现在能不能看见我的动作。很可能看得见。

但我不能继续在地板上打滚了。

我开始尝试爬起来,动作缓慢又笨拙。手脚虽然不再像木头一样僵硬,但还是软绵绵的,毫无力气。

成吉思也转过了头。他歪斜着脖子,看起来正忍受着巨大的痛苦。

我们现实中的身体正在经历什么？肌肉在恐惧地抽搐？笨拙的手指在键盘上爬行？我要退出深渊……退出……退出……

但我办不到。黑暗潜者夺走了我最后的能力。

难道他只夺走了我一个人的能力？

仅此而已？

谁才是让所有潜者失去超能力的罪魁祸首？

深渊啊深渊，放我离开……

我仿佛在一面隐形的橡胶墙里挣扎，试图摆脱这种扭曲的束缚感。

"巴特，放他走……"成吉思说。

"放他走！"我声嘶力竭，"巴特，你伤不到他一根汗毛！我们合起来都对付不了他！让他走！"

不知巴特到底有没有听见我们的话。

他面前站着自己的仇敌。

这个人欺辱了他的朋友，烧毁了他的电脑，还假扮成别人……他直到现在还以为妮可就是黑暗潜者！

这个家伙闯进他的家门，大肆洗劫一番，甚至逼迫恶棍假装下流（尽管只是一小会儿）。而在此之前，已经有一个男孩被黑暗潜者害死了……巴特不认识他，但知道他是我和恶棍的朋友。

巴特现在绝不会让步……

"孩子，别逗英雄。"黑暗潜者语气平和，"你的朋友们并无大碍。我带走的东西本就属于我，百分百属于我。放下武器吧。"

"只要我开枪，你的电脑就完蛋了！你什么也带不走！明白吗？"

你最好现在就开枪……你最好现在就开枪，小傻瓜……你的决心最好足够坚定。你不了解黑暗潜者；你不知道他随时可以快如闪电地进攻，吸收所有潜者丢失的能力；你得说服自己这个世界不需要黑暗潜者，你才能开枪。可惜黑暗潜者似乎还残存了一点点良心，连一颗电击弹都不愿意朝你发射……

"小子，别闹了。"黑暗潜者说，"我挺喜欢你的，我不想伤害你。你的朋友们已经改主意了，不信你问他们。"

"巴特,我们没事!"恶棍一边抽搐着试图站起来,一边朝巴特狂喊,"让他走!"

"放他走!"成吉思咆哮的语气甚至吓到了黑暗潜者。

"巴特,别发神经了,我们没事!"我的语气跟成吉思和恶棍形成鲜明对比。我尽量平静地努力说服他,好缓解空气里的紧张气氛,"我们会给你解释清楚的!你先放他走。"

有那么一瞬间,非常短暂的一瞬间,巴特已经打算放下武器,但黑暗潜者朝前挪动了一步。

"你说过我们是朋友的!"巴特突然大吼道。

这才是他无法原谅黑暗潜者的理由。

"妮可不是黑暗潜者扮的!"我赶紧朝他大喊,但为时已晚。

巴特已经开火了。

我从没见过这样的炮弹。炮筒里喷出一股橙色的烈焰,将黑暗潜者包裹在其中。

"让你的电脑见鬼去吧!"巴特得意地怒吼。

但火苗很快熄灭了,没有伤到黑暗潜者分毫。

假巴特又换了一张面孔。他变成了一个灵活高大的男人。从背后看不出是谁,但总觉得似曾相识。

"我并不是只挂在一台电脑上,臭小子。"黑暗潜者说。

他腰间枪套里的手枪不知何时到了手中。他扣动了扳机。

巴特要完了……

我已经站起身来,向前迈出了一步。我几乎可以走动了……

但情况似乎不对!

巴特没有像一般中枪时那样倒下,他仍稳稳地站在门口。

黑暗潜者失手了?

"该死……"背对着我的高大男人放下了手枪,"这子弹……"

巴特脸上浮现出一抹微笑。那笑容掺杂着绝望和恐惧,稍纵即逝。他双手捂上胸口,手里的武器掉在了地板上。

巴特捂住心脏。

深渊……

无形的绳索吃力地捆着我，固执地不肯投降。看不见的橡胶墙也紧紧裹在我脸上。

黑暗潜者向前一跳，跃过巴特，冲向走廊。

"巴特！"我失声惊叫。

"我的心脏不跳了。"巴特惊慌地对我说。

果然。

我及时抱住了巴特，没让他栽倒在地，然后轻轻把他放在地板上。但这改变不了什么，除非立刻能有人给他做专业有效的心肺复苏，按到他胸口淤青、肋骨骨折，才能救他的命——让血液流遍他愚蠢的身体，继续支持他鲁莽的大脑……

"巴特！"成吉思终于挣扎着爬了起来，撞翻了沉重的扶手椅，手脚并用地赶到男孩儿身边，"巴特！"

他会做心肺复苏……他的双手交叠在男孩儿胸口不停按压，试图唤醒他的心脏……

这不管用！在深渊里隔着昂贵的拟真服做心肺复苏是没用的！拟真服只会把剧烈的按压变成轻柔的触摸……

必须有人回到现实，回到成吉思真实的宅邸里抢救巴特。现实里的巴特正倒在扶手椅中抓挠着胸口，想攫住自己停跳的心脏……

"成……我要死了吗？"他用唇语说。

余光里，恶棍像个喝醉的僵尸一样努力朝我们走来。

深渊……

耳边仿佛有一条看不见的锁链哗哗作响。我无能为力，就像一拳打在了棉花上。我无法退出深渊！

即使退出也没用，我在自己家，离巴特太远。必须有个在他身边的人去救他才来得及。

成吉思仍然试图在深渊里抢救巴特。

"退出！"我朝他咆哮……"退出，蠢货！你的终端在哪儿？！"

成吉思匆忙抬眼示意了一下头顶的天花板，我明白了。他的终端很远。以我们现在半身不遂的状态,根本来不及穿过这间巨大的虚拟公寓。在现实中,成吉思离巴特可能只有几米之遥,就隔着一堵墙。但在深渊里,那可能是一段很长的距离……

"直接退出!"我好像忘了眼前的人根本不是潜者,以为他也能随时挣脱那彩虹色的旋风,摘下头盔,逃离深渊……"退出,畜生!这一切都是假的!都是幻象!"

深渊……

巴特已经不再说话,黯淡的双眼直愣愣地盯着前方。或许他的眼睛已经失焦,只是我们不愿承认。我们一如既往地把深渊编造的幻象当成生活本身。

"我不会!"成吉思急得大叫,"我办不到!"

捆住我的带子松动了,锁链哗哗作响。周围全是高墙,我无法挣脱,即使挣脱也无济于事。只有成吉思能解救巴特。

深渊……

"你可以的!你能做到!一定可以!"我用尽全力给了他一耳光,"你必须做到!你可以的!"

深渊,你并非一直对我友善,我也并不是时时刻刻都爱着你。完美关系只存在于童话里。但我相信,你不只是一面笼罩在我们心灵之上的愚蠢冷漠、毫无灵魂的透镜。你不止于此。你由我们的灵魂构成,你因我们饱受痛苦。我们给了你一切——善良与邪恶,爱与恨。你理应会孕育出一种新的存在。我不相信,也不想相信那是一种残酷无情的东西。

我并非在为自己祈求,也不是为了成吉思和恶棍,甚至不是为了巴特,而是为我们所有人。为了所有曾经进入深渊、此刻身处深渊和即将造访深渊的人。

如果巴特死了,你将不复从前,深渊。

永远不复从前。

我们并不会因为黑暗潜者得到自己梦寐以求的文件就输得一败涂地。但如果这个毫无黑客天分、连"猴子"都能拼错、在黑暗潜者看来不配得到永生的孩子死了,我们就真的输了。

没有谁会是赢家。

就连你也不例外,深渊……

我看向成吉思的眼睛。那双眼中满是恐惧和绝望,但他仍在拼命抵抗着困住自己的牢笼……

深渊……

就在这时,事情出现了转机。

我和成吉思之间隐约浮现出一根细线。

它在成吉思眼中跳动,如冰晶,似大舌。

成吉思跃进了无底深谷……

"啊……"恶棍眼看着成吉思的身影逐渐模糊,失去色彩,在空气中消散,"他怎么……"

"心肺复苏!"我朝恶棍大喊,"继续给巴特做心肺复苏!"

虽然这么做只是徒劳——拟真服的电磁线圈只会发出轻微的跳动,模拟触碰和击打的效果,根本解决不了问题。但在成吉思回到现实世界扔下头盔,从电线堆里挣脱出来,奔向巴特房间的这段时间里,让恶棍帮帮忙也不是坏事。

就让他试试吧。

"我要杀了那个狗杂种!"恶棍手忙脚乱地按压着巴特的胸腔,怒吼道,"我发誓!我一定要杀了他!我要把他扔进粪坑!"

"我会解决他!"我也冲着恶棍大吼。

我终于恢复了对身体的掌控。

大概是子弹的效力过去了。那股灰色的旋风停了下来。

有时候,我们必须倾尽所有才能换来某个结果。

但这对我来说无关紧要。

即使我从此以后不再是潜者……

我也要解决这个黑暗潜者。

我一拳砸上藏书室的大门,木头饰面立刻像薄薄的纸张一样支离破碎,钢铁门板像瓦楞纸似的凹了一个洞。我破门而出。

我可以原谅千千万万件事。

也可以相信几乎所有人的苦衷。

我相信黑暗潜者并非有意让罗姆卡去送死。我可能也会犯这样的错误——把一个初出茅庐的小伙子塞给老道的黑客，给他学习和成长的机会。

我甚至可以相信，黑暗潜者没想到自己枪里打出的是致命的子弹，他只是想让巴特昏迷片刻。

但有一件事我无法原谅——他在发现自己犯下大错后像只懦弱的兔子一样逃了。

我不能放过他。

我在成吉思的公寓里什么也做不了。我没有足够的力量和技术消除那颗子弹造成的后果。但我能保证再也不会出现新的枪声。

我冲出公寓。

我可以询问门卫或路人黑暗潜者的去向，再拦下一辆出租车追上去。但此刻已经没这个必要。我能清楚地感知他的行踪。他对我应该也是如此。

我沿着街道狂奔，路人纷纷慌乱地躲闪。

维卡，对不起，我向你保证过不再冒险……但我已经失去了退出深渊的能力……

维卡，我说过要找到折中的办法……但我撒谎了……

我再也不会妥协。

左转……

黑暗潜者也在狂奔。他混入人群，带着沉重的文件在大街上跑，既没有贴地飞行，也没有穿墙而过，就像深渊城一位普通居民那样奔跑。

他现在状况很糟。

再次左转……

我甚至能看见他的背影了。就在不远处，不到一百米。我掏出枪侠的手枪——我不想摧毁他的电脑，只想彻底了结他……

黑暗潜者突然回过头来。我在他回头的瞬间看见了他的脸。

但他下一秒就倏然消失了。

简直像蒸发在了空气中。

没人会注意到他的消失。大家会以为他只是通过正常的终端退出了深渊。只有黑暗潜者本人和我知道真相。

"你无处可逃。"我说。

他大概能听见我说话,也许在他重新控制虚拟分身之后才能听到。

"想逃走得先杀了我,听到了吗?"我仰天狂啸。过往的路人纷纷闪避,像围观疯子似的看我。

"但你不敢杀了我,对吗?"

深渊啊深渊,我不属于你……

头盔屏幕上显示着二维的街道。

我摘下头盔,大口喘着粗气。

时钟指向十点半。维卡还没回家。我甚至无法寻求建议。

算了,难道我还听得进别人的话吗?

距离巴特中枪已经过去了一刻钟。

我拿起话筒,拨通了成吉思家里的电话。我内心满是恐惧。害怕他没能来得及救活巴特……

"喂?"

我听出这是恶棍的声音。嗯,理应是他来接电话。

"你们那儿怎么样了?"

"还活着。"恶棍言简意赅。我整个身体瘫软了下去。

"一切正常?"

"正常个屁!巴特不停重复从我那儿听到的几个词,说个不停,没完没了。成吉思说下次再也不救他了。"

"他还能记得你,真是好样的。"我说,"那就代表他没失忆,大脑没受损。"

"有什么可受损的?他有脑子吗?"恶棍故意大声说。我听见他身边有人悄声说话,接着是一阵沙沙声,恶棍似乎走开了。他忽然压低声音说,"你最好告诉我成吉思到底做了什么?"

"他变成了潜者。"

"怎么办到的?"

"恶棍,上帝保佑你不用像他那样变成潜者……还是叫个救护车吧,带巴特去医院看看。"

"已经叫了。你追上那狗杂种了吗?"

"没有。但他逃不掉的。现在他走不出深渊。"

恶棍短短地叹了口气——

"列昂尼德……算了。今天发生了那么多糟心事,别再追他了。我们都活着,所有人都活着。就维持现状吧。"

"恶棍,别担心。该发生的总会发生。"

"列昂尼德!"

"没事的,相信我。去喝杯啤酒。给成吉思倒杯白兰地。替我向巴特问好……顺便替我道个别。"

"道什么别?"

"没什么。再会,恶棍。"

我放下话筒,找到自己的头盔。

d-e-e-p+回车。

彩虹色的深渊程序没有出现。我直接从现实世界一步迈进了深渊。

现在我眼前站着两位年轻姑娘。

"这人在装傻。"一个姑娘刻薄地说。

"他早就退出了,这只是他的影子!"另一个姑娘伸手轻轻推了一下我的脸。

"啊!"我咧开嘴。

姑娘们兴奋地尖叫起来。

"你输了!"第一个姑娘说,"你输了!"

"谁打断了我的美梦?"我阴森森地说。姑娘们根本不关心枪侠,只在乎自己的赌约。

"谢谢你!"她们异口同声地说完,哈哈大笑着跑远了。

一切都很单纯。深渊中的生活理当如此。

我走到墙边斜倚着。本想抽根烟,可惜枪侠口袋里空空如也。

"朋友,借根烟抽抽。"我叫住一个路过的男人。他点点头,面无愠色,从兜里掏出烟盒和打火机,我点燃了香烟。

"你的手怎么抖得厉害?"男人问,"喝多了?"

"没有。撞鬼了。"

"哦,常有的事儿……"男人点点头,"你得用十字架和圣水驱魔……"

"我试试。"我也点点头。

我的确感觉糟透了。深渊城里四处都是酒吧和妓院,这里也不例外。这条街上还有间比萨店。哟,这儿还有家小酒馆。

此时此刻,我格外想念俄罗斯。

我走进酒馆打量了一番。环境不错。内部装潢是俄式风格,但在整条街上不算突兀。

我在一张空桌旁坐下。木凳靠在墙边,木桌刷成白色,桌上放着煤油灯。小推车上的干草堆上摆着几只装沙拉的木桶——典型的俄式分餐法。外国人肯定喜欢。

穿着红色鲁巴哈[1]的服务员小跑着过来。这副打扮让人毫不意外。

"一杯白兰地。"我说。

"我们的伏特加很不错,"小伙子推荐说,"正宗的俄罗斯伏特加……"

"小伙子,我就是俄罗斯人。我今天累极了,但就是不想喝伏特加,明白吗?"

他点点头。我接着说:"一杯白兰地,要红瓶的'库图佐夫[2]'。再来个鱼子酱三明治。没了。"

"请稍等……"

---

1. 一种俄式长袖衬衫。
2. 一种俄罗斯国产白兰地。

菜上齐后,我立马把钱付了,然后一口气喝了半杯白兰地。

棒极了。

其实我只喝过一次库图佐夫,但已经牢牢记住了它的味道。

非常好喝。

紧张感正缓缓消退。今晚发生的一切仿佛正逐渐离我远去,包括木僵的身体、巴特惊恐的眼神和打破界限的成吉思。

挺好的,哪怕只是暂时远离片刻。

不然我无法活下去。

隔壁桌坐着的一伙人看起来关系非常好,气氛很快活。

"瑞恩,读读你的诗……"一个可爱的年轻姑娘请求道,"好吗?"

被催促的姑娘没有推脱,高傲地仰起头……脸上的微笑强调着自己的超然态度。

所有人都屏息凝神。

> 只要站在透明的玻璃前
> 用纯银的手掌抚摸……
> 就能察觉它脱胎于艺术,
> 每个人都能从中找到自我……

她漫不经心地念着诗句。她显然不懂朗诵,甚至并不把它看作什么正经事……

> 我们相信镜子,俯身靠近……
> 幻象遮蔽了邪恶的阴影,
> 镜中的双生子露出一个扭曲的微笑……
> 我们的心灵就此被镜子窃取,
>
> 我们太容易被镜子边缘割伤,
> 镜子那锋利的边缘上只留下疼痛,

镜子喃喃低语:"别打破我!"
我们心中的爱意早已冷却。

倒影中的世界黏稠又冷酷,
它撕开冻结的镜面……
那个可怕的时刻终会到来,
届时我们将被镜子虏获,

镜中的军团挣脱了束缚,
它由我们灵魂虚假的倒影构成,
世界充满玻璃破碎的声音,
谁将赢得胜利?乐队,请奏起凯歌……

姑娘停了下来,尴尬地笑了笑,又自顾自大笑几声,取过一杯红酒喝了起来。但桌旁的同伴们还是沉默不语。

我也陷入了沉默。不知为何,我想起了"黑客凭吊所"里的别尔德。

他也沉浸在幻想中,毫不怀疑想象中的一切。

为什么幻想能如此轻易地变为现实?为什么一个从没见过神庙的黑客能描绘出神庙的样子?为什么这个姑娘念的诗恰恰讽刺了她深信不疑的这个世界?

进入深渊的人类到底创造出了什么?

我盯着深琥珀色的白兰地发呆。杯中亦是深渊。不知多少人在酒精中寻找深渊。

很多人都找到了,不费吹灰之力……

我飞快地瞥了一眼姑娘,让自己的部分意识离开了身体。

快速搜索。二级服务器——一级服务器——入口——供应商——自动电话局。

她的真名是列娜,来自圣彼得堡……不,准确点儿说,她来自喀琅施塔得[1]。

她的电脑性能不怎么样，防护系统也一般，我完全可以突破。她来深渊不是为了作战，也不是为了拯救别人。

感谢上帝，还有人能够在深渊里单纯地作乐。

潜者虽缄口不言，但有人在诉说我们做的事。

潜者虽无法微笑，但有人在替我们笑。

"出来吧。"我对着面前的空气说，"你不可能永远藏下去，你自己也明白。想藏的话就尽管试试看，反正我一定能把你揪出来。"

眼前的一团空气慢慢变得浑浊稠密。

我看着黑暗潜者的身体凭空出现，同时喝完了杯中的白兰地。

总之，我的深渊不在酒杯之中。

110

"我可以永远躲着，"黑暗潜者说，"和你不同。"

我笑着看他。

比起十字架和圣水，恶魔更害怕微笑。无耻之徒都顶着一张严肃的面孔。恶事之所以发生，就是因为有人恐惧笑容。不管是自己的，还是别人的。

"我的力量正在变弱。"黑暗潜者说，"我变弱了，你找回了一部分能力。但这什么也改变不了。"

"巴特活下来了。"

"我知道。"

"你自然知道。不然你也不会来这儿。"

"列昂尼德，听着……"他在桌子上方挥了挥手，凭空抓来一只酒杯，接着又是一整瓶白兰地。

---

1. 距离圣彼得堡29公里的海军基地。

"对不起，"服务员赶紧跑来，"我们禁止自带酒水……"

他被黑暗潜者瞪了一眼，立刻噤声离开了。

"列昂尼德，我怎么知道我射出的是致命子弹？"

"看这儿，"我掏出季本科给我的手枪，退出弹夹，把子弹抖落在桌面上。

"一……二……三……四……还剩下不足六颗，对吗？"

黑暗潜者盯着我的眼睛。

"第一颗子弹你用来打我了，没有打中。第二颗被我用来打死了警察。还有三颗你分别用在了我、成吉思和恶棍身上。第六颗是致命子弹，你却射向了巴特。"

"我没注意到你用了一颗。"

"没错，当然了。你和网络融为一体。但你不觉得那段时间发生的事值得过多留意。"

黑暗潜者给我们俩各倒了一杯白兰地。

"难道你会在意吗？他又没死。"

我没吱声。

"列昂尼德……你到底怎么想的？"黑暗潜者皱起眉头，"我从没想过对你们动真格。从来没有！你得相信我，我很欣赏成吉思，我觉得恶棍很有趣，巴特也很可爱。对你，我更不会开枪。"

"对你来说，我的死亡已经无关紧要。"

"对……是无关紧要，已经一年多了。我已经成了完全独立的个体。"

我看向黑暗潜者的脸，也就是我自己的脸。

我露出微笑。

"我们看待世界的角度稍有不同，所有的问题都源自这一点。"黑暗潜者说，"我从里往外看，你从外往里看。对你来说，现实世界是真实存在的。阳光、天空、人群……我也拥有这些东西，只不过是在这里，在深渊中，在虚拟城市里。"

"这一切到底是怎么发生的？"

"你不记得了？"

"不记得。"

"列昂尼德，倒霉鬼分了一部分力量给你。你还记得季本科用那个无限循环的深渊程序当作陷阱困住了你吗？"

"我记得。"

"他给了你力量，却给了我皮囊和铠甲。你当时从永无止境的下潜中逃出，你控制了网络。虽然不是直接控制……而是通过我。但这对我来说毫无意义，我什么也不是。我只是你没有自我意识的电子分身，是融于网络中的程序。有很长一段时间，我只能在你的指令下行动，等待着你在深渊中出现……但在这个过程中，我逐渐学会了如何洞悉人心，如何选择更好的道路。"

"通过季本科发明出来的'人造自然'。"

"没错。"

我嘬了一口白兰地，盯着黑暗潜者。他摊开双手，表现得有些愧疚，甚至有点儿低三下四。

"是你自己把自己的天赋拒之门外的，列昂尼德。你选择了现实世界……你以为做此选择以后就能一劳永逸。你烧毁了桥梁，放弃了潜者的能力……但你不可能改变自己，改变自己的身体和大脑。你把潜者这个概念彻底铲除了。你改变了整个网络世界，改变了深渊程序。计时器被内置于程序之中，人们不会再沉溺深渊，潜者再也看不见代码中的漏洞，因为这正是你渴望的！"

"不是的！"

"是你的潜意识所渴望的。你擦亮了火柴……我便遵照你的指令烧毁了桥梁。当一切尘埃落定，我就消解在了网络中，我陷入了沉睡。你知道吗？我差不多已经死了。但你又回来了。"

是的，我回来了……

我还有什么别的选择呢？在现实世界里，我一文不名，没有工作，没有朋友，也没有爱好。我一无所有，一无是处，只有维卡。

但只有维卡是不够的。

爱情就像火焰。当你将整个世界关在门外,只留下两个人静静相对时,你想象不到这团火焰会消耗多少氧气,你会逐渐窒息而死。

"我回来了。"我说。

"于是我复活了。我跟在你身后,观察你的一言一行,重复你的动作,提前预测你的行动。我吞下你所有的感受,我因你的怒火而燃烧,为你的悲伤而落泪,为你的雀跃而欣狂。"

"那剩下的呢?爱、欢愉和善意,你都能感受到吗?"

黑暗潜者笑了,笑得很苦涩。

"这些我感受不到。这是你自己坚信的东西。我不怪你……你会选择这些毫不意外。"

在旁人眼中,我们的谈话非常平静,像一对久别重逢的老友。

事实也的确如此。

"那为什么你……和我完全相反?"我问道。

"或许这并非我所愿。我不是恶灵,也不是疯狂的杀手。我只是比你更强硬,更严肃。但我是活着的……真正的人,即使只存在于深渊城,我也是货真价实的存在!"

"你为什么那么恨季本科?"

"这是重点吗?你就当我是需要他的新程序吧。我需要和我一样的兄弟姐妹,我们才是虚拟世界的正式居民,深渊的原住民。"

"你自己就是程序本身!"我忍不住脱口而出,"你为什么非得得到那个程序?你就是被那个程序创造出来的啊!"

"列昂尼德,你能告诉我你是由什么组成的吗?你的肝脏是怎么运行的?你的心脏是怎么跳动的?你的神经元是怎么传递信号的?肠道是怎么收缩的?荷尔蒙又是怎么进入血液的?"

"这跟我的问题有什么关系吗?"

"你可以掏出一只肾脏,切下一片,放在显微镜下观察完了再塞回去吗?我不行,暂时还不行。所以我需要找到自己的'源代码'。现在我找到了。"

"你和你的兄弟姐妹会大规模进入深渊城吗?"

"会的。"

"我不允许。"

我们四目相对。黑暗潜者的目光无比真切,跟真人一模一样。眼睛是心灵的镜子。我在他眼中看见了自己。

但这是一面虚假的镜子。

"你无法阻止我,列昂尼德。没错,你又成为潜者了,你克服了困难。但我是深渊的一部分,我比你更强大。"

"我无法像你一样任意变形。你自己也说过。也就是说……"

"变形的能力毫无意义,列昂尼德……对!你想要回自己的能力,于是我归还了你一部分。我大可以把能力全都还给你。你尽管拿去,随意使用,创造一个个奇迹,不靠电脑就进入深渊,穿墙破壁,建造宫殿。但我还是更强大。我比你学会的更多。"

"没错,"我点头,"这个我相信。但有件事只有我知道。"

黑暗潜者手里把玩着酒杯,摇摇头。

"你在虚张声势。"

"倒影中的世界黏稠又冷酷……"我说,"不。我没虚张声势。"

深渊啊深渊,我不属于你……放我走吧,深渊……

墙又出现了。这次不是软绵绵的橡胶墙,而是坚硬的石壁。

只要黑暗潜者在我身边,我就无法退出深渊。这不是偶然。

如果你在丛林里碰到一堵高墙,你会怎么做?

"你为什么痛恨季本科?"

"我为什么要告诉你?我知道你已经彻底原谅了他,甚至不介意他曾经想杀了你。但我可没原谅他。"

"不是这个问题。你不是在为我打抱不平,你是在报私仇。为什么?"

"对你来说有区别吗?"

"我想理解你。"

黑暗潜者笑了出来。

"理解我,就等于击败我……"

"是季本科创造了这个世界,创造了你的世界,你唯一的栖身之地。如果他当时没有袭击我……倒霉鬼就不会把自己的一部分能力送给我……你也就不会出现……"

我停下来,看向黑暗潜者。

我理解他的感受。

"我恳求谁创造我了吗?"

一阵死寂般的静默。我们身处的小酒馆开始消融。迷雾模糊了整个世界。这灰色的迷雾是深渊城的阴暗面。

这是黑暗潜者真正生活的世界。

他是我无所不能的倒影,是我复活的铠甲,是在我经历痛苦、恐惧、悲伤和孤独时留下的心灵复刻品。

我在深渊里的感觉好坏参半。感觉好的时候,我就一口吞下自己的欢愉,将它留在自己肚子里;感觉坏的时候,我就离开,把自己的分身独自留在忧愁中。

"我恳求谁创造我了吗?"黑暗潜者再次提问。

"没人能求谁创造自己。没有人能做到。"

我们站在齐膝深的浓雾里。雾气四处弥漫、缠绕,慢慢爬上我们的脸庞,拂动我们的头发。周围没有一丝光亮。

"我不是人。我有生命。我会思考。但我不是人类。我没有深渊程序,列昂尼德。我看到的是深渊城的本来面貌——画出来的太阳、画出来的天空、画出来的面貌。但我知道,某处还存在着另一个世界。"

"它和这个世界一模一样。"

"不。它们截然不同。那个世界是真实的。你可以亲吻维卡,也可以和她争吵。你可以和朋友交谈,也可以争执。你们是平等的。你们和自己的同类一起生活。我也想这样活着。"

深渊啊深渊,我不属于你……

"你想怎么做,列昂尼德?杀了我?你办不到的。不管你有多恨我,你的力量也不会增加分毫。"

"我不恨你。"

黑暗潜者笑了起来——

"是吗？那你就说你爱我……说啊！"

"我可怜你。"

他沉默了。

"我可怜你，黑暗潜者。"

"别可怜我！"

"对不起，我抛下你独自一人。"

"我不需要你的道歉！"

"对不起，我拒绝接受自己的一部分。我背叛了自己的命运。我以为所有问题和厄运都可以一次终结；以为存在完美的善行和绝对的真理；以为我舒适的小世界可以在混乱的大世界里生存；以为我可以关上门，两耳不闻窗外事。"

"闭嘴！"

黑暗潜者微微晃动着脑袋，好像在整理不合身的衣服。我知道他想干什么。

他要逃跑。

就像我逃避他一样。

"我再也不会抛弃你了……"我搭上他的肩膀。

深渊啊深渊，我不属于你……

他的瞳孔里掠过一片彩虹色的旋风。

灰色的雾气被五彩缤纷的雪花冲散。

头盔太重了……我的虚拟义躯承受不住。

我伸手接住一片雪花，望着手心里一片小小的蓝色冰晶。

冰晶映出高速旋转的数字，无穷无尽的数字，我不理解的数字。

还有无数面庞，无穷无尽的面庞，我看不见的面庞。

我站在漫天雪花中间，这场暴风雪五彩缤纷，仿佛有人正不断从颜料盘里蘸取色彩，为雪花着色。

"我再也不会抛弃自己了。"

一片彩色的雪花穿过我们的身体，我体内的黑暗潜者战栗了一下。

真实的深渊城里下起了真实的雪。

改变世界其实很简单。

我仰起脸,迎着风,在漫天飞雪里前行。脚下那道看不见的细线与深谷一同延伸。

我真的想这么做吗?确定吗?我有权这么做吗?

这个问题永远无解。

不……也许会有答案。那些害怕迈出第一步的人、不愿仰起脸迎接北风的人以及从桥上跌落的人会给出答案。

但总得有人走出那一步。

我伸出手,抓起一把厚厚的五彩雪花,把它捏成一个雪球。

可能有人会说这是一种破坏行为。

雪花是彩色的,捏成雪球后却变成了白色……

但白色也是一种色彩。

我抬手将雪球扔向前方。一瞬间,小酒馆的桌子上落满了生锈的弹壳;另一边,正在使用"人造自然"的志愿者们感到一阵短暂的眩晕;眨眼间,一道温暖的光芒在前方亮起。

我向前一步。钢丝桥在脚下迅速延伸。

我拨开风雪,走进了季本科的办公室。

这间办公室陈设严谨,气氛肃穆,让人生出一股敬意。季本科在现实世界的办公室肯定和这里一模一样。

这位深渊创造者、人工智能之父正坐在电脑前玩俄罗斯方块。他玩得漫不经心,半个屏幕都被方块填满了……很难再把它们清除。

"暂停一下。"我说。

季本科浑身一哆嗦,回过头来。屏幕上五彩斑斓的方块很快堆积起来,组成奇特的图案。

"列昂尼德?"

我知道他在恐惧什么。他的手指开始在键盘上疯狂摸索,试图启动深渊程序。

"对,是我。别怕。黑暗潜者已经不在了。"

"是你?"季本科的手指仍放在键盘上,"你怎么进来的?"

"我毕竟是个潜者。"

"快告诉我你是从哪个漏洞钻进来的!"

"我已经把漏洞填上了。别怕。全都结束了。黑暗潜者不会再追杀你了,也不会泄露你的程序。"

"你把他杀了?"

我没有权力评判季本科什么。但听到他大松一口气,我忽然明白了我们永远也做不成朋友的原因。

"我把他解决了,"我含糊地答道,"你的俄罗斯方块要填满了……"

季本科迷惑不解地看着我。他不明白怎么能把游戏和一条性命相提并论……

"你确定吗,列昂尼德?"

"没错。"

季本科思索片刻,然后点点头,"好吧。我相信你。我们之间有君子协议,我不会违约的……"

他掏出支票簿,签上名字,思考了片刻。

"不用了。"

"不用写金额?列昂尼德……只有廉价的动作片才那么拍……"

"不用给我支票。我不会拿你的钱。如果我真想从银行拿走你的钱,根本不需要支票。但我不会那么做。"

"为什么?"季本科大吃一惊,"是我找你帮忙的。我也承诺会给你报酬。"

"这是我的私事。"

"好吧。"季本科合上支票簿,换了个舒服的姿势,"那我想说,谢谢你。细节我不会多问。你来就是为了告诉我这个消息?"

"不仅如此。德米特里,你想拿'人造自然'怎么办?"

"这么说你看了那份文件?现在试验还在继续。差不多半年后,程序会正式发行,进入市场。"

"你觉得有必要这么做吗?"

我在桌前坐下，盯着季本科——

"德米特里，你觉得我们的分身会比我们更好吗？你觉得生活在一个画出来的世界里，没有深渊程序的修饰，没有进入真实生活的机会，它们真的会快乐吗？"

"结果取决于个体。它们会不会快乐，我们等着看就好。任何一种存在方式都比不存在好吧，不是吗？"

黑暗潜者在我体内笑了。我摇摇头。

"德米特里，你又不是在答记者问。你到底怎么想的？"

季本科避开了我的眼神。

"列昂尼德……好吧，该死。我不知道！我不知道答案，但总有人会去寻找答案吧？对吧？"

"是，会有人去找答案。我也找过了，但找不到。"

"列昂尼德，我什么也决定不了！车轮已经开始转动，我可以让它转得慢点儿，也可以让它转得更快，但停下是不可能的。程序还是会发布。这是生意，你明白吗？这是一单大生意，关系着一大笔钱。过去我们玩的特权徽章都是些过时的小儿科。如果不发布程序，我会被合作伙伴和竞争对手吃干扒净。钱投进来了，成果也做出来了。肯定会发售的。"

"我明白了。我只有一个建议……别给人太多希望。"

"什么意思？"

"德米特里，你可以把'人造自然'包装成深渊最方便的接口，类似一款带有人工智能特征的程序，一个能抵御病毒武器的可靠盾牌，或者预警系统，什么都好！总之，绝对不要说它能创造出人工智能……会被笑掉大牙的。"

他默不作声地盯着我。我语气中的刻薄多半来自体内的黑暗潜者，来自他的痛苦和孤独，来自灰色迷雾中的苦闷生活。我接着说——

"你我都不是随便的人，不是喜欢爆炸性新闻的记者，也不是整天异想天开的作家。人工智能在当今技术基础上是不可能实现的。未来倒是有可能……"

"列昂尼德,你不是读过那份报告了吗?"

我笑了笑,摊开手,"想让热血沸腾的年轻程序员产生幻觉还不容易吗?制造一些实验误差,加一点主观论述,再篡改几个数据……"

"你是怎么做到的?"

"跟两年前把计时器植入深渊程序内部一样。"

季本科紧闭双唇,看起来并不惊讶。他可能是在假装冷静,也可能是一早就猜到了前因后果,比我还早。

"但你还是固执己见?"

"德米特里,你比我更清楚什么叫程序开发。那是一种介于玄学和魔法之间的奇迹。程序跑一遍——卡住了;再跑一遍——又能行了;跑第三遍——又是跟前几次截然不同的结果。这简直就是炼金术或者魔法。你不会从来都没有用手指画个圈圈祈祷程序正常运行吧?你还别说,这招有时候真的管用。你会问一个画家他如何辨认颜料盘上的颜色吗?你会问作家是怎么遣词造句的吗?你会问雕刻家大理石上的哪一块该被削去吗?"

"你确定被削去的是多余部分吗?"

"我希望是。"

我站起来,朝他鞠了一躬。

五彩缤纷的雪花从天而降。

111

我把头盔搁在显示器上,一如往常。

拔下拟真服的插头,一如往常。

但我没有脱下拟真服。

卧室门开着。维卡坐在床边看着我。

"一切顺利。"我说。

"一点状况都没出?"

"当然不是。从没这么艰难过。不过总的来说还算顺利。"

维卡点点头。她看我的眼神很奇怪……仿佛在审视我。

"恶棍打了个电话来,叫我去成吉思那儿做客。他说巴特没事,连医院都不用住。到底发生什么了?"

"巴特被第三代武器击中了。那是最后一发子弹,以后再也不会有了。"

"我猜也是。你救活了巴特?"

"不是我,是成吉思。只有身边的人才能救他。"

"廖尼亚,你的眼睛通红,能吓跑一堆黑暗潜者。"

"黑暗潜者只有一个,但以后再也不会有了。"

"你……"

"不,我没有杀他!只是他不再当黑暗潜者了。仅此而已。"

"廖尼亚,或许我们应该谈谈。有很多问题需要聊。"

"当然。但明早再说吧。咱们先聊聊,然后我们一起去找成吉思,我也有话对他们说。"

维卡点点头,"好,我知道你累了。睡吧。"

"我不想睡。我还有件事没办完,得去趟深渊办好这最后一件事。虽然我还不知道具体该怎么做,也没法询问你的意见。"

"你确定必须现在去?"

"是的。维卡,我弄明白了一件事,虽然是个简单的道理,但我到现在才明白——不会游泳,就别坐在岸边。"

"潜者的时代又回来了?"

"维卡,潜者从未离开。我们只是累了,所有人都累了。但潜者过去存在,现在存在,将来也会一直存在。只要深渊里还可能有人溺水。"

"涅多希洛夫该受打击了……"

"没关系。他总能想出自圆其说的办法。他最擅长这个了。"

我们望着彼此大笑起来。

"去吧。记得回家。记住,我在等你。"

"我一直都记得。"

头盔很沉，但我习惯了。

这是难以逃避的重担。

d-e-e-p+回车。

眼前是旅馆房间的墙壁。床上躺着普罗透斯和摩托车手的义躯。墙上的画没变——粗犷的笔触堆积成一座小木屋。

我真是恨透了这旅馆。

早该建一间自己的房子了。

我拎起普罗透斯和摩托车手，抖了抖，把他们耷拉着的身体抻直，然后挂进衣柜。

我打开房门，走出房间。

已经不必再四处张望。

我可以昂首阔步走在深渊城的大街上，穿过一栋栋房屋，闲庭信步于一道道防火墙之间。我可以飞上二维的天空，亲近雪白的云朵和耀眼的太阳，也可以单纯地从一个地点移动到另一处。

曾经的黑暗潜者就在我体内。我们可以一起做许多事。

但我还是挥挥手，拦下一辆出租车。

"去死亡迷宫。"

"着急吗？"一脸雀斑的红发司机问。

"不着急。正常开。"

我们开上吉布森大道，朝美国街区驶去。我们穿过图灵街，经过瓦西里耶夫广场。

话说回来，这个吉布森到底是谁？

我可以问问自己体内那股神秘力量，也许立刻就能得到答案。

但那样也太无聊了。万事皆有答案的生活并不适合人类。

我可以用这份力量去做别的事情。

出租车疾驰在马路上。我闭上眼睛，沿着网络扩散自己的意识。服务器，又一个服务器，第三个服务器。搜索引擎，输入问题，得到答案。又一个服务器。我终于找到了遥远的温哥华某家医院里的局域网。防护很严密，但对我来说形同无物。

我看向显示器屏幕，读着电脑上的数据，接入病房天花板上的摄像头，注视着病床上的疯狂投手。

快点好起来吧。

我们总能在深渊里找到活儿干。

"'迷宫'到了。"

我付完钱，看着自己的余额摇摇头。等投手重回岗位，我还是得和他谈谈。我再也不想回去搬钢琴了。

今天死亡迷宫的入口处没有人潮涌动。只有几伙玩家在门口大声交谈。我早有预料，但还是有些不习惯。

"廖尼亚！"

一个红发男孩儿朝我跑来，伸出一只手——

"你好啊！可惜今天'迷宫'不开门。"

"我知道。最后一关出了点儿问题。终极怪物的程序出了故障。"

"那些半吊子……"伊利亚愤愤不平，"整个'迷宫'都关了？我卡在第十二关了。你还记得怎么通关吗？"

"完全不记得了。"我老实说，"怎么样……买声卡了吗？"

"那当然！你真该听听！砰砰砰！咿呀！"

伊利亚的脑袋有节奏地晃动，他现在一定在听歌。在他这个年纪，音乐只分两种——恶心的和伟大的。

"恭喜你。"我说，"你知道为什么深渊程序运行的时候没有声音吗？因为季本科的电脑没装声卡。"

"我知道。但屏幕上开始下雪的时候，我听见了点儿声音。好像有音乐声，只是音量很小。我以为是因为我的声卡太差，结果换了声卡以后也没什么变化！"

"不是声卡的问题。是你的问题。"

男孩儿点点头，仿佛已经忘了自己刚才说过的话。他精力过剩，注意力不集中，没法儿长时间谈论一个话题。

"那你，去了……潜者那儿？"

"对，我去了。"

"能不能抽时间也带我去一次？你有空也去黑客酒吧坐坐，好吗？不过那儿的密码改了……我想想！啊！是'挚爱与忠诚'！记住了吗？我得走了……"

"我尽量。"我做出一副郑重其事的样子，"快去吧，你还有一堆事情要忙吧？"

"一大堆！"伊利亚已经跑出老远了，"从没这么忙过！"

我微笑着在原地站了一会儿，然后穿过了"迷宫"紧闭的大门。

我也有事要办。最后一件。可惜算不上愉快的事。

蠕动着怪兽的沼泽……

爬满怪兽的山峦……

飞翔着怪兽的天空……

怪兽乱窜的地下世界……

还有千百种怪兽齐聚一堂的城市……

被我们摧毁的大厦已经复原了。当然，站在街道上的我看不见屋顶，但我知道那儿有一群守着电子炮忙活的怪兽。

我竖起手指警告了它们，然后沿着街道向前走去。

没有人朝我开枪。

我走进皇帝的花园，看到了我们之前躲藏的地方……那似乎已经是很久以前的事了。正是在这里，一整队玩家被皇帝团灭。

现在我需要愤怒。愤怒、憎恶或者仇恨。不然我无法完成我的任务。杀死刚刚觉醒的杀人机器，杀死那些咬着枪管的朋克青年是一回事；杀死在现实中没有实体的生命是另一回事。

它诞生于一项冷酷无情的实验，从出生起就被植入了残酷的游戏规则——杀人或被杀。

我不能让它活着。

我必须杀死它。

没有回头路……对，当然。我绝不能让它冲进深渊城的街道。不能让它产生自我意识，不能让它冲破屏障，融入网络。那样的话，现在的我也束手无策。

我给自己打气，就像几小时前巴特站在黑暗潜者面前那样。我想起皇帝是如何用膝盖折断玩家的脊椎，用双眼烧死恶棍，又是怎么杀死成吉思的。绝不能让这个残酷游戏里的终极角色沿着自己的路走到底，否则我们会重蹈覆辙。深渊城里出现的将不是真正的生命，而是真正的死亡。

我感到自己积攒够了愤怒，于是走向宫殿大门。

迷宫的制作者曾向督察员证明自己没有宣扬邪恶和暴力……算了吧，投手，你们只是证明了"迷宫"是种利润丰厚的娱乐方式。如果有一天皇帝冲出了游戏，决定清算全人类呢？

它已经走上了自我意识觉醒的道路；它已经问出了那个关键问题；它已经不再屈服于冷酷的游戏程序。

我必须斩断这条路。

走廊空空如也。

我走向熟悉的电梯，按下隐藏按钮。电梯开始上升。

"迷宫"的程序员看不见我的身体，也听不见我的声音。但我还是切断了所有控制线路，让监视器冻结在静止画面。

我不想要观众。

我只是在做自己必须做的事情，我不是在作秀。

王座大厅空空如也，连警卫也没有……皇帝曾经违背程序的指令，在王座旁边摆了两名警卫，现在警卫已经不见踪影。虽然毫无意义，我还是掏出了枪侠的手枪。我将用黑暗潜者的力量杀死皇帝，但我还是需要一块定心石。

我在大厅四处走动，同时紧盯着那个银光闪闪的金属王座。

终于，我在王座后面找到了皇帝。

它蜷着身子坐在那儿，脑袋埋在膝盖中间，双手抱头，完全是人类的姿态。这姿势也是程序植入在它体内的吗？这种像个冻僵的孩子一样，迷茫可怜的姿态？程序会允许他躲在王座后面，对接踵而来的玩家毫无反应，对狂轰滥炸无动于衷，让玩家们抱怨结局过于无聊，游戏体验太差吗？

"迷宫"关停前，最后三支队伍闯进了第一百关。他们仍然在没完没了地射击。怎么？非得把皇帝的潜力耗得一丝不剩吗？

我想问的是这些吗？

还是我害怕发问？

皇帝抬起头看着我。我默默等着。它也许会认出我，它的双眼也许会射出灼人的光线……但无法伤我分毫。

我将再次为深渊切除多余的部分。

皇帝盯着我看了很长时间。我开始浑身不自在。

我似乎见过这副姿态，也见过这种眼神。

"我是谁？"皇帝问道。

我在它面前坐下。黑暗潜者在我体内唠叨着说我耽误时间，要求我毫不犹豫地解决问题。

但我现在完全可以置之不理。

"为什么你不再杀人了？"我问它。

它没有立刻回答，仿佛在斟酌语句。皇帝的词汇量应该并不丰富，毕竟闯进宫殿的玩家只会高声呼喝，要么吵架，要么下命令……

"我不想。"

"为什么？"

皇帝似乎还想说些什么，但停住了。

它也许找不到更多的词语来解释。它毕竟没有机会听到什么复杂的对话。

它只是简单地笑了，样子有些难为情，愧疚又失落。

当它跟着我们潜入深渊城内部，闯入那片朦胧的灰色信息流中之后，到底发生了什么？它看到了什么？听到了什么？明白了什么？

或许它只是明白了，世界不只是自己日夜杀戮的那一座城池、一片花园？

每个人心中都有愤怒和憎恶，有戾气和恐惧。

没有这些，我们活不下去。

但除此之外，我们还有某种更强大的天性。如果一个觉醒的程序都能冲破代码里写就的命运……如果程序都不再粗暴地以眼还眼，以牙还牙……

如果连程序都能问出那句"我是谁？"……

我抓住皇帝的手。它温顺地站起来，疑惑地看着我。

不能做不可逆转之事，但总要有人做吧？

"马上就好，"我说，"等等……"

它现在还很难适应。但这只是暂时的，很快它将把握一切。

甚至是时间。

我用手掌拍了拍宫殿的墙壁，墙面轰然坍塌。洞口露出皇帝的花园，更远处是深渊城。我向前一步，皇帝也向前一步。

我们站在小山丘上，脚下的城市小得像一幅画儿。眼前的花园只是深渊城千百座公园里的一座。

"这就是世界。"我说，"世界就是爱。"

"这就是世界。"皇帝跟着我说。它眼里渐渐有了光，当然不是激光，"世界就是爱。"

"看到了吗？很简单。"我微笑着退到一边。我该走了，没必要什么都讲明白，"祝你幸福！活下去！"

"我是谁？"

这个来自灵魂深处的问题还是不肯放它清静。它是谁……我又是谁？我又能去问谁？

"我知道你是谁，但你得自己找到答案。只能这样！"

迷宫的前任皇帝点点头，迷茫地四处张望，然后迈出了它的第一步。

"再会！"我说，"再会！我走了！我还有很多事儿呢……从来没这么忙过！"

1998年9月至12月，于莫斯科